S0-AQG-632

LA PIEDRA PAGANA

Nora Roberts nació en Estados Unidos (1950) y es la menor de cinco hermanos. Después de estudiar algunos años en un colegio de monjas, se casó muy joven y fue a vivir en Keedysville donde trabajó un tiempo como secretaria. Tras nacer sus dos hijos decidió dedicarse a su familia. Empezó a escribir al quedarse sola con sus hijos de seis y tres años, y en 1981 la editorial Silhoutte publicó su novela *Irish Soroughbred*. En 1985 se casó con Bruce Wilder, a quién había conocido al encargarle unas estanterías para sus libros. Después de viajar por el mundo abrieron juntos una librería.
Durante todo este tiempo Nora Roberts ha seguido escribiendo, cada vez con más éxito. En veinte años ha escrito 130 libros y se han vendido más de 85 millones de copias. Es autora de numerosos *bestsellers* con gran éxito en Estados Unidos, Inglaterra, Francia y Alemania.

www.noraroberts.com

TRILOGÍA SIGNO DEL SIETE 

NORA ROBERTS

LA PIEDRA PAGANA

Traducción de *Adriana Delgado*

punto de lectura

Título original: *The pagan Stone*

2012, Santillana Ediciones Generales, S.L.
Torrelaguna, 60. 28043 Madrid (España)
Teléfono 91 744 90 60
www.puntodelectura.com

ISBN: 978-84-663-2538-7
Depósito legal: B-41.535-2011
Impreso en España – Printed in Spain

Primera edición: enero 2012

Impreso por blackprint A CPI COMPANY

Para los viejos amigos

«Donde no hay profecía,
el pueblo se extravía».

PROVERBIOS 29:18

«No tengo nada más que ofrecer salvo
esfuerzo, sangre, sudor y lágrimas».

WINSTON CHURCHILL

PRÓLOGO

Mazatlán, México
Abril de 2001

Los rayos del sol resplandecían en tonos rosa a través del cielo, como salpicaduras en el azul que en el horizonte se unía con el azul del agua que bañaba la blanquísima arena de la playa por la que Gage Turner iba caminando. Llevaba sus viejísimas Nike colgando del hombro, atadas con los cordones deshilachados. Tenía el dobladillo de los vaqueros desgastado, y los mismos vaqueros habían visto mejores tiempos y estaban completamente desteñidos en los lugares de mayor roce. La brisa tropical jugueteaba con su pelo, que no se había cortado en, al menos, tres meses.

Gage supuso que, en principio, no presentaba mejor aspecto que los vagabundos que roncaban aquí y allá tumbados en la arena. Un par de veces, él mismo se había visto obligado a dormir en la playa debido a que la suerte no había estado de su lado, por lo que sabía que alguien vendría pronto a espantar a los durmientes antes de que los turistas que sí pagaban se despertaran y pidieran su café en la habitación.

Por el momento, a pesar de la necesidad que sentía de darse un baño y afeitarse, la suerte estaba de su lado, agradablemente de su lado. Con las ganancias de la noche todavía calentándole el bolsillo, consideró la posibilidad de cambiar su habitación con vistas al mar por una suite.

Hay que aprovechar mientras se pueda, pensó, porque el mañana puede presentarse flaco.

El tiempo se estaba agotando ya: se esparcía como esa límpida arena quemada por el sol dentro de un puño cerrado. El día de su vigesimocuarto cumpleaños llegaría en menos de tres meses y los sueños habían empezado a colársele de nuevo en la cabeza. Sangre y muerte, fuego y locura. Todo eso y Hawkins Hollow parecían estar a un mundo de distancia de este suave amanecer tropical.

Pero todo eso vivía dentro de él.

Abrió la enorme puerta de cristal de su habitación y entró, tirando las zapatillas a un lado. Tras encender las luces y cerrar las cortinas, sacó las ganancias del bolsillo y les dio a los billetes una sacudida descuidada. Teniendo en cuenta la tasa de cambio del día, se había hecho con unos seis mil dólares. No había sido en absoluto una mala noche. En el baño, cogió una lata de crema de afeitar, le quitó la parte inferior y metió los billetes dentro del tubo vacío.

Protegía lo que era suyo. Había aprendido a hacerlo desde que era un crío, a esconder pequeños tesoros para que su padre no pudiera encontrarlos y destruirlos en uno de sus impulsos cuando estaba ebrio. Podía haberse saltado cualquier tipo de educación superior, pero Gage había aprendido unas cuantas cosas en sus ya casi veinticuatro años de vida.

Había abandonado Hawkins Hollow el verano después de graduarse en secundaria. Tan sólo había recogido lo que le pertenecía, había hecho dedo y se había esfumado del pueblo.

Había escapado, pensó Gage mientras se desvestía para darse un baño. Había conseguido mucho trabajo: era joven, fuerte, sano y nada quisquilloso. Pero había aprendido una lección vital mientras cavaba zanjas, cargaba leña y, especialmente, durante los meses que había sudado en la plataforma petrolífera en alta mar: podía sacar más dinero con las cartas que partiéndose la espalda.

Y un jugador no necesitaba un hogar. Lo único que necesitaba era una partida de cartas.

Se metió en la ducha y abrió el grifo del agua caliente, que corrió sobre piel tostada por el sol, músculos fuertes y grueso pelo negro que necesitaba un corte. Pensó distraídamente en pedir café y algo de comer, pero decidió dormir unas cuantas horas antes. Otra ventaja que ofrecía su profesión, según la opinión de Gage, era que podía ir y venir a su antojo, comer cuando tenía hambre y dormir cuando estaba cansado. Él se imponía sus propias reglas y las rompía cuando así lo necesitaba.

Nadie tenía ningún poder sobre él.

No era del todo cierto, tuvo que admitir Gage mientras se examinaba la delgada cicatriz pálida que le cruzaba la muñeca. Para nada cierto, de hecho. Los amigos de un hombre, sus verdaderos amigos, siempre tenían poder sobre él. Y no había amigos más verdaderos que Caleb Hawkins y Fox O'Dell.

Sus hermanos de sangre.

Habían nacido el mismo día, el mismo año. E, incluso, hasta donde cualquiera podía dar fe, a la misma hora. No podía recordar una época en la que los tres no hubieran sido... una unidad. El chico de clase media, el *hippie* y él, el hijo de un alcohólico abusador. Probablemente no habrían tenido absolutamente nada en común, reflexionó Gage con una sonrisa que le animó el verde de los ojos. Pero habían sido familia, habían sido hermanos desde mucho antes de que Cal les hubiera cortado en la muñeca con su cuchillo de niño explorador para sellar el pacto.

Y eso lo había cambiado todo. ¿O no?, se preguntó Gage. ¿Acaso tan sólo había abierto lo que siempre había estado allí, a la espera?

Gage podía recordarlo todo vívidamente, cada paso, cada detalle. Había empezado como una aventura: tres chicos en la víspera de su décimo cumpleaños de excursión por el bosque, llevando una revista de mujeres desnudas, cerveza y cigarrillos, su contribución; coca-colas y comida basura, contribución de Fox; y una cesta llena de sándwiches y limonada que la madre de Cal había preparado para ellos. Aunque Frannie Hawkins no habría preparado una cesta con comida de haber sabido que los tres amigos iban a acampar esa noche en la Piedra Pagana, en el bosque de Hawkins.

Ese calor húmedo, recordó Gage, y la música del radiocasete y la total inocencia que llevaban junto con las galletitas y las chocolatinas, y que habrían de perder completamente antes de salir del bosque el día siguiente.

Gage salió de la ducha y se secó el pelo, que escurría agua, con una toalla. Ese día le dolía la espalda por la paliza que su padre le había dado la noche anterior. Los moratones le palpitaban cuando se habían sentado alrededor de la fogata que habían encendido en medio del claro. Recordaba eso tan bien como recordaba la manera en que la luz había parpadeado y flotado sobre la superficie grisácea de la Piedra Pagana.

Recordaba igual de bien las palabras que habían escrito y que habían recitado al unísono mientras Cal los convertía en hermanos de sangre. Recordaba el dolor súbito cuando el cuchillo le rasgó la piel, y la sensación de las muñecas de Cal y Fox cuando las unieron a la suya para mezclar la sangre de los tres. Y la explosión, el calor y el frío, la fuerza y el miedo, cuando esa sangre mezclada tocó la tierra cicatrizada del claro.

Recordaba lo que había emergido de esa tierra, esa masa oscura, y la luz cegadora que la siguió. La maldad pura de lo negro y el brillo aturdidor de lo blanco.

Cuando todo hubo acabado, los moratones que tenía en la espalda habían desaparecido, ya no sentía dolor y en la mano tenía un tercio de una sanguinaria. Todavía llevaba consigo ese fragmento de piedra, al igual que, lo sabía bien, Fox y Cal llevaban cada uno el suyo. Tres partes de un todo. Gage suponía que ellos mismos lo eran también.

La locura se apoderó del pueblo esa semana y lo asoló como una plaga. Se apoderó de la voluntad de buena gente corriente y la hizo hacer cosas innombrables. Y durante siete días, cada siete años, volvía a irrumpir en la normalidad de Hawkins Hollow.

Y al igual que la plaga, Gage regresaba cada vez. ¿Qué otra opción le quedaba?

Desnudo y todavía húmedo por la ducha, Gage se tumbó sobre la cama. Todavía le quedaba tiempo, todavía había tiempo para unas cuantas manos más, para otras cuantas playas cálidas de palmeras meciéndose al viento. El bosque reverdecido y las montañas azules de Hawkins Hollow estaban a miles de kilómetros de distancia, hasta julio. Cerró los ojos y, como se había entrenado para hacerlo, se durmió casi de inmediato.

Y en sueños escuchó los gritos y el llanto, y vio el fuego que se comía ávidamente la madera, la tela y la carne. La sangre corrió cálida entre sus dedos al llevar a los heridos hacia lugares más seguros. ¿Por cuánto tiempo?, se preguntó. ¿Dónde era seguro? ¿Y quién podría decir cuándo una víctima se convertiría en victimario?

La locura regía las calles de Hawkins Hollow.

En el sueño, Gage se vio con sus amigos de pie en el extremo sur de Main Street, al otro lado del Qwik Mart y sus cuatro surtidores de gasolina. El entrenador Moser, que había llevado a la victoria al equipo de fútbol Hawkins Hollow Bucks en la temporada del último año de secundaria de Gage, se carcajeaba mientras empapaba de gasolina el suelo, los edificios a su alrededor y a sí mismo con una de las mangueras de los surtidores.

Los tres corrieron hacia el hombre, al tiempo que Moser levantaba su mechero como un trofeo y saltaba en los charcos de gasolina como un niño en los charcos de lluvia. Y los tres amigos continuaron corriendo hacia él cuando el entrenador encendió el mechero.

Todo fue cuestión de una chispa y bum. Ardor en los ojos, reventón en los oídos. La fuerza del calor y la ola de aire lanzaron a Gage de espaldas y lo hicieron caer dolorosamente. Sólo veía fuego, nubes cegadoras de fuego que vomitaban violentamente fragmentos de madera y cemento mientras esquirlas de cristal y trozos retorcidos de metal volaban por todas partes.

Gage sintió que el brazo que se le había roto intentaba soldarse mientras la rodilla que se había astillado luchaba por curarse con un dolor más intenso que el que la lesión misma le había causado. Apretando los dientes, se dio la vuelta sobre sí mismo y lo que vio le detuvo el corazón: Cal yacía sobre el pavimento ardiendo como una antorcha.

«¡No, no, no!», gimió Gage al tiempo que se arrastraba hacia su amigo. Gritó y luchó por respirar entre el aire viciado.

Y entonces vio a Fox, boca abajo sobre un charco de sangre que crecía poco a poco.

Apareció. Una mancha negra en ese aire ardiente que tomó la forma de un hombre. El demonio le sonrió:

—No puedes curarte de la muerte, ¿verdad, muchacho?

Gage se despertó temblando y empapado en sudor. Se despertó con el sabor de gasolina quemada ardiéndole en la garganta.

Es la hora, pensó.

Se levantó y se vistió. Y una vez vestido, empezó a recoger para su viaje de regreso a Hawkins Hollow.

[illegible]

[illegible] la [illegible] del demonio [illegible]

[illegible]

[illegible]

CAPÍTULO 1

Hawkins Hollow, Maryland
Marzo de 2008

El sueño lo despertó de madrugada, lo que era muy molesto. Por experiencia, Gage sabía que era inútil tratar de dormirse de nuevo teniendo en cuenta que las imágenes de sangre quemada le daban vueltas por la cabeza. Cuanto más se acercaban julio y el Siete, más vívidos y despiadados se tornaban sus sueños. Así que prefería quedarse despierto y haciendo algo que tratar de dormir para luchar de nuevo con pesadillas. O con premoniciones.

Aquel lejano julio, había salido del bosque con un cuerpo que se curaba a sí mismo y con el don de la clarividencia. Sin embargo, Gage no lo consideraba completamente fiable. Opciones diferentes, acciones diferentes, resultados diferentes.

En julio haría siete años que había cerrado las mangueras de los surtidores de gasolina del Qwik Mart y había tomado la precaución adicional de encerrar al entrenador Moser en un armario. Nunca sabría, no a ciencia cierta, si haciendo esto les había salvado la vida a sus amigos o si el sueño había sido sencillamente un sueño.

Pero no se la jugó.

Y continuaba así, pensó Gage mientras se ponía unos pantalones cortos, por si no estaba solo en la casa. Había regresado, como cada siete años. Y esta vez se había unido voluntariamente a las tres mujeres que habían convertido su equipo de tres en uno de seis.

Dado que Cal estaba comprometido con Quinn Black, la despampanante rubia que se dedicaba a escribir sobre temas paranormales, ésta solía pasar la noche en casa de Cal. Por tanto, no era prudente bajar en cueros a preparar café. Pero a Gage le pareció que la bonita casa de Cal a la orilla del bosque estaba vacía, vacía de gente, de fantasmas, del gran perro perezoso de Cal, *Lump*. Pero eso estaba muy bien, puesto que Gage prefería la soledad, al menos hasta que se hubiera tomado el café.

Gage supuso que Cal había pasado la noche en la casa que las tres mujeres tenían alquilada en el pueblo. Y puesto que Fox se había enamorado locamente de la sensual Layla Darnell, era probable que también hubiera pasado la noche en la casa, o tal vez la habrían pasado en el piso que Fox tenía sobre su oficina. De cualquier manera, todos se mantenían cerca, y con la habilidad que tenía Fox de hacerse escuchar telepáticamente, los seis tenían maneras de comunicarse que no requerían teléfonos.

Gage encendió la cafetera y caminó hacia la terraza mientras esperaba a que el café estuviera listo.

Sólo a Cal, pensó, sólo a su amigo se le podía ocurrir construir una casa cerca del bosque en el que la vida les había cambiado completamente. Pero es que así era Cal, de los que toman partido por una cosa y le es totalmente fiel en adelante.

Y la verdad era que si a uno le gustaba la vida campestre, éste era el lugar donde había que vivir. Los árboles reverdecidos y los últimos retoños primaverales del cornejo silvestre y del laurel de montaña resplandeciendo con las primeras luces de la mañana ofrecían una sosegada imagen de tranquilidad... si no se sabía lo que yacía detrás. La ladera frente a la casa era una sola explosión de color gracias a los arbustos y a los árboles ornamentales sembrados en terrazas, mientras que la sinuosa quebrada que corría más abajo burbujeaba a todo lo largo de su cauce.

Esta casa y su ubicación le venían a las mil maravillas a Cal, así como a la chica que ahora tenía a su lado. A él, por el contrario, pensó Gage, la tranquilidad de la vida campestre lo enloquecería en cuestión de un mes.

Regresó a la cocina a por el café, que tomaba fuerte y solo, se sirvió dos tazas y subió a su habitación. Una vez que estuvo duchado y vestido, el desasosiego empezó a apoderarse de él. Trató de esquivarlo con unas cuantas manos de solitario, pero la casa estaba demasiado... silenciosa. Cogió las llaves del coche y salió. Decidió ir a buscar a sus amigos y, si no estaba sucediendo nada, tal vez podría ir a buscar algo de acción y pasar el día en Atlantic City.

Fue un viaje tranquilo, lo que no era sorprendente, teniendo en cuenta que el pueblo era un lugar tranquilo que aparecía en el mapa en medio de las colinas occidentales de Maryland y cuyas únicas ocasiones de alboroto eran el desfile anual de los veteranos de guerra, los fuegos artificiales del Cuatro de Julio en el parque, la ocasional dramatización de la Guerra Civil y la locura que invadía las calles cada siete años.

Sobre la carretera, los árboles formaban un arco y a lo largo de toda ella serpenteaba un arroyo. Después, la vista se abría para dar paso a colinas ondulantes marcadas con parches de rocas, a montañas lejanas y a un cielo de un delicado azul primaveral. Éste no era su hogar, ni los campos que iba atravesando ni el pueblo que se alzaba en ellos. Lo más probable era que fuera a morir allí, pero ni siquiera eso le hacía sentir que fuera su hogar, ni que pertenecía a ese lugar. Sin embargo, su apuesta era a que sus amigos y él, junto con las tres mujeres que formaban parte de la historia ahora, no sólo iban a sobrevivir, sino que iban a derrotar al demonio que había asolado Hawkins Hollow. Que lo iban a aniquilar esta vez para siempre.

Pasó el Qwik Mart donde había triunfado ya fuera la clarividencia o la suerte. Después pasó las primorosas primeras casas y tiendas de Main Street. Vio la camioneta de Fox aparcada frente a la casa que albergaba tanto su oficina como su piso. Vio el café y el local de Ma, que ya estaban abiertos y listos para servir el desayuno. Una enorme mujer embarazada que llevaba de la mano a un niño pequeño salió de la panadería con una bolsa blanca y, mientras caminaba como un pato a lo largo de la calle, el niño no cesaba de hablar y parecía más una cotorra. Vio el local vacío que Layla había alquilado para abrir una tienda de ropa. Gage sacudió la cabeza ante la idea mientras rodeaba la plaza. La esperanza no dejaba de florecer, pensó, y más cuando el amor le servía de fertilizante.

Echó una rápida mirada a Bowl-a-Rama, que era una institución en el pueblo y la herencia de Cal. Hacía mucho tiempo había vivido en el piso superior de la bolera con su padre, había vivido entre el hedor a cerveza y cigarrillos trasnochados. Y con el miedo constante al puño o el cinturón del viejo.

Bill Turner todavía vivía allí, todavía trabajaba en la bolera y, según se decía, llevaba cinco años sin probar el alcohol. La verdad es que a Gage le importaba un soberano pimiento mientras el hombre mantuviera la distancia. Y puesto que pensar en eso le hacía arder las entrañas, sencillamente canceló el tema y pensó en otra cosa.

Aparcó junto al bordillo, detrás del Karmann Ghia de Cybil, el sexto miembro del equipo. La gitana seductora compartía con él el don de la clarividencia, así como Quinn compartía la habilidad de Cal de ver el pasado y Layla, la de Fox de intuir lo que se ocultaba en el presente. Suponía que esa coincidencia los hacía socios de varias maneras, y pensar en eso le hizo ponerse en guardia.

Cybil era digna de admirar, sin duda, pensó él mientras se apeaba y se dirigía a la casa. Era inteligente, perceptiva y ardiente. En otro momento y en otro lugar, habría resultado entretenido jugar unas cuantas manos con ella, a ver quién ganaba. Pero la idea de que fuerzas externas, poderes milenarios y confabulaciones mágicas desempeñaran un papel para unirlos hacía que Gage decidiera pasar anticipadamente. Una cosa era que tanto Cal como Fox se enredaran con sus mujeres, pero él, sencillamente, no estaba hecho para el compromiso a largo plazo. El instinto le decía que incluso algo a corto plazo con una mujer como Cybil sería demasiado complicado, teniendo en cuenta sus gustos y su estilo personal.

No llamó a la puerta. Usaban esta casa y la de Cal como base de operaciones, así que no vio la necesidad de hacerlo. Escuchó música, algo de estilo *new age:* puras flautas y gongs, así que se dirigió hacia la fuente y allí encontró a Cybil. Llevaba pantalones negros holgados y un top que dejaba al descubierto un vientre suave y firme, y unos brazos de músculos definidos. Unos cuantos rizos negros rebeldes se le salían de la cinta con que se había sujetado el pelo. Las uñas de los pies, que llevaba descalzos, estaban pintadas de rosa intenso.

Mientras Gage la miraba, Cybil apoyó la cabeza sobre el tapete mientras levantaba el cuerpo. Abrió las piernas y las mantuvo perpendiculares al suelo y de una manera que Gage no entendió, hizo girar el torso como si fuera una bisagra. Con toda facilidad, bajó una pierna hasta que la planta del pie reposó completamente sobre el suelo, lo que la hizo parecer, a ojos de Gage, un puente muy erótico. Con movimientos que parecían no requerir esfuerzo de su parte, Cybil se giró y puso una pierna contra la cadera mientras la otra estaba levantada detrás de ella. Inclinándose hacia atrás, tomó el pie con la mano y se lo llevó hacia la parte trasera de la cabeza.

Gage se sintió orgulloso del poder de su fuerza de voluntad, que evitó que se le cayera la baba al mirarla.

Cybil se dobló, se retorció, se movió y se *acomodó* en lo que debían de ser posturas imposibles. Pero la fuerza de voluntad de Gage no era tan poderosa como para lograr no suponer que cualquier mujer así de flexible debía de ser increíble en la cama. Cybil se arqueó hacia atrás con el pie pegado a la cabeza cuando un relámpago en esos profundos ojos oscuros le dijo a Gage que ella se había dado cuenta de su presencia.

—No te interrumpo.

—No. Ya casi termino. Vete.

A pesar de que lamentó perderse el final de semejante sesión, Gage se encaminó a la cocina y se sirvió una taza de café. Al recostarse en la encimera, se dio cuenta de que el periódico del día estaba doblado sobre la mesa de la cocina, el tazón que Cal tenía en la casa para servirle la comida a *Lump* estaba vacío y el tazón del agua contiguo, a medio vaciar. Todo parecía indicar que el perro ya había desayunado, pero si alguien más lo había hecho, los platos ya estaban lavados y guardados en su lugar. Puesto que las noticias no le interesaban en ese momento, Gage sencillamente se sentó a la mesa y se dispuso a jugar un solitario. Iba por la cuarta mano cuando Cybil entró en la cocina.

—Sí que te has levantado con energía hoy —puso un ocho rojo sobre un nueve negro—. ¿Cal todavía está en la cama?

—Al parecer todo el mundo ha decidido madrugar hoy. Quinn lo arrastró al gimnasio —se sirvió una taza de café también y abrió la lata del pan—. ¿Te apetece un *bagel*?

—Bueno.

Después de cortar un *bagel* diestramente por la mitad, Cybil metió las dos rebanadas en la tostadora.

—¿Pesadillas? —Cybil lo miró ladeando la cabeza cuando Gage levantó la mirada y le clavó los ojos encima—. Yo tuve una; me despertó con las primeras luces de la madrugada. Lo mismo les pasó a Cal y a Quinn. No he hablado con ellos, pero seguramente a Fox y a Layla, que pasaron la noche en casa de él, también les sonó el mismo despertador. El remedio de Quinn son las pesas y las máquinas; el mío, el yoga; y el tuyo... —e hizo un gesto hacia las cartas.

—Cada uno tiene sus trucos.

—Le pateamos el culo al demonio hace unos días, era de esperar que quisiera la revancha.

—Casi quedamos reducidos a cenizas por ese trabajito —le recordó él.

—«Casi» me parece suficientemente bueno. Unimos las tres partes de la sanguinaria gracias al rito mágico, gracias al rito de sangre —Cybil observó el corte que le atravesaba la palma de la mano y que ya estaba cicatrizando—. Y vivimos para contarlo. Ahora tenemos un arma.

—Un arma que no sabemos cómo usar.

—¿Y acaso él lo sabe? —Cybil sacó un par de platos y crema de queso para los *bagels*—. ¿Acaso nuestro demonio sabe más sobre esto que nosotros? Giles Dent le infundió poder a esa piedra hace más de trescientos años en el claro y, teóricamente, la usó como parte del hechizo que lanzó al demonio, en la forma de Lazarus Twisse, a una especie de limbo en el que Dent lo pudo retener durante siglos —Cybil rebanó una manzana hábilmente y repartió las rebanadas en un plato mientras continuaba hablando—. En aquel entonces Twisse no vio ni reconoció el poder de la sanguinaria, ni tampoco, aparentemente, cientos de años después, cuando vuestro ritual juvenil lo liberó y la piedra se partió en tres partes iguales. Si seguimos esa lógica, entonces tampoco sabe ahora nada sobre ella, lo que nos da una ventaja. Puede ser que no sepamos todavía cómo funciona, pero sí sabemos que funciona —se dio la vuelta y le ofreció a Gage un plato con un *bagel*—. Logramos unir las tres partes en una sola piedra, así que el demonio no es el único que tiene poder ahora.

Con una pizca de fascinación, Gage observó a Cybil mientras ésta cortaba por la mitad medio *bagel* antes de esparcir una finísima capa de crema de queso sobre las dos partes. Y mientras él ponía una generosa cantidad de queso en su propia mitad de *bagel*, Cybil se sentó y le dio un minúsculo mordisco a su parte, tan pequeña que Gage pensó que no debían de ser más que unas cuantas migas.

—Tal vez deberías mirar sólo la foto de la comida en lugar de tomarte el trabajo de prepararla —cuando ella sólo sonrió y le dio otro mordisco minúsculo al *bagel*, Gage continuó—: He visto a Twisse matar a mis amigos, lo he visto incontables veces y de incontables maneras.

Cybil lo miró directamente a los ojos con comprensión.

—Ésa es la mierda de nuestra habilidad: ver las posibilidades, lo que puede suceder, en un brutal tecnicolor. Estaba asustada cuando fuimos al bosque a llevar a cabo el ritual. No asustada solamente ante la posibilidad de morirme, aunque no me quiero morir. De hecho, estoy completamente en contra de morirme. Estaba asustada de vivir y ver a gente tan cercana a mí morir. O lo que es peor: ser responsable de alguna manera de esas muertes.

—Sin embargo fuiste.

—Fuimos —escogió una rebanada de manzana y le dio un mordisco pequeñísimo— y no morimos. No todos los sueños ni todas las visiones están... grabados en piedra. Tú regresas; cada siete años, vuelves al pueblo.

—Hicimos un juramento.

—Sí, cuando teníais diez años. No es que esté desestimando la validez o el poder de un juramento de infancia —continuó ella—, pero has regresado a pesar de todo. Y lo haces por ellos, por Cal y por Fox. Yo vine por Quinn, así que entiendo a la perfección el lazo tan fuerte de la amistad. No somos como ellos... Tú y yo, quiero decir.

—¿No?

—No —Cybil levantó su taza de café y bebió lentamente—. El pueblo y la gente que lo habita no nos pertenecen. Para Cal y Fox, y ahora de una manera muy real para Quinn y Layla, éste es su hogar. Para mí, Hawkins Hollow no es más que un pueblo en el que estoy viviendo por el momento porque así se dieron las cosas. Para mí, Quinn es mi hogar, y ahora Layla también. Y por extensión, por conexión, digamos, también lo son Cal y Fox. Y todo parece indicar que tú también. No voy a dejar mi hogar hasta que no esté segura de que está seguro. Por otra parte, aunque encuentro todo esto fascinante e intrigante, no derramaría mi sangre por esto —los rayos del sol se colaron por la ventana de la cocina y le iluminaron el pelo, haciendo resplandecer los pequeños pendientes de plata que Cybil llevaba en las orejas—. Aunque creo que tú sí.

—¿En serio?

—Sí, porque todo este asunto te cabrea. Patearle el culo al demonio te pesa en el lado de quedarte y ayudar a aniquilarlo —le dio otro mordisco minúsculo al *bagel* y sonrió a Gage—. Así son las cosas. Aquí estamos, Turner, tú y yo, un par de pies inquietos, atascados en este pueblo por culpa del amor y el cabreo general. Bueno, quiero darme una ducha ya —decidió ella—. ¿Te importaría quedarte al menos hasta que Quinn y Cal regresen? Desde que Layla tuvo su encontronazo con las serpientes en el baño, no me siento tranquila en el baño si estoy sola en casa.

—No hay problema. ¿Te vas a comer el resto de eso?

Cybil empujó su plato, con el *bagel* intacto, hacia Gage y se puso en pie. Mientras se disponía a lavar la taza, Gage observó la nube azul y negra que ella tenía en la espalda, más arriba del omoplato. Le recordó los golpes que habían recibido esa noche de luna llena en la Piedra Pagana, y que ella, a diferencia de él, Cal y Fox, no se curaba de una lesión en unos instantes.

—Ese moratón tiene mala pinta, Cybil.

Ella se encogió de hombros.

—Deberías ver cómo tengo el culo.

—Muy bien.

Riéndose, Cybil lo miró por encima del hombro.

—Hablando retóricamente, querido. Tuve una niñera que creía que unos buenos azotes ayudan a fortalecer el carácter. Cada vez que me siento, me acuerdo de ella.

—¿Tuviste una niñera?

—Así es. Pero, dejando de lado los azotes, me gusta pensar que me fortalecí el carácter yo solita. Cal y Quinn regresarán pronto, pero puedes preparar otra cafetera.

Mientras Cybil salía de la cocina, Gage examinó con detenimiento el culo en cuestión: decidió que era de primera categoría. Ella era interesante y, según su punto de vista, era una mezcla compleja dentro de un envoltorio bonito. Él, definitivamente, prefería un contenido sencillo cuando se trataba de juego y diversión. Pero, en cuestiones de vida y muerte, pensó él, Cybil Kinski era exactamente lo que el médico había recetado.

Ella había comprado, recordó Gage, una elegante pistola del calibre veintidós con reluciente empuñadura de nácar que había usado en su última excursión al bosque con la habilidad fría y calculada de un mercenario veterano. Cybil también había sido la que había llevado a cabo la investigación sobre los ritos de sangre y, para completar, había rastreado el árbol genealógico de Layla, Quinn y ella misma para comprobar que las tres eran descendientes del demonio conocido como Lazarus Twisse y de Hester Deale, la niña a quien Twisse había violado hacía más de trescientos años.

Y para completar, siguió reflexionando Gage, era una cocinera exquisita. No hacía más que refunfuñar al respecto, pensó él mientras se ponía en pie para preparar la cafetera, pero sí sabía cómo manejarse en la cocina. Gage respetaba que, por lo general, Cybil era capaz de decir lo que pensaba de verdad y de mantener la cabeza fría en momentos de crisis. Ésta no era una mujer débil ni miedosa que necesitaba que la rescataran.

Y olía a misterio y sabía a miel tibia.

La había besado aquella noche en el claro. Aunque claro está que él pensaba que estaban a punto de morir en una llamarada sobrenatural y el gesto había sido más del espíritu «qué diantres». Pero recordaba exactamente a qué sabía ella.

Probablemente no era buena idea pensar en eso, como no era buena idea tampoco considerar que Cybil estaba arriba, húmeda y desnuda. Sin embargo, pensó Gage, un tío tenía derecho a un poco de entretenimiento mientras descansaba de pelear con un demonio milenario. Y extrañamente ya no estaba de ánimo para irse a Atlantic City.

Todavía ocupado en sus cavilaciones, Gage escuchó que se abría la puerta principal y la explosión de carcajadas de Quinn. Por lo que a él respectaba, Cal se había ganado el premio gordo de la lotería con Quinn, sólo por esa risa. Y si después se le sumaba ese cuerpo curvilíneo, los enormes ojos azules, la inteligencia, el humor y las agallas que tenía ella, no había manera de que su amigo no estuviera bailando sobre la quinta nube de amor por ella.

Gage se sirvió un café y, al escuchar los pasos de Cal acercándose a la cocina, sacó otra taza y sirvió otro café. Cal la aceptó y le gruñó un «hola» antes de abrir la puerta del frigorífico para sacar una caja de leche.

Para ser un hombre que probablemente había estado levantado desde el amanecer, Cal parecía muy animado, notó Gage. Era posible que el ejercicio liberara endorfinas, pero si Gage tuviera que apostar, en lo que era un experto, pondría dinero a que esa alegría se debía a la mujer que su amigo tenía ahora a su lado. Los ojos grises de Cal estaban sosegados y su cuerpo se veía relajado. Tenía el pelo húmedo y olía a jabón, lo que hizo suponer a Gage que se había duchado en el gimnasio.

Cal examinó su taza de café y después sacó una caja de cereales del armario.

—¿Quieres?

—No.

Con un gruñido, Cal se sirvió cereales en un tazón y lo cubrió de leche.

—¿Sueño en equipo?

—Eso parece.

—Hablé con Fox —Cal empezó a comerse sus cereales tras apoyarse en la encimera de la cocina—: tanto él como Layla también tuvieron un sueño. ¿Qué soñaste tú?

—El pueblo empezó a sangrar —empezó Gage—. Todo: los edificios, las calles, todos los desafortunados que estaban fuera de casa. La sangre burbujeaba sobre las aceras, llovía de los edificios y todo ardía mientras sangraba.

—Sí, exactamente lo mismo. Es la primera vez, que yo sepa, que los seis tenemos la misma pesadilla. Tiene que significar algo.

—La sanguinaria es una sola piedra de nuevo. Y los seis la unimos. Cybil tiene muchas esperanzas en esa piedra, piensa que puede ser una gran fuente de poder.

—¿Y qué opinas tú?

—Supongo que tengo que estar de acuerdo, para lo que importa. Lo que sí sé es que tenemos menos de dos meses para descifrar lo que haya que descifrar. Si acaso.

Cal asintió.

—Está manifestándose más pronto y con mucha más fuerza que nunca antes. Pero le hicimos daño, Gage. Dos veces hemos podido hacerle bastante daño.

—Más nos vale que la tercera vez sea la vencida.

***

Gage decidió no quedarse. Si se seguía la rutina, las mujeres pasarían una buena parte del día buscando respuestas en libros y en internet. Revisarían los cuadros, las tablas, los mapas, los gráficos, tratando de encontrarle algún ángulo nuevo a todo el asunto. Y hablarían sobre ello hasta la saciedad. Cal se iría a la bolera y Fox, a su oficina. Y él, pensó Gage, era un jugador sin una mano que jugar. Así las cosas, tenía el día libre.

Podía volver a casa de Cal y hacer llamadas, enviar algunos mensajes de correo electrónico y continuar con su propia investigación. Había pasado muchos años estudiando demonología, leyendo sobre folclore y temas relacionados, y buscando pistas en los lugares más recónditos del mundo. Cuando habían combinado la información que había recogido él con los descubrimientos de Quinn, Layla y Cybil, las piezas del rompecabezas habían encajado relativamente bien.

Dioses y demonios lucharon mucho antes de que el hombre hiciera su aparición, aniquilándose hasta que se arrastró por la tierra el primer hombre, que muy pronto los superó en número. El tiempo del hombre, lo había llamado Giles Dent, según los diarios que escribió Ann Hawkins, su mujer. Y en el tiempo del hombre, sólo un demonio y un guardián sobrevivieron. No es que Gage se tragara ese cuento, pensó, pero sí era sólo un demonio el que le interesaba. Herido de muerte, el guardián le pasó sus poderes y su misión a un humano y así el linaje continuó a lo largo de varios siglos hasta que fue el turno de Giles Dent.

Gage consideró de nuevo toda la historia mientras conducía. Aceptaba a Dent, aceptaba que sus amigos y él eran descendientes de Giles Dent y de Ann Hawkins. Creía, como lo creían los otros, que Dent había encontrado la manera de apresar al demonio, pero violando las reglas para incluir un sacrificio humano. Y lo había logrado, había apresado al demonio, pero sacrificándose él mismo, hasta que cientos de años después tres chicos lo habían liberado.

Gage podía incluso aceptar que haberlo hecho había sido su destino. No tenía que gustarle, pero podía tragárselo. Era su destino enfrentarse al demonio, luchar contra él, destruirlo o morir en el intento. El fantasma de Ann Hawkins se había aparecido unas cuantas veces en esta ocasión, y todos sus comentarios crípticos parecían indicar que este Siete iba a ser el definitivo. El todo o nada. La vida o la muerte.

Debido a que la mayoría de sus visiones estaban relacionadas con la muerte, muerte de diversas maneras poco placenteras, Gage no estaba considerando apostar por la victoria del grupo. Y puesto que justamente tenía tan presente la muerte esa mañana, supuso que ésa era la razón por la cual había conducido hasta el cementerio. Cuando se apeó del coche, hundió las manos en los bolsillos del pantalón. Había sido una estupidez haber ido hasta allí, pensó, no tenía ningún sentido. Sin embargo, se adentró en aquel lugar, rodeando lápidas y monumentos.

Se le pasó por la mente la idea de que debería haber llevado flores, pero de inmediato descartó ese pensamiento y negó con la cabeza. Tampoco tenía sentido llevar flores, ¿de qué les servían las flores a los muertos? Tanto su madre como el bebé que llevaba en el vientre habían muerto hacía bastante tiempo; las flores eran completamente inútiles.

Mayo había reverdecido el césped, y los árboles y la brisa acariciaban suavemente ese paisaje en verde. El suelo ondulaba en ligeras colinas y bajadas poco profundas en las que se alzaban fieles monumentos blancos o sombrías lápidas grises cuyas sombras proyectaba el sol. Su madre y su hermana tenían una lápida blanca. A pesar de que hacía muchos años, muchos, muchos, en realidad, desde que Gage había caminado por ese cementerio la última vez, sabía perfectamente el camino hacia ellas.

La piedra era sencilla, pequeña, redondeada, sin ningún adorno y sólo con los nombres y las fechas esculpidos en ella.

CATHERINE MARY TURNER
1954-1982
ROSE ELIZABETH TURNER
1982

Gage a duras penas recordaba a su madre. El tiempo sencillamente había ido difuminando las imágenes, los sonidos, la *sensación* de ella hasta convertir todo en un solo recuerdo borroso e indeterminado. En ese momento, reflexionó, sólo tenía un vago recuerdo de ella llevando la mano de él a su pronunciada barriga para que sintiera las patadas de su hermana en el vientre. Lo único que tenía era una foto de ella, pero gracias a esa foto sabía que de ella había heredado el color del pelo, de los ojos y de la piel, así como la forma de los ojos y de la boca. Nunca había visto a su hermana y nunca nadie le había dicho a quién se había parecido. Pero lo que sí recordaba era haber sido feliz en una época, recordaba haber jugado con camiones bajo los rayos del sol que se colaban por la ventana. Y sí, incluso recordaba haber corrido muchas veces a la puerta al escuchar que su padre llegaba a casa después del trabajo y recordaba también haber gritado de puro placer cuando él lo levantaba en brazos por encima de la cabeza.

Había habido una época, breve, en la que las manos de su padre lo habían levantado en alto en lugar de golpearlo hasta hacerle rodar por el suelo. Suponía que había sido ese tiempo del sol colándose por la ventana. Pero entonces su madre había muerto, y el bebé con ella, y todo se tornó oscuro y frío.

¿Acaso ella le había gritado alguna vez, lo había castigado o había sido impaciente con él? Probablemente, pero Gage no recordaba nada de eso, o había escogido no recordarlo. Tal vez la había idealizado, ¿pero qué daño podía hacerle? Cuando el niño había tenido madre tan poco tiempo, el hombre tenía derecho a recordarla como la mujer perfecta.

—Debería haber traído flores —murmuró Gage—. Debería haber traído flores —repitió.

—Pero viniste.

Gage se dio la vuelta y miró directamente a unos ojos del mismo color y forma que los suyos. Y mientras el corazón se le encogía, su madre le sonrió.

CAPÍTULO 2

Qué joven es, fue su primer pensamiento. Incluso más joven que él, descubrió mientras se observaban el uno al otro por encima de la lápida. La mujer tenía una belleza sosegada, y Gage no pudo sino pensar que era una belleza tan sencilla que muy probablemente se habría conservado bella hasta la vejez. Pero su madre no había vivido lo suficiente para llegar a los treinta años.

Incluso ahora, que era un hombre hecho y derecho, a Gage le dolió algo en su interior a causa de esa pérdida.

—¿Por qué estás aquí? —le preguntó Gage, a lo cual ella sonrió ampliamente.

—¿No quieres que esté aquí?

—Nunca antes viniste.

—Tal vez nunca antes prestaste suficiente atención —la mujer se echó los oscuros cabellos hacia atrás y respiró profundamente—. Qué día tan bonito, con todo este sol de mayo resplandeciendo. Y mírate: tan perdido, tan enfadado. Tan triste. ¿No crees que hay un lugar mejor, Gage? ¿No crees que la muerte es el principio de otra vida?

—Para mí fue el fin de la vida que conocía —esa respuesta, supuso Gage, era en términos generales lo que le había pasado—. Cuando te moriste, también se murió lo mejor que tenía.

—Pobrecito mío. ¿Me odias por haberte abandonado?

—Tú no me abandonaste, te moriste.

—Pero el resultado es el mismo —En sus ojos, Gage vio dolor, o tal vez era lástima—. No estuve contigo cuando me necesitaste. Y lo peor de haberte dejado solo fue haberte dejado con él. Le permití que me sembrara la muerte en el vientre. Y tú te quedaste solo y desprotegido, con un hombre que te golpeaba y te maldecía.

—¿Por qué te casaste con él?

—Las mujeres somos débiles. Ya debes de saberlo bien. Si no hubiera sido débil, lo habría dejado y te habría llevado conmigo lejos de este lugar —la mujer se dio ligeramente la vuelta para mirar hacia el pueblo. Gage notó que había algo más en sus ojos ahora, vio apenas un resplandor, algo más brillante que la lástima—. Debí haberte protegido y debí haberme protegido a mí misma también. Habríamos tenido una vida juntos, lejos de aquí. Pero ahora puedo protegerte.

Gage miró con detenimiento la manera en que la mujer se movía, la manera en que sus cabellos ondeaban a la brisa, la manera en que la hierba se estremecía bajo sus pies.

—¿Cómo pueden los muertos proteger a los vivos?

—Vemos más, sabemos más —se giró hacia él de nuevo y le abrió los brazos—. Me preguntaste por qué estoy aquí. La respuesta es que estoy aquí para eso, para protegerte como no pude hacerlo en vida. Estoy aquí para salvarte, para decirte que te vayas, que te vayas lejos de aquí. Deja el pueblo. Aquí no hay nada más que muerte y miseria, dolor y pérdida. Vete a otro lugar y vive. Si te quedas, vas a morir, vas a podrirte bajo esta tierra al igual que yo.

—Mira tú, lo estabas haciendo muy bien hasta ahora —la rabia que le ardía por dentro a Gage era fría, fría y feroz, pero la voz le sonó casual y tranquila—. Me habría tragado todo el cuento si hubieras seguido jugando a la mamá y su hijito huérfano. Pero te apresuraste.

—Sólo quiero que estés a salvo.

—Sólo me quieres muerto. O si no muerto, por lo menos lejos. Pero tengo noticias para ti: no me voy a ir a ninguna parte. Y tú no eres mi madre, así que quítate el disfraz y deja de jugar, cabrón.

—Mami va a tener que darte unos azotes por eso —y con una sacudida de la mano, el demonio removió el viento con tal fuerza que Gage salió volando de espaldas. Y mientras se esforzaba por ponerse en pie, lo vio transformarse. Los ojos se le pusieron rojos y le brotaron lágrimas de sangre mientras se reía a carcajadas—. ¡Eres un niño malo! Te voy a castigar como al peor de todos los niños malos. Te voy a desollar, voy a beberme tu sangre y a roer tus huesos.

—Sí, sí, claro —en un gesto de indiferencia, Gage enganchó los pulgares en los bolsillos delanteros de sus vaqueros.

El rostro de su madre se derritió y se convirtió en algo horrible, algo que no era humano. El delgado cuerpo de la mujer se hinchó, la espalda se encorvó, los brazos y las piernas se retorcieron hasta convertirse primero en garras y después en pezuñas. Luego, ese cuerpo desfigurado se contorsionó y se estremeció hasta volverse una enorme masa negra y amorfa que apestó el aire con un intenso hedor a muerte.

El viento abofeteó el rostro de Gage con la fetidez, sin embargo, él se plantó resueltamente donde estaba. No estaba armado pero, después de pensárselo rápidamente, decidió no jugársela: cerró el puño con fuerza y le clavó un puñetazo a la masa maloliente. Sintió que la piel se le quemaba con un ardor indecible, pero la liberó y la clavó de nuevo en la masa hirviente. El dolor le quitó el aliento, entonces inspiró lo más profundo que pudo y le dio un tercer puñetazo.

El demonio aulló. «Ira», pensó Gage, que reconoció de inmediato la ira en estado puro que emanaba de la criatura y que lo lanzó con fuerza por los aires al otro lado de la lápida de su madre para hacerlo caer pesadamente sobre la hierba. El demonio lo miró desde arriba, desde encima de la lápida, con la forma del chico que con tanta frecuencia elegía.

—Vas a suplicarme que te mate —le dijo a Gage—. Mucho después de que haya hecho trizas a los otros, vas a suplicármelo. Y yo voy a alimentarme de ti durante años.

Gage se limpió la sangre que le manaba del labio y sonrió, a pesar de que unas terribles ganas de vomitar lo invadieron.

—¿Quieres apostar?

La cosa que parecía un chico se hundió las manos en el pecho, se lo abrió de par en par y, con una carcajada demente, se desvaneció en el aire.

—Está chalado. Este hijo de puta está chalado —comentó Gage en voz alta y se sentó un momento tratando de recuperar el aliento mientras se examinaba la mano: la tenía en carne viva y unas ampollas que echaban pus la cubrían casi por completo. También notó que tenía dos agujeros no muy profundos y supuso que se los habían causado los colmillos del demonio. Y entonces, además del dolor de la lesión, empezó a sentir el increíble dolor de la curación. Se puso en pie apoyándose en el brazo, pero al enderezarse sintió que el suelo se le movía y no pudo evitar tambalearse, por lo que se vio obligado a sentarse otra vez. Apoyó la espalda contra la lápida de su madre y su hermana y esperó hasta que sintió que el suelo se iba estabilizando. Bajo el resplandeciente sol de mayo y con sólo la compañía de los muertos, Gage respiró profundamente tratando de sobrellevar el dolor y concentrándose solamente en la curación. Cuando el dolor se aplacó, sintió que el sistema se le normalizaba.

Cuando al fin se pudo poner en pie, le dio una última mirada a la lápida, se dio la vuelta y emprendió la marcha.

***

Gage pasó por la floristería y compró un hermoso ramo primaveral que dejó a Amy, la dependienta de siempre, preguntándose quién sería la chica afortunada. Pero Gage la dejó con la curiosidad. Era demasiado difícil para él explicar, por no mencionar que no era de la incumbencia ni de Amy ni de nadie, que tenía flores y madres en la cabeza.

Ése era uno de los problemas —y Gage veía miles— de los pueblos pequeños. Todo el mundo quería saber todo de todos los vecinos, o fingían saberlo. Y cuando no sabían lo suficiente, muchos estaban dispuestos a inventarse lo que fuera necesario y proclamar que era la verdad de Dios.

Había muchas personas en el pueblo que murmuraban y hablaban sobre él. Pobre chico, chico malo, alborotador, malas noticias, qué bien que nos lo quitamos de encima. Tal vez le había dolido mucho y tal vez era un dolor más profundo cuando era más joven. Pero había tenido lo que, suponía, podía llamarse un bálsamo: había tenido a Fox y a Cal, había tenido una familia.

Su madre estaba muerta y lo había estado demasiado tiempo. Eso, pensó mientras conducía fuera del pueblo, le había resultado evidente ese día. Por esa razón, había decidido hacer una visita que tenía pendiente.

Por supuesto, era posible que Frannie Hawkins no estuviera en casa. Frannie no trabajaba fuera de casa... no exactamente. Su casa era su trabajo, además de los varios comités en los que participaba o que dirigía. Era muy probable que la madre de Cal tuviera algún tipo de participación en todos y cada uno de los comités, sociedades u organizaciones que existían en el pueblo.

Gage aparcó a la entrada de la bonita casa en la que los Hawkins habían vivido desde que podía recordar, detrás del coche limpio y cuidado de Frannie. La bonita y bien arreglada mujer que llevaba la casa estaba de rodillas sobre un cuadrado de espuma rosada brillante mientras plantaba algunas petunias en los bordes de su ya impresionante jardín delantero.

El lustroso cabello rubio le sobresalía por debajo de un sombrero de paja de ala ancha y tenía las manos enfundadas en unos gruesos guantes color café. Gage supuso que ella pensaba que esos pantalones azules oscuros que llevaba puestos con esa camiseta rosada eran ropa de trabajo. Frannie levantó la cabeza cuando escuchó el ruido del coche y su hermosa cara se iluminó con una amplia sonrisa cuando vio que se trataba de Gage.

A Gage no dejaba de sorprenderle que Frannie le sonriera tan ampliamente siempre que lo veía, y que fuera una sonrisa de auténtico deleite. Ésta se levantó y se quitó los guantes.

—Qué sorpresa tan maravillosa, Gage. ¡Y mira qué flores más preciosas!

—Casi tanto como tú.

—Es como traer leña al bosque.

Frannie presionó su mejilla contra la de Gage y cogió las flores que le ofrecía.

—Las flores nunca son demasiadas para mí. Ven, vamos adentro para que pueda ponerlas en agua.

—Te he interrumpido.

—La jardinería es un trabajo continuo de mantenimiento. No puedo dejar de hacer apaños aquí y allá.

Gage sabía que la casa era lo mismo para ella. Se pasaba el tiempo arreglando, cosiendo, pintando y tapizando. Y, sin embargo, la casa siempre resultaba cálida, siempre acogedora, nunca forzada ni rígida.

Frannie le guió a través de la cocina hacia la zona de lavandería, donde, siendo la mujer que era, tenía un fregadero para la labor específica de arreglar los floreros.

—Voy a poner las flores en un jarrón aquí provisionalmente mientras preparo algo frío para beber.

—No quiero quitarte tiempo, Frannie.

—Ay, Gage —exclamó ella y descartó la protesta de Gage con un movimiento de la mano antes de poner a llenar de agua un jarrón para las flores—. Ve a sentarte en el patio. Hace un día demasiado bonito como para quedarnos dentro. En un momento llevo una jarra de té helado.

Gage obedeció sin musitar palabra, más que nada porque necesitaba decidir qué había ido a decirle a ella y cómo quería decírselo. Gage se dio cuenta de que Frannie también había estado trabajando en el jardín trasero. Y en las jardineras. Todas esas formas, colores y texturas parecían mágicamente perfectas y naturales a la vez. Sabía, porque la había visto hacerlo, que todos los años Frannie hacía bocetos de cómo quería diseñar sus jardines y sembrar sus jardineras.

A diferencia de Jo, la madre de Fox, Frannie Hawkins nunca permitía que absolutamente nadie más que ella misma desyerbara sus plantas. No confiaba en nadie para tal labor, porque temía que en lugar de quitar maleza le quitaran los pétalos a sus petunias. Pero lo que sí había hecho él muchas veces a lo largo de los años había sido arrastrar su buena carga de mantillo o de rocas para los jardines de la madre de su amigo. Así que suponía que de alguna limitada manera esos jardines de portada de revista también eran un poco suyos.

Frannie llegó con una bandeja en la que traía una gran jarra verde llena de té helado en el que flotaban hojas de menta fresca, un par de vasos a juego y un plato con galletas. Se sentaron en la mesa bajo el parasol contemplando el césped recién cortado y unas plantas recién florecidas.

—Siempre recuerdo este jardín —le dijo Gage a Frannie—. La granja de Fox era como el mundo de las aventuras y aquí era como...

—¿Qué? ¿La obsesión de la madre de Cal? —preguntó ella entre risas.

—No —respondió él—. Algo así como el punto intermedio entre el mundo de las hadas y un santuario.

La sonrisa de Frannie se diluyó en una calidez suave.

—Qué cosas más bonitas dices.

Gage se dio cuenta de que sabía lo que quería decir:

—Siempre me dejaste entrar. Hoy he estado pensando en varias cosas. Jo y tú siempre me abristeis la puerta de vuestro hogar. Nunca, ni una sola vez, me disteis la espalda.

—¿Por qué habríamos debido darte la espalda, Gage?

Gage la miró directamente a esos bonitos ojos azules:

—Mi padre era un alcohólico, y yo un gamberro.

—Gage...

—Cada vez que Cal o Fox se metían en problemas, muy probablemente había sido yo quien había comenzado todo el jaleo.

—Yo creo que ellos mismos empezaron muchos jaleos solitos y te arrastraron a ti detrás.

—Jim y tú siempre os preocupasteis por que yo tuviera un techo donde vivir y siempre me dejasteis claro que podía venir a vivir aquí, si lo quería o lo necesitaba. Siempre mantuvisteis empleado a mi padre, a pesar de que habríais podido echarlo, y lo hicisteis por mí, pero nunca me dejasteis sentir que fuera caridad. Vosotros y los padres de Fox siempre os ocupasteis de que tuviera ropa, zapatos y trabajo, para que tuviera mi propio dinero. Y nunca me hicisteis sentir que era porque sintierais lástima del pobre chico Turner.

—Nunca he pensando en ti como «el pobre chico Turner», Gage, y estoy segura de que Jo tampoco. Tú eras, y eres, el hijo de mi amiga. Tu madre era mi amiga, Gage.

—Ya lo sé. Sin embargo, habrías podido disuadir a Cal de que anduviera conmigo. Muchas personas lo habrían hecho. Yo fui quien tuvo la idea de ir al bosque esa noche.

La mirada que Frannie le lanzó a Gage fue absolutamente maternal:

—¿Y ni Cal ni Fox tuvieron la oportunidad de negarse?

—Por supuesto, pero la idea fue mía. Y seguramente lo imaginaste hace veinte años, cuando todo ocurrió. Sin embargo, mantuviste tus puertas abiertas para mí.

—Nada de lo que sucedió es culpa tuya. No sé mucho de lo que estás haciendo ahora, de lo que estáis haciendo, más bien, los seis, ni sobre lo que habéis descubierto, o lo que planeáis hacer. Cal no me dice casi nada y supongo que yo permito que sea así. Pero sé lo suficiente como para estar segura de que lo que sucedió en la Piedra Pagana cuando vosotros tres teníais diez años no fue culpa tuya. Y sé que sin vosotros tres, sin todo lo que habéis hecho y arriesgado, yo no podría estar aquí sentada en mi jardín en este esplendoroso día de mayo. No habría Hawkins Hollow sin vosotros tres, sin ti, Gage. Sin vosotros, este pueblo estaría muerto —Frannie puso su mano sobre la de Gage y le dio un apretón—. Estoy muy orgullosa de vosotros tres.

Con ella, precisamente con ella, Gage sabía que no podía menos que ser completamente honesto.

—No estoy aquí por el pueblo.

—Ya lo sé. Y por alguna extraña razón, eso me hace sentir incluso más orgullosa de que estés aquí. Eres un buen hombre, Gage. Lo eres —le repitió ella con vehemencia cuando vio la expresión de negativa en el rostro de él—. Nunca me vas a poder convencer de lo contrario. Has sido el mejor de los amigos para mi hijo. Has sido el mejor de los hermanos. Mis puertas no están solamente abiertas para ti: éste es tu hogar siempre que lo necesites.

Gage necesitó un momento para calmarse:

—Te quiero —clavó los ojos en los de ella—. Supongo que eso fue lo que vine a decirte. Casi no recuerdo a mi madre, pero os recuerdo siempre a ti y a Jo. Creo que haberos tenido ha marcado una gran diferencia en mi vida.

—Ay, se acabó —y con lágrimas en los ojos, Frannie se puso en pie y abrazó a Gage.

Gage pensó que tenía que completar lo que había empezado, así que condujo hasta el vivero que quedaba en las afueras del pueblo. Pensando que a Jo le gustaría incluso más una planta que flores, encontró una orquídea en flor que le pareció encantadora. Condujo hasta la granja, pero al no encontrar a nadie allí, dejó la orquídea con una nota en el porche a la entrada de la casa.

El gesto de las flores y la planta, y la charla con Frannie le habían ayudado a calmarse después de la amarga experiencia en el cementerio. Consideró la posibilidad de irse a casa y reanudar la investigación por su cuenta, pero tuvo que recordarse, le gustara o no, que era parte de un equipo. Su primera opción fue Fox, pero cuando pasó por la oficina de su amigo, vio que la camioneta ya no estaba aparcada fuera. Gage supuso que Fox había tenido que ir al juzgado ese día o tal vez estaba visitando a algún cliente. Ir a ver a Cal en la bolera no era una opción, teniendo en cuenta que su padre siempre estaba por ahí. Así las cosas, no tuvo otra alternativa que dar la vuelta y dirigirse a la casa de las mujeres. Todo parecía indicar que ése sería un día de chicas para él.

Tanto el coche de Quinn como el de Cybil estaban delante de la casa. Gage aparcó y entró sin llamar a la puerta, como lo había hecho esa misma mañana. Con la idea de tomarse un café, emprendió la marcha hacia la cocina cuando Cybil se asomó en lo alto de la escalera.

—Dos veces en un mismo día —le dijo ella—. No me digas que te estás volviendo sociable.

—Me apetece un café. ¿Estáis Quinn y tú trabajando en la oficina?

—Sí. No somos más que un par de abejas obreras dándole a esto de la investigación demoníaca.

—Subo en un momento.

Gage alcanzó a ver que Cybil arqueaba sus sensuales cejas antes de reemprender el camino hacia la cocina. Una vez hubo preparado café, subió a la oficina armado con una taza. Quinn estaba sentada frente a su ordenador azotando las teclas con dedos rápidos, y no se detuvo ni cuando se giró a mirarlo y le ofreció una de sus sonrisas resplandecientes.

—¡Hola! Ven, siéntate.

—Estoy bien —le dijo mientras se dirigía al mapa del pueblo que estaba pegado en la pared para examinar los alfileres de colores clavados en los lugares donde se había presentado actividad paranormal.

Gage notó que el cementerio no era uno de los lugares favoritos, aunque sí había tenido algo de movimiento. Después de examinar con detenimiento el mapa, él pasó su atención a los cuadros y gráficos que Layla había hecho. Allí confirmó que el cementerio no era uno de los sitios más frecuentados por el demonio. Tal vez era demasiado lugar común según los estándares de este demonio en particular que les atañía.

En su lugar, Cybil también tenía la atención fija en la pantalla de su propio ordenador.

—He encontrado una fuente que sostiene que originalmente la sanguinaria formaba parte del gran alfa, o piedra de la vida. Es muy interesante.

—¿Te dice también cómo usarla para matar al maldito?

Cybil echó una mirada fugaz a la espalda de Gage antes de responder:

—No. Sin embargo, habla de guerras entre la oscuridad y la luz, el omega y el alfa, los demonios y los dioses... dependiendo de qué versión mitológica consulte. Y durante estas guerras, la gran piedra explotó en muchos fragmentos que estaban bañados en la sangre y el poder de los dioses y que les fueron dados a los guardianes.

—Vaya —comentó Quinn dejando de escribir—, esa historia está casi dando en el blanco. Si las cosas son así, Dent recibió la sanguinaria junto con la investidura de guardián y él, a su vez, se las pasó a estos chicos nuestros en tres partes iguales.

—He encontrado otras fuentes que sostienen que la sanguinaria ha sido usada habitualmente en rituales de magia y que tiene el don de estimular la fortaleza física y la curación.

—Otra diana —dijo Quinn.

—También dicen que tiene la capacidad de ayudar en la regulación del ciclo menstrual de las mujeres.

Gage se dio la vuelta al escuchar eso.

—¿Te importa? Hombre en la habitación.

—No me importa —le respondió Cybil tranquilamente—. Pero lo que más nos interesa, teniendo en cuenta lo que tenemos entre manos: la sanguinaria es, sin lugar a dudas, la piedra de la curación.

—Ya sabemos eso, Cybil. Cal, Fox y yo hicimos los deberes sobre la sanguinaria hace muchos años.

—Todo se reduce a sangre —continuó Cybil—, como ya sabemos también: sacrificio de sangre, lazos de sangre, sanguinaria. Y también fuego. El fuego ha desempeñado un papel importante en todos los incidentes y fue un factor determinante tanto la noche en que Dent y Twisse quedaron atrapados juntos como la noche en que Cal, Fox y tú acampasteis por primera vez en el claro junto a la Piedra Pagana. Y ciertamente lo mismo sucedió la noche en que los seis unimos la sanguinaria. Así las cosas, pensad esto: ¿qué se obtiene cuando se golpean o friccionan dos piedras? Una chispa... y las chispas producen fuego. La creación del fuego fue el primer acto de magia del hombre, aunque, claro, esta aseveración se puede debatir. La sanguinaria... sangre y fuego. El fuego no sólo quema, también purifica. Tal vez sea fuego lo que puede matar al demonio.

—¿Qué quieres decir? ¿Quieres que saltemos alrededor de Twisse golpeando piedras con la esperanza de que una chispa mágica le caiga encima?

—¿No estás de buen humor?

—Si el fuego pudiera matarlo, ya estaría muerto. Lo he visto remontar llamas como si fuera un maldito surfista sobre una ola.

—Pero *sus* propias llamas, Gage, no las nuestras —apuntó Cybil—. No fuego creado con la piedra alfa, con el fragmento que os pasó Dent a los tres y que él a su vez recibió de los dioses. Unir las tres partes aquella noche creó un incendio muy impresionante, ¿no?

—¿Y cómo pretendes hacer una fogata mágica con una sola piedra?

—Estoy trabajando en ello. ¿Y qué hay de ti? —le preguntó Cybil—. ¿Tienes alguna idea mejor?

Ésta no era la razón por la cual estaba allí, se recordó Gage. No había venido a debatir sobre piedras mágicas o la conjuración del fuego de los dioses. Ni siquiera estaba seguro de por qué estaba provocando a Cybil. Ésta había pasado por todo el tortuoso proceso de unir los tres fragmentos de sanguinaria hasta convertirlos en una sola piedra.

—Hoy he recibido una visita del demonio en cuestión.

—¿Por qué no empezaste por ahí? —le preguntó Quinn mientras sacaba su grabadora y lo interrogaba profesionalmente—: ¿Dónde, cuándo, cómo?

—En el cementerio, poco después de irme de aquí esta mañana.

—¿Qué hora era? —Quinn miró a Cybil—. Alrededor de las diez, ¿no es cierto? ¿Así que debió de ser entre las diez y las diez y media? —le preguntó a Gage.

—Probablemente. No miré la hora.

—¿Qué forma tomó?

—La de mi madre.

De inmediato, Quinn pasó de la eficiencia a la compasión.

—Ay, Gage, lo siento mucho.

—¿Había sucedido algo parecido antes? —preguntó Cybil—. Es decir, ¿alguna otra vez había tomado la forma de alguien a quien conocierais?

—No, es un truco nuevo. Justo por esa razón me engañó al principio. En todo caso, se parecía a ella, a como la recuerdo. No, de hecho no la recuerdo muy bien que digamos. Se parecía a las fotos que he visto de ella —como la foto, pensó Gage, que su padre tenía sobre la mesilla de noche—. Ella... el demonio, es decir, era joven —continuó—. Más joven que yo y llevaba un vestido de verano.

Gage finalmente decidió sentarse y se fue tomando su café a medida que iba relatándoles a las mujeres el encuentro y después la conversación, casi palabra por palabra.

—¿Lo golpeaste? —le preguntó Quinn.

—Me pareció una buena idea en ese momento.

Sin decir una palabra, Cybil se puso en pie, se dirigió hacia él y le extendió una mano en indicación de que le dejara ver la suya. Le examinó con todo detenimiento la palma, los dedos y el dorso.

—Ya se ha curado completamente. Me he preguntado varias veces si os curaríais igual de rápido si él lograba heriros directamente.

—Nunca dije que me hubiera herido.

—Por supuesto que te hirió. Hundiste el puño en la tripa de la bestia, literalmente. ¿Qué clase de heridas te causó?

—Quemaduras y un par de agujeros poco profundos. El cabrón me mordió. Pelea como una niña.

Cybil ladeó la cabeza, prestando atención a la sonrisa de él.

—Yo soy una niña y no muerdo... no cuando estoy peleando. ¿Cuánto tiempo tardaste en curarte?

—Un rato. Tal vez una hora.

—Parece que mucho más tiempo que si te hubieras quemado con una fuente natural. ¿Experimentaste algún efecto secundario?

Gage iba a empezar a desestimar lo que le había sucedido, pero entonces recordó que incluso los detalles más pequeños podían ser de importancia.

—Me dieron náuseas y mareo, y me dolió muchísimo. ¿Suficiente?

Cybil ladeó la cabeza y lo miró inquisitivamente.

—¿Qué hiciste después? Han pasado unas cuantas horas desde el incidente hasta ahora.

—Tenía cosas que hacer. ¿Qué? ¿Ahora me toca fichar?

—Sólo lo pregunto por curiosidad. Bien, vamos a registrar el incidente y a poner la nueva pieza en el rompecabezas. Pero antes voy a hacerme una taza de té. ¿Quieres, Quinn?

—Me apetece una cerveza de jengibre, pero… me quedo con esto —le contestó levantando su botella de agua.

Cuando Cybil salió de la habitación, Gage tamborileó con los dedos sobre su muslo unos momentos antes de ponerse en pie:

—Voy a servirme otro café.

—Claro, anda —le dijo Quinn mirándolo con curiosidad mientras Gage salía. Las piedras no eran lo único que echaba chispas cuando se las golpeaba, pensó.

Cybil puso a calentar agua, sacó la tetera, midió el té y lo echó dentro. Cuando Gage entró en la cocina, ella estaba escogiendo una manzana del frutero, la partió en cuatro y le ofreció uno de los cuartos.

—Así que aquí estamos otra vez —después de sacar un plato, acomodó sobre él los trozos de manzana, partió otra, puso los trozos en el mismo plato y agregó unos gajos de uvas—. Cuando Quinn empieza a hablar de cervezas, necesita un tentempié. Si quieres algo más fuerte, hay ensalada de pasta fría en la nevera, o puedes prepararte un bocadillo, si te apetece.

—Estoy bien, gracias —Gage la observó mientras ella ponía en el plato de las frutas unas cuantas galletas saladas y unos cubos de queso—. No hay necesidad de que te molestes.

Cybil lo miró y arqueó una ceja.

—¿Por qué habría de estar molesta?

—Exactamente.

Cybil tomó uno de los cuartos de manzana, se apoyó en la encimera y le dio un minúsculo mordisco a la fruta.

—Me estás malinterpretando, Gage. He venido a la cocina porque me apetece una taza de té, no porque me hubiera enfadado contigo. Irritación no fue lo que sentí. Probablemente no te va a gustar lo que sentí… lo que siento.

—¿Y qué es?

—Lástima que Twisse usara un dolor personal contra ti.

—Yo no guardo ningún dolor personal.

—Ay, no me vengas con estupideces —Cybil le dio un mordisco irritado a la manzana—. Eso *sí* es irritante. Estabas en el cementerio, y puesto que, sinceramente, no creo que vayas al cementerio por deporte, tengo que concluir que fuiste a visitar la tumba de tu madre. Y entonces Twisse profanó, o trató de hacerlo, el recuerdo que tienes de ella. No me vengas con el cuento de que no te duele la muerte de tu madre. Yo perdí a mi padre hace muchos años, él escogió abandonarme, escogió meterse una bala en la cabeza, y todavía me duele. No querías hablar de eso, bien: te di tu espacio. Pero ahora me sigues aquí para decirme que estoy enfadada.

—Lo que evidentemente no es cierto —le contestó él secamente—, dado que no estás enfadada lo más mínimo, ¿no?

—No lo estaba —murmuró ella y dejó escapar un suspiro. Le dio un mordisco a la manzana y se giró cuando el hervidor de agua empezó a pitar—. Dijiste que tu madre parecía muy joven. ¿Cómo de joven?

—Probablemente un poco más de veinte, no creo que mucho más. La mayoría de mis impresiones físicas de ella provienen de fotografías. Yo... ¡Mierda, mierda! —se sacó la cartera del bolsillo, la abrió y extrajo una foto pequeña de debajo de su carné de conducir—. Éste era su aspecto, exactamente así, incluido el vestido.

Después de apagar el fogón, Cybil se acercó a Gage y se detuvo a su lado para mirar la foto que él sostenía en la mano. La mujer retratada tenía el pelo oscuro y lo llevaba suelto. Se adivinaba un cuerpo delgado debajo del vestido de verano amarillo. El niño pequeño que sostenía en brazos y que apoyaba contra la cadera debía de tener un año o año y medio, según calculó Cybil. Ambos sonreían a la cámara.

—Qué guapa era, Gage. Te pareces mucho a ella.

—Twisse sacó esta imagen de mi cabeza. Tenías razón sobre eso. No había vuelto a mirar esta foto en... no sé cuánto tiempo. Unos pocos años, tal vez. Pero es el recuerdo más claro que tengo de ella, porque...

—Porque es la fotografía que llevas contigo —Cybil le puso la mano sobre el brazo—. Enfádate, si es así como mejor lidias con esto, pero de veras que lo siento mucho.

—Supe que no era ella. Tardé apenas un minuto en saber que no era ella.

Y durante ese minuto, pensó Cybil, seguramente Gage había sentido una alegría y un dolor intensos. Ella se dio la vuelta para echar el agua en la tetera.

—Espero que le dieras en algún órgano vital, si es que Twisse tiene órganos, cuando lo golpeaste.

—Eso es lo que me encanta de ti: el gusto saludable que tienes por la violencia —le dijo Gage mientras guardaba de nuevo la foto de su madre en la cartera.

—Me encanta la actividad física, en muchos aspectos. ¿No te parece interesante? Quiero decir, que el primer intento de Twisse haya sido tratar de convencerte de que te marcharas. No te atacó ni te provocó, como ha hecho otras veces, sino que usó una figura familiar y de confianza para hacerte cambiar de parecer, para decirte que te salvaras a ti mismo. Creo que lo tenemos preocupado.

—Sí, parecía muy preocupado cuando me hizo volar lejos y caí de culo.

—Pero te pusiste en pie de nuevo, ¿no es cierto? —Cybil puso el plato, la tetera y un par de tazas sobre una bandeja—. Cal llegará dentro de una hora y probablemente Fox y Layla poco después. Si no tienes una oferta mejor, ¿por qué no te quedas a cenar?

—¿Vas a cocinar tú?

—Ésa parece ser mi contribución a este equipo en esta extraña vida que estamos llevando por el momento.

—Entonces me quedo.

—Bien. Por favor, sube esta bandeja y después te encontraré algo que hacer mientras llegan los demás.

—No hago gráficos.

Cybil le lanzó una mirada petulante por encima del hombro mientras salía de la cocina por delante de él:

—Hoy vas a hacer lo que yo diga si quieres comer.

***

Más tarde, Gage disfrutó la primera cerveza de la noche sentado en las escaleras del porche junto a Cal y Fox. Fox se había cambiado el traje de abogado por unos vaqueros y una sudadera de manga corta. Se le veía, como de costumbre, cómodo en su propia piel. Cal, por su parte, llevaba una de sus habituales camisas de franela.

¿Cuántas veces habían hecho exactamente eso?, se preguntó Gage. Sentarse en las escaleras a tomarse una cerveza. Incontables veces. Y con frecuencia, cuando estaba en algún otro lugar del mundo, se sentaba, le daba un sorbo a su cerveza y pensaba en sus amigos en el pueblo.

Y otras veces volvía a Hawkins Hollow, entre los Sietes, sólo porque echaba de menos a sus amigos como echaría de menos sus piernas. Entonces se sentaban como esta noche, a la larga luz del atardecer sin el peso del mundo, o de esta esquina del mundo, a sus espaldas.

Pero el peso estaba presente esta noche: faltaban menos de dos meses para lo que todos habían aceptado que sería actuar o morir.

—Podríamos volver al cementerio, los tres juntos —sugirió Fox—, a ver si el maldito quiere una segunda ronda.

—No creo. Ya se entretuvo lo suficiente.

—La próxima vez que decidas darte un paseo por ahí, no vayas desarmado, Gage. Y no me estoy refiriendo a esa maldita pistola que tienes —añadió Cal—. Puedes conseguir un cuchillo legal y decente en Mullendore. No tiene sentido permitirle que intente arrancarte parte de la mano de un mordisco.

Lentamente, Gage cerró el puño de la mano en cuestión.

—Me sentó bien golpear al bastardo, pero tienes razón. No llevaba encima ni siquiera una navaja. No voy a volver a cometer el mismo error.

—Es increíble que pueda sencillamente aparecer con la forma de alguien que está muerto... Lo siento —le dijo Fox a Gage, poniéndole una mano sobre el hombro.

—No pasa nada. Quinn ya lo mencionó hace un rato. Es una habilidad tremenda si puede tomar la forma de alguien vivo, alguien muerto es tan complicado. Aunque Cybil cree que no. Tiene una teoría intelectual muy complicada, que dejé de escuchar en cuanto ella y Quinn empezaron a discutirla. Pero me parece que Cybil puede tener razón en cuanto a que la figura tenía sustancia, era concreta, pero la imagen, la forma, era como una especie de caparazón, y ese caparazón era... prestado. Ésa es la conclusión de la larguísima charla que nos dio Cybil sobre cambios corpóreos y modificación de la forma. Twisse no puede tomar prestada la forma de una persona viva porque ésta sigue vistiendo el caparazón, por decirlo de alguna manera.

—Lo que sea —comentó Fox después de un momento—. Ahora sabemos que Twisse tiene un truco nuevo. Si quiere jugar a lo mismo otra vez, estaremos preparados.

Tal vez, pensó Gage. Pero las posibilidades eran remotas. Y cada día se hacían más remotas.

CAPÍTULO 3

Con pantalones sueltos de algodón y una camiseta que sólo consideraba apta para dormir, Cybil siguió el vital olor a café hasta la cocina. Era una maravilla saber que alguien en la casa se había levantado antes que ella y había preparado café. Con demasiada frecuencia la tarea recaía sobre sus hombros porque, por lo general, se levantaba mucho antes que todos los demás.

Por supuesto, ninguna de las otras dormía sola, pensó, así que no sólo les tocaba café, sino, además, sexo. No le parecía justo en absoluto, decidió, pero no había nada que hacer. Eso era lo que había. Sin embargo, la ventaja era que no le tocaba tener que charlar antes de recibir su dosis de cafeína y tenía unos momentos a solas y en tranquilidad para leer el periódico antes de que los cachorritos se levantaran de la cama.

A medio camino entre la escalera y la cocina, se detuvo y olisqueó. Eso, pensó, era más que café. El aroma a tocino perfumaba el ambiente, lo que lo convertía en un día de suerte. Alguien aparte de ella estaba cocinando.

Desde la puerta, Cybil vio a Layla ocupada frente al fogón, tarareando mientras freía, levantaba, removía. Llevaba el pelo recogido en una diminuta cola de caballo sobre la nuca. Parecía tan feliz, pensó Cybil, y se preguntó por qué sentiría ese enorme afecto como de hermana mayor hacia Layla. Al fin y al cabo tenían la misma edad y, aunque Cybil había viajado mucho más que su compañera de casa, ella había vivido varios años en Nueva York e incluso en pantalón pirata y camiseta tenía un aire urbano. Con Quinn, por otra parte, había habido una conexión inmediata desde el primer momento en que se habían conocido en la universidad. Y ahora también estaba Layla.

Cybil pensó que nunca había sentido ese clic inmediato, esa afinidad, con su hermana. Pero la verdad era que ella y Rissa nunca se habían entendido del todo y su hermana menor solía ponerse en contacto con ella básicamente cuando necesitaba algo o cuando se había metido en otro problema.

Cybil decidió que, de todas maneras, tenía que sentirse afortunada por haber encontrado a Quinn, que era como una parte de sí misma que se le hubiera perdido. Y ahora Layla encajaba suavemente en el rompecabezas y las tres formaban un todo.

Una vez que hubo puesto todo el tocino a un lado en un plato para que se escurriera, Layla se giró para coger la caja de huevos, pero se sobresaltó al ver a Cybil.

—¡Dios mío! —y llevándose una mano al pecho, se rió—. ¡Me has asustado!

—Lo siento. Te has levantado temprano.

—Y con antojo de huevos y tocino —y antes de que Cybil pudiera hacerlo ella misma, Layla sacó una taza y le sirvió café—. Hice bastante tocino; pensé que te levantarías antes de que terminara de cocinar y Fox siempre está dispuesto a comer.

—Mmm… —musitó Cybil mientras le ponía leche al café.

—En todo caso, espero que tengas hambre, porque al parecer he frito medio cerdo. Y los huevos son frescos, atención, de la granja de los O'Dell. Y ahí está tu periódico —Layla señaló hacia la mesa—. ¿Por qué no te sientas, te tomas el café y lees el periódico mientras yo termino de preparar el desayuno?

Cybil tomó un primer sorbo de su café para aclararse la cabeza.

—Me veo obligada a preguntar: ¿qué te traes entre manos, Darnell?

—Mis intenciones son claras como el agua —arrugando la nariz, Layla rompió el primer huevo y lo echó en un tazón—. Aunque hay un favorcito... Y estaría sobornando a Quinn también con este desayuno si estuviera aquí en lugar de en casa de Cal... Tengo la mañana libre y un puñado de muestras de pintura. Tengo la esperanza de convenceros a ti y a Quinn para que vengáis a la tienda conmigo esta mañana y me ayudéis a decidir qué gama de colores usar.

Cybil se echó el pelo hacia atrás y le dio otro sorbo a su café.

—Tengo una pregunta: ¿qué te hace pensar que Quinn o yo te dejaríamos decidir sola la gama de colores para tu propia tienda sin darte la lata con nuestra opinión?

—¿En serio?

—Nadie se salva de mi opinión, pero de todas maneras me voy a comer esos huevos con tocino.

—Bien, muy bien. Es sólo que me parece una locura preocuparme por el muestrario de pintura cuando tenemos pendiente el otro asunto que sí es de vida o muerte.

—Escoger la gama de colores apropiada para una tienda es un asunto de vida o muerte.

Layla se rió, pero negó con la cabeza.

—Por ahí anda suelto un demonio que nos quiere matar y que está acumulando fuerzas para alcanzar su máximo potencial en más o menos seis semanas, mientras yo me empeño en la loca idea de abrir mi propia tienda de ropa en un pueblo que parece estar condenado. Entretanto, Fox tiene que entrevistar, contratar y formar —o yo tendré que formar— a mi sustituta en la oficina, al mismo tiempo que desciframos cómo mantenernos con vida y cómo aniquilar a este demonio milenario. Y, además, le voy a pedir a Fox que se case conmigo.

—No podemos dejar de vivir sólo porque... ¡Caramba! —Cybil levantó una mano y esperó unos momentos a que se le aclarara la cabeza recién levantada—. En mis clases de periodismo esto es lo que llamaban enterrar la entradilla. Lo has hecho a lo grande.

—¿Te parece una locura?

—Por supuesto. Nunca se debe enterrar la entradilla —y puesto que estaba al alcance de su mano, Cybil tomó una loncha de tocino—. Y sí, por supuesto, casarse es una insensatez... por esa precisa razón es humano.

—No me refiero al matrimonio. Me refiero a pedírselo yo a Fox. Es una acción tan poco de mi estilo...

—Eso espero. Me parecería preocupante que anduvieras por ahí proponiéndole matrimonio a cualquier hombre que te encontraras por el camino.

—Siempre pensé que, cuando las cosas estuvieran en su lugar y el momento fuera el correcto, esperaría a que el hombre al que amara preparara el asunto, comprara el anillo y me pidiera que me casara con él —Layla exhaló un suspiro y continuó con la labor de romper los huevos dentro del tazón—. Eso sí se parece a mí... o se parecía. Pero ya no me importa que las cosas estén en su lugar o que el momento no sea el correcto. Además, ¿quién diablos sabe, especialmente nosotros, si el momento es el indicado? Y la verdad es que no quiero sentarme a esperar.

—Entonces ve a por él, hermana.

—¿Lo harías tú? Es decir, teniendo en cuenta las circunstancias.

—Pero por supuesto que sí.

—Me siento... Ay, aquí viene... —susurró Layla—. No digas nada.

—Maldición. Si estaba planeando soltarle la noticia en la cara y después echarle confeti encima.

—Buenos días —Fox le dirigió una sonrisa soñolienta a Cybil y después una resplandeciente a Layla—. ¡Estás cocinando!

—Mi jefe me ha dado la mañana libre, así que tengo tiempo de hacer otras cosas.

—Tu jefe debería darte siempre todo lo que necesitas —le dijo Fox mientras se dirigía al frigorífico y sacaba su habitual Coca-Cola. Y tras abrir la lata, miró de una mujer a la otra—. ¿Qué? ¿Qué pasa?

—Nada —y puesto que Layla sabía que Fox era capaz de leer los pensamientos y los sentimientos, le apuntó con el batidor que tenía en la mano—. Y te prohíbo fisgonear. Sólo estábamos hablando de la tienda, del muestrario de pinturas y esas cosas. ¿Cuántos huevos quieres?

—Dos. Tres, mejor.

Layla le lanzó una mirada satisfecha a Cybil cuando Fox se inclinó hacia ella para darle un beso y tomar una tira del tocino que estaba en el plato detrás de su espalda.

***

La casa que albergaría la tienda de Layla daba buenas sensaciones, era amplia, tenía buena luz y estaba bien ubicada. Todas características importantes, pensó Cybil. Layla tenía muchos años de experiencia vendiendo ropa, así como un ojo maravilloso para el estilo, lo que también eran ventajas enormes, consideró Cybil. Y, encima, había que tener en cuenta la habilidad que compartía con Fox de intuir los pensamientos, así que eso de poder sentir lo que una clienta quería en realidad sería de enorme utilidad.

Cybil recorrió el espacio desierto. Le gustaba el viejo suelo de madera, los tonos cálidos que desprendía y el ancho zócalo que lo remataba.

—¿Encantador o presuntuoso? —preguntó Cybil.

—Encantador con algo de presunción —respondió Layla desde el escaparate, donde junto con Quinn estaba examinando el muestrario de colores a la luz del día—. Quiero respetar el espacio y sólo realzarlo con ligeros toques. Que se sienta femenino y cómodo, pero no tan acogedor. Accesible, pero no predecible del todo.

—Nada de tonos rosa, malva ni rosado.

—Por nada del mundo —respondió Layla con absoluta resolución.

—Necesitarías un par de sillones cómodos, para que las clientas se sienten —sugirió Quinn—. Puede ser para probarse zapatos o cuando tengan que esperar a que la amiga se pruebe algo en el probador. Pero el tapizado no puede ser ni de flores ni de *chintz* brillante.

—Si ésta fuera una galería, habría que decir que tu mercancía son tus obras de arte.

—Exactamente —Layla sonrió ampliamente a Cybil—. Por eso he pensado en tonos neutros para las paredes. Tonos neutros cálidos, para que hagan juego con la madera. Y he pensando que, en lugar de un mostrador, quisiera buscar un escritorio antiguo en buen estado para poner la caja, o tal vez una mesa bonita —e hizo un gesto con la palma a la altura de la cintura—. Y aquí —le dio a Quinn el muestrario de colores y cruzó el salón vacío— quiero poner estanterías claras que parezcan colocadas un poco al azar, para poner zapatos o bolsos pequeños. Y allá... —Cybil siguió a Layla de sección en sección, escuchándole sus planes para el diseño de la tienda, tras lo cual pudo hacerse una idea clara de lo que su amiga quería: perchas abiertas, repisas, bonitos expositores de cristal para poner los accesorios—. Y necesito que el padre de Fox me construya un par de probadores aquí detrás.

—Tres —comentó Cybil—. Tener tres vestidores es más práctico, es más interesante a la vista y, además, el tres es un número mágico.

—Entonces que sean tres. Y les quiero poner buena luz, que sea halagadora. Y también esos espejos triples que son una tortura.

—Detesto a esos bastardos —comentó Quinn.

—Todas los detestamos, pero son un mal necesario. Y mirad, aquí hay una cocina pequeña —con un gesto que las invitaba a seguirla, Layla guió a sus amigas atrás—. La dejaron a lo largo de las vidas de las tiendas que ha habido aquí. Pensé que podría hacer todos los meses o así arreglos extravagantes, como velas y vino, por ejemplo, o arreglos con flores o tal vez un salto de cama atrevido o un vestido de coctel puesto descuidadamente sobre el respaldo de una silla. O una caja de cereales sobre la encimera y algunos platos en el fregadero, como si alguien acabara de desayunar, y un bolso o portafolios sobre la mesa con un par de zapatos de tacón alto debajo. ¿Entendéis lo que quiero decir?

—Divertido. Inteligente. Sí, entiendo a lo que te refieres. Déjame ver el muestrario de colores —y arrebatándoselo a Quinn de las manos, Cybil se dirigió de nuevo al salón principal.

—Tengo otro muestrario —dijo Layla a sus amigas—. Creo que ya he ido descartando casi todos los colores de ése.

—Y ya tienes uno favorito —le dijo Quinn.

—Sí, así es, pero quiero escuchar vuestra opinión. Quiero vuestra opinión seria, porque estoy tan asustada como emocionada con respecto a esto. Y no quiero echarlo todo a perder...

—Éste es el color: burbujas de champán. Un tono oro muy tenue, lo que apenas da la impresión de color. Es sutil, neutro, pero con un aire moderno, divertido. Cualquier color que pongas contra él va a resaltar.

Con los labios fruncidos, Quinn examinó el color por encima del hombro de Cybil.

—Cybil tiene razón: es fantástico. Es femenino, sofisticado, cálido.

—Ése es mi favorito —les dijo Layla cerrando los ojos—. Juro que ése es mi favorito.

—Lo que demuestra que las tres tenemos un gusto excelente —concluyó Cybil—. ¿Vas a llevar los papeles para el préstamo esta semana?

—Así es —Layla resopló e hizo volar el flequillo—. Fox dice que es pan comido. Tengo referencias de él, de Jim Hawkins y de mi antigua jefa en Nueva York. Mis recursos financieros son modestos, ejem, pero están en orden. Y el pueblo quiere y necesita negocios nuevos para mantener los ingresos aquí mismo en lugar de enviarlos al centro comercial, etcétera, etcétera.

—Es una buena inversión. Ésta es una ubicación de primera... Main Street a sólo unos pasos de la plaza principal. Tú creciste en una tienda así, en la tienda de tus padres. Tienes experiencia y un particular sentido de la estética. Es una muy buena inversión, Layla. Así las cosas, me gustaría tener una parte.

Layla pestañeó sin entender.

—¿Perdón?

—Estoy en buena situación financiera, no tanto como para prestarte todo el dinero que necesitas, pero sí lo suficiente como para invertir en un buen negocio. ¿Cuánto has pensado que necesitas para empezar?

—Pues... —Layla mencionó una cifra y Cybil asintió y caminó por el recinto.

—Yo puedo darte un tercio de esa cifra. ¿Quinn?

—Pues yo podría poner otro tercio también.

—¿Estáis bromeando? —fue lo único que atinó a preguntar Layla—. ¿Estáis *bromeando*?

—Así que sólo tendrías que poner un tercio, ya sea de tus modestos ahorros o de lo que te preste el banco. Yo me iría por la opción del banco. No sólo porque te da un respiro, sino por cuestiones de impuestos —Cybil se echó el pelo hacia atrás—. A menos que no quieras socios.

—Quiero socios si los socios sois vosotras dos. Ay, Dios santo, esto es... Pero un momento... Deberíais pensarlo mejor, tomaros más tiempo antes de decidir. No podéis...

—Ya lo hemos estado pensando.

—Y ya lo hemos discutido entre las dos —añadió Quinn—. Puesto que has decidido dar el salto. Dios santo, Layla, mira lo que ya hemos invertido una en la otra y en este pueblo. Sólo vamos a poner dinero esta vez. Y, como probablemente diría Gage, queremos apostar.

—Voy a hacer que el negocio prospere. Seguro que sí —Layla se secó una lágrima—. Por supuesto que sí. Sé lo que significamos una para la otra, pero si hacéis esto, quiero que todo sea legal y que todo quede por escrito. Fox puede encargarse... puede encargarse de todo. Sé que puedo hacer que todo salga bien. Especialmente ahora, sé que puedo —abrió los brazos y envolvió a Quinn y después a Cybil en un gran abrazo—. Gracias, gracias a las dos.

—No tienes nada que agradecer. ¿Qué más crees que diría Gage? —preguntó Cybil.

—¿Qué?

—Es posible que todos estemos muertos antes de agosto —con una carcajada, Cybil le dio una palmada a Layla en el culo y dio un paso atrás—. ¿Has pensando en posibles nombres para la tienda?

—De nuevo: ¿estás bromeando? Por Dios, estás hablando conmigo. Tengo una lista. De hecho, tengo tres listas y una carpeta. Pero voy a echar todo a la basura porque se me acaba de ocurrir el nombre perfecto —Layla extendió los brazos con las palmas hacia arriba—: Bienvenidas a Hermanas.

***

Cada una siguió su rumbo: Layla se fue a la oficina, Quinn a comer con la madre de Cal para comentar los planes de la boda y Cybil de regreso a casa. Quería profundizar en la posibilidad de que la sanguinaria fuera un arma, investigar más al respecto, considerar que tal vez la piedra fuera un fragmento de una fuente mística de poder mucho más vasta.

A Cybil le gustaba el silencio y la soledad. Eran propicios para pensar, para reorganizar las ideas, para moverlas de un lado a otro como piezas de un rompecabezas en busca del lugar que les corresponde. Se sintió con ganas de cambiar de escenario, así que tomó su ordenador portátil y todas las notas que había impreso específicamente sobre la sanguinaria y bajó a la cocina. Con la puerta trasera y la ventana de la cocina abiertas a la suave brisa primaveral, se preparó un pequeño bol de ensalada y una jarra de té helado y, mientras comía, revisó nuevamente las notas.

7 de julio de 1652. Giles Dent (el guardián) llevaba puesto el amuleto con la sanguinaria la noche en que Lazarus

Twisse (el demonio) llevó a la turba que había poseído hasta la Piedra Pagana, en el bosque de Hawkins, donde Giles vivía en una cabaña. Antes de esa noche, Dent le había hablado a Ann, su mujer y la madre de sus hijos trillizos (nacidos el 7-7-1652), sobre la piedra y se la había mostrado. Ann escribió sobre ella, breve y crípticamente, en los diarios que redactó después de que Dent la enviara a lo que hoy es la granja de los O'Dell, para que pudiera dar a luz en un lugar seguro.

La siguiente vez que sabemos de la sanguinaria, está partida en tres fragmentos: cada uno aparece en el puño de Cal Hawkins, Fox O'Dell y Gage Turner después de que realizaran un ritual para convertirse en hermanos de sangre, en la Piedra Pagana, la medianoche de su décimo cumpleaños: 7-7-1987 —los tres cumplen el mismo día—. El ritual (un ritual de sangre) liberó un demonio que hace de las suyas cada siete años por un período de siete días: infecta a ciertas personas en Hawkins Hollow. Esta infección hace que la gente se vuelva violenta y sea capaz de los actos más horrendos e incluso de matar.

Sin embargo, al quedar en libertad el demonio, los chicos adquirieron poderes específicos que les permiten curarse solos y les dan un don psíquico. *Armas.*

Cybil asintió al leer la palabra que había resaltado.

—Sí, por supuesto que son armas. Son herramientas que los mantienen vivos y les dan la fuerza para continuar la batalla. Y esas armas tienen su origen en la sanguinaria o, con certeza, están relacionadas con ella —comentó en voz alta.

Revisó las notas que tenía del diario de Ann Hawkins en las que hablaba sobre volver tres en uno y las que había tomado en sus conversaciones, tal y como habían sido, con Cal y con Layla. Uno en tres, tres en uno, reflexionó Cybil, y se sintió ligeramente molesta de que Ann no hubiera decidido aparecérsele a ella.

Pensó que le gustaría entrevistar a un fantasma.

Empezó a escribir en el ordenador sus pensamientos usando el método de flujo de conciencia que siempre le era tan útil y que, después, corregía y organizaba. Sólo se detuvo unas pocas veces para anotar algo en la libreta que tenía al lado, algunos puntos en los que quería profundizar después o algunas referencias que requerían mayor atención posterior.

Siguió trabajando como si nada cuando escuchó que la puerta principal se abría: seguramente Quinn había terminado pronto su reunión con Frannie. Y siguió igual de concentrada en su labor incluso cuando la puerta se cerró de un fuerte golpe momentos después: tensiones prematrimoniales, supuso.

Pero cuando la puerta detrás de ella se cerró también de un golpe y escuchó segundos después que el pestillo se corría, su atención se alejó del ordenador y se puso alerta. Guardó el archivo en el que estaba trabajando —era su segunda naturaleza guardar lo que estaba haciendo en el ordenador, por lo que a duras penas registró la acción automática— mientras la ventana sobre el fregadero se cerraba lentamente. Y de alguna manera este movimiento pausado le pareció más amenazador que el azote de la puerta.

Podía hacerle daño, recordó Cybil mientras se ponía en pie para sacar un cuchillo del soporte que tenían sobre la encimera. Le habían hecho daño antes, sentía dolor. Mientras cogía un cuchillo de chef, se prometió a sí misma que si estaba en la casa le iba a causar daño. Sin embargo, su instinto le dijo que estaría más segura fuera que encerrada en la casa con el demonio. Estiró la mano y trató de girar el pomo de la puerta.

Una descarga eléctrica le recorrió el brazo y la obligó a dejar escapar un grito ahogado mientras se tambaleaba hacia atrás. Con una repentina explosión estruendosa, empezó a salir sangre a borbotones por el grifo del fregadero. Corrió hacia el teléfono. Si necesitaba ayuda, en dos minutos alguien podría llegar a la casa, pero en cuanto tocó el auricular, una descarga aún más violenta que la anterior le quemó la mano.

Se dijo que todo eso no era más que tácticas para asustarla, mientras trataba de salir de la cocina. Atrapar a la mujer que estaba sola en la casa y hacer mucho ruido, añadió mentalmente Cybil cuando un terrible estrépito sacudió las paredes, el suelo, el techo.

Entonces vio al chico al otro lado de la ventana de la sala. Presionaba la cara contra el cristal y estaba sonriendo ampliamente.

No puedo salir, pero él tampoco puede entrar, pensó Cybil. ¿Acaso no era muy interesante? Y mientras consideraba este hecho, vio al chico arrastrarse por el cristal de arriba abajo y de lado a lado, como si fuera un bicho asqueroso. El vidrio empezó a sangrar hasta que quedó completamente manchado de rojo y del negro de las moscas que, zumbando ruidosamente, llegaron a beber la sangre. En un momento ahogaron completamente la luz que entraba de fuera hasta que la sala y toda la casa quedó sumida en las más completas tinieblas. Es como ser ciega, pensó ella mientras sentía que el corazón le daba un vuelco y empezaba a palpitarle más rápidamente. Eso era lo que él quería que ella sintiera. Quería llegar hasta el fondo, donde habitaba ese temor antiquísimo.

Cybil apoyó la mano contra la pared para tratar de guiarse y avanzó en medio del fragor y de la oscuridad. Sintió una viscosidad tibia que le corría por la mano y supo que las paredes también estaban sangrando.

Por supuesto que sería capaz de salir de allí, se dijo. Saldría a la luz. Iba a ser capaz de tomar la conmoción y lidiar con ella. Y *saldría* de la casa. La pared dio paso a la barandilla de la escalera y Cybil se estremeció de alivio. Casi había llegado a la puerta.

Algo voló en la oscuridad, la golpeó y la tumbó en el suelo. El cuchillo rodó inútilmente al otro lado de la oscuridad. Cybil se puso de rodillas y se apoyó en las manos cuando, de repente, la puerta se abrió y la luz que entró la cegó. Ella, instintivamente y como un resorte, se levantó y corrió con todas sus fuerzas hacia la luz, donde se estrelló contra Gage.

Más tarde, él pensó que Cybil lo habría atravesado, de haber podido. En ese momento, sólo la recibió entre sus brazos, esperando un ataque histérico femenino de patadas y arañazos, pero, por el contrario, Cybil sólo le clavó sus fieros y helados ojos directamente en los suyos.

—¿Puedes verlo? —le preguntó ella.

—Sí. Tu vecina, que está barriendo delante de la casa, no. Mira, nos está saludando con la mano.

Cybil mantuvo una mano aferrada firmemente al brazo de Gage, se dio la vuelta y le devolvió el saludo a la vecina con la otra. Mientras, el chico se deslizaba sobre la ventana de la casa como si fuera una araña.

—Anda, continúa el espectáculo —comentó Cybil espaciando sus palabras equitativamente—. Gasta las energías que quieras en la función de hoy —deliberadamente, soltó a Gage y se sentó en el escalón superior de la escalera de la entrada—. Entonces —le dijo a Gage—, ¿saliste a dar una vuelta?

Gage la miró por un momento, sacudió la cabeza y se sentó a su lado. El chico saltó al prado y empezó a correr en círculos, dejando a su paso un río de sangre.

—De hecho, pasé a ver a Fox y, mientras estábamos hablando, algo empezó a zumbarle en la cabeza. Con muchas interferencias, me dijo, como una señal fuera de frecuencia.

Y puesto que Layla comentó que tú eras la única que estabas sola, vine a echar un vistazo.

—Me alegro mucho de verte —una llamarada brotó del río de sangre—. No estaba segura de estar enviando correctamente la batiseñal psíquica —y para ayudarse a calmarse, extendió las manos y tomó una de las de Gage entre las suyas. En el prado, el chico gritó lleno de furia, saltó al río ardiente de sangre y se hundió en él—. Qué despedida más impresionante.

—Sí que tienes coraje, mujer —murmuró Gage.

—Un jugador profesional debería ser capaz de reconocer cuándo alguien se está tirando un farol.

Y mientras Cybil empezaba a estremecerse de pies a cabeza, Gage la tomó de la barbilla y la miró directamente a los ojos.

—Se necesita coraje para tirarse un farol de esa manera.

—Se alimenta del miedo. Que me parta un rayo antes que darle de comer. Pero que me parta doblemente antes que volver sola a esa casa en este momento.

—¿Quieres quedarte en la casa o prefieres ir a alguna otra parte? —le preguntó Gage en tono casual, sin el más mínimo tono de condescendencia, entonces Cybil sintió que se le relajaba el último nudo que le quedaba en el estómago.

—Quiero estar en las Bahamas tomándome un bellini con canela en la playa.

—Vamos.

Cuando Cybil se rió, Gage, impulsivamente, le cubrió la boca con la suya. Era una estupidez, lo sabía, pero lo inteligente no sería ni la mitad de placentero. Cybil sabía como parecía: misteriosa y exótica. Ella no fingió sorpresa ni resistencia, sino que respondió con las mismas ansias de él. Cuando Gage la soltó, ella le sostuvo la mirada mientras se echaba hacia atrás.

—Pues no fue un bellini en las Bahamas, pero estuvo bien.

—Puedo lograr más que «bien».

—Ah, no lo dudo, pero —le dio una palmadita amistosa en el hombro mientras se ponía en pie— yo creo que mejor deberíamos entrar y revisar que todo esté en orden —dirigió la mirada al reverdecido césped frente a la casa, luego a la ventana que ahora resplandecía bajo el sol de la tarde—. Seguramente todo está bien, pero creo que deberíamos revisarlo de todas maneras.

—Muy bien —le respondió Gage y, tras ponerse en pie, la siguió dentro de la casa—. Deberías hacer una llamada a la oficina de Fox, para avisarles de que estás bien.

—Bueno. En la cocina. Yo estaba en la cocina cuando todo empezó —Cybil señaló hacia una de las sillas de la sala que estaba volcada sobre un lado—. Probablemente esa silla fue la que me cayó encima y me tumbó. El pequeño bastardo me lanzó una silla.

Gage la levantó y recogió el cuchillo.

—¿Tuyo?

—Sí. Aunque qué lástima que no tuviera oportunidad de usarlo —entraron juntos a la cocina y Cybil dejó escapar un suspiro—. La puerta está cerrada con seguro. Y la ventana está cerrada también. Él las cerró. Fue real. Es mejor saber qué es real y qué no.

Después de lavar el cuchillo y ponerlo en su lugar, Cybil llamó a Layla. Y pensando que Cybil quería la puerta y la ventana abiertas, Gage le quitó el seguro a la puerta y abrió puerta y ventana.

—Voy a cocinar —anunció Cybil después de colgar con Layla.

—Bien.

—Cocinar me ayuda a mantenerme tranquila y centrada. Necesito comprar algunas cosas, así que me puedes llevar al supermercado.

—¿Puedo?

—Sí, puedes. Voy a por mi bolso. Y puesto que se me metió la idea de los bellinis en la cabeza, tendremos que pasar por la bodega a comprar unas cuantas botellas de champán.

—Quieres champán —repitió Gage después de un segundo.

—¿Quién no?

—¿Alguna otra cosa para anotar en nuestra lista de cosas por hacer?

Cybil sólo sonrió.

—Puedes apostar a que voy a comprarme un par de guantes de goma. Te lo explico por el camino —concluyó ella.

***

Cybil recorrió los pasillos de frutas y verduras, observando y examinando detenidamente la oferta. Escogió los tomates con tal cuidado y detenimiento que Gage pensó que parecía que estuviera escogiendo una joya cara. Parecía una reina de las hadas, pensó él, a la brillante luz del supermercado, con esa música ambiental de fondo y sus especiales del día. Titania tal vez, decidió él. Titania tampoco había sido una debilucha.

Habría esperado sentirse impaciente o irritado ante la tarea doméstica de comprar comida, pero era fascinante observar a Cybil. Tenía una manera tan flexible de moverse y esa expresión de sus ojos que evidenciaba que estaba dándose cuenta de todo. Gage se preguntó cuántas personas podrían caminar tranquilamente detrás de un carrito de supermercado después de que un demonio las hubiera aterrorizado.

Decididamente, admiraba esa cualidad.

Cybil dedicó unos buenos quince minutos a examinar los pollos: los revisó y devolvió varios hasta que finalmente encontró el que parecía ajustarse a sus necesidades.

—¿Vamos a comer pollo? ¿Toda esta espera sólo por un pollo?

—No es sólo un pollo —Cybil se echó el pelo hacia atrás y le ofreció una de sus amplísimas sonrisas—. Es pollo asado con vino, salvia, ajo, vinagre balsámico... y etcétera. Vas a llorar de alegría con cada bocado que te lleves a la boca.

—Yo no estaría tan seguro.

—Tus papilas gustativas van a llorar, lo sé. Supongo que tus compromisos te habrán llevado al menos un par de veces hasta Nueva York, ¿no es cierto?

—Por supuesto.

—¿Has ido al Piquant?

—Restaurante francés elegante. En el Upper West.

—Así es, y una institución en Nueva York. El chef del Piquant fue mi primer amante en serio. Era mayor que yo, francés, absolutamente perfecto para ser el primer amante en serio de una mujer de veinte —la sonrisa de Cybil se tornó cómplice y un tanto seductora—. Me enseñó varias cosas... sobre cocina.

—¿Cómo de mayor?

—Bastante. Tenía una hija de mi edad que me despreciaba, naturalmente —palpó una *baguette*—. No, a esta hora del día el pan ya no está recién hecho aquí. Tendremos que pasar por la panadería también. Si no tienen pan fresco allí tampoco, tendré que hornearlo yo misma.

— También vas a hornear el pan.

—Si es necesario. Si estoy de ánimo, amasar puede ser terapéutico y satisfactorio.

—Como el sexo.

Cybil sonrió espontánea y ampliamente.

—Exactamente —y llevó el carrito hasta una de las filas de la caja—. Entonces, ¿quién fue tu primera amante en serio?

Cybil pareció no notar, o no le importó, que la mujer en la fila delante de ellos se volviera a mirarlos por encima del hombro con los ojos abiertos de par en par.

—No he tenido ninguna todavía.

—Vaya, qué pena. Te has perdido toda la pasión salvaje, las peleas amargas, las ansias locas. El sexo es divertido sin eso, pero todo lo demás le añade intensidad —Cybil le sonrió a la mujer de adelante—. ¿No está usted de acuerdo?

La mujer se sonrojó y se encogió de hombros.

—Eh, sí, supongo. Por supuesto —entonces se dio la vuelta y mostró un súbito interés por las revistas de la caja registradora que a Gage le pareció muy falso.

—Sin embargo, las mujeres somos más propensas a buscar ese tipo de emociones. Es genético... hormonal, más bien —continuó Cybil en tono informal—. Nos sentimos más satisfechas sexualmente, como género, cuando permitimos que nuestros sentimientos se comprometan con el otro. Y cuando creemos, aunque sea una creencia falsa, que los sentimientos de nuestro amante se comprometen con nosotras también —cuando la cinta estuvo desocupada lo suficiente, empezó a poner las compras sobre ella—. Yo cocino, tú pagas.

—No habías mencionado ese trato antes.

Cybil le dio una palmada al pollo después de ponerlo sobre la cinta.

—Si no te gusta el pollo, te lo reembolso.

Gage le echó una mirada al pollo, a los largos dedos de Cybil sobre él, con las uñas pintadas de un color pálido y un par de anillos relucientes.

—Podría mentirte.

—Pero no lo harás. Te gusta ganar, pero como las mujeres, los sentimientos y el sexo, ganar no es tan satisfactorio a menos que juegues limpiamente.

Gage observó los artículos pasar por la cinta y escuchó el total. Al sacar la cartera, le dijo a Cybil:

—Más te vale que sea un pollo espectacular.

CAPÍTULO 4

Cybil había acertado con el pollo: Gage no se había comido uno mejor nunca antes. Y él pensó que ella también había tenido razón al decretar la no discusión de su experiencia, o de ningún tema relacionado con los demonios, durante la cena de esa noche.

Era fascinante darse cuenta de la gran cantidad de otros temas de conversación que los seis tenían en común, incluso a pesar de que llevaban meses viéndose todos los días. Planes de boda, planes de tienda nueva, libros, películas, escándalos de famosos y chismes de pueblo rebotaron de lado a lado de la mesa como pelotas de tenis. En cualquier otro momento y en cualquier otro lugar, la reunión habría sido exactamente lo que parecía: una cena de amigos y amantes disfrutando de la mutua compañía y de la exquisita comida.

¿Y cómo encajaba él en esa mezcla? Su relación con Fox y Cal había cambiado y evolucionado a lo largo de los años, a medida que habían dejado la infancia atrás y se habían ido convirtiendo en hombres hechos y derechos, especialmente cuando él había decidido dejar el pueblo y buscarse otros caminos. Pero en los cimientos era lo que siempre había sido:

una amistad de toda la vida. Sencillamente, eran los amigos de la vida, hermanos de sangre.

Le gustaban las mujeres que sus amigos habían escogido, por las personas que eran pero también por la manera en que habían encajado con sus amigos como pareja. Se requería de mujeres muy particulares, teniendo en cuenta lo que habían tenido que afrontar y lo que les faltaba todavía. Ese hecho le decía que, si lograban sobrevivir, los cuatro desafiarían cualquier pronóstico y harían funcionar esa extraña institución que era el matrimonio.

De hecho, Gage creía que iban a triunfar.

Y, si sobrevivían, él continuaría la marcha. Él era siempre el que se iba... y volvía. Ésa era la manera en que había logrado que la vida le funcionara, en todo caso. Siempre existía la posibilidad de la próxima partida, de jugar de nuevo en alguna otra parte. Supuso que allí era donde él encajaba. Él era como el comodín que aparece después de que se ha partido y repartido la baraja.

Sólo quedaba Cybil, con su cabeza enciclopédica, su genio en la cocina y sus nervios de acero. Sólo la había visto derrumbarse una vez desde que la conocía, recordó Gage: la vez en la que Twisse le había desenterrado su más profundo miedo, que se trataba de la ceguera. Ella había sollozado en sus brazos cuando todo hubo acabado. Pero no había salido huyendo.

No, no había huido. Se había quedado, al igual que todos los demás. Pero, si lograban superar la gran prueba, ella seguiría su camino también. Ese interesante cuerpo de mujer no albergaba ni una sola célula de chica de pueblo. Se adaptaba con facilidad, eso sí, consideró él. Se había adaptado bastante fácilmente al pueblo y en esa pequeña casa, pero era... como Frannie Hawkins sosteniendo un jarrón. Ésta era sólo una parada temporal antes de seguir hacia otro lugar más apropiado a su estilo. ¿Dónde quedaría ese lugar?, se preguntó. Y empezó a pensar en ella más de lo que era conveniente.

Cybil se dio cuenta de que Gage la estaba mirando, entonces levantó una ceja y le preguntó:

—¿Al final quieres un reembolso?

—No.

—Muy bien. Voy a dar un paseo.

—Ay, pero Cyb... —empezó Quinn.

—Gage puede acompañarme mientras vosotros cuatro os encargáis de lavar los platos y organizar la cocina.

—¿Por qué Gage puede pasar de lavar los platos? —quiso saber Fox.

—Él fue conmigo de compras y además pagó. Necesito un poco de aire fresco antes de que traigamos a colación al demonio. ¿Qué opinas, muchachote? ¿Quieres ser mi escolta? —a lo que Gage asintió con la cabeza.

—Llévate el móvil —le dijo Quinn a Cybil tomándola de la mano—, por si las moscas.

—Llevo mi móvil y me pongo la cazadora. Y no aceptaré caramelos de extraños. Relájate, mamá.

Cuando ella salió deprisa, Quinn se dirigió a Gage:

—No vayáis lejos, ¿vale? Y no la pierdas de vista.

—Esto es Hawkins Hollow, Quinn, todo queda cerca.

Cybil se puso un jersey fino y enfundó los pies que casi siempre llevaba descalzos en unas zapatillas negras. En cuanto puso un pie fuera de la casa, inspiró profundamente.

—Me gustan las noches de primavera. Incluso más las de verano. Me gusta el calor. Pero, teniendo en cuenta las circunstancias, estoy acaparando primavera.

—¿Adónde quieres ir?

—A Main Street, por supuesto. ¿Adónde si no? Me gusta reconocer el lugar por donde piso —continuó ella mientras avanzaban—, por tanto, camino por el pueblo y conduzco por la misma zona.

—Y probablemente eres capaz, a estas alturas, de trazar un mapa detallado de la zona y del pueblo.

—No sólo podría sino que ya lo he hecho. Me fijo en los detalles —inspiró profundamente de nuevo y esta vez se llenó del aroma de las peonías, que parecían una explosión rosa en el jardín delantero de alguna de las casas vecinas—. Quinn va a ser tan feliz aquí. Este lugar es perfecto para ella.

—¿Por qué lo dices?

Gage se dio cuenta de que la pregunta la había sorprendido. O era más acertado decir que le había sorprendido que le hubiera hecho esa pregunta.

—A Quinn le gusta la idea de barrio. No los suburbios o los conjuntos de casa, no, es demasiado... organizado. A ella le gusta el barrio, donde conozca por su nombre a los empleados del banco y a los cajeros del supermercado. Ésa es Q. Es básicamente una criatura social que necesita tiempo a solas. Así que este pueblo le ofrece la posibilidad del barrio, pero la casa en las afueras le da la posibilidad de su tiempo a solas. Lo tiene todo —decidió Cybil—. Y el chico también.

—Muy útil que Cal encaje en el panorama.

—Muy útil. Debo admitir que la primera vez que me habló de Cal pensé: «¿Un chico de bolera? Quinn ha llegado al punto de no retorno» —riéndose, se echó el pelo para atrás—. Debería avergonzarme por dejarme llevar por los prejuicios. Por supuesto, en cuanto lo conocí pensé: «Vaya chico de bolera tan atractivo». Y verlos juntos fue contundente. Debo decir que, desde mi punto de vista, ambos lo tienen todo. Voy a disfrutar mucho volviendo para visitarlos. Y a Fox y a Layla.

Giraron en la plaza y desembocaron en Main Street. Uno de los coches detenidos ante el semáforo rojo tenía la ventanilla abierta y se podía escuchar Green Day a todo volumen. Sólo el local de Ma y Gino's seguían abiertos —algunos adolescentes estaban reunidos frente a la pizzería—, los otros ya habían cerrado hasta el día siguiente. A las nueve, el local de Ma estaría a oscuras y, después de las once, Gino's cerraría también. Las calles quedarían desiertas entonces.

—¿Así que no te dan ganas de construirte una cabaña en el bosque? —le preguntó Gage a Cybil.

—Una cabaña sería estupenda para ir de vez en cuando los fines de semana. Y el encanto de los pueblos pequeños es sólo eso: encantador para ir de vacaciones —le respondió ella—. Me encanta pasear por los pueblos pequeños, es una de mis actividades favoritas. Pero soy una persona urbana de corazón y me gusta viajar. Necesito una base de operaciones, así tengo un lugar de donde partir y adonde regresar. De hecho, es un piso precioso en Nueva York, que me dejó mi abuela. ¿Qué hay de ti? ¿Tienes una base de operaciones o un cuartel general o algo parecido?

Gage negó con la cabeza:

—Me gustan las habitaciones de los hoteles.

—A mí también. O para ser más exacta: me gustan las habitaciones de los buenos hoteles. Me encanta el servicio y la conveniencia de poder pedir el servicio de habitaciones o pedir que no me molesten, según lo que se me antoje.

—Las veinticuatro horas del día —añadió Gage—. Y alguien viene y limpia mientras tú estás haciendo algo mucho más interesante.

—Las ventajas de tener criada no se pueden exagerar. A mí también me gusta contemplar por la ventana una vista que no me pertenece. Sin embargo, hay otro tipo de personas en el mundo, como la mayoría de los habitantes de este pueblo que Twisse está tan empeñado en destruir. A ellos les gusta mirar por la ventana y observar lo que les es familiar. Quieren y necesitan el confort que eso les produce, y tienen derecho a obtenerlo.

La conversación los llevó de nuevo al punto de partida, pensó Gage.

—¿Y estás dispuesta a derramar tu sangre por eso?

—Pues espero que no me toque. O, al menos, tengo la esperanza de no tener que sangrar copiosamente. Pero ahora es el hogar de Quinn, y de Layla. Y yo derramaría mi sangre por ellas. Y por Cal y por Fox —Cybil giró la cara y lo miró directamente a los ojos—. Y por ti —al escuchar las palabras de Cybil, tan llenas de verdad y honestidad, a Gage el corazón le dio un vuelco, pero antes de que pudiera responder nada, sonó el móvil de ésta—. Te salvó la campana —murmuró Cybil mientras sacaba el teléfono del bolsillo. Al ver la pantalla, le cambió la expresión—. Mierda. Maldición. Perdón, pero tengo que contestar. Hola, Rissa.

Cybil dio unos pasos para alejarse de Gage, pero éste no tuvo que preocuparse por la logística o la ética de escuchar lo que Cybil decía. Escuchó un montón de «no» entre largas pausas de silencio, varios gélidos «ya te lo he dicho antes» y «esta vez no» para concluir con un «lo siento, Marissa» que denotaba más impaciencia que cualquier otra cosa. Cuando colgó, esa impaciencia se dibujó claramente en su rostro.

—Lo siento. Era mi hermana, a quien le cuesta mucho trabajo entender que el mundo no orbita a su alrededor. Espero que esta vez esté tan molesta conmigo que me deje en paz unas cuantas semanas.

—¿Ésta es la misma hermana-neumático-pinchado?

—¿Perdón? Ah —cuando Cybil se rió, Gage vio que ésta recordaba aquella noche en que se habían conocido, cuando ambos iban en dirección a Hawkins Hollow y casi chocaron en una solitaria carretera a las afueras del pueblo—. Sí, es la misma hermana que tomó prestado mi coche y me lo devolvió con el neumático pinchado en el maletero. La misma que con frecuencia toma prestadas mis cosas y, si se acuerda de devolvérmelas, están averiadas o completamente echadas a perder.

—Entonces, ¿por qué le prestaste tu coche?

—Estupenda pregunta. Un momento de debilidad, supongo. Ya no tengo muchos, o al menos no tantos como antes —la irritación le oscureció los ojos, irritación de acero esta vez.

—Apuesto a que no.

—Está en Nueva York, de regreso de donde quiera que estuviera esta vez, y no ve por qué no ella y cualesquiera sanguijuelas que la estén desangrando esta vez no se pueden quedar en mi piso un par de semanas. Pero, ¡oh sorpresa!, las cerraduras y la clave de seguridad ya no son las mismas. Lo que fue necesario hacer porque la última vez que se quedó allí con sus amigotes me dejaron el lugar hecho un desastre, rompieron un jarrón antiguo que había sido de mi tatarabuela, tomaron prestadas varias prendas de mi armario, incluido un abrigo de cachemira que no volveré a ver, e hicieron que los vecinos llamaran a la policía para frenar el escándalo que estaban montando.

—Parece una chica muy divertida —comentó Gage cuando Cybil se quedó sin aliento.

—Divertidísima. Muy bien, me voy a desahogar contigo: tienes la opción de escuchar o salir corriendo. Ella es la pequeña, era la niñita de la casa, así que la mimaron y la malcriaron, como suele suceder con los bebés, especialmente cuando son bonitos y encantadores. Y ella es muy guapa y absolutamente encantadora. Fuimos unas niñas privilegiadas la primera parte de nuestra vida, mi familia tenía mucho dinero, vivíamos en una casa preciosa y enorme en Connecticut y teníamos varios pisos en ciudades interesantes. Estudiábamos en los mejores colegios, viajábamos a Europa con regularidad, nos codeábamos con los hijos de personas importantes y adineradas, etcétera. Pero entonces mi padre tuvo un accidente y se quedó ciego —por un momento, Cybil guardó silencio y continuó caminando con las manos en los bolsillos y los ojos fijos al frente—. No fue capaz de superarlo. No veía, así que no iba a hacer ningún esfuerzo por aprender a vivir de otra manera. Hasta que un día, en nuestra preciosa casa de Connecticut, se encerró en la biblioteca. Los empleados, todavía teníamos servicio en esa época, trataron de abrir la puerta cuando se escuchó el disparo. Yo salí corriendo y rodeé la casa y vi por la ventana lo que había hecho. Rompí el cristal y entré a la biblioteca. No recuerdo muy bien lo que sucedió después, pero fue demasiado tarde, por supuesto. No pudimos hacer nada. Mi madre estaba histérica y Marissa más, pero fue totalmente inútil.

Gage no dijo nada, pero Cybil sabía que, por lo general, él era un hombre de pocas palabras. Así que sencillamente continuó:

—Más tarde nos enteramos de que habíamos sufrido, como suelen decir, «reveses económicos» considerables desde el accidente de mi padre. Y puesto que su muerte prematura no le dio la oportunidad de revertir los reveses, tuvimos que apretarnos el cinturón, por decirlo de alguna manera. La única manera que mi madre encontró para ayudarse a vivir con el dolor y la pérdida, que eran absolutamente reales para ella, fue cogernos a mi hermana y a mí y llevarnos a Europa a despilfarrar grandes cantidades de dinero. Un año después, estaba casada con un vividor, que lo único que hizo por ella fue ayudarla a despilfarrar más y finalmente la engatusó para quedarse con la mayoría del dinero que quedaba antes de irse a buscar mejores horizontes —la amargura que teñía las palabras de ella era tan intensa, que Gage supuso que Cybil podía incluso saborearla—. Podría haber sido peor, mucho peor, de hecho: podríamos habernos quedado en la indigencia, pero solamente tuvimos que aprender a vivir con recursos más limitados y a ganarnos la vida por nuestra cuenta. Al cabo del tiempo, mi madre se casó de nuevo, pero esta vez con un buen hombre, estable y cariñoso. ¿Quieres que me detenga?

—No.

—Bien. Marissa, al igual que yo, al cumplir veintiún años recibió una herencia modesta, modesta según nuestros parámetros anteriores, y para entonces ya se había casado en una ceremonia pomposa y se había divorciado amargamente. Se gastó todo el dinero que heredó con la fuerza de un huracán de categoría cinco y ahora trabaja de modelo cada vez que le da la gana. Le va decentemente posando para revistas y para publicidad, pero lo que ella más quiere en la vida es ser famosa, de cualquier tipo, así que lleva un estilo de vida acorde con lo que ella cree que debe ser el estilo de vida de una famosa. Como consecuencia, con demasiada frecuencia está arruinada y sólo puede usar su belleza y encanto como armas de convicción. Y puesto que ninguna de las dos cosas le ha funcionado conmigo últimamente, por lo general estamos peleadas.

—¿Sabe ella dónde estás?

—No, gracias a todos los dioses. No le dije nada de nada y tampoco lo voy a hacer. Primero, porque aunque es una pesadilla, sigue siendo mi hermana y no quiero que le pase nada malo. La segunda razón, que es puramente egoísta, es que no la quiero encima de mí. Marissa se parece demasiado a mi madre, o a quien era mi madre antes de que su tercer matrimonio la asentara finalmente y la hiciera sentirse satisfecha. La gente siempre decía que yo me parezco a mi padre.

—¿Él era listo y *sexy*?

Cybil sonrió ligeramente.

—Qué bonito de tu parte decir eso a pesar de que me he desahogado contigo. Siempre me he preguntado si parecerme a mi padre significa que no soy capaz de afrontar lo peor que la vida me depare.

—Pero si ya lo hiciste: rompiste la ventana y entraste.

Cybil dejó escapar un suspiro de tal manera que le dio a entender a Gage que estaba a punto de llorar. Pero se contuvo, lo que le hizo ganar muchos puntos a ojos del hombre, y sólo lo miró con sus ojos oscuros y profundísimos.

—Muy bien, te has ganado esto por escucharme y me lo he ganado yo por haber sido lo suficientemente lista como para desahogarme con un tipo que lo haría.

Y tras decir esto, agarró a Gage de la camisa, se puso de puntillas, pasó los brazos alrededor de su cuello y los entrecruzó. La boca de Cybil estaba tibia, sedosa, como una promesa. Se movió sobre la de él como una caricia que lo invitaba a entrar para probar o para saborear completamente. Los sabores que ella despedía lo recorrieron completamente, intensos y dulces, tentándolo. «Ven, prueba un poco más».

Cuando ella empezó a separarse de él, Gage la tomó por las caderas y la hizo ponerse de nuevo de puntillas. Y se sació de ella una vez más. Cybil no lo lamentó. ¿Cómo habría podido hacerlo? Ella se había ofrecido y él había respondido. ¿Cómo podía lamentar que en una tranquila noche de primavera la besara un hombre que sabía exactamente cómo quería que la besaran?

Con fuerza y profundamente, apenas con unos mordiscos suaves.

Si tenía el pulso desbocado, si sentía que el vientre le ardía, si esta prueba había causado que su sistema se alterara y deseara con ansias, Cybil escogió no retroceder, por el contrario, cabalgó la excitación en lugar de retroceder con arrepentimiento. Así que cuando se separó de él no lo hizo con arrepentimiento, sino con cautela, con la total certeza de que un hombre como Gage Turner respetaba un desafío. Y ofrecerle uno sería indudablemente más satisfactorio para los dos.

—Probablemente esta segunda parte fue un exceso de pago —le dijo ella—. Pero puedes quedarte con el cambio.

Gage le sonrió:

—Ése fue *tu* cambio.

Cybil se rió y, siguiendo un impulso, lo cogió de la mano.

—Yo diría que nuestro paseo nocturno nos ha sentado bien a los dos. Pero creo que ya es hora de regresar.

***

En el salón, Cybil se sentó en posición de loto con una taza de té en la mano mientras les contaba a los demás, y a la grabadora de Quinn, su experiencia de la tarde. Gage notó que no se saltó ningún detalle y tampoco se ahorró nada en el relato.

—Las paredes estaban sangrando —repitió en el acto Quinn.

—Era una ilusión.

—Igual que las moscas y el ruido. Y la oscuridad. ¿Viste todo igual que Cybil? —le preguntó Quinn a Gage.

—Sí.

—Las puertas y las ventanas estaban cerradas por dentro.

—La puerta principal se abrió con facilidad cuando giré el pomo, desde fuera —puntualizó Gage—. Pero, cuando entramos en la cocina, tanto la puerta como la ventana sobre el fregadero estaban cerradas con pestillo.

—Pero el chico —añadió Layla lentamente— se quedó afuera, contra la ventana. Nunca entró.

—Creo que no pudo —Cybil le dio un sorbo pensativo a su taza de té—. Me pregunto cuánto más amenazada me habría sentido si él hubiera estado dentro de la casa conmigo. Yo creo que, si hubiera podido entrar, lo habría hecho. Fue capaz de hacerme ver y escuchar, incluso sentir, cosas que no eran reales dentro de la casa. Pudo cerrar con seguro las puertas y la ventana del lugar donde yo estaba cuando todo empezó. No la puerta principal —añadió—. Tal vez agotó parte de su poder en la parte trasera de la casa y sólo pudo *hacerme creer* que la puerta principal estaba cerrada con seguro también. Estúpida de mí. No se me ocurrió pensar eso cuando todo estaba sucediendo.

—Tienes razón —le dijo Cal negando con la cabeza en tono reprobatorio—. Fue una estupidez de tu parte no haber tenido en cuenta esa posibilidad mientras la casa sangraba y se estremecía, y tú estabas atrapada aquí adentro en la oscuridad mientras el chico-demonio se arrastraba por la ventana.

—Bueno, ya que hemos concluido que Cybil pierde completamente la cabeza en momentos de crisis, creo que deberíamos preguntarnos por qué el chico no pudo entrar —comentó Fox, que estaba sentado en el suelo, como era su costumbre, rascándole la cabeza a *Lump*—. Tal vez les pasa como a los vampiros: tiene que ser invitado.

—O, dejando a Drácula en la ficción a la que pertenece, yo pensaría que todavía no contaba con todo su poder. Y no va a contar con él —les recordó Gage— hasta dentro de unas pocas semanas más.

—De hecho, si tenemos en cuenta las leyendas de vampiros —comentó Cybil frunciendo el ceño—, no es imposible que el que no ha muerto, que bebe sangre y etcétera, tenga sus raíces legítimas en este demonio. Algunas de las leyendas hablan de la habilidad de los vampiros para hipnotizar a sus víctimas o a sus enemigos... control mental. Se alimentan de sangre humana. Aunque ésta es más tu área que la mía, Quinn.

—Lo estás haciendo bien.

—Vale. Para seguir sintonizados con este mismo canal: se dice con frecuencia que los vampiros tienen la habilidad de convertirse en murciélagos o lobos. Este demonio nuestro ciertamente tiene la habilidad de cambiar de forma. Los licántropos, u hombres lobo, también forman parte de variadas leyendas y pueden ser considerados una subclase de criaturas que comparten esta habilidad de cambiar de forma. Me pregunto si hasta cierto punto los vampiros y los hombres lobo no serán versiones corruptas del demonio que nos atañe —tomó su libreta de anotaciones y garabateó algo en ella antes de continuar—. Sabemos ahora que puede tomar la forma de alguien que ha muerto. ¿Y si éste no es un truco nuevo sino una habilidad que tenía desde antes de que Dent lo apresara? Podríamos considerar la posibilidad de que sólo hasta ahora, que el supuestamente último Siete se acerca, ha sido capaz de volver a sacar el truco de su sombrero.

—Entonces mata al tío Harry —propuso Fox— y por pura diversión vuelve como el tío Harry para aterrorizar y matar al resto de la familia.

—Podría decirse que es divertido de una manera bastante patológica —coincidió Quinn—. ¿Tendremos que empezar a afilar estacas?

—No, pero más nos vale que encontremos pronto la manera de usar el arma que tenemos. En todo caso, me parece que esto es muy interesante —Cybil golpeteó con el lápiz sobre su libreta, pensando—. Como no pudo entrar, eso posiblemente nos da un poco más de seguridad, o de tranquilidad mental, al menos. ¿Alguno de vosotros lo ha visto alguna vez dentro de una casa? —les preguntó Cybil a los tres hombres.

—No, lo que hace es que alguien de la casa se suicide o que los que están dentro de la casa se maten unos a otros o incendien el lugar —contestó Gage encogiéndose de hombros—. Con frecuencia, todas las anteriores.

—Tal vez haya una manera de bloquearlo o, por lo menos, de debilitarlo —Layla se levantó de la silla donde había estado sentada y fue a sentarse junto a Fox en el suelo—. Es energía, ¿no es cierto? Una energía que se alimenta de sentimientos negativos, como ira, miedo u odio, o por lo menos parece que los prefiere. Durante cada Siete, o cuando se acerca uno, para ser más exactos, el demonio ataca pájaros y animales primero... criaturas de cerebro pequeño y que cuentan con menos complejidad mental que los humanos. Se recarga con esas muertes para finalmente atacar personas que están bajo algún influjo, como alcohol o drogas, y que no están pensando con claridad. Se alimenta de esos ataques y de esos sentimientos negativos hasta que se hace más fuerte.

—Esta vez está más fuerte desde el principio —les recordó Cal—. Ya ha dejado atrás la fase de los animales e incluso fue capaz de poseer a Block Kholer hasta tal punto que casi mata a Fox.

Layla tomó a Fox de la mano. Cybil comentó reflexivamente:

—Ése fue un blanco específico, pero no fue capaz de afectar al jefe de la policía cuando llegó y se llevó a Block a rastras. Los ataques específicos pueden ser otra ventaja.

—A menos que tú seas el blanco —interrumpió Fox—. Porque si lo eres, realmente apesta.

Cybil le dirigió una sonrisa.

—Tienes razón. Yo creo que no es sólo que se alimente del odio, sino que él mismo odia también. A nosotros, particularmente. Por lo menos hasta donde sabemos, todo lo que ha hecho o tratado de hacer desde febrero ha tenido a uno de nosotros, o al grupo entero, como blanco —puso la libreta sobre el brazo del sofá—. Está gastando un montón de energía en asustarnos o hacernos daño. Eso fue algo que se me pasó por la cabeza cuando estuve atrapada aquí en la casa. Bueno, por lo menos antes de que la casa se quedara a oscuras y yo perdiera parte de mi coraje. Pensé que estaba gastando energía. Tal vez podamos tentarlo a que use más. Está más fuerte, es cierto, y se está fortaleciendo aún más, pero cada vez que hace alarde de su poderío y monta un espectáculo, viene un tiempo de sosiego. Todavía se está recargando. Y si es cierto que no hay una manera de bloquearlo o debilitarlo, sí puede haber una de entretenerlo. Si nos está atacando a nosotros, es posible que su capacidad de afectar al pueblo se vea disminuida.

—Yo diría, sin temor a equivocarme, que siempre nos ha atacado bastante y a pesar de ello se las ha arreglado para causar estragos en el pueblo.

Cybil miró a Fox y asintió con la cabeza.

—Porque vosotros siempre habéis estado en el pueblo tratando de salvar vidas y de luchar contra él.

—¿Qué otra opción nos queda? —preguntó Cal—. No podemos dejar a las personas del pueblo sin protección alguna.

—Estoy sugiriendo que es posible que no necesitarais tanta protección si lográramos alejarlo de aquí.

—¿Cómo? ¿Y adónde?

—Cómo podría ser un gran reto —empezó Cybil.

—Y adónde sería la Piedra Pagana. Ya lo hemos intentado —interrumpió Gage—. Hace catorce años.

—Ya lo sé, lo leí en las notas de Quinn, pero...

—¿Recuerdas nuestra última visita a la Piedra Pagana? —le preguntó Gage a Cybil—. Pues ése fue un paseo por la playa en comparación con lo que es tratar de abrirse paso por el bosque en cualquier momento cercano a un Siete.

—Hace dos Sietes lo hicimos. A duras penas, sería más acertado decir —añadió Fox.

—Pensamos que tal vez podríamos detenerlo si repetíamos el ritual a la misma hora y en el mismo lugar: a la medianoche el día de nuestro cumpleaños, es decir, en la madrugada del Siete. Obviamente no sirvió de nada. Para cuando llegamos de vuelta al pueblo, la situación parecía mucho peor. Ésa fue una de las peores noches entre todas las noches terribles que hemos tenido que vivir en los Sietes.

—Porque no estábamos aquí para ayudar a nadie —finalizó Cal—. Dejamos el pueblo desprotegido. ¿Cómo podríamos volver a correr de nuevo ese riesgo?

Cybil empezó a contestar, pero se interrumpió y decidió dejar las cosas así por el momento.

—Bueno, entonces volvamos a la sanguinaria, que es uno de los elementos nuevos de nuestro lado del marcador. He estado explorando varias posibilidades y estaba a punto de profundizar en una de ellas esta tarde cuando me interrumpieron tan groseramente. Mañana volveré a ella. También quería sugerir, si estás de acuerdo, Gage, que tú y yo intentemos lo mismo que Cal y Quinn, y Fox y Layla han intentado.

—¿Quieres que echemos un polvo? Siempre estoy dispuesto para el sexo.

—Muy divertido, pero yo estaba manteniéndome dentro del mismo tema y me refería a trabajar juntos, a combinar dones. Ya tenemos el pasado —Cybil señaló a Cal y Quinn— y el presente —señaló a Fox y Layla—. Tú y yo vemos el porvenir. Tal vez ya es hora de descubrir si vemos más allá, o más claramente, si lo hacemos juntos.

—Yo estoy dispuesto, si tú lo estás.

—¿Qué tal si empezamos mañana, entonces? Puedo ir hasta la casa de Cal, tal vez a la una.

—Hablando de cosas —Cal se aclaró la garganta—. Después de hoy creo que sería buena idea limitar el tiempo a solas al máximo. Nadie debería estar solo aquí o en mi casa, al menos por la noche. Podemos dividirnos, de tal manera que estemos de dos en dos, por lo menos, o de tres en tres en cualquier parte. Y durante el día podríamos andar en parejas siempre que sea posible. Así las cosas, no creo que sea conveniente que conduzcas sola hasta mi casa, Cybil.

—No voy a discutir que es más seguro andar acompañado o que en grupo somos más fuertes. Entonces, ¿quién va a acompañar a Fox cuando tenga que ir al tribunal en Hagerstown? ¿O quién va a acompañar a Gage cuando ande de aquí para allá?

Fox negó con la cabeza mirando a Cal.

—Te lo advertí, ¿no?

—Que quede claro que no estoy ofendida lo más mínimo de que queráis protegernos a mí y a las otras chicas —Cybil sonrió a Cal—. Y estoy de acuerdo en que debemos quedarnos juntos lo máximo posible, pero no es práctico ni viable pensar que vamos a ser capaces de evitar pasar tiempo a solas o en tareas que tengamos que hacer cada uno por nuestra cuenta. Estamos a seis semanas del Siete. Creo que todos podemos prometer que vamos a tener cuidado y vamos a comportarnos de manera razonable. Yo, por mi parte, puedo asegurarte que no voy a encender una vela para bajar al sótano a investigar sola la causa de unos ruidos extraños.

—Yo puedo venir hasta aquí —le dijo Gage.

—No, porque ahora es cuestión de principios. Además, creo que podemos tener más suerte con esto en casa de Cal. Sigo sintiendo esta casa...

—Sucia —concluyó Quinn mientras extendía una mano y le frotaba suavemente la rodilla a Cybil—. Ya pasará.

—Sí, así es. Bueno, mientras vosotros decidís quién va a dormir aquí esta noche, yo me voy a la cama —tras ponerse en pie, miró a Gage—. Nos vemos mañana.

A Cybil le apetecía un largo baño de agua caliente, pero concluyó que era demasiado parecido a bajar a un sótano a oscuras. Ambas cosas eran clichés de película de terror por alguna razón, después de todo. Así que se decidió por la rutina nocturna de limpiadora, tónico e hidratante. Y cuando estaba a punto de meterse en la cama, Quinn entró en la habitación.

—Cal y yo nos vamos a quedar aquí esta noche.

—Muy bien, ¿pero no tendría más sentido que os fuerais a casa con Gage?

—Fox y Layla van a pasar la noche allí con Gage. Yo quería quedarme aquí esta noche.

Puesto que entendió, los ojos le ardieron a Cybil. Se sentó en el borde de la cama y tomó una de las manos de Quinn y se la llevó a la mejilla mientras Quinn se sentaba a su lado.

—Estuve tranquila hasta que las luces se apagaron. Sentí curiosidad e intriga más que miedo, pero entonces todo quedó en tinieblas y no pude ver nada a mi alrededor. Nada fue tan horrible como eso.

—Me lo puedo imaginar. ¿Quieres que duerma aquí contigo esta noche?

Cybil negó con la cabeza y después la apoyó en el hombro de su amiga.

—Es suficiente con saber que estás al otro lado del pasillo. Todos lo sentimos, ¿no es cierto? La suciedad que mencionaste, esa especie de hedor que dejó en toda la casa. Pensé que era sólo yo, que me estaba volviendo paranoica.

—Todos lo sentimos. Verás que pronto pasa, Cyb. No cederemos terreno.

—Nunca podrá entender la manera en que estamos conectados o lo que somos cuando estamos juntos. Nunca entendería que sabías que yo dormiría mejor esta noche sabiendo que estás en la casa o que me sentiría mejor después de hablar contigo a solas unos pocos minutos.

—Ésa es una de las maneras en que vamos a vencerlo.

—Yo estoy convencida de eso —Cybil suspiró—. Marissa llamó.

—Mierda.

—Sí. Y como de costumbre fue la misma mierda de siempre. «¿No puedes hacer esto, no puedes hacer lo otro, no me puedo quedar con lo de más allá? ¿Por qué eres tan mala hermana?» Fue sólo una gota más para empeorar un día ya de por sí malo. Y no pude más que descargar sobre Gage un buen pedazo de mi desafortunada historia familiar.

—¿En serio?

—Sí. Ya sé que no es mi estilo, pero fue un momento de debilidad por mi parte que él supo manejar bien. No dijo mucho, pero las pocas palabras que musitó eran exactamente lo que yo necesitaba escuchar. Después lo besé apasionadamente.

—Pues ya era hora —le dijo Quinn dándole un golpe amistoso de hombro.

—Tal vez tengas razón, no lo sé. No estoy segura de si empeorará las cosas, si las facilitará o si no supondrá ninguna diferencia en absoluto. Y aunque sé con certeza que el sexo será de lo mejor, excepcional, probablemente, también sé que liarse con un tipo como Gage es tan peligroso como bajar a un sótano a oscuras a ver qué causa unos ruidos.

—Es posible, pero como estaríais juntos, pues por lo menos no estarías bajando sola al sótano.

—Es cierto —Cybil frunció los labios mientras se examinaba los dedos de los pies—. Entonces ése sería el consuelo cuando el asesino del hacha nos esté descuartizando a ambos.

—Al menos habríais hecho el amor primero.

—Sexo excepcional. Voy a pensarlo —le dio un apretón a Quinn—. Anda, ve a acurrucarte con tu chico adorable. Yo voy a hacer un poco de yoga para relajarme antes de irme a la cama.

—Llámame si me necesitas.

Cybil asintió. Ésa era una constante en su vida, pensó Cybil cuando Quinn salió de la habitación, era algo que siempre había sido y seguiría siendo igual: si necesitaba a Quinn, lo único que tenía que hacer era llamarla.

CAPÍTULO 5

Ella había estado en sus sueños. Y en sus sueños había venido a su cama. En sus sueños, los labios de ella, suaves y ansiosos, se habían rendido a los de él. Su cuerpo, suave y firme, se había arqueado contra él. Brazos largos, piernas largas envolviéndolo en una cálida y perfumada feminidad.

La gloria salvaje de sus cabellos se derramaba oscura contra las sábanas blancas, lejos de su rostro para que esos profundos y seductores ojos lo miraran directamente.

Ella se alzó. Se abrió. Lo acogió.

En sus sueños, la sangre le palpitaba como un corazón y su corazón le latía desbocado en el pecho. Dentro de él, la alegría y la desesperación se entretejieron como una maraña loca de necesidad. Preso, perdido, tomó los labios de ella de nuevo. El sabor, ese sabor que lo quemaba por dentro como una fiebre mientras sus cuerpos se aceleraban. Rápido. Más rápido.

Entonces a su alrededor la habitación empezó a sangrar y a arder.

Ella gritó y clavó las uñas en la espalda de él como si fueran colmillos mientras el mar de llamas ensangrentadas los iba cubriendo, devorándolos, y la palabra que ella exclamó mientras el fuego los consumía fue *bestia*.

***

Se despertó de nuevo con las primeras luces de la madrugada. Y esa costumbre, pensó Gage, tenía que cambiar. No sentía particular afinidad por las mañanas, sin embargo, todo parecía indicar que ahora estaba condenado a tener que lidiar con ellas. No había manera de que pudiera volver a dormirse después del videoclip que el inconsciente le había proyectado durante la noche. Qué mala suerte que semejante sueño tan prometedor hubiera dado ese giro tan inesperado justo en el clímax, pensó él, como una broma de mal gusto.

Podía apartar el simbolismo, pensó mientras miraba el techo de la habitación de invitados de la casa de Cal, porque era fácil identificar lo que había provocado el entretenimiento de la noche.

Era un hombre. Estaba excitado.

Es más, a su fantasía le venía a la perfección que hubiera sido ella quien hubiera ido a él en lugar de él haberla tenido que buscar. No hacía mucho tiempo, Cybil y él habían hecho un trato a este respecto. ¿Cómo lo había planteado ella? Algo así como «no vas a tratar de seducirme y yo no voy a fingir que lo has hecho».

Recordarlo le hizo sonreír en la penumbra de la luz matutina. Pero si ella era quien hacía los movimientos, todas las apuestas estaban cerradas en cuanto a lo que a él concernía. El desafío que se le presentaba era el de engatusarla para que hiciera esos movimientos, pero convencida de que habían sido idea suya desde el principio.

Pero el sueño había terminado mal. Gage pensó que podía achacárselo a su naturaleza pesimista y cínica, pero también podía considerarlo un presagio. O, tercera opción, una advertencia. Si se permitía implicarse con ella, porque en el sueño no se había tratado sólo de sexo, sino que él estaba *implicado* con ella, ambos bien podían pagar el máximo precio. Sangre y fuego, pensó, como de costumbre. Y no había sido el nombre de su amante lo que ella había gritado mientras la consumían la pasión y las llamas, sino que había exclamado *bestia*, «monstruo» en latín, la lengua muerta de los dioses muertos y de los guardianes.

En resumen, la distracción del sexo les haría perder la concentración y el demonio bastardo atacaría de nuevo cuando estuvieran indefensos. En otras palabras, cualquiera de las tres opciones indicaba que lo más inteligente que podía hacer era no quitarse los pantalones en relación con Cybil Kinski.

Se levantó de la cama. La ducha le ayudaría a disipar los restos del sueño y las necesidades que éste había despertado. Él era bastante bueno a la hora de controlar sus impulsos. Si estaba intranquilo y excitado, significaba que necesitaba jugar una mano y echar un polvo. Así las cosas, lo que tenía que hacer era conseguir ambas cosas pronto. Un paseo rápido por Atlantic City aplacaría ambas necesidades y eliminaría cualquier posible complicación o consecuencia.

Y él y Cybil podrían usar la tensión sexual entre ellos como una fuente de energía en aras de un bien mayor. Por supuesto, si ganaban, si lograban sobrevivir, encontraría una buena estrategia para poder desnudarla. Así podría descubrir si su piel era tan suave como parecía, si su cuerpo era tan flexible... Estas consideraciones no estaban ayudándole a controlar sus ansias.

Se duchó, se afeitó (¿para qué diablos?), se puso unos vaqueros y una camiseta negra, porque era lo que tenía más a mano. Y cuando estaba empezando a bajar las escaleras, escuchó el murmullo de voces y una rápida y sensual risita detrás de la puerta cerrada que le indicó que los tórtolos ya se habían despertado y estaban arrullándose. Así las cosas, pensó, lo más probable era que se entretuvieran el tiempo suficiente para que él pudiera tomarse una solitaria y silenciosa taza de café.

En la cocina, preparó la primera jarra de café del día. Y pensativo como estaba, se dispuso a bajar a recoger el periódico del buzón. La cuesta delantera de la casa de Cal era una explosión de color. Las azaleas, una de las pocas plantas que Gage reconocía, estaban completamente florecidas y se exhibían desvergonzadamente. Una especie de delicada llorona formaba un arco que derramaba flores rosa. Todos esos colores y formas se extendían hasta el camino de grava, tan alegres como niños pequeños, mientras el bosque se alzaba a los lados, un verde tupido que escondía sus secretos, sus alegrías y sus terrores.

Los pájaros gorjeaban, el arroyo murmuraba y los pasos de Gage resonaban en la mañana. Algunas de las flores de Cal eran fragantes y perfumaban el aire mientras la luz moteada del sol resplandecía sobre el agua del arroyo.

Era tranquilizante, pensó Gage, todo el ambiente, los sonidos, los perfumes, la vista. Y para un hombre como Cal era, sin lugar a dudas, muy satisfactorio tener una casa como ésa. Gage tuvo que admitir, mientras abría la tapa azul del buzón para sacar el periódico, que él mismo la disfrutaba los cortos períodos en que iba de visita. Y, también sin lugar a dudas, necesitaba recargarse de Cal y Fox. Pero si esos períodos se extendían demasiado, empezaba a ansiar el neón, el paño verde de las mesas de juego, los pitidos y las multitudes. También la acción, la energía, el anonimato del casino y de la gran ciudad.

Si lograban matar al bastardo y sobrevivían para contar el cuento, pensó Gage, se tomaría unas pocas semanas de asueto. La boda de Cal y Quinn lo traería de vuelta en septiembre, pero entretanto había un amplio mundo allá afuera y un montón de manos por repartir. Tal vez se iría a Ámsterdam o Luxemburgo, para cambiar de ritmo. O, si seguía con ganas de llevarse a la cama a Cybil, tal vez le propondría que se fueran juntos a París. Romance, sexo, juego y moda, todo de un solo tiro. Pensó que a Cybil le llamaría la atención la idea. Después de todo, ella compartía con él el gusto por viajar y las habitaciones de un buen hotel. Descubrir cómo se entenderían para viajar juntos podía ser una buena manera de celebrar que había logrado sobrevivir a su treinta y un cumpleaños.

Seguro que ella cambiaría su suerte, reflexionó, todavía estaba por verse si para bien o para mal, pero sin lugar a dudas una mujer como ella no era de las que pasaba sin pena ni gloria. Gage estaba dispuesto a correr el riesgo de que el resultado fuera favorable para él.

Un par de semanas de pura diversión, sin ningún compromiso, después regresarían a ver a sus amigos dar el sí, tras lo cual cada uno retomaría su camino. Era un buen plan, decidió, uno que podía ajustarse con facilidad según las circunstancias y las ganas de cada uno.

Con el periódico bajo el brazo, Gage se dio la vuelta y se dispuso a caminar de regreso hacia la casa. En cuanto dio el primer paso, la vio.

La mujer estaba de pie al otro lado del pequeño puente de madera que cruzaba el arroyo. Llevaba el pelo suelto, que le caía libremente sobre los hombros y desprendía ligeros destellos dorados bajo los delicados rayos del sol. Llevaba puesto un vestido largo de color azul pálido que le cubría parte del cuello. A Gage el corazón le dio un vuelco, puesto que en el acto supo que la mujer era Ann Hawkins, quien había muerto hacía varios siglos. Sin embargo, por un instante, sólo por un segundo, cuando la mujer sonrió, Gage vio a su madre en ella.

—Eres el último de los hijos de los hijos de mis hijos. Eres el vástago de mi amado y yo, provienes de la pasión, de la sangre fría y del amargo sacrificio. La fe y la esperanza vinieron antes de ti y deben mantenerse inquebrantables. Tú eres la previsión, tú y la mujer que desciende del oscuro. Vuestra sangre, la sangre del oscuro, nuestra sangre. Con ella, la piedra ha vuelto a ser una; con ella, vosotros estáis bendecidos.

—Bla, bla, bla —exclamó Gage, tras lo cual se preguntó si los dioses harían que lo partiera un rayo por ser grosero con un fantasma—. ¿Por qué no me dices mejor cómo usar la sanguinaria, para que podamos terminar con todo esto de una buena vez y por fin cada uno a lo suyo?

Ann Hawkins ladeó la cabeza y lo miró de tal manera que Gage no pudo sino pensar que era absolutamente un gesto maternal.

—La ira también es un arma, si se usa sensatamente. Él hizo todo lo que pudo, os dio todo lo que pudo daros y que vosotros pudierais necesitar. Sólo tienes que ver, que confiar en lo que sabes, que tomar lo que te ha sido dado. Lloré por ti, mi niño.

—Te lo agradezco, pero las lágrimas no me fueron de mucha utilidad.

—Las de ella lo serán, cuando sea el momento. No estás solo, nunca lo estuviste. De sangre y fuego provinieron la luz y la oscuridad. Con sangre y fuego, una de ellas prevalecerá. La clave de tus presagios, la clave de las respuestas, está en tu mano. Gírala y mira.

Gage se quedó un momento más donde estaba después de que la mujer se desvaneciera. Típico, pensó. Típico comportamiento femenino. Sencillamente, no pueden facilitar las cosas. Molesto, cruzó el puente y subió la cuesta hasta el camino de entrada a la casa.

Cuando entró en la cocina, los tórtolos ya estaban allí, así que había perdido la oportunidad de tomarse su taza de café en paz. Naturalmente, estaban abrazados, besándose justo en frente de la maldita cafetera.

—Separaos de una vez, por Dios santo —les dijo Gage, y le dio un golpe con el hombro a Fox para apartarlos de delante de la cafetera.

—No se ha tomado su primera taza de café —le dijo Fox a Layla y le dio un último apretón antes de llevarse a los labios la lata de Coca-Cola que ya había abierto—. Siempre está de malas pulgas antes.

—¿Queréis que os prepare el desayuno? —se ofreció Layla—. Todavía tenemos tiempo antes de salir para la oficina.

—¿Acaso no eres María Perfecta? —rezongó Gage mientras sacaba una caja de cereales de la despensa y metía la mano dentro—. Yo estoy bien —después miró a Fox con los ojos entrecerrados cuando su amigo empezó a abrir el periódico—. Yo bajé a por él, así que me toca primero.

—Sólo quería ver el resultado de los partidos de béisbol, señor Alegría. ¿Tendrá Cal barritas de cereal?

—Dios, eres patético.

—Hermano, si eres tú el que está comiéndose los cereales directamente de la caja. A ver, tómate el café para que se te bajen esos humos.

Gage frunció el ceño y se miró las manos. Efectivamente, se estaba comiendo los cereales a puñados. Y puesto que era cierto que el café le aplacaba el mal humor, se giró hacia Layla con una sonrisa resplandeciente.

—Buenos días, Layla, ¿qué tal has dormido? ¿Acaso has mencionado algo sobre preparar el desayuno?

Ella se rió.

—Buenos días, Gage. Creo que tienes razón, mencioné algo sobre preparar el desayuno en un momento de debilidad. Pero, dado que me siento perfecta, voy a mantener mi oferta.

—Fantástico, gracias. Mientras lo haces, entonces, os voy a hablar sobre la visita que tuve en mi paseo matutino.

Layla se quedó paralizada con la mano sobre la puerta del frigorífico.

—¿Ha regresado Twisse tan pronto?

—No, no Twisse. La mujer. Aunque me pregunto si un fantasma puede considerarse una mujer. La verdad, no lo he pensado mucho.

—Ann Hawkins —Fox puso el periódico a un lado—. ¿Qué te dijo?

Gage se sirvió otro café y les contó.

—Todos la hemos visto de alguna u otra manera, salvo Cybil —comentó Layla tras poner una bandeja de tostadas sobre la encimera.

—Sí, y podría apostar a que se va a molestar por eso —respondió Gage sirviéndose dos tostadas.

—Sangre y fuego, de lo que por supuesto hemos tenido en cantidades alarmantes, tanto en la realidad como en sueños. Y fueron la sangre y el fuego los elementos que lograron fundir la sanguinaria de vuelta a su unidad original. Lo que fue idea de Cybil —recordó Fox—. Tal vez se le ocurra alguna otra cosa con respecto a este otro acertijo.

—Ya la se lo contaré cuando venga hoy.

—Cuanto antes, mejor —dijo Fox y se sirvió una generosísima cantidad de sirope sobre su montaña de tostadas—. Layla y yo podemos pasar por la casa antes de ir a la oficina.

—¿Para qué? Si Cybil va a querer que le repita toda la historia de nuevo con todos los detalles en cuanto llegue aquí.

—No importa —tras llevarse un trozo de tostada a la boca, Fox sonrió a Layla—. Están deliciosas.

—No son barritas, en todo caso.

—Mejor que mis barritas. ¿Estás segura de que no quieres que te acompañe al banco por la tarde? Conociéndote, ya sé que debes de tener todos tus documentos en orden, pero...

—Me va a ir bien, Fox. Hoy tienes un día muy ajetreado. Además, como tengo a mis dos inversoras, no voy a pedir un préstamo enorme, sino uno pequeño y eficiente.

Y así pasaron, pensó Gage, de hablar de fantasmas a tasas de interés. Dejó de prestarles atención y empezó a ojear los titulares del periódico que le había quitado a Fox, hasta que pescó un comentario al aire de la conversación que se desarrollaba a su lado.

—¿Cybil y Quinn van a invertir en tu tienda?

—Sí —Layla sonrió radiantemente como un rayo de sol—. Es genial. Espero que lo sea para ellas también. Mejor dicho: voy a hacer que lo sea para ellas. Es maravilloso, y sorprendente, que tengan tanta fe en mí. Tú sabes lo que se siente, claro. Fox, Cal y tú siempre habéis tenido eso.

Gage supuso que Layla tenía razón. Y supuso también que esto de la tienda era sólo otra manifestación tangible de la manera en que los seis estaban entrelazados. Ann le había dicho que no estaba solo. Ninguno de los seis lo estaba. Tal vez era ese hecho, justamente ese hecho, lo que iba a lograr que el viento soplara a su favor.

Cuando tuvo la casa sólo para él, pasó una hora contestando y escribiendo mensajes de correo electrónico para, entre otras personas, el profesor Linz, su contacto en Europa, que era especialista en demonología y tenía un montón de teorías y verborrea retórica. Pero éste había encontrado mucha información que Gage consideraba importante y pertinente para su investigación.

Gage consideraba que, cuanta más información tuvieran, mayores serían las probabilidades de ganar. Así que pensó que no sería malo preguntarle a Linz qué pensaba sobre la nueva teoría de Cybil, con respecto a que la sanguinaria, *su* sanguinaria, pudiera ser parte de un todo más grande, un fragmento de alguna fuente de poder mítica y mágica.

Y mientras escribía el mensaje no pudo menos que negar con la cabeza. Si alguien al margen de su pequeño grupo de amigos supiera que pasaba gran parte de su tiempo buscando información sobre demonios, se burlaría de él hasta morir. Aunque aquellas personas que lo conocían fuera de su círculo de amigos sólo veían lo que él les permitía ver. Ninguna de esas personas estaba en el nivel que él consideraba realmente cercano. Eran conocidos, contrincantes en el juego, amantes ocasionales. Algunas veces él les ganaba su dinero y otras, ellos el suyo. Era posible que los invitara a una copa o que fuera al contrario, una o dos rondas. En cuanto a las mujeres fuera de las mesas de juego, podía dedicarles unas horas o unos días, si convenía a ambas partes, y eso era todo.

Así como llegaban las cosas así mismo se iban, sin líos ni dramas.

¿Y por qué de repente ese estilo de vida le pareció más patético que un hombre adulto que quería comerse una barrita de cereales para desayunar?

Molesto consigo mismo, se pasó las manos por el pelo y se echó hacia atrás en la silla. Hacía lo que le venía en gana y vivía de la manera que le apetecía. Incluso ir al pueblo y enfrentarse a lo que tenía que enfrentarse allí era una decisión que tomaba. Si no lograba vivir más allá de la primera semana de julio, pues mala suerte, pero no podía quejarse. Habría vivido treinta y un años y habría visto el mundo en sus propios términos. A veces había vivido a lo grande, y preferiría poder volver a esos períodos de buena suerte unas cuantas veces más, poder volver a lanzar los dados otras veces, poder repartir unas cuantas manos más. Pero si no era posible, aceptaba las pérdidas y ya estaba. En todo caso, ya había alcanzado la meta más importante de su vida: se había ido del pueblo. Y durante los últimos quince años, y seguía, cada vez que alguien le levantaba la mano, él devolvía el golpe con más fuerza.

El viejo había estado ebrio esa noche, recordó Gage. Y sucio, por haberse caído de la camioneta de cara contra el polvo, esa camioneta desvencijada que se las había arreglado para conducir durante unos pocos meses. El viejo siempre estaba peor si se había caído que cuando se las arreglaba para zigzaguear en la camioneta para después tambalearse hasta su piso.

Había sido en agosto, continuó pensando Gage. Era una noche de agosto, una de ésas en las que incluso el viento suda. El lugar estaba limpio, porque el viejo se había mantenido sobrio desde abril. Pero como el piso estaba en la tercera planta de la bolera, eso significaba que el aire sudoroso subía y subía hasta que se quedaba estancado allí, riéndose del zumbido del aparato de aire acondicionado. Incluso después de la medianoche todo el lugar estaba húmedo, por lo que en cuanto Gage ponía un pie allí deseaba haberse quedado en casa de Cal o en la granja de Fox.

Pero esta vez había tenido una especie de cita. Una de esas citas en las que un chico tiene que separarse de sus amigos si quiere tener aunque sea la más remota posibilidad de llegar a primera base con una chica.

Pensó que su padre estaría ya en la cama, durmiendo o tratando de hacerlo, así que se quitó los zapatos y caminó de puntillas en dirección a la cocina. Había una jarra a medio llenar de té helado, esa mierda instantánea que siempre sabe o muy dulce o muy amarga sin importar cómo se la beba uno. Sin embargo, se bebió dos vasos seguidos y después buscó algo con que pasar el sabor que le había quedado en la boca. Le dieron ganas de comerse una *pizza*, pero a esa hora la bolera ya estaba cerrada, así que no había opción. Encontró medio bocadillo de albóndigas que, con seguridad, debía de tener ya un par de días. Pero detalles sin importancia como éstos no molestaban a un adolescente. Se lo comió frío, de pie frente a al fregadero.

Limpió después de comer. Recordaba claramente a lo que olía el piso cuando su padre bebía. A comida mala, basura de días, sudor, whisky rancio y colillas de cigarrillo. Era agradable que, a pesar del calor, el lugar oliera normal. No tan bien como la casa de Cal o la granja de Fox. Allá siempre había velas o flores o esos cuencos con pétalos de flores o esencias. Y el olor a mujer, que Gage suponía no era más que piel untada con crema o rociada con perfume.

Este lugar era un basurero en comparación, en absoluto un sitio adonde quisiera llevar a una chica, pensó echando un vistazo alrededor. Pero, por ahora, era suficientemente bueno. Los muebles eran viejos y estaban raídos y a las paredes les hacía falta una capa de pintura. Tal vez cuando la temperatura refrescara un poco entrando el otoño él y su padre podrían darle una mano de pintura. Tal vez podrían conseguir una televisión nueva, una que hubiera sido fabricada en la última década, al menos. Las cosas iban bien ahora que los dos estaban trabajando a jornada completa en verano. Gage estaba ahorrando lo que podía porque quería comprarse unos auriculares nuevos, pero podría partir el dinero y destinar una parte para una tele nueva, lo que sería genial. Todavía le quedaban un par de semanas más antes de que la escuela empezara de nuevo, lo que significaba un par de cheques más. Sí, una tele nueva estaría muy bien.

Estaba guardando el vaso limpio en el mueble de la cocina cuando escuchó los pasos de su padre en la escalera. Y lo supo.

El optimismo se le fue por el desagüe como si fuera agua y lo que le quedó por dentro se endureció como una roca. «Qué estúpido», pensó. Qué estupidez de su parte haberse permitido creer que su padre iba a mantenerse sobrio. Qué estupidez haber considerado la posibilidad de que podía darse una vida decente en esa ratonera de piso.

Empezó a dirigirse a su habitación con la intención de encerrarse allí, pero se detuvo y pensó «qué diablos». Se quedaría a ver lo que el borracho hijo de puta tenía para decir en su defensa. Entonces se quedó de pie frente a la puerta, con los pulgares metidos en los bolsillos delanteros de los vaqueros y una actitud desafiante que más parecía un capote rojo deseoso de ondear frente a un toro. Entonces su padre abrió la puerta.

Tambaleándose, Bill Turner se agarró al pomo de la puerta. Tenía la cara congestionada por el esfuerzo de la subida, por el calor, por la bebida. A pesar de que estaba al otro lado de la habitación, Gage pudo percibir el olor a whisky que su padre desprendía por todos los poros del cuerpo. La camiseta que llevaba puesta estaba mojada de sudor debajo de los brazos y por delante, en forma de uve. Cuando sus ojos se encontraron con los de Gage, el chico notó su expresión borrosa y malévola.

—¿Qué mierda estás mirando?

—A un borracho.

—Me tomé un par de cervezas con unos amigos. Eso no me hace un borracho.

—Supongo que me he equivocado: estoy mirando a un borracho mentiroso.

La expresión malévola en los ojos de su padre se intensificó. Fue como observar a una culebra enroscarse.

—Cuida tu puta boca, muchacho.

—Debí saber que no ibas a ser capaz de hacerlo

Pero *sí* lo había hecho, durante casi cinco meses. Había estado sobrio en el cumpleaños de Gage y había sido entonces cuando el chico había empezado a creer. Era la primera vez, desde que su padre había empezado a beber, que se había mantenido sobrio en su cumpleaños, así que ¿cómo no creerlo? La decepción y la traición fueron para Gage más dolorosas que cualquier correazo que su padre le hubiera dado antes. Y le mataron cualquier resto de esperanza, para siempre.

—No es de tu maldita incumbencia —lo espetó Bill—. Ésta es *mi* casa. No tienes derecho a decirme nada de nada bajo mi propio techo.

—Éste es el techo de Jim Hawkins y yo pago la mitad del alquiler, igual que tú. ¿Te has bebido la paga de la semana de nuevo?

—No tengo por qué rendirte cuentas. Cierra la boca o...

—¿O qué? —lo desafió Gage—. Estás tan borracho que a duras penas te puedes mantener de pie. ¿Qué diablos vas a hacer? Y qué diablos me importa —concluyó asqueado. Se dio la vuelta dispuesto a irse a su habitación—. Cómo me gustaría que bebieras hasta morirte y así terminaras el trabajo de una buena vez.

Bill estaba ebrio pero era rápido. En dos zancadas estuvo al otro lado de la habitación y empujó a Gage de espaldas contra la pared de golpe.

—No sirves para nada, nunca has servido para nada. No debiste haber nacido nunca.

—Entonces ya somos dos. Ahora quítame las manos de encima.

Dos bofetones, uno de ida y otro de vuelta, hicieron que a Gage le silbaran los oídos y le partieron el labio inferior.

—Es hora de que aprendas a *respetarme,* maldito muchacho.

Gage recordaba el primer puñetazo que le lanzó, recordaba cómo le había hundido el puño en el rostro a su padre y la expresión de absoluta sorpresa en sus ojos. Algo se rompió: la lámpara de pie. Y alguien maldijo vehementemente una y otra vez. ¿Había sido él? El siguiente recuerdo claro que tenía era estar de pie junto a su padre, que estaba de espaldas sobre el suelo con el rostro amoratado y ensangrentado. Sus propios puños gritaban de dolor, por la paliza y por la curación de sus nudillos hinchados y ensangrentados. Estaba hiperventilando y estaba completamente bañado en sudor.

¿Por cuánto tiempo había golpeado a su padre con sus propios puños? Todo era una mancha roja difusa. Pero se fue aclarando ahora y detrás Gage estaba frío y tieso como un témpano de hielo.

—Si me vuelves a tocar, si vuelves a ponerme una maldita mano encima alguna otra vez, te mato —Gage se acuclilló junto a su padre para asegurarse de que lo escuchaba claramente—. Te juro que te mato. En tres años estoy fuera de aquí. Me importa una mierda si bebes hasta morir mientras tanto, ya estoy más allá de que me importes un pito. Voy a tener que vivir aquí la mayor parte del tiempo de estos tres años, pero le voy a dar mi parte del alquiler a Jim directamente, no vas a ver ni un centavo de ese dinero. Me voy a comprar mi propia comida y mi propia ropa; no quiero nada de ti. Pero, sin importar lo ebrio que estés, más te vale que te lo pienses bien antes de volverme a golpear, porque si me tocas aunque sea una vez más, eres hombre muerto, hijo de la gran puta. ¿Me has oído?

Gage se puso en pie, se fue a su habitación y cerró la puerta tras de sí. Al día siguiente compraría un candado para la puerta, pensó, para no dejar entrar al bastardo. Podía irse, reflexionó. Cansado, se sentó en el borde de la cama y recostó la cabeza entre las manos. Podía recoger lo que era suyo y sabía que, si iba a casa de Cal o a la granja de Fox, lo acogerían de inmediato. Ése era el tipo de personas que eran.

Pero necesitaba quedarse. Necesitaba demostrarle al viejo y, más importante, demostrarse a sí mismo, que podía lidiar con la situación. Tres años hasta que cumpliera los dieciocho, pensó, después sería libre.

No muy exacto, pensó Gage ahora. Había lidiado con la situación y la había superado. El viejo no le había vuelto a poner la mano encima de nuevo y a los tres años se había marchado del pueblo, es cierto. ¿Pero libertad? La libertad era otra historia.

Uno lleva el pasado a cuestas, reflexionó Gage, lo arrastra detrás con una pesada cadena, sin importar lo lejos que mire uno hacia delante. Uno puede hacer caso omiso de él por largos períodos de tiempo, pero uno no puede escapar de él. Era posible que pudiera arrastrar la maldita cadena veinte mil kilómetros, pero el pueblo, la gente que amaba que vivía en él y su maldito destino se empeñaban en salirle al paso y arrastrarlo hacia atrás una y otra vez.

Se levantó del ordenador y bajó a la cocina a prepararse otra taza de café. Sentado frente a la encimera, repartió una mano de solitario. Le tranquilizaba sentir el contacto con las cartas, escuchar el sonido que hacían, sus colores y sus formas. Cuando escuchó que llamaban a la puerta, miró la hora instintivamente. Al parecer, Cybil había llegado pronto. Dejó las cartas donde estaban y agradeció que el sencillo juego le hubiera mantenido la mente lejos del pasado y también de ella. Al abrir la puerta se encontró con Joanne Berry en lugar de Cybil.

—Vaya, ¡hola!

Joanne sólo lo miró un momento. Llevaba el pelo oscuro en una trenza hacia atrás, como con frecuencia, los ojos claros le brillaban en su bonita cara e iba enfundada en unos vaqueros y una camisa de algodón. Entonces le tocó la cara, posó sus labios sobre la frente de él, sobre las mejillas y los labios, en su tradicional manera de saludar a la gente que amaba.

—Gracias por la orquídea.

—Fue un placer. Qué pena que no estuvieras cuando pasé a dejártela. ¿Quieres pasar? ¿Tienes tiempo de tomarte algo conmigo?

—Sí, me gustaría pasar. No puedo quedarme mucho, pero me apetecería charlar contigo un momento.

—Pasa. Debe de haber algo de beber en la cocina —le dijo Gage y la guió hacia allí.

—Cal tiene una casa muy bonita. Siempre me sorprende.

—¿De veras?

—Sí, no dejo de sorprenderme de que él, vosotros tres, mejor dicho, seáis ya hombres hechos y derechos. Que Cal sea un hombre adulto y que tenga esta casa propia tan bien cuidada y con ese maravilloso jardín. Sin embargo, a veces, con frecuencia todavía, me levanto por las mañanas y pienso: «Tengo que levantar a los chicos y mandarlos a la escuela». Entonces recuerdo que los chicos ya son adultos y se han ido de casa. Y siento tanto alivio como dolor en el corazón. Echo de menos a mis chiquitines.

—Nunca vas a lograr deshacerte de nosotros —conociendo a Jo, Gage se saltó todos los refrescos y vio que las opciones se reducían a zumo o agua—. Puedo ofrecerte agua o lo que creo que es zumo de pomelo.

—Estoy bien, Gage, no te preocupes.

—O puedo prepararte un té. O tú podrías preparártelo, mejor dicho. Yo probablemente… —se interrumpió cuando al darse la vuelta vio que a Jo le rodaba una lágrima por la mejilla—. ¿Qué te pasa, Jo? ¿Algo va mal?

—Nada. Es sólo que la nota que me dejaste. Con la orquídea.

—Tenía la esperanza de poder hablar contigo en persona. Pasé por casa de los padres de Cal y hablé con Frannie, pero…

—Ya sé. Ella me habló de tu visita. Escribiste: «Porque siempre estuviste ahí para mí. Porque sé que siempre va a ser así».

—Ambas cosas son ciertas.

Jo suspiró, lo abrazó y recostó la cabeza sobre el hombro de Gage.

—Cuando tienes hijos, continuamente te preguntas por ellos y te preocupas por ellos. ¿Hice lo correcto? ¿Debí haber hecho esto otro, debí haber dicho lo de más allá? Después, repentinamente, tus hijos, en un santiamén, se han convertido en adultos. Sin embargo, sigues preguntándote y preocupándote. ¿Pude haber hecho esto? ¿Recordé decir tal cosa? Si eres muy afortunado, un día alguno de tus hijos —Jo se separó de Gage y lo miró directo a los ojos—, porque eres mi hijo, al igual que eres hijo de Frannie, alguno de tus hijos te escribe una nota que te conmueve el corazón. Entonces toda la preocupación se esfuma —le dirigió una sonrisa acuosa—. Por un momento, al menos. Gracias por ese momento, pequeño.

—No habría podido superarlo sin ti y sin Frannie.

—Creo que estás equivocado en cuanto a eso, Gage. Aunque claro que ayudamos bastante —se rió y le dio un fuerte apretón—. Tengo que irme. Ven a visitarme pronto.

—Por supuesto que sí. Te acompaño a la puerta.

—No seas tonto. Conozco el camino —Jo dio dos pasos y se dio la vuelta—. Rezo por ti, Gage. Y, conociéndome, cubro todas las posibilidades: le rezo al dios y a la diosa, a Buda, a Alá y a todos los dioses y diosas que conozco. Creo que de hecho cubro a casi todos. Sólo quiero que sepas que no pasa un día en el que no estéis en mis oraciones. No hago más que darles la lata a todos los poderes superiores que pueda haber. Vais a salir airosos de esta prueba, los seis. No voy a aceptar un no como respuesta.

CAPÍTULO 6

Gage debería haber sabido que Cybil llegaría a tiempo. Ni pronto ni tarde, sino a la hora exacta. Cybil era siempre precisa, pensó, toda su persona lo era. Llevaba puesta una blusa del color de los melocotones maduros que ya están jugosos con un pantalón café oscuro que terminaba un par de centímetros por encima de los tobillos y unas sandalias de tiras finas que dejaban al descubierto esos intrigantes pies estrechos de uñas pintadas del mismo color de la blusa. Se había sujetado la masa de pelo rizado hacia atrás, lo que dejaba al descubierto un trío de pequeños pendientes que colgaban de su oreja izquierda y un par en el derecho. Y llevaba en la mano un bolso color café del tamaño de un perro mediano.

—He oído que recibiste una visita esta mañana. Voy a necesitar que me cuentes todo otra vez, para asegurarnos de que no me falte ningún detalle.

«Y directo al grano», pensó él.

—Por supuesto —contestó Gage y se puso en marcha de vuelta a la cocina. Si le iba a tocar volver a contar la historia, quería hacerlo con su café.

—¿Te importa si me tomo algo frío?

—Adelante, estás en tu casa.

Cybil fue al frigorífico y sacó el zumo de pomelo y el *ginger ale*.

—Me molesta un poco que Ann no se me haya aparecido a mí todavía —comentó ella mientras llenaba un vaso con hielo para después servir el zumo con el refresco dentro—. Aunque estoy tratando de comportarme como una adulta al respecto —se volvió y levantó una ceja mientras se llevaba el vaso a los labios—. ¿Te apetece?

—Claro que no.

—Si yo tomara café todo el día como haces tú, me pasaría el tiempo subiéndome por las paredes —le echó una mirada a las cartas sobre la encimera—. Te he interrumpido la partida.

—Sólo estaba pasando el rato.

—Hummm —examinó la posición de las cartas—. Con frecuencia lo llaman *réussite*, «éxito», en Francia, donde, según algunos historiadores, se originó el juego. En Gran Bretaña lo llaman *patience*, «paciencia», cualidad que supongo debes de tener para jugar. La teoría más interesante con la que me he cruzado es la que establece que en sus orígenes el resultado del solitario era una forma de predicción del futuro. ¿Te importa? —le preguntó poniendo la mano sobre la baraja, a lo que Gage le hizo un gesto de «toda tuya». Cybil levantó la carta siguiente y continuó el juego—. El solitario del ordenador le ha dado impetuosos aires nuevos al juego en las últimas dos décadas. ¿Juegas en el ordenador?

—Muy rara vez.

—¿Y póquer en Internet?

—Nunca. Me gusta estar en la misma habitación con mis contrincantes. Ganar no es tan divertido cuando es anónimo.

—Yo jugué una vez. Me gusta probar casi todo por lo menos una vez.

La mente de Gage abordó las posibilidades de ese «casi todo».

—¿Qué te pareció?

—No tan mal. Pero, como a ti, me pareció que le faltaba la emoción de estar en la mesa con los otros jugadores. Bueno, ¿dónde quieres que hagamos a lo que vine? —puso el vaso sobre la mesa y sacó una libreta de su enorme bolso—. Podemos empezar con la historia de la visita que recibiste esta mañana, después...

—Soñé contigo anoche.

Cybil ladeó ligeramente la cabeza.

—¿Sí?

—Dado que el contenido es xxx, lo dejo a tu discreción si quieres contárselo a los demás o no, si te parece que es pertinente.

—Necesito que me lo cuentes primero —frunció los labios—, con todo detalle.

—Viniste a mi habitación arriba. Desnuda.

Cybil abrió la libreta y empezó a tomar notas.

—Qué desfachatez de mi parte.

—La habitación estaba tenuemente iluminada por la luz de la luna, se veía azulosa. Era muy seductor, como de película en blanco y negro. No pareció que fuera la primera vez, sentí una especie de familiaridad cuando te toqué. El tipo de sensación que te dice que tal vez los movimientos serán un poco diferentes o que tal vez íbamos a cambiar de ritmo, pero, en todo caso, ya habíamos bailado antes.

—¿Hablamos?

—No en ese momento —Gage notó la expresión de interés en los ojos de ella, y de diversión, en sentido positivo, y ningún asomo de vergüenza, ni fingida ni real—. Sabía cuál sería tu sabor, qué sonidos ibas a hacer cuando te tocara. Sabía dónde te gustaba que te tocara y cómo. Cuando estuve dentro de ti, cuando estuvimos... acoplados, poseyéndonos el uno al otro, la habitación empezó a sangrar y a arder —el interés de Cybil se acentuó, la diversión se esfumó—. Tanto las llamas como la sangre nos cubrieron. Entonces hablaste. Justo en el momento en que las llamas nos empezaron a consumir, justo cuando te estabas corriendo, exclamaste *bestia*.

—Sexo y muerte. Suena más como un sueño erótico o tenso que una predicción.

—Probablemente, pero pensé que tenía que contártelo de todas maneras —le dio un golpecito con el dedo a la libreta de ella—, para tus notas.

—Sería muy difícil no estar pensando en sexo y muerte, considerando las circunstancias, pero...

—¿Tienes un tatuaje? —Gage vio cómo Cybil entrecerraba los ojos, considerándolo, entonces lo supo—. Como de cinco centímetros de largo, en el cóccix. Parece un tres con una pequeña línea ondulada que sale de la curva inferior y con un símbolo separado en la parte de arriba, como una especie de línea curva con un punto en el centro.

—Es la traducción al sánscrito del mantra hindú *ohm*. Las cuatro partes simbolizan los cuatro aspectos de la concentración, que son despertar, dormir, soñar y el estado trascendental.

—Y yo que pensaba que sólo era sensual.

—Lo es —Cybil se dio la vuelta y se levantó la blusa unos pocos centímetros, apenas para permitirle a Gage ver el tatuaje que tenía en el cóccix—, pero también tiene significado. Y puesto que es obvio que lo viste en el sueño, vamos a tener que considerar la posibilidad de que el sueño también pueda significar algo —se bajó la blusa y se giró para mirarlo—. Ambos sabemos que lo que vemos son posibilidades, no certezas. Y que con frecuencia lo que vemos está plagado de simbolismos. Así las cosas, según tu sueño, es posible que nos convirtamos en amantes.

—No se necesitaba el sueño para llegar a esa conclusión.

—Y si nos convertimos en amantes, existe la posibilidad de que paguemos un precio alto por el placer —Cybil mantuvo la mirada fija en los ojos de Gage mientras hablaba—. Podemos especular, se me ocurre, que mientras que es cierto que me deseas en el nivel físico, no es así en los niveles emocional y psicológico. Te molesta la idea de que estemos destinados a ser pareja y seguir los pasos de nuestros amigos, puesto que no te interesa seguir las líneas marcadas. La verdad, no puedo culparte, porque a mí tampoco me interesa. Es muy irritante, te entiendo perfectamente, que el hecho de que nos emparejemos pueda ser parte de un plan trazado por alguien hace cientos de años. ¿Cómo voy hasta ahora?

—Has dado en el clavo casi en todo.

—Entonces, para finalizar sólo puedo añadir el hecho de que tu índole pesimista, la cual no comparto, hará oscilar tu inconsciente, o tu don, entre involucrarte, entusiasmarte y salir corriendo.

Gage sólo se rió.

—Muy bien.

—Yo, personalmente, no escojo a mis amantes basándome en la posibilidad de que el orgasmo incluya ser consumido por fuerzas malignas. Sencillamente, mata todo el romanticismo.

—¿Estás buscando un romance, Cybil?

—Al igual que todo el mundo, Gage. Lo que varía es la definición personal de romance que tenga cada persona. ¿Nos sentamos fuera? Me encanta la primavera y dura muy poco, así que es preferible aprovecharla mientras se pueda.

—Por supuesto —coincidió Gage y, con la taza de café en la mano, fue a abrir las puertas que daban a la terraza de atrás de la casa—. ¿Estás asustada? —le preguntó él cuando ella pasó a su lado antes de cruzar la puerta.

—Todos los días desde que llegué aquí. ¿Acaso tú no?

Gage dejó las puertas abiertas después de salir tras ella.

—Solía estarlo. Pasé mucho tiempo sintiéndome asustado y, al mismo tiempo, fingiendo no estarlo. Después, en algún momento del camino, pasé al estado de «a la mierda con todo». Sencillamente, a la mierda. Ahora, sobre todo siento molestia por todo este asunto. Pero no parece que a ti te moleste.

— Más bien me fascina —sacó las gafas de sol de su bolso y se las puso—. Y me parece fantástico que todos tengamos diferentes reacciones frente a lo que sucede. Así cubrimos más terreno —Cybil se sentó a la mesa que estaba en la terraza y que miraba hacia el jardín y hacia el bosque reverdecido que empezaba justo donde terminaba el jardín—. Cuéntame la visita de Ann Hawkins —Gage le contó la experiencia con todos los detalles mientras ella tomaba notas—. Tres —comentó cuando él hubo terminado—. Tres chicos descienden de ella y Dent. La fe es el área de Cal, sin duda. Él cree no sólo en sí mismo sino en ti y en Fox, en el pueblo; además, tiene la fe para aceptar lo que literalmente no puede ver: el pasado, lo que sucedió antes de él. La esperanza recae en Fox: ese optimismo que le es tan natural y que lo hace estar convencido de que él puede y de hecho va a marcar una diferencia. Comprende y confía en lo que es. Así, a ti te queda la previsión: lo que puede ser, para bien o para mal. Un segundo trío, Q., Layla y yo, parece tener como función formar subconjuntos que son una unidad también: Q. y Cal, Layla y Fox, y ahora tú y yo. Tres en uno, tres hombres, tres mujeres, tres parejas, que forman una unidad. Hemos cumplido esa parte de una manera completamente verdadera, de la misma manera en que logramos unir los tres fragmentos de la sanguinaria y devolverle su unidad original.

—Sin embargo, no nos ha dado pistas de cómo usarla.

—Pero dejó claro que tenemos todo lo que necesitamos. O al menos está completamente claro para mí. No existe otro elemento tangible, eso es algo. Lágrimas —frunciendo el ceño, Cybil tamborileó con los dedos sobre su libreta—. Ella lloró por ti y, si estoy interpretando correctamente, lo que te dijo fue que yo también voy a derramar mis lágrimas por ti. Con gusto las derramaría si con eso contribuyera a devolver al demonio al infierno. Lágrimas —repitió y cerró los ojos—. Con frecuencia las lágrimas son uno de los ingredientes de las artes mágicas. Creo que por lo general usan lágrimas femeninas: lágrimas de virgen, de mujer embarazada, de madre, de vieja, etcétera, etcétera, dependiendo. No sé mucho sobre eso.

—¿Acaso hay algo de lo que no sepas mucho?

Cybil contestó con una sonrisita de suficiencia y se bajó las gafas para mirarlo por encima de las lentes.

—Hay un montón de cosas de las que no sé mucho, Gage, pero puedo decir que, si investigo, no hay prácticamente nada que no pueda encontrar si me lo propongo. Tendremos que ver. Me parece que lo que te dijo Ann es que, aunque ciertamente las otras dos parejas van a ser llamadas a hacer más en sus áreas específicas, para este punto ya han hecho la mayor parte de lo que les correspondía. Ahora es tiempo de mirar hacia adelante, y eso nos corresponde a ti y a mí, socio.

—No puedo llamar a las visiones como si silbara a un pastor alemán.

—Por supuesto que puedes. Se necesita práctica, concentración y atención, de lo cual eres perfectamente capaz, o de lo contrario no podrías ganarte la vida como jugador profesional. Lo que me parece que sí podría representar un problema es que los dos seamos capaces de conjurar las visiones a la vez y, encima, que las de ambos tengan que ver con el mismo posible evento futuro —metió la mano de nuevo en su gigantesco bolso y esta vez sacó una baraja del tarot.

—¿Me estás tomando el pelo?

—Es una herramienta —le dijo, y empezó a barajar las enormes cartas con pericia—. También tengo runas, varios tipos de bolas de cristal y un espejo de adivinación. Hace años estudié brujería con toda seriedad, sobre todo para tratar de entender por qué tengo el don de prever el futuro. Pero como en cualquier religión u organización, hay un montón de reglas. Y después de un tiempo esas reglas me empezaron a abrumar, así que sencillamente decidí aceptar mi don y, tras hacerlo, mis estudios me llevaron a ampliar mis círculos de conocimiento.

—¿Cuándo fue la primera vez?

—¿Que pude prever el futuro? No estoy muy segura. No fue, como para ti, con un resplandor cegador. Siempre he tenido sueños vívidos. Solía contárselos a mis padres, cuando era pequeña. O lloraba de miedo en mitad de la noche cuando tenía pesadillas. Por lo general, mis sueños me asustaban. Con frecuencia tenía también lo que habría llamado *déjà vus*, si hubiera sabido el término cuando era una cría. Mi abuela paterna, que tenía sangre gitana, me dijo que yo tenía el don. Hice mi mejor esfuerzo por refinarlo y controlarlo. Seguí teniendo sueños, a veces buenos, a veces malos. Con mucha frecuencia soñaba con fuego: que caminaba en medio de él, o que moría en él, o que lo causaba —repartió las cartas rápidamente. Los colores y formas llamativos de las cartas hicieron que Gage se acercara más a la mesa—. Creo que soñé contigo —le dijo—. Mucho antes de conocerte.

—¿Crees?

—Nunca te vi la cara. O si la vi, no la podía recordar cuando me despertaba. Pero en los sueños, o en las visiones, siempre supe que alguien estaba esperándome. Un amante, o eso parecía. Experimenté mi primer orgasmo a los catorce años en uno de esos sueños. Solía despertarme de esos sueños excitada o satisfecha. O temblando de terror. Porque a veces no era un amante, no uno humano, en todo caso, quien me esperaba. Tampoco pude verle la cara nunca, ni siquiera cuando me quemó viva —levantó los ojos y lo miró—. Entonces aprendí todo lo que pude y aprendí cómo mantener mi cuerpo y mi mente centrados por medio de yoga, meditación, hierbas, trances, cualquier cosa que me ayudara a repeler a la bestia en mis sueños. Funciona la mayoría de las veces. O solía funcionar, más bien.

—¿Te resulta más difícil mantenerte centrada aquí en el pueblo?

—Así es.

Gage se sentó junto a Cybil y señaló las cartas con un dedo.

—Entonces, ¿qué nos depara el destino?

—¿Esto? Es sólo un juego personal de pregunta y respuesta. Con respecto al resto… —tomó las cartas y las barajó de nuevo—. Veamos qué dicen —puso la baraja sobre la mesa y le dijo a Gage que la partiera. Cuando él lo hizo, tomó la mitad y la abrió como un abanico y la puso sobre la mesa mirando hacia abajo—. Empecemos por algo fácil: escoge una carta.

Siempre dispuesto a jugar, Gage sacó una carta del abanico y cuando ella asintió con la cabeza, la giró y la dejó sobre la mesa. La carta exhibía la imagen de una pareja entrelazada en un abrazo y sus cuerpos desnudos envueltos por los largos cabellos oscuros de ella.

—Los enamorados o amantes —anunció Cybil—. Muestra por dónde han andado tus pensamientos últimamente.

—Es tu baraja, cariño.

—Ajá —ahora ella escogió una carta—. La rueda de la fortuna... más leña para atizar tu fuego, si hablamos literalmente. Esta carta simboliza el cambio, la posibilidad, para bien o para mal. Saca otra.

Gage le dio la vuelta al mago.

—Un arcano mayor, tres para tres —un ligerísimo fruncimiento de ceño se dibujó entre las cejas de Cybil—. De hecho, es una de mis cartas favoritas, no sólo por el arte en sí, sino porque simboliza la imaginación, la creatividad y la magia, por supuesto. Y, en este caso, podríamos decir que representa a Giles Dent, tu antepasado —sacó otra carta y le dio la vuelta lentamente—. Y la mía: el diablo. Avaricia, destrucción, obsesión, tiranía. Saca otra.

Gage sacó esta vez la sacerdotisa. Y ella, sin esperar, sacó otra: el ahorcado.

—Nuestras antepasadas, a pesar de la figura masculina de mi carta. Comprensión y sabiduría en las tuyas, martirio en las mías. Pero, sin embargo, todos arcanos mayores, todos perfectamente apropiados. Saca otra carta.

Así lo hizo Gage y esta vez sacó la torre. Ella, la muerte.

—Cambio y posible desastre, pero en combinación con las otras cartas que has sacado, es posible que sea un cambio positivo, la posibilidad de reconstruir. Las mías, obviamente, muestran un final, que no pinta muy positivo teniendo en cuenta la combinación con las otras cartas que saqué. Sin embargo, la carta de la muerte muy raramente simboliza una muerte literal, por lo general tiende a simbolizar un final absoluto —y levantando su vaso vacío comentó—: Necesito una recarga.

Gage se puso en pie antes que ella y le cogió el vaso.

—Yo te la traigo. Vi cómo la preparaste.

Le daría tiempo a Cybil de sosegarse, pensó Gage mientras entraba en la casa. Sin importar lo fascinante que le pareciera a ella el proceso, el resultado de este experimento en particular la había alterado. Él también sabía algo sobre el tarot: no había área de las artes ocultas que no hubiera investigado, aunque fuera superficialmente, en su búsqueda de respuestas a lo largo de los años. Y si tuviera que apostar, no daría un centavo a favor de dos personas que habían sacado ocho arcanos mayores seguidos de una misma baraja.

Le preparó la bebida a Cybil y decidió prepararse una ronda de agua para él en lugar de café. Cuando salió, la encontró de pie contra la baranda mirando hacia el bosque.

—Volví a barajar y a partir, y escogí ocho cartas al azar. Sólo me salieron dos arcanos mayores, aunque extrañamente fueron el diablo y la muerte de nuevo —cuando se dio la vuelta, Gage se dio cuenta de que ella se había sosegado nuevamente—. Interesante, ¿no te parece? Tú y yo juntos sacamos las cartas más poderosas y más claras, tal vez porque nos tocaba o quizá fue porque, aunque sin proponérnoslo, previmos dónde estaban esas cartas en el abanico, entonces las escogimos instintivamente.

—¿Por qué no probamos con otra herramienta? ¿No trajiste en ese petate que llevas a cuestas tu bola de cristal?

—Para tu información, este petate, como lo llamas, es de Prada. Y no, no traje mi bola de cristal. Pero ¿estarías dispuesto a tratar de adivinar el futuro uniendo nuestras habilidades, para ver qué pasa?

—¿Qué tienes en mente?

—Aceptar y, ojalá, explotar la conexión que tenemos. Logro concentrarme con mayor facilidad durante o después de la meditación, pero…

—Sé meditar.

—¿Con toda esa cafeína que le metes a tu organismo?

Por toda respuesta, Gage sólo señaló hacia dentro con su botella de agua.

—Más bien deberíamos hacer esto dentro.

—De hecho, estaba pensando que lo hiciéramos aquí fuera, en el césped, rodeados de esta brisa primaveral, de los árboles, del jardín —se quitó las gafas oscuras y las dejó sobre la baranda antes de bajar los escalones—. ¿Qué sueles hacer para relajar cuerpo y mente?

—Juego a las cartas y hago el amor. Podríamos jugar al póquer de prendas y, después de que pierdas, me aseguraré de que los dos quedemos relajados.

—Interesante, pero estaba más bien pensando en yoga —le dijo y, tras quitarse las sandalias, unió las manos frente al pecho para después, ágilmente, echarse para atrás y quedar en la postura básica del sol.

—No pienso hacer eso —refunfuñó Gage mientras la seguía hacia el césped—. Pero puedo observarte.

—Sólo me llevará unos minutos. A propósito, fue sugerencia tuya lo de que no nos vamos a ir a la cama juntos.

—El trato fue que no voy a intentar seducirte, no que no vayamos a echar un polvo. Además, la idea fue tuya.

—Cuestión de semántica.

—No, especificidades.

Desde la postura del perro, Cybil levantó la cara para mirarlo.

—Supongo que tienes razón —se puso en pie para después sentarse en el césped en posición de loto.

—Tampoco pienso hacer eso —pero se sentó frente a ella.

En lugar de descansar las manos sobre las rodillas con las palmas hacia arriba, como haría normalmente, Cybil las extendió y tomó las de Gage.

—¿Puedes vaciar la mente así?

—Si tú puedes, yo también.

Ella le sonrió.

—Muy bien. Haz cualquier cosa, la que te funcione, cualquier cosa que no sean cartas o sexo, es decir.

Gage no tenía ninguna objeción a sentarse en el césped en una deliciosa tarde de mayo con una mujer hermosa. No esperaba que sucediera nada, salvo que ella cerrara los ojos y flotara mientras repetía cualquier mantra, como el *ohm* que tenía en la base de la columna, ese intrigante símbolo pintado sobre piel del color del oro en polvo, justo en el sutil punto donde la suave curva de la espalda se convertía en un culo firme. «No pienses en eso», se advirtió Gage. Así no iba a relajarse.

De todas maneras, Cybil no cerró los ojos, así que Gage se quedó mirando la profundidad de los ojos de ésta. Ningún hombre podría pedir un punto focal más atractivo que ese intenso color castaño como de terciopelo. Ajustó su respiración al ritmo de la de ella, o ella lo hizo a la de él, no estuvo seguro, pero al cabo de unos segundos estuvieron completamente sintonizados, respirando con el mismo ritmo.

Lo único que podía ver eran los ojos de ella, como lagos profundos, sentía los dedos de ella sobre su piel apenas como un suspiro y se sintió ligero, como si estuviera flotando, alejándose, sin ese tenue contacto. Y, por un momento, se sintió completamente *bien* y completamente conectado con ella.

Le atacó y aulló dentro de su cuerpo, con tanta rapidez, una imagen tras otra, fundiéndose una con la siguiente. Fox yacía al lado de la carretera bajo la lluvia. Cal estaba tumbado en el suelo de su oficina con la camisa empapada de sangre. Quinn gritaba aterrorizada, al tiempo que golpeaba frenéticamente con los puños la puerta cerrada mientras un cuchillo le cortaba el cuello. Layla, atada y amordazada, observaba con ojos desorbitados de pánico cómo las llamas se acercaban inexorablemente hacia ella.

Después se vio a sí mismo en la Piedra Pagana, tendido sin vida junto a Cybil, mientras las llamas ardían a su alrededor sobre el altar. Entonces se escuchó a sí mismo gritar de ira un momento antes de que el demonio saltara sobre él desde los árboles y se lo llevara hacia la oscuridad.

Después, todo fue un embrollo de imágenes y sonidos, borroso, cambiante. La sanguinaria ardió en su mano mientras lo empezaron a rodear voces provenientes del bosque que decían palabras en un idioma que no entendía. Y estaba solo, completamente solo, mientras las llamas se levantaban de su mano hacia esa luna caliente de verano. Y el demonio salió solo de entre los árboles del bosque y le sonrió.

No supo quién rompió el contacto, pero las visiones se diluyeron en una bruma rojiza de dolor. Escuchó a Cybil decir su nombre una vez, y otra y otra vez más, con un tono irritado que lo hizo refunfuñar.

—¿Qué?

—Presta atención, Gage. Presta atención a los puntos que te estoy presionando, porque necesito que tú hagas lo mismo por mí cuando termine contigo. ¿Me estás escuchando?

—Sí, sí, sí. —Sí, podía escucharla importunándolo mientras le explotaba la cabeza. Sintió los dedos de ella como un par de taladros en la base del cráneo; estaba a punto de...

El dolor pasó de cuchillos afilados al rojo vivo a una miseria sorda. Cuando ella lo tomó de la mano y le presionó la piel entre los dedos pulgar e índice, el dolor se aplacó hasta quedar reducido a una simple molestia.

Gage se arriesgó a abrir los ojos y se encontró de frente con los de ella, que lo miraban a través de una bruma espesa.

Cybil tenía el rostro tan pálido como el papel y estaba respirando entrecortadamente.

—Bien, bien.

Gage arrancó su mano de la de ella y le presionó con los dedos en la base de la nuca, justo donde ella le había presionado a él.

—¿Está bien así?

—Sí, un poco más a la... Bien, con firmeza. No me vas a hacer daño.

Gage pensó que no podía irle peor que lo que había visto, así que presionó con fuerza en los puntos que ella le había indicado para aliviarle la tensión y el dolor que la acosaban, mientras ella misma se presionaba los puntos pertinentes entre el pulgar y el índice.

Gage no supo si sentirse avergonzado o agradecido al caer en la cuenta de que Cybil lo había atendido a él primero. La miró directamente a los ojos hasta que vio que la bruma del dolor se dispersaba, entonces ella cerró los ojos aliviada, y él pudo entender perfectamente la sensación.

—Gracias, es suficiente; me siento mucho mejor. Ahora sólo necesito... —e interrumpiéndose se dejó caer de espaldas sobre el césped, con la cara hacia el sol y los ojos cerrados.

—Buena idea —comentó Gage y la imitó.

—No pudimos controlarlo —dijo ella después de un momento—. Sencillamente, nos arrastró como perros con correa. No pude detenerlo ni reducir todo lo que estaba viendo. Y tampoco pude evitar sentir pánico.

—Lo que demuestra que eres un completo fracaso.

Gage escuchó las risas ahogadas de Cybil y se imaginó los labios de ella curvados en la sonrisa.

—Entonces ya somos dos, muchachote. La próxima vez será mejor. Tiene que serlo. ¿Qué viste?

—Cuéntame tú primero.

—Todos nosotros estábamos muertos o en proceso de morir. Fox estaba tirado a un costado de la carretera desangrándose, en la oscuridad y bajo la lluvia. Vi unas luces, creo que eran las de su camioneta —y Cybil continuó contándole a Gage lo que había visto, la muerte una a una de sus amigos, con voz ligeramente temblorosa.

—Yo vi lo mismo, después todo cambió.

—Las imágenes se sucedieron con mayor velocidad, un poco borrosas, superponiéndose a veces unas a otras. Cosas cotidianas que al cabo de un momento se tornaban en pesadillas, todo sucediendo a tanta velocidad que era imposible discernir una cosa de la otra. Todo terriblemente fragmentado. Pero, al final, tú tenías la sanguinaria.

—Exacto. Todos estaban muertos y yo me quedé con la sanguinaria. Y el bastardo me mató mientras la piedra ardía en mi mano.

—¿Te mató o estás interpretando? Lo que yo sé es que la piedra sobrevivió hasta el final y tú la tenías. Y que estaba revestida de poder —se puso de medio lado para quedarse mirándolo—. Y sé que lo que vimos son posibilidades. Prever el futuro nos da la posibilidad de prepararnos para la batalla. Entonces les contamos a los demás las posibilidades y nos armamos.

—¿Cómo nos vamos a armar?

—Con todo lo que podamos. ¿Qué? —le preguntó ella cuando Gage se presionó los ojos con los dedos y negó con la cabeza.

—Nada, es sólo que acabo de imaginarte con ese revólver calibre veintidós de empuñadura de nácar que tienes atado al muslo. Seguramente ya me siento mejor.

—Mmm. ¿Y qué llevaba puesto?

Gage dejó caer las manos y le sonrió.

—Creo que los dos ya nos sentimos mejor. ¿Por qué no...? —y girando hacia ella, dio media vuelta y se puso sobre ella.

—Un momento, vaquero. Un trato es un trato.

—No pretendo seducirte.

Cybil le dirigió una sonrisa espontánea.

—Muy bien.

—Eres un hueso duro de roer, Cybil —tanteando el terreno, la tomó de las manos y le puso los brazos por encima de la cabeza. Energía positiva. A ella le encantaba la energía positiva. Y Dios sabía que él podía usar un poco de energía en ese momento. Ella no se resistió, sólo siguió mirándolo con esa media sonrisa en el rostro—. Estaba pensando que los dos nos merecemos una recompensa —le dijo finalmente.

—¿Y la recompensa sería darnos un revolcón desnudos en el jardín de Cal?

—Me has leído la mente.

—No va a suceder.

—Muy bien. Entonces sólo dime cuándo quieres que me detenga.

Entonces la besó, plenamente, no tanteando ni probándola, sino buscando todo el ardor de ella. Y lo que encontró lo enardeció como una fiebre. Los dedos de Cybil se cerraron entre los suyos mientras abría los labios para recibirlo, pero más como exigencia que como invitación, más desafío que rendición. Debajo del cuerpo de Gage, el de ella parecía rizarse, como si se elevaran olas de energía.

Muy positivas.

Nada de seducción, pensó Cybil, nada de persuasión. Y su cuerpo había respondido con regocijo a la posesión. La honestidad de la lujuria pura y sin tapujos significaba que los dos estaban en igualdad de condiciones. Las necesidades que habían estado presas en su interior durante meses hicieron erupción libremente. Y quería más, un poco más, antes de volverlas a enjaular. Le pasó una pierna por encima y arqueando la espalda pegó su centro contra el de él por un momento, antes de empujarlo para quedar ella sobre él. Ahora fue su boca la que estuvo al mando y se llenó de él mientras las manos de él se enredaban en sus cabellos. Cuando escuchó el gruñido, se rió contra los labios de Gage, pero cuando escuchó el gruñido una segunda vez, se dio cuenta de que no provenía de él y una descarga de hielo puro le bajó por la columna.

Lentamente, separó los labios de los de él apenas unos milímetros y le susurró:

—¿Has escuchado eso?

—Sí.

Cybil ladeó la cabeza apenas un par de centímetros y la descarga de hielo le recorrió todo el cuerpo.

—Tenemos público.

Un perro enorme se les estaba acercando tambaleante, al parecer procedente del bosque. Tenía el pelaje castaño enmarañado y sucio, y una baba espumosa le escurría del belfo.

—Ése no es Twisse —comentó Cybil en un susurro.

—No.

—Lo que significa que es real.

—Es real y parece tener rabia. ¿Cómo de rápido puedes correr?

—Tan rápido como necesite.

—Corre a la casa. Tengo mi revólver arriba, en mi habitación, en la mesa junto a la cama. Tráelo y dispárale. Mientras tanto, yo lo distraigo para que puedas llegar a la puerta.

Cybil hizo caso omiso del asco que le daba el mero pensamiento de matar a un perro.

—El mío está dentro de mi bolso, en la terraza. Ambos podemos correr hasta allá.

—*Corre* a la casa. Y no te detengas —le dijo Gage enfáticamente, la puso en pie al mismo tiempo que él y le dio un fuerte empujón hacia las escaleras. Y cuando ella empezaba a correr, el perro tomó impulso y saltó sobre Gage.

Él no corrió con Cybil y ella no se permitió pensar, ni siquiera cuando escuchó los terribles sonidos detrás de ella. Con el corazón latiéndole desbocadamente, corrió escaleras arriba, se abalanzó sobre su bolso y sacó el revólver.

El grito que dejó escapar cuando se dio la vuelta fue tanto de terror como una manera de atraer la atención del animal, pero éste no se dio por enterado y continuó rodando, arañando e hincándole los dientes a Gage mientras luchaban una encarnizada batalla en el bonito jardín de Cal.

Cybil corrió de vuelta al césped y le quitó el seguro al revólver.

—¡Dispara! ¡Dispárale al maldito!

—¡No quiero darte a ti!

Gage estaba ensangrentado y tenía la piel desgarrada.

—¡Maldición, Cybil! ¡Dispara! —Tras gritar, Gage tomó la cabeza del perro y al levantarla vio de frente esas mandíbulas enloquecidas que no le daban tregua. Entonces el cuerpo del animal se estremeció, una, dos veces, tras recibir los impactos de bala, sin embargo, continuó tratando de clavarle los colmillos en la garganta a Gage. Con el siguiente disparo, dejó escapar un chillido de dolor y los ojos enardecidos se tornaron vidriosos. Jadeando, Gage dejó caer al animal a un lado y gateó sobre el césped ensangrentado, tratando de alejarse.

Y al otro lado del dolor, escuchó unos sollozos. Levantó la cabeza y vio a Cybil de pie junto al enorme perro y la vio apuntarle a la cabeza y darle un tiro de gracia.

—No estaba muerto. Estaba sufriendo. Ven, déjame llevarte dentro. Por Dios, estás malherido.

—Ya me curaré —pero le puso el brazo alrededor de los hombros y se apoyó en ella. Logró caminar hasta las escaleras antes de que las piernas le fallaran—. Dame un momento. Necesito sentarme unos instantes.

Cybil lo dejó echado en las escaleras y corrió a la casa. Al cabo de unos pocos minutos, volvió con una botella de agua fría, una palangana llena de agua y varias toallas.

—¿Quieres que llame a Fox y a Cal? Cuando Block atacó a Fox, le ayudó teneros a ti y a Cal a su lado durante la curación.

—No, no estoy tan mal.

—Déjame ver. Necesito ver —con movimientos rápidos y eficientes, Cybil apartó los jirones que quedaban de la camiseta de Gage. Aunque tuvo que ahogar varias exclamaciones tras ver los desgarrones y cortes en la piel, le lavó las heridas con mano firme—. El hombro tiene mala pinta.

—Información innecesaria teniendo en cuenta que es mi hombro —siseó entre dientes cuando ella puso la toalla húmeda sobre una de las heridas del hombro—. En todo caso, buena puntería, vaquera.

Cybil usó el agua de la botella para humedecer otra toalla y pasársela suavemente por la cara a Gage.

—Sé que te duele, sé que la curación duele incluso más que las heridas que has sufrido.

—No es un paseo de primavera, es cierto. ¿Me harías un favor? ¿Me traerías un whisky?

—Ya vuelvo.

Dentro, Cybil apoyó las manos en la encimera un momento. Quería poder vomitar, se sentía completamente asqueada, pero apartó esa urgencia y respiró profundamente. Sacó la botella de Jameson que Cal guardaba en el bar y sirvió tres generosos dedos en un vaso.

Cuando Cybil volvió donde Gage, vio que la mayor parte de sus heridas ya se habían curado y las más profundas estaban empezando a cerrarse. Le pasó el vaso y él se bebió dos tercios del contenido de un solo trago, después, levantó la mirada y al encontrarse con los ojos de Cybil, le ofreció el vaso:

—Tómate tú el resto, cariño. Parece que lo necesitas.

Cybil asintió y se tomó el resto del whisky también de un solo trago. Y entonces hizo lo que había evitado hacer hasta el momento: se dio la vuelta para ver al perro muerto que yacía sobre el césped ensangrentado.

—Nunca antes había matado nada. Había disparado a pichones de barro, a dianas y a otros objetivos en la práctica de tiro al blanco, pero nunca antes le había disparado a nada vivo.

—Si no le hubieras disparado, yo podría estar muerto. Ese perro pesa unos cuarenta kilos y es prácticamente puro músculo. Eso sin contar con que estaba completamente enloquecido.

—Tiene correa y placa de identificación —haciéndose la fuerte, Cybil fue hasta el perro y se acuclilló a su lado—. Tiene también marcada la fecha de vacunación contra la rabia, es reciente. No era un perro con rabia, Gage, no el virus físico, en todo caso. Supongo que ambos sabíamos ya eso —se puso en pie cuando Gage llegó a su lado cojeando—. ¿Qué hacemos ahora? —le preguntó.

—Tenemos que enterrarlo.

—Pero... Gage, este perro tiene dueño; no era un perro callejero, sino que le pertenecía a alguien. Lo deben de estar buscando.

—Entregarlo muerto no nos va a ser de ninguna utilidad, Cybil. Piensa lo que sería tratar de explicar por qué le metiste cuatro balas a una mascota doméstica que no va a dar positivo en ninguna prueba de rabia que le hagan —la tomó de los hombros y presionó, a modo de énfasis—. Esto es una guerra,

¿lo entiendes? Una guerra que hemos estado peleando durante largo tiempo. Más que simples perros mueren, Cybil, así que vas a tener que aceptarlo y superarlo. Decirle a un chico que su *Toby* no va a llegar a casa a cenar porque un demonio lo poseyó y tuviste entonces que meterle cuatro balas para controlarlo no está entre las opciones. Lo vamos a enterrar y listo, a pasar página y a otra cosa.

—Debe de ser útil no sentir nada, ni tristeza, ni dolor, ni culpa, ni remordimiento, ¿no?

—Así es, es útil. Vete a casa. Ya hemos terminado por hoy.

—¿Adónde vas? —le preguntó ella cuando él se dio la vuelta y le dio la espalda.

—A buscar una maldita pala.

Cybil apretó los dientes y dando zancadas lo adelantó y caminó frente a él hacia el cobertizo de las herramientas, entonces abrió la puerta de golpe.

—Te dije que te fueras a casa.

—Y yo te digo que te vayas al diablo. Ya veremos quién llega primero. Yo maté a ese perro, ¿no es así? Así que yo voy a ayudar a enterrarlo. —Tomó una pala y casi que se la tiró a Gage antes de coger otra—. Y te voy a decir algo más, cabrón, *no* hemos terminado por hoy. Lo que ha pasado aquí hay que compartirlo con los demás. Te guste o no, eres parte de un equipo. Tenemos que informar, documentar y clasificar toda esta cosa espantosa que ha sucedido. Enterrar no es suficiente. No es suficiente, ¿me has oído? No lo es.

Cybil se llevó el dorso de la mano a la boca y trató de contener un sollozo mientras las grietas en su compostura se hacían cada vez más grandes. Y cuando quiso pasar junto a Gage para salir del cobertizo, él la tomó entre sus brazos y la atrajo hacia sí.

—Aléjate de mí.

—Cierra el pico; tan sólo ciérralo —Gage la sostuvo con firmeza, haciendo caso omiso de sus esfuerzos por soltarse de él. Cuando finalmente Cybil dejó de luchar contra él y lo abrazó también, él la apretó contra sí—. Hiciste lo que tenías que hacer —murmuró— y lo hiciste bien. Ve a la casa y déjame a mí terminar esto, no tienes que venir. Más bien llama a los demás.

Cybil lo abrazó un momento más y se dejó abrazar.

—Ambos vamos a terminar esto, ambos vamos a enterrar al perro. Después, juntos podemos llamar a los demás.

CAPÍTULO 7

Cybil le pidió a Quinn que le trajera ropa limpia. Después de la espantosa labor de enterrar al perro, estaba sucia, sudorosa y con la ropa manchada. Al llegar a la casa, en lugar de revisar qué le había manchado la ropa, se la quitó y la metió en una bolsa de plástico con la intención de echarla al cubo de la basura después de darse un baño.

Se había derrumbado, tuvo que admitir mientras se metía en la ducha. Había hecho lo que había tenido que hacer, era cierto, pero después su temblorosa coraza de control se había venido abajo y había quedado reducida a escombros. Era demasiado para la fría, controlada y lúcida Cybil Kinski. Si no era capaz de mantenerse fría, pues al menos iba a procurar mantenerse lúcida.

¿Era mejor o peor que se hubiera derrumbado delante de Gage?, se preguntó. Supuso que, por una parte, era peor, mucho peor, si lo miraba desde el punto de vista de su orgullo. Pero en términos generales era mejor que cada uno supiera a qué atenerse con el otro. Para poder tener éxito en la parte que les correspondía a ambos, era importante conocer las fortalezas, debilidades y puntos vulnerables del otro, concluyó. Sin embargo, la cabreaba que hubiera sido ella la primera en desmoronarse. Ya lo aceptaría. Al final.

Pero era algo difícil de tragar en todo caso, pensó, teniendo en cuenta que siempre se había percibido a sí misma como la fuerte, la que siempre era capaz de tomar las decisiones pertinentes en cada situación, aunque fueran difíciles, y llevarlas a cabo hasta las últimas consecuencias. Otras personas se derrumbaban —su madre, su hermana—, pero ella no. Siempre se aseguraba de que fuera así.

Lo segundo difícil de tragar, se admitió a sí misma, era aceptar que Gage había tenido razón. La muerte de un perro no era lo más grave que iba a suceder. Y si no era capaz de lidiar con lo que se les venía encima, iba a ser completamente inútil para el equipo. Así que tenía que poder lidiar con lo que fuera necesario.

Tenía que enterrar el perro, como le había dicho Gage, superarlo y seguir adelante.

Cuando la puerta se abrió, sintió una oleada de mal humor junto con la corriente helada.

—Más te vale que cierres la puerta y te vuelvas por donde has venido, grandullón.

—Soy yo, Quinn. ¿Estás bien?

La voz de su amiga hizo que a Cybil se le atragantaran las lágrimas en la garganta, pero las contuvo y se las tragó sin pensárselo dos veces.

—Mejor. Has llegado muy rápido.

—Nos vinimos de inmediato. Cal y yo. Layla y Fox vendrán en cuanto puedan. ¿Qué puedo hacer?

Cybil cerró el grifo del agua antes de responder:

—Pásame una toalla —corrió la cortina de la ducha y recibió la toalla que Quinn le ofrecía.

—Por Dios, Cyb, pareces exhausta.

—Hoy fue mi primer día trabajando como sepulturera. Que lo puedo hacer de buena gana si toca, pero, Dios santo, qué trabajo tan espantoso, Q., en todos los niveles posibles.

Cuando Cybil se hubo envuelto en la toalla, Quinn le pasó una más pequeña para la cabeza.

—Gracias a Dios no te pasó nada. Además, le salvaste la vida a Gage.

—Yo diría que ambos nos salvamos la vida mutuamente —se echó una mirada en el espejo empañado y notó que el cansancio físico y mental le habían hecho mella. ¿Quién era esa mujer pálida y ojerosa de ojos marchitos?—. Ay, Dios mío. Por favor dime que tuviste la sensatez de traerme mi neceser además de la muda de ropa.

Quinn se sintió tranquilizada por la reacción de Cybil, entonces recostó la cadera contra la puerta.

—¿Hace cuánto tiempo que somos amigas?

—Nunca debí haber dudado de ti.

—Todo está sobre la cama del cuarto de Cal. Voy a la cocina a servirte una copa de vino mientras te cambias. ¿Quieres algo más?

—No, creo que ya te has encargado de lo principal.

A solas, Cybil se peinó, se maquilló y escondió cualquier asomo de cansancio, se vistió y se miró en el espejo una última vez antes de bajar. Recogió la bolsa que contenía su ropa manchada y se dirigió directamente hacia la cocina, donde la echó en la basura. Después, caminó hasta la terraza delantera, donde Cal, Quinn y Gage la estaban esperando.

Se imaginó que nadie querría sentarse en la terraza de atrás por el momento después de lo sucedido aquella tarde.

Tomó su copa de vino, se sentó y le sonrió a Cal:

—Entonces, ¿cómo te fue el día?

Cal le devolvió la sonrisa mientras sus pacientes ojos grises le examinaban el rostro.

—No tan movido como el tuyo. El comité de veteranos se reunió hoy por la mañana para discutir la versión final del programa para el día de los caídos. Wendy Krauss, que se había tomado un par de copas de vino en la fiesta de cumpleaños de uno de sus colegas de la liga de bolos, se dejó caer una bola sobre el pie y se partió el dedo gordo. Y un par de adolescentes se pelearon a puñetazos en la sala de videojuegos por un partido de fútbol.

—Todo en Hawkins Hollow es puro drama, ¿no es cierto?

—Claro que sí.

Dándole un sorbo a la copa de vino, Cybil observó el frente de la casa, las terrazas en la suave colina, el riachuelo que serpenteaba melodiosamente.

—Éste es un lugar muy agradable para descansar después de un día movido. Tienes unos jardines preciosos, Cal.

—Me hacen muy feliz.

—Está lejos, pero al mismo tiempo está conectado con todo. Conoces a prácticamente todo el mundo por los alrededores.

—Podría decirse que es así.

—Entonces sabes quién es el dueño del perro.

Cal vaciló unos segundos antes de responder.

—El perro de los Mullendore, que viven en el pueblo, en Foxwood Road, se perdió hace dos días —y, como si necesitara del contacto, Cal se agachó y acarició a su perro, que roncaba a sus pies—. Es un largo trecho desde el pueblo hasta aquí, incluso para un perro, pero por la descripción de Gage, yo diría que se trata de él. Se llamaba *Rosco*.

—*Rosco* —«descanse en paz», pensó Cybil—. Infectar animales es algo usual, en el archivo tenemos una larga lista de informes de ataques de mascotas y animales silvestres. Sin embargo, como dices, es un camino largo, aunque se tengan cuatro patas, para venir andando desde el pueblo hasta aquí. ¿No ha habido otros casos de ataques de un perro con rabia?

—Ninguno.

—Todo parece apuntar entonces a que el ataque de hoy, otra vez, estaba específicamente dirigido. El maldito bastardo no sólo poseyó al pobre perro sino que lo hizo venir hasta aquí. Por lo general estás solo en la casa —le dijo Cybil a Gage—. Twisse no tenía manera de saber que yo iba a estar aquí, o por lo menos no antes de haber infectado al perro, si llevaba perdido dos días. Así que sales al jardín, tal vez a echarte una siesta en esa provocadora hamaca que tiene colgada Cal entre los dos arces, o tal vez Cal sale a cortar el césped. O Quinn va a dar un paseo por los alrededores.

—Cualquiera de nosotros habría podido estar solo aquí fuera —coincidió Cal—. Y entonces no habría sido un perro lo que habríais tenido que enterrar.

—Una manera muy lista de deshacerse de alguno de nosotros —reflexionó Cybil—. O de intentarlo. Le supuso poco esfuerzo y poco gasto de energía de su parte.

—Muy útil haber tenido una mujer armada a mano —comentó Gage dándole un sorbo a su copa de vino.

—Y una mujer que parece estar llegando a la conclusión de que ella no mató al perro —añadió Cybil—. Twisse lo hizo. Así que hay que añadir a *Rosco* a la lista de las cosas por las cuales va a tener que pagar —se interrumpió al ver que la camioneta de Fox se acercaba por la carretera—. Aquí vienen Fox y Layla.

—Y la cena —Quinn apretó la mano de Cybil—. Pedí una ensalada grande y unas *pizzas* en Gino's. Pensé que querríamos algo fácil para esta noche.

—Buena idea. Tenemos un montón de cosas que comentar.

Esta vez no hablaron de cosas comunes y corrientes durante la cena, como solían hacer; el día había sido demasiado movido y todos estaban ansiosos por comentar los acontecimientos.

—Vas a tener que grabar esto, Q. —le dijo Cybil a su amiga, después se volvió hacia Gage—. Gage tuvo un sueño.

Gage le sostuvo la mirada en silencio a Cybil unos segundos, después relató el sueño de pasión y muerte.

—Simbolismo —decidió Quinn deprisa—. No creo que este sueño vaya en la columna de las profecías. Obviamente, sin importar lo bueno que fuera el sexo, no creo que ninguno de vosotros sencillamente siguiera como si nada con la habitación en llamas y sangrando a su alrededor.

—Tienes razón —murmuró Cybil.

—Tal vez el sexo fue tan caliente que se prendieron fuego a sí mismos —Fox se encogió de hombros ante el silencio de sus amigos—. Sólo una broma para tratar de aligerar la velada un poco.

—Muy poco —le dijo Layla dándole un codazo en las costillas—. Todos estamos estresados, así que sueños violentos o, eh, sexuales no resultan sorprendentes. Y si encima se considera la posibilidad de que... Bueno de que tal vez tú, Gage, puedas estar sintiéndote de alguna manera...

—Sexualmente frustrado —la interrumpió Quinn— y atraído hacia Cybil. Todos somos mayores ya y éste no es momento de mojigaterías. Lo siento, pero el hecho es que Cybil y tú sois adultos saludables, por no mencionar que ambos sois muy guapos, y además compartís una habilidad en tiempos de estrés extremo. Sería muy raro que no hubiera vibraciones sexuales zumbando por todas partes a vuestro alrededor.

—¿Satisfacer la urgencia y después arder en el infierno? —Cal reflexionó mientras masticaba un bocado de *pizza*—. No creo que sea así de sencillo, ni siquiera hablando simbólicamente. Si se conectan en un nivel más íntimo, van a afrontar las consecuencias. Y si se conectan para crear un eslabón más en la cadena que los seis ya hemos construido, tanto las consecuencias como el poder van a ser mayores.

—Estoy completamente de acuerdo —comentó Cybil y asintió en tono de aprobación dirigiéndole una mirada a Cal—. Qué pena que Q. se haya interpuesto entre los dos, porque de lo contrario tú y yo habríamos podido engancharnos.

—Sigo interponiéndome, hermana.

—Eres muy egoísta, Q. En todo caso, según mi experiencia, los sueños proféticos suelen estar plagados de simbolismos. Así las cosas, yo creo que este sueño debería estar en la columna de las profecías. O al menos anotado allí con lápiz.

—Podríamos subir, Cybil, y probar la teoría en mi habitación —le dijo Gage.

—Gracias por semejante oferta tan generosa. Heroica, podría decirse —Cybil hizo una pausa y se llevó su copa de vino a los labios—. Pero creo que voy a tener que pasar. A pesar de que estaría dispuesta a sacrificar mi cuerpo al sexo por el bien de la causa que nos atañe, no creo que sea necesario en este punto.

—Entonces sólo avísame cuando hayamos llegado a ese punto.

—Serás el primero en saberlo. ¿Qué haces? —le preguntó en tono agresivo a Quinn cuando agitó una mano por encima de su cabeza.

—Tan sólo trataba de dispersar estas malditas vibraciones que no hacen más que zumbar.

—¿Te crees muy divertida? Pero volviendo al tema, como bien mencionó el listo y bien parecido Caleb, todo es cuestión de conexiones, de lazos. Pero existen muchas otras conexiones que son tan íntimas como el sexo —apuntó Cybil.

—Sin embargo, el sexo sigue encabezando mi lista —le sonrió a la expresión pétrea de Cybil y tomó otra porción de *pizza*—. Pero estabas diciendo...

—Gage y yo experimentamos una conexión de ésas cuando combinamos nuestros dones particulares. Fue muy poderoso y hubo consecuencias. Y antes de esa experiencia común, él tuvo otra: la visita de Ann Hawkins —Cybil hizo otra pausa, pero esta vez para observar el destello iridiscente al otro lado de la ventana de un colibrí clavándose en una flor de color rojo intenso—. Antes de venir aquí, Quinn y yo registramos el incidente, lo clasificamos, anotamos la información en las tablas pertinentes y lo pusimos en el mapa. Cuando vi a Gage, le pedí que me relatara el incidente otra vez, para tomar mis propias notas y verificar que ningún detalle se hubiera perdido en el boca a boca. Según corroboré, no faltaba ningún detalle.

—Yo estuve pensando en la visita de hoy cada vez que pude —comentó Layla—. Ann le dijo a Gage que había llorado por él y que tú también ibas a derramar lágrimas por él, Cybil, si estoy interpretando bien. Así que tus lágrimas van a ser importantes.

—Las lágrimas deben importar —dijo Cybil mientras continuaba observando al colibrí clavarse en otra flor.

—Me pregunto si las lágrimas son literales, como ingrediente mágico que tal vez necesitemos, o si son, nuevamente, simbólicas. Dolor, alegría... sentimientos. Me pregunto si es la conexión emocional lo que es importante —comentó Quinn.

—De nuevo, estoy completamente de acuerdo —añadió Cybil.

—Sabemos que los sentimientos son parte de Twisse —continuó Quinn—. Se alimenta de los negativos: miedo, odio, ira. Y todo parece indicar que muy probablemente en parte fueron los positivos los que evitaron que nos tostáramos en nuestra última visita a la Piedra Pagana.

—En otras palabras, Ann no nos dijo nada que no supiéramos ya.

—Sus palabras fueron un refuerzo positivo —le dijo Quinn a Gage—. Además, ella dijo claramente que tenemos todo lo que necesitamos para ganar la guerra. El problema ahora es descubrir qué es ese todo que tenemos y cómo usarlo.

—Debilidades contra fortalezas —dijo Fox tras darle un sorbo a su cerveza—. Twisse conoce nuestras debilidades y las usa a su favor. Lo que tenemos que hacer nosotros es contrarrestar y neutralizar ese hecho con nuestras fortalezas. Es estrategia básica.

—Buena idea —comentó Layla—. Necesitamos hacer listas.

—Mi chica es el terror de las listas.

—No, hablo en serio: necesitamos una lista con nuestras fortalezas y debilidades, tanto como grupo como individualmente. Es una guerra, ¿no es cierto? Por tanto, nuestras fortalezas son nuestras armas y nuestras debilidades son fisuras en nuestra defensa. Cerrar esas fisuras o, al menos, reconocer dónde están ubicadas nos permite construir una posición ofensiva.

—Le he estado enseñando a jugar al ajedrez —les dijo Fox a sus amigos—. Aprende rápido.

—Es un poco tarde para hacer listas —opinó Gage.

Sin tomárselo personalmente, Layla negó con la cabeza:

—Nunca es demasiado tarde para hacer listas.

Cybil se llevó a los labios su copa de vino mientras devolvía su atención al colibrí, que, como una bala de plata, se alejó de la ventana.

—Lo siguiente que yo quisiera hacer es usar las cartas.

—¿Quieres jugar a las cartas? —le preguntó Cal—. ¿No te parece que estamos ligeramente ocupados como para ponernos a jugar a las cartas?

—Nunca se está demasiado ocupado para una mano de cartas —corrigió Gage—. Pero creo que la señorita se está refiriendo a su baraja del tarot.

—Así es. Traje mi baraja del tarot hoy, y Gage y yo hicimos un experimento —a pesar de que Cybil confiaba en su memoria, sacó su libreta y consultó sus notas mientras les contaba a los otros cuál había sido el resultado—. Todas las cartas que sacamos fueron arcanos mayores y todas tenían un significado relacionado específicamente con nosotros dos, pero por separado. Como nuestro jugador profesional podrá corroborar, las probabilidades de que este hecho haya sido una coincidencia son astronómicas. Las cartas están abiertas a múltiples interpretaciones dependiendo de la persona que las lee, de la pregunta, del ambiente que rodea la lectura en el momento, etcétera. Pero se *sintió* como si, en este caso, hablaran sobre conexiones: físicas, emocionales, psíquicas. Además, nos salieron cartas que simbolizaban a nuestros antepasados y otras que denotaban cambios drásticos y sus consecuencias. Por eso quiero hacer una serie de lecturas, a modo de experimento: primero Cal y Quinn, después Layla y Fox. Después los tres hombres, las tres mujeres y finalmente los seis juntos.

—Siempre has tenido buena mano para el tarot —le dijo Quinn.

—Mis raíces gitanas. Pero la lectura de hoy fue más que eso.

—El truco de las cartas fue antes de que viniera el perro —comentó Fox—. Las cartas fueron antes del ataque.

—Sí —y puesto que el recuerdo del incidente todavía la intranquilizaba, Cybil extendió la mano y tomó su copa de vino—. Fue antes.

—Tal vez las cartas fueron parte del detonante del ataque —reflexionó Fox—. Tal vez la lectura sumada al ejercicio que tú y Gage hicisteis después para unir vuestras habilidades. Que, a propósito, tendríamos que escuchar los detalles. Pero si lo de las cartas no fue coincidencia y unir habilidades genera energía y poder, tampoco parece coincidencia que el ataque se haya producido justo después.

—No —respondió Cybil quedamente—. No parece ser coincidencia.

—Estabais fuera —la incitó Quinn—. En el jardín.

—Así es —contestó Cybil y le lanzó una mirada a Gage—. ¿Podrías tú hacerte cargo de esta parte?

Gage no tenía problemas en hacer informes, pero supuso que Cybil le cedía la palabra porque todavía le era difícil hablar del asunto. Así que relató todo lo sucedido con lujo de detalles desde el momento en que se sentaron en el césped y unieron las manos hasta que Cybil le dio el tiro de gracia al perro.

—Ay, cariño —Layla le dio un apretón en la mano a Cybil compasivamente.

—¿Perdón? —Gage levantó una mano y se señaló a sí mismo—. Colmillos, garras, piel desgarrada, hemorragia, el loco de *Rosco* arrancándome un mordisco del hombro del tamaño de...

—Ay, cariño —Layla se puso en pie y sorprendió y divirtió a Gage cuando se dirigió a él y le dio un beso en la mejilla.

—Así está mejor. En todo caso, eso es lo que sucedió.

—Gage ha tenido la amabilidad de omitir la parte en que me derrumbé. Si vamos a hacer listas, esto tendrá que ir bajo «debilidades». Tuve una crisis nerviosa después y no puedo garantizar que no me vaya a volver a suceder, aunque no creo que sea así.

—Yo no lo llamaría una crisis nerviosa. En todo caso, la reacción fue intensa pero breve —añadió Gage—. Y sucedió *después* de que terminara todo el jaleo. A mí, personalmente, no me importa lo mucho que una persona se tire de los pelos o pierda el control mientras lo haga después de que haya hecho lo que tenía que hacer.

—Tomo nota —le dijo Cybil.

—Twisse cometió un error —comentó Quinn quedamente, pero sus ojos resplandecieron vívidamente—. Cometió un tremendo error, de hecho.

—¿Cuál? —le preguntó Cal.

—Para nosotras tres, hasta el día de hoy, la mayor parte de todo esto no había sido más que teoría. Hemos hablado de lo que sucede en el pueblo durante el Siete, de lo que la gente es capaz de hacer en esos días estando bajo el influjo de Twisse, pero sólo vosotros tres, es decir, Fox, Gage y tú, habíais tenido que afrontarlo. Sólo vosotros tres habíais tenido que defenderos, o defender a alguien más, de un ataque por parte de otra persona u otro ser vivo, que hasta entonces era un ser normal pero repentinamente se ha convertido en una amenaza. ¿Cómo podíamos saber a ciencia cierta cómo íbamos a reaccionar nosotras o si íbamos a ser capaces de hacer lo que tenemos que hacer cuando nos enfrentemos a él? Pues bien: ahora ya lo sabemos —Quinn hizo una pausa para respirar—. El perro de hoy no fue una ilusión malintencionada de Twisse, sino que fue un animal de carne y hueso. Qué crisis nerviosa ni qué ocho cuartos, Cybil. No te aterrorizaste, no saliste huyendo, no te quedaste paralizada. Fuiste capaz de tomar tu revólver y dispararle al pobre desgraciado. Salvaste una vida. Así que estoy convencida de que ese bastardo cometió un gran error, porque nos dio un adelanto de lo que se nos viene. Ahora cuatro de nosotros ya han tenido la experiencia de primera mano de tener que enfrentarse a ataques reales. Y que me parta un rayo si Layla y yo no vamos a ser capaces de actuar a la altura de las circunstancias. ¿Qué creo? Que todo esto es una gran marca roja debajo de la columna de las ventajas.

—Bien pensado, rubita —le dijo Cal y se inclinó para besarla.

—Sí, tienes razón —añadió Fox al tiempo que levantaba su cerveza a modo de brindis—. Quería alardear y al cabrón le salió el tiro por la culata. Podría decirse incluso que literalmente.

Cybil continuó observando a Quinn unos momentos más, mientras los últimos nudos de dolor y conmoción se iban deshaciendo dentro de ella.

—Siempre has sido capaz de ver las cosas desde otro punto de vista, ¿no? Entonces, todo en orden —y por primera vez en horas, Cybil fue capaz de respirar tranquilamente—. Tomémonos un momento para felicitarnos a nosotros mismos... Y éste es el momento. Que alguien recoja la mesa mientras voy a por mis cartas.

Cuando Cybil se puso en pie y salió, Gage hizo lo mismo y salió detrás de ella.

—Cybil, ya has probado demasiado hoy —sin prestarle atención, ella metió la mano en su bolso y buscó las cartas—. Estás cansada. No hay necesidad de hacer la lectura de tus cartas mágicas esta noche.

—Tienes razón: estoy cansada —era definitivamente molesto que se lo recordaran después de que se había esforzado tanto para disimularlo—. Me imagino que los días antes de que el Siete empiece y durante toda esa semana vosotros tres funcionáis en un estado más allá del cansancio, ¿no es así?

—Cuando la función empieza, las alternativas que nos quedan se reducen a ninguna. Pero todavía no hemos llegado a ese punto.

—Pero vamos a llegar y pronto. Además, aunque no pueda decir que esté más allá de necesitar o querer probar algo, esta vez no se trata de eso. Te agradezco la preocupación, pero...

Cybil se interrumpió cuando Gage la tomó del brazo.

—No me gusta sentirme preocupado.

La expresión en el rostro de Gage a duras penas disimulaba la frustración que estaba experimentando.

—No, apuesto a que no, pero no puedo ayudarte con eso, Gage.

—Mira —la frustración se intensificó más visiblemente—. Sólo quiero que aclaremos algo desde el principio.

—Por supuesto.

—La manera en la que los otros se han liado... no está en mis cartas. Ni en las mías ni en ésas —le dijo señalando la baraja del tarot que Cybil tenía en la mano—. No entra en mis planes cantar canciones de amor y jugar a las casitas.

Cybil ladeó la cabeza y mantuvo una media sonrisa razonable dibujada en los labios.

—¿Algo te ha dado la impresión de que quiero que me cantes canciones de amor y que juegues a las casitas conmigo?

—Déjate de tonterías, Cybil.

—No. Déjate tú de tonterías, asno arrogante. Si te inquieta que vaya a atraparte en mi telaraña y a embrujarte hasta que te tenga dándome serenatas bajo mi ventana y escogiendo modelos de vajilla, es tu problema, no el mío —lo señaló con el dedo índice y esta vez su sonrisa no fue ni razonable ni tranquila, sino que se había congelado en una mueca—. Y si tienes la idea, dentro de tu minúsculo cerebro, de que eso es lo que quiero, sencillamente eres un imbécil. Lo que es redundante, teniendo en cuenta que te he dicho que tienes un cerebro minúsculo; y *detesto* estar tan molesta como para ser redundante.

—¿Y pretendes que crea que, mientras los otros se están tirando por la borda como ratones en un naufragio, tú no te hayas detenido a pensar en la posibilidad de cogerme del cuello y arrastrarme detrás de ti?

—Qué imagen tan encantadora y qué opinión tan buena te merecen los sentimientos de tus amigos.

—Es suficientemente buena —murmuró Gage—. Y si le añades las vibraciones de Quinn, me parece absolutamente razonable comentarlo en voz alta.

—Entonces permíteme comentar esto en voz alta: si alguna vez decido que quiero a un hombre a largo plazo, ese hombre que yo escoja libremente no me va a ser impuesto por una jugarreta del destino. Además, contrariamente a lo que tu estupidez machista te hace creer, no todas las mujeres quieren un hombre a largo plazo. Pero si alguna vez decido que es así, no voy a tomar por el cuello ni arrastrar a nadie. Si tuviera que coger del cuello a un hombre y arrastrarlo detrás de mí, entonces no querría a ese cabrón. Así las cosas, estás a salvo de mis tretas y caprichos, imbécil narcisista. Si eso no te convence, te puedes ir a la mismísima mierda —concluyó, y pasó por su lado como una ráfaga. Al llegar al comedor, puso la baraja de un golpe sobre la mesa—. Antes de hacer esto, necesito aclararme la cabeza —dijo sin dirigirse a nadie en particular antes de atravesar la cocina como una tromba para salir por la puerta trasera.

Después de lanzarle una mirada rápida a Cal, Quinn se puso en pie y salió detrás de su amiga.

—Está iracunda —le comentó Quinn a Layla cuando ésta se levantó detrás y la siguió.

—Eso he visto.

Cybil recorrió a zancadas de lado a lado la terraza y se dio la vuelta cuando oyó que sus amigas salían.

—A pesar de mi estado actual de ira ciega no voy a decir que todos los hombres son unos cerdos arrogantes e ignorantes que se merecen que les pateen los huevos.

—Un hombre en particular —tradujo Quinn.

—Uno en particular que tuvo el *coraje* de advertirme de que cualquier sueño secreto que yo pudiera estar albergando con respecto a él sería en vano.

—Ay, Dios —exclamó Quinn llevándose las manos a la cara para ahogar un sonido entre un gemido y una carcajada.

—Me dijo que no podía confundir el hecho de que vosotros cuatro, que estáis saltando por la borda como ratones en un naufragio, he de añadir, fuerais el antecedente de mi futura vida feliz a su lado.

—Como no estoy segura de que sus poderes de curación sean suficientemente eficaces como para salvarlo de la ira divina de la gran Cyb, ¿tendremos que llamar a urgencias?

—Pero antes de hacerlo, creo que deberíamos dejarlo sufrir un rato. ¿Nos llamó ratones? —comentó Layla.

—Para ser justa, aunque sólo Dios sabe por qué habría de serlo, yo creo que el comentario estaba más basado en la preocupación por su propia situación actual que en la opinión que le merecéis vosotros.

Quinn se aclaró la garganta.

—Sólo por hacer de abogado del diablo: ¿no será posible que se haya vuelto idiota porque está proyectando algo por los sentimientos tan complejos que le debes de estar generando?

Cybil sólo se encogió de hombros.

—Ése es su problema.

—Completamente de acuerdo. Es sólo que si yo estuviera en tus zapatos, eso haría que me creciera el ego: por la posibilidad de que a Gage no le preocupe tanto que te enamores de él sino que él pueda enamorarse de ti.

Cybil frunció los labios y la ira se fue replegando para dar paso a la reflexión.

—Mmm. Estaba tan molesta que no se me ocurrió considerar ese ángulo. Me gusta. Debería darle el Tratamiento.

—Por Dios santo, Cyb —exagerando una expresión de horror, Quinn tomó a su amiga por el brazo—. El Tratamiento, no.

—¿Qué es el Tratamiento? —preguntó Layla—. ¿Duele?

—El Tratamiento, diseñado e implementado por Cybil Kinski, tiene innumerables facetas y capas —respondió Quinn—. Ningún hombre puede resistirse. O defenderse.

—Se trata de enfoque, actitud y respuesta —añadió Cybil con aire ausente mientras se acariciaba el pelo—. Así que hay que conocer a la presa y adaptar el enfoque, la actitud y la respuesta según sus características particulares. Puedes añadir sexo y seducción, si te parece aceptable, pero se trata más bien de atraer a la presa al punto exacto donde la quieres tener. Contacto visual, lenguaje corporal, conversación, armario... tienes que confeccionar todo esto a la medida, por decirlo de alguna manera, para que se ajuste al hombre en cuestión al que estás tratando de atraer —dejó escapar una exhalación ruidosa—. Pero éste no es el momento apropiado para este tipo de juegos. Sin importar lo mucho que Gage merezca el Tratamiento, éste no es el momento. Pero cuando todo esto termine...

—Muy bien, pero necesito saber —dijo Layla— cómo confeccionarías un Tratamiento a la medida de Gage.

—Es muy fácil en realidad. Gage prefiere mujeres sofisticadas que tengan estilo. Aunque él probablemente piensa otra cosa, se siente atraído hacia mujeres fuertes, porque las admira. Que no sean tímidas en cuanto al sexo, pero sí el tipo de mujer que le dice: «Claro, chico, démonos un revolcón», y en lo que después él no vuelva a pensar. Le gustan las mujeres inteligentes que también tengan buen sentido del humor.

—Ay, no me des un golpe, Cybil, pero creo que te estás describiendo a ti misma —comentó Layla.

El comentario de Layla detuvo por un momento la verborrea de Cybil, pero al cabo continuó:

—A diferencia de Fox, yo diría que Gage no tiene propensión a nutrir. A diferencia de Cal, no tiene raíces fuertemente echadas en ninguna parte. Él simplemente apuesta, juega, y la mujer que sepa jugar bien va a llamar su atención. Una que sepa ganar a veces y perder a veces. Se le puede atraer físicamente, a qué hombre no le pasaría lo mismo, pero con Gage es sólo hasta cierto punto. Él tiene un control excepcional en la mayoría de las circunstancias, por tanto, el control sería una de las claves para atraerlo.

—Si Cybil fuera a hacer esto, tendría notas sobre todo esto que te está diciendo —como una madre orgullosa, Quinn le sonrió ampliamente a Cybil— y después diseñaría un plan de acción detallado.

—Por supuesto, pero como todo esto es sólo hipotético... —girando los hombros, Cybil continuó—. A Gage le gustan los desafíos, entonces habría que caminar por el límite entre el interés y el desinterés y darle la medida justa de ambos. No darle caliente y frío, como extrañamente tantos hombres no pueden resistir, sino que habría que encontrar la temperatura justa para él para después cambiarla ligeramente de vez en cuando, sólo para sacarlo de sus casillas ligeramente. Y... —se interrumpió, negó con la cabeza—. No importa, realmente, puesto que no voy a aplicarle el Tratamiento. Lo que está en riesgo es demasiado importante como para ponernos con jueguecitos de seducción.

—Cuando estábamos en la universidad, Cybil usó el Tratamiento con un tipo que me puso los cuernos y *después* me propuso que hiciéramos un trío con esta chica con quien me estaba siendo infiel. Un cerdo, totalmente —Quinn le pasó un brazo sobre los hombros a Cybil y le dio un fuerte apretón—. Cybil le dio cuerda al cabrón como si fuera un reloj y justo cuando pensó que su alarma estaba a punto de apagarse, Cyb lo echó de la mesilla de noche de una bofetada. Fue lo máximo. Pero sí, creo que tal vez sería inapropiado hacerlo ahora, teniendo en cuenta las circunstancias.

—Pues bien —Cybil se encogió de hombros, se quitó el pelo de la cara—. Fue divertido pensar en eso, en todo caso. Y me ha ayudado a tranquilizarme, además. Yo creo que deberíamos volver, para poder empezar lo de las cartas cuanto antes.

Layla retuvo un momento a Quinn cuando Cybil se dispuso a entrar de nuevo en la casa.

—¿En realidad soy la única que se ha dado cuenta de que Cybil no hace más que describirse a sí misma como el tipo de mujer de la que Gage se enamoraría?

—No. Pero es interesante que ella no se haya dado cuenta, ¿verdad? —Quinn le pasó un brazo sobre los hombros a Layla—. Aunque en mi opinión ella dio en el clavo en todo lo que dijo. ¿No te parece que va a ser muy divertido observar desde la barrera lo que se les viene?

—¿Crees que es el destino, Quinn, o elección libre? Me refiero a todos nosotros.

—Yo votaría por el libre albedrío y la elección, ¿pero sabes qué? —le dio un golpecito en el brazo—. La verdad es que no me importa mucho, siempre y cuando todos vivamos felices para siempre.

Pensando en lo que Quinn le acababa de decir, Layla entró en la cocina y vio a Fox, que estaba abriendo una lata de Coca-Cola y se reía por algo que Cal había comentado. Y cuando sus hermosos ojos miel se encontraron con los de ella, se calentaron como soles.

—¿Estás lista para que nos lean el futuro? —le dijo, extendiendo la mano hacia ella.

—Pero antes quiero hacerte una pregunta —Layla se dio cuenta de que era importante preguntarle ahora, antes de que les echaran las cartas.

—Por supuesto. ¿Qué necesitas?

—Necesito saber si te casarías conmigo.

La conversación a su alrededor se apagó de un soplo. Durante varios larguísimos segundos no hubo ningún sonido mientras él sólo la miraba directamente a los ojos.

—Claro. ¿Quieres hacerlo ya?

—Fox.

—Porque he estado pensando que febrero sería una fecha más conveniente. ¿Sabes? Febrero es un mes tan espantoso que sería agradable tener algo emocionante que hacer en pleno invierno —le dio un sorbo a su lata de Coca-Cola, después la puso sobre la encimera. Layla estaba muda y sólo acertaba a mirarlo—. Además, fue en febrero cuando te vi por primera vez. Pero por favor no el día de san Valentín, porque es demasiado tradicional y es un tópico absoluto.

—¿Has estado pensándolo?

—Sí, he estado pensándolo, dado que estoy completamente enamorado de ti. Pero me alegra que me lo hayas preguntado primero, porque así ya no me siento presionado —riéndose, la levantó entre sus brazos—. ¿Te viene bien que nos casemos en febrero?

—Febrero es perfecto —Layla puso las manos sobre las mejillas de Fox y lo besó. Después, levantando la cabeza, sonrió a sus amigos—. ¡Fox y yo vamos a casarnos en febrero!

Entre las felicitaciones y los abrazos, los ojos de Cybil se encontraron con los de Gage.

—No te preocupes —le dijo quedamente—, no voy a proponerte que te cases conmigo.

Y después puso a calentar agua para el té, para mantenerse tranquila y centrada cuando volvieran a la mesa a echarse las cartas.

CAPÍTULO 8

Gage durmió mal, pero esta vez el insomnio no tuvo nada que ver con visiones o pesadillas. No estaba acostumbrado a cometer errores graves o, lo que era peor e, incluso, más mortificador, hacer movimientos torpes. Especialmente con las mujeres. Se ganaba la vida no sólo leyendo cartas y previendo probabilidades, sino leyendo a la gente, lo que sucedía detrás de sus ojos, de sus palabras y de sus gestos.

No le resultaba de mucho consuelo pensar, a las tres de la mañana, que no había leído a Cybil correctamente. Ella se sentía tan intrigada y atraída hacia él, como él hacia ella. Estaba igual de interesada y, tal vez, igual de recelosa que él en cuanto a obrar según las ahora famosas vibraciones sexuales que Quinn había traído a colación. No, definitivamente no se había equivocado en lo que se refería a la conexión sexual que existía entre ellos.

Su monumental error había sido permitir que le temblaran las rodillas por esa inquietud que yacía en su interior y después haberla proyectado en Cybil. El segundo aspecto de su error había sido —y esto hacía de su error algo de nivel astronómico, más que monumental— buscar reafirmación por parte de ella. Lo que más había querido había sido que ella estuviera de acuerdo con él, que le dijera que no había nada de que preocuparse. Cybil no estaba más dispuesta que él mismo a que el destino jugara con ella y sus decisiones.

Teniendo todo en orden, trabajarían juntos, dormirían juntos, lucharían juntos y, diablos, incluso tal vez morirían juntos. Y ningún problema.

Toda esa cháchara sobre sentimientos y conexiones emocionales atizaron el fuego que ya había estado creciendo en su interior. ¿Acaso no había tenido que ser testigo de cómo sus mejores amigos, sus hermanos, se habían enamorado? Eso sin mencionar que los dos ya estaban enfilando hacia el altar. En esas circunstancias, cualquier hombre en sus cinco sentidos observaría con atención la mano que se estaba repartiendo para plantarse antes de que fuera demasiado tarde.

En ese momento, mirando los acontecimientos en retrospectiva, le fue completamente evidente que debía haberse guardado el movimiento, el pensamiento y la opinión para sí mismo. Pero, por el contrario, lo que había hecho había sido manejar todo muy torpemente y se había puesto a la defensiva. Y básicamente lo que había hecho había sido acusarla de hacerle una encerrona. Cybil había hecho lo correcto al haberlo puesto en su lugar, no había duda. Ahora la pregunta era cómo devolver las cosas a la normalidad sin tener que vadear las aguas pantanosas de disculparse precisamente. Podía usar el argumento del bien mayor, pero, sin importar lo pertinente que pudiera ser, la verdad era que en las circunstancias actuales era un argumento débil.

Al final decidió dejar que las cosas fluyeran e ir improvisando sobre la marcha, y en cuanto se hizo la mañana, se dirigió a la casa que las mujeres tenían alquilada en el pueblo.

Al abrir la puerta, Quinn iba a medio camino de las escaleras. Se detuvo al verlo y vaciló unos segundos antes de bajar trotando el resto de los escalones.

—Buenos días. Supongo que no vienes por cuestiones de trabajo, ¿o sí?

—De hecho…

Pero Quinn lo interrumpió con una avalancha de palabras y movimientos.

—Porque la verdad es que necesitamos ayuda. Fox y Cal están de reuniones y puesto que el padre de Fox tenía unas horas libres, Layla se fue con él a la tienda para comentar los arreglos que quiere hacer. Así las cosas, nos quedamos Cybil y yo solas, pero yo tengo que ir a un lugar a traer una cosa. He bajado a por un café para Cybil, que está recién preparado en la cocina. ¿Podrías, por favor, subírselo mientras vuelvo? Estaré de vuelta dentro de veinte minutos —y tras decir esto salió como una tromba por la puerta sin darle la oportunidad a Gage de musitar palabra.

Gage pensó que la mitad de lo que Quinn le había dicho eran puras patrañas que se había inventado en ese mismo momento. Cualquier persona sería capaz de reconocer semejante sarta de patrañas, pero puesto que le servían para su propósito, sencillamente caminó hasta la cocina y sirvió dos cafés, después los subió a la oficina.

Cybil se había sujetado la mata de cabellos rizados que tenía con horquillas en la parte superior de la cabeza pero algunos mechones rebeldes se negaban a dejarse apresar y sencillamente tomaban la dirección que mejor les parecía. Gage pensó que ése era un *look* nuevo, al menos para él, y que era muy *sexy*. Ella estaba trabajando de espaldas a la puerta, frente a la enorme pizarra blanca. Gage vio que se trataba de otro gráfico y reconoció los nombres de las cartas que habían escogido en las diversas rondas la noche anterior. Supuso que la música que estaba escuchando provenía de alguno de los ordenadores portátiles. Melissa Etheridge cantaba a todo pulmón.

—¿No sería más rápido hacer eso en el ordenador?

Gage vio el ligero sobresalto y la rápida recuperación antes de que Cybil se diera la vuelta. La mirada que le lanzó lo hizo pensar a Gage en el color beis: absolutamente neutral.

—Ya hice el gráfico en el ordenador, pero analizarlo en la pizarra es más descansado para los ojos y es más fácil para que todos los demás tengan acceso a él. ¿Alguno de esos cafés es para mí o estás planeando tomártelos ambos?

Gage dio un paso adelante y le ofreció una taza.

—Quinn me dijo que tenía que ir a un lugar a traer una cosa y que estaría de vuelta dentro de veinte minutos.

Cierta irritación pasó por el rostro de Cybil antes de que se diera la vuelta de nuevo hacia la pizarra.

—En ese caso deberías volverte por donde has venido o irte a la cocina hasta que tengas un acompañante que te proteja de mí.

—Me las puedo apañar.

Cybil se dio la vuelta y le clavó los ojos. No más miradas neutrales, advirtió Gage, ésta humeaba y resplandecía.

—Otros pensaron lo mismo. Fue su error.

«A la mierda», pensó Gage cuando ella le dio la espalda y empezó a escribir de nuevo en la pizarra con su perfecta caligrafía. Cuando un hombre jugaba mal, tenía que aceptar las derrotas.

—Me pasé de la raya.

—Sí, creo que ya hemos llegado a esa conclusión.

—Entonces no hay problema.

—Nunca pensé que tuvieras un problema.

Gage le dio un sorbo a su café y sencillamente la miró, tratando de descifrar por qué el frío desinterés de ella lo sacaba de quicio. Entonces puso la taza sobre el escritorio y la tomó del brazo para llamar su atención.

—Mira...

—Ten cuidado —la advertencia goteó como azúcar derretido—. La última vez que empezaste de esa misma manera terminaste con los dos pies en la boca. Creo que te debe de parecer igual de aburrido cometer el mismo error dos veces.

—Nunca dije que hubiera cometido un error.

Cuando por toda respuesta ella guardó silencio y le lanzó una mirada anodina, a Gage se le ocurrió que Cybil arrasaría en una mesa de póquer.

—Está bien, está bien. Todo el día de ayer me pasé de la raya. Puesto que no te considero una mujer coqueta, parece obvio que vamos a terminar en la cama.

El sonido que Cybil dejó escapar no fue una risotada, pero tuvo toda la intención de ser un insulto.

—Yo no apostaría un centavo a eso.

—Me gustan las posibilidades, pero la cuestión es que pensé que ambos queríamos tener las reglas claras de antemano. En lo que me pasé de la raya fue en hacerlo sonar como si estuvieras buscando algo más.

—¿En eso fue en lo que te pasaste de la raya?

—Dame una tregua, Cybil.

—En realidad, ya lo he hecho —Cybil pensó en el Tratamiento, lo que la hizo sonreír—, aunque no lo sepas. Deja que te haga una pregunta, Gage: ¿De verdad piensas que eres tan atractivo y tan irresistible que me voy a enamorar de ti perdidamente y que voy a empezar a pensar en echarte un lazo al cuello?

—No, no lo pienso. Ésa es la segunda parte en la que me pasé de la raya. ¿Quieres que te lo explique?

—Naturalmente. Soy toda oídos.

—Todo esto de las conexiones, de los enlaces, de los subconjuntos, como los llamaste, me empezaron a hacer sentir incómodo —empezó él señalando hacia la pizarra—. Eso, sumado a que cuanto más nos adentramos en esto, más urgencia siento de ti, urgencia que bien sé es mutua, sencillamente me hizo reaccionar de manera exagerada.

Cybil decidió que eso era lo más cercano a una disculpa a lo que Gage podía llegar, a menos que lo golpeara con una vara. No estaba tan mal, con todo.

—Está bien, está bien —dijo ella imitándolo—. Te voy a dar una tregua mayor de la que ya te he dado. También puedo añadir el hecho de que ambos somos lo suficientemente mayores y lo suficientemente inteligentes como para poder resistir nuestras *urgencias,* especialmente si nos preocupa que al darles rienda suelta vayamos a tener que enfrentarnos a la consecuencia de que el otro se vaya a enamorar perdida y desesperanzadamente de nosotros. ¿Te va bien?

—Sí, me va bien.

—En ese caso, puedes marcharte a hacer lo que sea que habitualmente haces o puedes quedarte y echarnos una mano.

—Define «echar una mano».

—Darnos una visión fresca de los gráficos, los cuadros, los mapas. Es posible que veas algo que nosotras hayamos pasado por alto. O la posibilidad de algo más, en todo caso. Tengo que terminar este gráfico de las cartas, para poder analizarlo después —Cybil empezó a escribir de nuevo en la pizarra—. Después, si todavía estás con ganas de quedarte un rato más, podríamos probar a conectar otra vez, psíquicamente, me refiero, aprovechando que Quinn está aquí. Se me ocurrió anoche que las cosas habrían sido muy diferentes si el perro hubiera llegado antes de lo que lo hizo...

—Sí, también se me ocurrió a mí.

—Pienso, entonces, que, al menos hasta que controlemos lo que sucede cuando nos sintonizamos, es preferible no volver a intentarlo si estamos solos. Y tampoco hacerlo fuera.

Gage no podía discutir los argumentos de Cybil.

—Vale. Y antes de ponerme a trabajar en otra cosa, háblame primero sobre las cartas.

—Muy bien. Empieza conmigo. He hecho una lista de las cartas que escogí, en el orden en que lo hice. Después vienen los subconjuntos con los que escogí: aquí estamos tú y yo, después las que escogimos con Q. y Layla y finalmente las que escogimos los seis juntos como un todo. En la baraja del tarot hay veintidós arcanos mayores. Tú y yo escogimos cinco cartas cada uno; las diez fueron arcanos mayores.

Gage observó el grafico, asintió con la cabeza.

—Ya lo he visto.

—En mi subconjunto femenino, cada una escogió cinco cartas también, para un total de quince arcanos mayores. Cuando escogimos los seis como un todo, las tres primeras cartas fueron de nuevo arcanos mayores. Como yo decidí sacar mis cartas después de los demás, para cuando lo hice los veintidós arcanos mayores ya habían sido sacados, así, las tres últimas cartas fueron la reina de espadas, el diez de bastos y el cuatro de copas.

»Ahora, si te fijas en mis tres rondas, te das cuenta de que en la primera y en la tercera saqué la muerte y el diablo. Otras cartas se repitieron: en la primera y segunda rondas saqué el ahorcado. En las tres rondas saqué la rueda de la fortuna. Finalmente, en la segunda y tercera rondas saqué la fuerza.

—Todos repetimos cartas.

—Así es. Por tanto, creo que esas repeticiones le dan más peso a nuestra columna individual. Es muy significativo que las tres mujeres sacáramos una reina y vosotros tres sacarais un rey. La mía fue la reina de espadas, que representa a alguien que está en guardia; una mujer inteligente que usa su intelecto para lograr lo que se propone. Ciertamente es algo que tiendo a hacer. Por lo general, se suele representar a esta mujer con ojos y pelo oscuro. Después, el diez de bastos, que representa una carga, determinación para tener éxito. Y el cuatro de copas, ayuda de una fuente positiva, nuevas posibilidades o relaciones —dio un paso atrás y, frunciendo el ceño, miró la pizarra—. Mi interpretación de todo esto es que los arcanos menores representan no solamente quiénes somos sino lo que tenemos que hacer individualmente para ayudar al conjunto. Las cartas repetidas representan lo que hubo antes de nosotros, individualmente, otra vez, lo que hay o está habiendo y el resultado final.

—¿Qué hay de mi rey?

—De nuevo, espadas. El rey de espadas representa a un hombre de acción que tiene una mente analítica. Aunque podría pensarse más en alguien como Fox, debido a que por lo general es alguien que trabaja en cuestiones legales. Es un hombre justo, buen juez y, básicamente, no se deja mangonear por nadie. Después sacaste un seis de bastos, que simboliza un triunfo después de una lucha. Finalmente, nueve de copas: alguien que disfruta de la buena vida y que ha alcanzado éxito material. Entonces —dejó escapar un suspiro—, como Q. y yo estamos más familiarizadas con el tarot y sus significados, podríamos trabajar juntas en esto, a ver qué más se nos ocurre después de analizar cada una de las rondas, ver qué cartas se repitieron, qué pasó en las elecciones individuales. Pensé que también podríamos buscar qué otros significados pueden tener las cartas y ver cómo podemos relacionarlos con los subconjuntos e individualmente, etcétera, etcétera.

—¿Y todo ese trabajo nos va a servir para...?

—Nos va a ayudar a identificar fortalezas y debilidades, lo que es clave, ¿verdad? Necesitamos tener claras las fortalezas y las debilidades no sólo de cada uno como individuo, sino también de los subconjuntos que formamos y del grupo como un todo. Y hablando de Q. —comentó Cybil cuando Quinn se asomó a la puerta—. ¿Encontraste la cosa del lugar? —le preguntó dulcemente a su amiga.

—¿Qué? Ah, esa cosa del lugar. No, no estaba. Entonces, ¿qué vamos a hacer?

—Tú y yo vamos a trabajar en las cartas. Gage va a aplicar su mente analítica y su buen juicio a las tablas, los mapas y los gráficos.

—Qué bien. ¿No os parece genial que Cal y yo hayamos sacado el rey y la reina de bastos? —le dirigió una sonrisa resplandeciente a Gage—. Ambos preferimos la vida campestre, somos leales y tenemos fuertes lazos familiares.

—Muy útil —y con esa corta apreciación, Gage decidió que los mapas requerían su atención.

Se preguntó cuántas horas tendrían que dedicarle a todo eso, a los alfileres y las impresiones del ordenador. Gage comprendía y valoraba la necesidad de investigar y del trabajo preliminar, pero honestamente no entendía cómo podían ser de ayuda tarjetas de colores en la lucha contra las fuerzas del mal.

Mientras examinaba el mapa del pueblo, su mente automáticamente lo completó con casas, edificios, monumentos. ¿Cuántas veces había transitado por esas calles, primero en bicicleta, después en coche? Allí estaba la piscina donde se había ahogado un perro la primera mañana del segundo Siete. En esa misma piscina, sin embargo, en una calurosa noche del verano anterior, Fox, Cal y él se habían dado un chapuzón completamente desnudos, después de entrar a hurtadillas en la casa.

El banco estaba allí, en la esquina de Main y Antietam. Había abierto una cuenta en ese mismo banco cuando tenía trece años, para guardar su dinero y que el viejo no pudiera encontrarlo. En esa misma esquina, una noche el imbécil de Derrick Napper había asaltado a Fox por el puro placer de hacerlo, cuando su amigo estaba atajando el camino entre el entrenamiento de béisbol y la bolera. La casa que había sido de los Foster quedaba allí, en Parkside. En el sótano, Gage había perdido la virginidad con la guapa Jenny Foster, y se la había quitado a ella, en una noche memorable en la que los padres de la chica habían salido a celebrar su aniversario.

Menos de dieciocho meses después, mucho después de que él y Jenny hubieran tomado caminos diferentes, la madre le había prendido fuego a la cama en la que dormía el padre. Había habido muchos incendios durante ese Siete, pero el señor Foster había tenido suerte. Se había despertado a tiempo para apagar el fuego del colchón y había logrado atar a su esposa antes de que prendiera fuego a los hijos.

Y allí estaba el bar donde Cal, Fox y él se habían emborrachado ridículamente cuando él había regresado para celebrar su cumpleaños número veintiuno. Gage recordaba que en ese mismo lugar, unos pocos años antes, durante ese Siete, Lisa Hodges se había abierto paso tambaleándose hasta la calle, donde había abierto fuego contra todo lo que se moviera y lo que no. Aquella vez le había metido una bala en el brazo, recordó Gage, para después ofrecerle una mamada.

Tiempos extraños.

Echó un vistazo a los gráficos, pero, hasta donde podía ver, al parecer no había ninguna parte del pueblo, ningún sector o zona, que hubiera sido escenario de un mayor número de episodios de violencia o actividad paranormal. Tal vez Main Street, pero era de esperar, teniendo en cuenta que era la calle con más tráfico, con más movimiento, puesto que la gente la usaba más que cualquier otra calle o carretera en el pueblo. Era la vía principal de Hawkins Hollow y, junto con la plaza, era el corazón del pueblo.

Gage visualizó el mapa del pueblo de esa manera, como una rueda, después como una cuadrícula, con la plaza como punto central. Pero no logró ubicar ningún patrón. «Qué pérdida de tiempo», pensó. Podían pasarse semanas jugando a esto y nada iba a cambiar. Lo único que demostraba todo el asunto era que, en un momento u otro, casi todos los lugares dentro de los límites del pueblo habían sido atacados.

El parque, el campo de béisbol, la escuela, la vieja biblioteca, la bolera, los bares, las tiendas, las casas privadas. Documentar todos los ataques no iba a evitar que volvieran a ser escenario de violencia y locura cuando...

Gage dio un paso atrás y usó los ojos y los recuerdos para reconstruir el pueblo en el mapa. Tal vez no quería decir nada, pero, diablos, los alfileres estaban allí. Tomó la caja y empezó a poner alfileres de cabeza azul en el mapa.

—¿Qué estás haciendo? —le preguntó Cybil—. ¿Por qué...?

Gage la interrumpió sólo con un dedo alzado mientras revolvía en sus recuerdos y continuaba poniendo alfileres. Tenía que haber más, pensó. ¿Cómo iba a ser capaz de recordar cada uno de los incidentes pertinentes a esta teoría loca? Y no todos los incidentes habían tenido que ver con él. Cal, Fox y él procuraban mantenerse juntos, pero a veces habían tenido que separarse y actuar independientemente.

—Esos lugares ya estaban señalados —señaló Cybil cuando Gage finalmente hizo una pausa.

—Sí, ésa es la cuestión. Y estos lugares particulares han sido atacados más de una vez, algunos en todos los Siete.

Y algunos de ellos, mira, han sido escenario de algún incidente esta vez.

—Ataques múltiples suena lógico —Quinn se acercó un poco más para observar más de cerca el mapa—. Un pueblo del tamaño de Hawkins Hollow tiene lugares limitados. Con excepción de Main Street, los otros ataques están más o menos dispersos, lo que me parece lógico también, teniendo en cuenta que Main tiene más movimiento y más gente por metro cuadrado.

—Sí... Interesante, ¿no?

—Podría ser, si supiéramos qué significan los alfileres azules —comentó Cybil.

—Lugares, recuerdos, puntos destacados, puntos bajos. Pensad en la bolera, por ejemplo. Los tres pasamos muchísimo tiempo allí cuando éramos niños. Yo vivía en el piso de la tercera planta y trabajaba en la bolera, al igual que Cal y Fox, para tener dinero propio. El primer incidente violento, al menos el primero del que tuvimos noticia, sucedió en la bolera la noche de nuestro décimo cumpleaños. Y en cada Siete ha sucedido allí al menos un acto violento. En lo que va de este año, vosotros cuatro fuisteis testigos del incidente en el baile de san Valentín y, además, Twisse me mandó de vuelta al piso donde vivía con mi padre, ya fuera ilusión o no, yo lo sentí como si fuera real. Allí mi padre me dio muchas palizas casi hasta matarme.

—Violencia que atrae más violencia —murmuró Cybil—. Regresa a los lugares donde tú, o alguno de vosotros, habéis tenido una experiencia violenta.

—No solamente. Mira aquí —le dijo señalando un punto en el mapa—. Hice el amor por primera vez en esta casa que está aquí. Tenía quince años.

—Qué chico más precoz —comentó Quinn.

—Se presentó la oportunidad. En el siguiente Siete, la mujer que vivía allí trató de quemar la casa con todos sus ocupantes dentro. Por fortuna, no tuvo éxito. Para el siguiente Siete mi conquista se había casado con su novio de la universidad y se había mudado de casa y el resto de la familia se había mudado también, a una casa más grande bien a las afueras del pueblo. Pero el tipo que compró la casa, rompió todos los espejos, esto sucedió en el Siete de 2001. Según su mujer, a quien el hombre también atacó, el tipo empezó a gritar que había demonios en ellos y por eso los rompió. En la escuela pasamos mucho tiempo y, por supuesto, invertimos energía de todo tipo allí, y mucha. Tuvimos peleas, nos dimos besos y experimentamos todo tipo de sentimientos, negativos y positivos.

—Entonces se trata de energía violenta o sexual. Ya sea tuya o de Cal o de Fox. Interesante —comentó Cybil.

—Y yo pensaría que hay más. Me parece interesante también el hecho de que hasta el mes pasado nunca antes hubiera sucedido un incidente de ningún tipo en la granja de Fox. Lo que sucedió no fue real, pero sucedió. Tampoco nunca ha sucedido nada en casa de los padres de Cal. Creo que tendríamos que considerar esto también.

—Voy a llamar a Cal —dijo Quinn saliendo de la habitación.

—Pues bien, rey de espadas, es posible que tu mente analítica y observadora haya dado en el clavo de algo —le dijo Cybil a Gage mientras tamborileaba con un dedo sobre el mapa—. Aquí está nuestra casa: ningún incidente se había reportado aquí antes de que nos mudáramos.

—Pudo haber pasado algo de lo que no nos enteramos.

—Yo creo que si hubiera sucedido algún incidente importante, os habríais enterado. Pero después de que nos mudamos, han empezado a pasar cosas aquí, porque somos su objetivo. Y seguramente usa nuestra propia energía como combustible para los ataques. El primer incidente del que tenéis conocimiento sucedió en la bolera cuando vosotros tres estabais allí. Este año, la bolera fue escenario del primer gran incidente ilusorio cuando cuatro de nosotros estábamos allí. Quinn vio al demonio por primera vez cuando iba conduciendo hacia casa de Cal para conocerlo, lo que quiere decir que cuatro de los seis estabais en la zona... por primera vez.

—¿Qué estás tratando de hacer?

—Encontrar un patrón dentro del patrón. En el segundo Siete, uno de los primeros incidentes importantes tuvo que ver con esta mujer que empezó a disparar a diestro y siniestro al salir de un bar, ¿no es cierto? Te hirió.

—Sí, y después me ofreció una mamada.

—Los tres estabais en la escena y, por supuesto, el alcohol hizo que la mujer fuera vulnerable. Pero como vosotros teníais sólo diecisiete años, dudo mucho que ninguno hubiera pasado demasiado tiempo allí o que hubiera tenido algún tipo de experiencia significativa que hiciera del lugar...

—El viejo pasaba mucho tiempo allí —entendiendo hacia dónde se dirigía Cybil, Gage tuvo que luchar contra la urgencia de mantener esa área sepultada—. Una vez lo fui a buscar a ese bar, yo debía de tener unos siete años, literalmente me sacó de allí a patadas. Fue la primera vez que me dio una de esas palizas en las que parecía querer matarme. ¿Era eso lo que estabas buscando?

—Sí.

Cuando Cybil no le ofreció ninguna demostración de lástima ni ningún gesto de consuelo, Gage sintió que los músculos del estómago se le relajaban de nuevo.

—En el Siete pasado decidimos hacer el ritual de nuevo. Estábamos en la Piedra Pagana a medianoche, así que no sabemos cuál fue el primer incidente que sucedió, pero ese Siete fue el peor de todos. De lejos, el peor de todos.

—Muy bien, rebobinemos. Sabíais que el Siete se aproximaba, estabais preparados. Empezaron a suceder cosas, como ahora, antes de la medianoche del siete de julio. ¿Qué recuerdas que fuera lo primero?

—Siempre son los sueños lo que sucede primero. Ese año vine antes, llegué a principios de la primavera. Los tres nos quedamos en un piso que Cal tenía entonces. Vi al pequeño cabrón agazapado sobre el letrero de «Bienvenidos a Hawkins Hollow» cuando venía conduciendo hacia aquí. Se me había olvidado eso. Y la primera noche que pasamos donde Cal, o temprano la mañana del día siguiente, los cuervos atacaron.

—¿Dónde?

—Main Street, que es donde más les gusta. Pero el ataque fue especialmente encarnizado contra el edificio donde estábamos nosotros. Sí, los daños que le causaron al edificio fueron enormes. Y hubo un montón de peleas en la escuela secundaria. La gente las achacó al estrés y las tensiones del final de curso, pero las peleas fueron muchas y fuertes.

—Creo que podemos trabajar con esto —comentó Cybil mientras se sentaba deprisa en la silla frente a su ordenador y empezaba a golpear las teclas—. Tenemos un montón de información, de referencias cruzadas y demás. Seguro que podemos trabajar con esto —levantó la mirada brevemente cuando Quinn entró en la habitación de nuevo—. ¿Viene Cal?

—En cuanto vea a sus padres.

—Haz que Layla y Fox vengan también.

—¿Ha descubierto algo? —le preguntó Quinn a Gage.

—Eso parece.

—La defensa es parte integral de una guerra. Tanto como la ofensiva.

—Integral —repitió Gage.

—Identificamos los puntos de mayor riesgo de ataque y después tomamos las medidas necesarias para defenderlos.

—¿Que serían...?

—Evacuar y fortificar —respondió Cybil con un gesto de la mano, como si quisiera espantar una mosca obstinada—. Cada cosa a su tiempo.

A Gage no le pareció muy viable eso de la evacuación y la fortificación, pero siguió la línea de pensamiento de Cybil y pudo identificar el patrón dentro del patrón. Esperó a que los otros llegaran y cuando todos se agolparon en la pequeña oficina, Cybil se dispuso a compartir con sus amigos lo que estaba pensando.

—Ya hemos acordado que somos catalizadores —empezó Cybil—. Sabemos que, mediante un ritual de sangre, los tres hombres liberaron al demonio que llamamos Twisse, porque ése es el último nombre con que sabemos que se lo identificó. Sabemos que la primera vez que Quinn lo vio fue en febrero, cuando acababa de llegar a Hawkins Hollow. Esa aparición es también la primera de la que tenemos noticia esta vez. Layla y Quinn tuvieron su primera experiencia compartida mientras estaban alojadas en el hotel y lo vieron con forma de babosa. Desde entonces, las cosas empezaron a empeorar, con mayor rapidez y fuerza. Después fue el baile de san Valentín en la bolera, donde estabais cuatro de vosotros. El ataque a *Lump* en casa de Cal vino a continuación, cuando los seis estábamos allí. Hemos registrado los incidentes que han sucedido este año, ya sean individuales o compartidos. De nuevo, se repiten escenarios, como la plaza, la bolera, la oficina de Fox, Main Street, esta casa. Así, cuando volvemos a los Sietes anteriores, vemos que surge un patrón de lugar.

—La bolera es uno de sus sitios favoritos —comentó Quinn examinando el mapa actualizado con los alfileres de Gage—. Al igual que la escuela secundaria, el bar, la que era la casa de los Foster, la plaza y los alrededores... Todos esos sitios, por obvias razones, pero es interesante que antes de este año ni la granja de Fox ni su oficina hubieran sido escenario de ningún incidente. Nos estamos acercando a algo aquí.

—¿Por qué no nos habíamos dado cuenta de esto antes? —se preguntó Cal—. ¿Cómo diablos pudimos no habernos dado cuenta?

—Nunca hicimos tablas ni gráficos —le respondió Fox—. Tomamos notas, por supuesto, pero nunca pusimos toda la información junta de esta manera: de una manera lógica y visual.

—Además, Fox y tú estáis en el pueblo todo el tiempo, lo veis todos los días, sus calles, sus edificios, todo —añadió Cybil—. Al vivir aquí, no podéis tomar distancia de lo que sucede; en cambio, Gage sí. Así, cuando examina el mapa, lo ve de manera diferente. Y dado que su profesión es el juego, instintivamente busca patrones.

—¿Qué hacemos con todo esto? —preguntó Layla.

—Necesitamos reunir la mayor cantidad de información que podamos según los recuerdos de los chicos —empezó Cybil—. Después la catalogamos, la analizamos y tratamos de definir el patrón o los patrones, para...

—Calcular las probabilidades del primer ataque, o los diversos primeros ataques —finalizó Gage cuando Cybil lo miró—. El primer ataque en los dos primeros Sietes fue en la bolera. En el tercero no sabemos dónde fue porque estábamos en la Piedra Pagana.

—Podríamos saberlo —comentó Cal frunciendo el ceño hacia el mapa, entonces señaló un punto con el dedo—. Mi padre se quedó en el pueblo. Como sabía que íbamos al bosque a repetir el ritual para tratar de acabar con esto, se quedó en caso de que... No lo supe entonces, porque no me lo dijo sino hasta después de que todo hubo terminado. Se quedó en la comisaría de policía. Al parecer, en el aparcamiento del banco un par de tipos se atacaron uno al otro y a sus coches con barras de hierro.

—¿A alguno de vosotros os pasó algo significativo allí antes?

—Sí —respondió Fox colgándose los pulgares de los bolsillos delanteros de los vaqueros—. Napper me atacó allí una vez. Me dio una tremenda paliza, pero pude reponerme en un momento y le pateé el culo antes de que me dejara hecho una piltrafa.

—Justo lo que quería escuchar —dijo Cybil—. ¿Dónde perdiste la virginidad, Cal?

—Ay, Dios.

—No seas tímido —ahogando una carcajada, Quinn le dio un golpe en el hombro.

—En el asiento trasero de mi coche, como cualquier estudiante de último año de secundaria que se respete.

—Tuvo un despertar tardío —comentó Gage.

Cal se encogió de hombros, pero al cabo de un momento los enderezó de nuevo y asumió una actitud orgullosa:

—Me he puesto al día desde entonces.

—Eso he oído —dijo Cybil, entonces Quinn se rió de nuevo—. ¿Dónde estabas aparcado?

—En Rock Mount Lane. Por aquel entonces no había tantas casas como ahora. Apenas habían empezado a urbanizar, entonces... —ladeó la cabeza y puso un dedo sobre el mapa de nuevo—. Fue por aquí. En el último Siete, dos de estas casas se consumieron en llamas hasta quedar reducidas a cenizas.

—¿Y tú, Fox?

—A la orilla de un riachuelo, bien a las afueras del pueblo. Ahora hay unas pocas casas allí, pero no son parte del perímetro urbano. No sé si tienen algo que ver en todo esto.

—Creo que tendríamos que registrar esa información de todas maneras. Lo que necesitamos que hagáis vosotros tres ahora es rebuscar en vuestros recuerdos, pensar bien y anotar todo lo que se os ocurra que os haya sucedido y que pueda ser significativo y dónde ocurrió. Un episodio violento o traumático, vuestros encuentros sexuales, etcétera. Después buscamos puntos de encuentro entre lo que los tres hayáis recordado. Layla, tú eres buenísima estableciendo relaciones.

—Muy bien. Podemos empezar por mi tienda, o la que será mi tienda, más bien —se corrigió Layla—, que se ha visto afectada y a lo grande en todos los Sietes. Y este año, incluso, ya ha recibido ataques. ¿Sucedió algo allí?

—Solía ser una tienda de objetos de segunda mano —el tono de la voz de Gage y el tipo de silencio sepulcral que asumieron Cal y Fox le indicaron a Cybil que lo sucedido allí no sólo debía de haber sido significativo sino fundamental—. Una especie de tienda de antigüedades baratas. Mi madre trabajaba allí por temporadas, a media jornada. Todos estábamos allí ese día, tal vez nuestras madres habían quedado para comer o para dar una vuelta, no lo recuerdo, pero estábamos todos allí cuando... cuando ella se sintió mal y empezó a sangrar. Estaba embarazada. No recuerdo lo avanzado que estaba el embarazo. Sí, estábamos juntos, nosotros tres y nuestras madres, cuando lo que sea que salió mal empezó a ponerse mal.

—Llamaron a una ambulancia —continuó Cal, para que Gage no tuviera que hacerlo—. La madre de Fox se fue con ella y la mía nos llevó a los tres a casa. En el hospital no pudieron salvarla. Ni a ella ni al bebé.

—La última vez que la vi, estaba tumbada en el suelo de esa tienda de segunda mano, sangrando. Creo que eso debe de ser condenadamente significativo. Necesito otro café.

En la cocina, Gage pasó de largo de la cafetera y se dirigió al porche. Unos momentos después, Cybil salió detrás de él.

—De verdad que siento mucho que esto todavía te cause dolor.

—No hubo nada que pudiera hacer entonces y no hay nada que pueda hacer ahora.

Cybil caminó hacia él, se paró a su lado y le puso una mano sobre el brazo.

—Sin embargo, sigo sintiendo que te cause dolor. Sé lo que debes de estar sintiendo, sé lo que duele perder a tu padre o a tu madre, una persona a la que querías y que te quería. Sé cómo puede marcarte la vida esa muerte, te la parte en dos, completamente. Sin importar el tiempo que haya pasado, sin importar las circunstancias, siempre queda dentro una parte de ese chico que sufre.

—Me dijo que todo iba a ir bien. Lo último que me dijo fue: «No te preocupes, pequeño, no estés asustado. Todo va a ir bien». No fue así, pero tengo la esperanza de que ella se lo creyera —más sosegado, Gage se volvió para mirar a Cybil—. Si tienes razón en cuanto a esto, y creo que la tienes, voy a matarlo por haber usado la sangre de mi madre, su dolor y su miedo, para alimentarse. Juro en este mismo lugar, aquí y ahora, juro que voy a matarlo por...

—Bien —con los ojos fijos en los de él, Cybil le ofreció la mano—. Yo lo juro contigo.

—Pero si ni siquiera la conocías, yo a duras penas...

Cybil lo interrumpió al tomar su rostro entre las manos para darle un fiero y rápido beso que para él fue más reconfortante que una docena de palabras de consuelo.

—Lo juro.

Cybil retrocedió pero no le soltó el rostro. Y mientras una lágrima le rodaba por la mejilla, Gage apoyó la frente contra la de ella, conmovido. Y sintiéndose agradecido, aceptó el consuelo de las lágrimas de ella.

CAPÍTULO 9

Dentro de lo que sería Hermanas, Cybil examinó los brochazos de pintura sobre las paredes. Pintura fresca, pensó, para cubrir viejas heridas y cicatrices. Puesto que Layla era Layla, había dibujado un gráfico sobre una de las paredes, a escala real, de cómo quedaría el interior y los cambios y adiciones que quería hacer. Así, no se necesitaba mayor esfuerzo para imaginarse lo que pronto sería.

Y a Cybil tampoco le costó mucho esfuerzo imaginarse lo que había sido. El niño pequeño, asustado y confundido, mientras su madre se desangraba en el suelo de la tienda de antigüedades. Desde ese momento, la vida de Gage había dado un giro, pensó ella. Había pegado los fragmentos de nuevo, pero la línea de su vida había cambiado para siempre, cambio causado por la pérdida vivida en ese lugar. Ella sabía bien cómo era, puesto que su propia línea había cambiado inexorablemente con el suicidio de su padre.

Otro evento que le había dado un nuevo giro a la vida de Gage, reflexionó Cybil, había sido cuando su padre le levantó la mano por primera vez. Le había acarreado otro cambio en la línea, otro estilo de vida. Después había habido otra ruptura, en su décimo cumpleaños.

Cuánto daño y reparación para un chico tan joven. Se necesitaba una determinación férrea y una gran fortaleza para poder no sólo aceptar todo ese daño, sino construir una vida sobre él.

Puesto que la charla que se había estado desarrollando detrás de ella se silenció súbitamente, Cybil se detuvo y se dio la vuelta para encontrarse con que Quinn y Layla la estaban observando.

—Es perfecto, Layla.

—Estabas pensando en lo que pasó aquí, en la madre de Gage. Yo también he estado pensando en eso —los ojos de Layla se nublaron al dar un vistazo en derredor—. Me pasé un montón de tiempo pensando en eso anoche. Un par de calles más arriba están alquilando otra casa, tal vez podríamos echarle un vistazo y ver si es preferible alquilar ésa en lugar de ésta.

—No, no. Ésta es tu tienda —le dijo Cybil poniendo un dedo sobre el gráfico de la pared.

—Gage nunca dijo nada. Todas esas ocasiones en que me oyó hablar y hablar sobre mis planes para esta casa y mi tienda, y nunca dijo nada. Ni Fox... Ni Cal. Y cuando le pregunté a Fox al respecto, me contestó que la cuestión era hacer de las cosas lo que se supone que deberían ser. O preservar lo que se supone que era su objetivo original. Ya sabéis cómo se pone.

—Y tiene razón —Cybil pensó en pintura fresca de nuevo. Color y luz—. Si no conservamos lo que es nuestro, o si nos retractamos, entonces hemos perdido. Ninguno de nosotros puede cambiar lo que le sucedió a la madre de Gage o cualquier cosa espantosa que haya sucedido después. Pero tú, Layla, puedes devolverle la vida a este lugar y, para mí, ésa es una manera de patearle el culo a Twisse. Gage mencionó que a su madre le gustaba venir aquí. Yo creo que él apreciaría ver que has convertido este lugar en un sitio que a ella le gustaría frecuentar.

—Yo estoy de acuerdo, y no sólo porque estoy segura de que esta tienda va a ser fantástica —añadió Quinn—, sino porque tú le vas a poner mucha energía positiva, que va a contrarrestar completamente la energía negativa de Twisse. Yo creo que es un símbolo poderoso. Más que eso, es física de la buena. Pienso que, en muchos niveles, lo que estamos haciendo puede reducirse a física básica.

—La naturaleza aborrece el vacío —decidió Cybil, asintiendo con la cabeza—. Así que, Layla, no le des un vacío. Llénalo.

Layla suspiró.

—Puesto que estoy a punto de estar oficialmente desempleada de nuevo, tendré todo el tiempo del mundo para hacerlo. Pero en este mismo momento tengo que ir a la oficina. Hoy tenemos el primer día completo de formación de mi sustituta.

—¿Y qué tal es? —le preguntó Quinn.

—Yo creo que es perfecta para el trabajo: es lista, eficiente, organizada, atractiva... y felizmente casada y madre de dos adolescentes. A mí me cae bien y Fox la teme un poco. Como dije: perfecta —y cuando se disponían a salir, Layla se giró hacia Cybil—: Si hablas con Gage hoy, ¿podrías preguntárselo? Dejando a un lado eso de patear culos y la física, si es muy difícil para él que este lugar sea parte de su vida, porque lo va a ser en la medida en que va a ser parte de la vida de Fox, puedo ir a ver la otra casa que están alquilando.

—En cuanto lo vea, se lo pregunto.

Después de que Layla cerrara la tienda y hubiera emprendido la marcha en dirección contraria, Quinn le pasó un brazo sobre los hombros a Cybil.

—¿Por qué no lo haces?

—¿Hacer qué?

—Ir a hablar con Gage. Vas a trabajar mejor si no te estás preguntando cómo está.

—Gage ya es mayorcito, puede...

—Cyb, recapitulemos: estás involucrada. Incluso si pensaras en él sólo como parte del equipo, estarías involucrada. Pero es más que eso. Estamos tú y yo solas aquí —comentó Quinn cuando Cybil guardó silencio.

—Está bien, sí: es más que eso. No tengo ni idea de cómo se podría definir ese «más», pero sí, es más.

—Bien, entonces estamos en ese nebuloso más. Así, estás pensando en ese chiquillo que perdió a su madre y cuyo padre se dedicó a la bebida en lugar de a su hijo. Estás pensando en el chico que recibió más golpes de los que se merecía y en el hombre que no se ha marchado, ni siquiera cuando ha podido. Así que a la mezcla de ese «más» hay que añadirle compasión y respeto.

—Tienes razón.

—Gage es listo, es leal, ligeramente bravucón y lo suficientemente tosco como para hacerlo intrigante. Y, por supuesto, está buenísimo.

—Tienes razón —repitió Cybil.

—Entonces ve a hablar con él. Puedes preguntarle por la tienda, así ayudas a Layla a tranquilizarse. Además, puede ser que te ayude a aclarar un poco la nebulosa del «más» y así después podrás volver a trabajar más concentrada en lo que tenemos que hacer a continuación. Que es una cantidad enorme de trabajo.

—Y ésa es la razón por la cual debería dejar para después la charla con Gage y más bien ponerme a trabajar. A duras penas hemos esbozado los que creemos que son los puntos más importantes. Y necesito analizar los gráficos de la lectura de cartas de la otra noche. Además, y lo primordial, no pienso dejarte sola en la casa, por nada del mundo.

—Exactamente para eso se inventaron los ordenadores portátiles. Puedo llevarme el mío a la bolera —Quinn gesticuló hacia la plaza—, lo que es una prueba más de que escogí correctamente al marido y el lugar de residencia. Puedo trabajar en la oficina de Cal o en la de al lado. Y cuando regreses de hablar con Gage sencillamente me recoges y nos vamos juntas a casa.

—Tal vez no sea una mala idea.

—Amiga mía —le dijo Quinn a Cybil mientras entraban en la casa—, me gano la vida con esas no tan malas ideas.

***

Sentado frente a la encimera de la cocina de Cal, Gage rebuscó entre sus recuerdos y, con una taza de café junto al codo, empezó a escribir lo que recordaba en su propio ordenador portátil. Mucha mierda había sucedido, pensó, y mucha había sido una mierda astronómicamente mala. Pero al ir escribiendo sus recuerdos, fue notando que los incidentes sucedían repetidamente en un puñado de lugares.

Sin embargo, no todo tenía sentido todavía. Él había experimentado lo peor de su vida —dolor, miedo, desesperanza y furia— en ese maldito piso sobre la bolera. Pero a pesar de que habían ocurrido muchos incidentes allí durante los Sietes, no pudo recordar ni uno solo que hubiera sido de los graves. Nadie había muerto en la bolera, ni se había incendiado ni la habían saqueado. Lo que era extraño, ¿no?, se preguntó. La bolera era una institución en el pueblo, por no mencionar que había sido su hogar de la infancia, que pertenecía a la familia de Cal y que era el sitio favorito de Fox para pasar el tiempo. A pesar de todo esto, cuando la infección se propagaba y la gente empezaba a quemar, romper y darse golpes hasta matarse, la bolera se alzaba casi incólume. Este hecho lo hizo escribir un par de comentarios al margen: «¿Por qué?» y «¿Cómo podemos usarlo?».

El otro lugar que le planteó preguntas fue la antigua biblioteca. Sin lugar a dudas los tres habían pasado mucho tiempo allí. La bisabuela de Cal había sido la bibliotecaria muchos años, Ann Hawkins había vivido y muerto allí, durante los años tempranos del asentamiento que dio origen a Hawkins Hollow, y durante el Siete anterior, Fox había sufrido una tremenda pérdida cuando su prometida se había lanzado al vacío desde el techo.

«Pero... Pero...», rumió mientras le daba unos sorbos a su taza de café. Ésa era la única tragedia que lograba recordar que hubiera sucedido allí. Tampoco la habían saqueado ni se había incendiado nunca, a pesar de contar con todos esos libros como combustible.

Las escuelas primaria y secundaria se habían visto afectadas en todos los Sietes, mientras en la infantil prácticamente nada había sucedido. Interesante.

Gage concentró su atención en el mapa del pueblo que había dibujado y empezó a especular, no sólo sobre los puntos en los que parecían presentarse más incidentes, sino en los menos vulnerables.

La molestia que sintió cuando escuchó que llamaban a la puerta se convirtió en otro tipo de especulación al abrir la puerta y encontrarse con Cybil al otro lado.

—¿Por qué sencillamente no entras? —le preguntó—. Nadie más llama.

—Soy más educada —ella misma cerró la puerta y tras hacerlo lo miró sopesándolo con la cabeza ladeada—. ¿Mala noche?

—Me habría puesto una americana y corbata de haber sabido que tendría compañía de alguien más educado.

—No te vendría mal afeitarte. Me han encargado comentar algo contigo. ¿Quieres que lo hagamos aquí?

—¿Te va a llevar mucho tiempo?

La mirada divertida que Cybil le lanzó hizo que Gage mejorara sutilmente su actitud.

—Qué anfitrión tan gentil.

—No es mi casa —apuntó él—. Estoy trabajando en la cocina. Puedes venir conmigo, si te apetece.

—Pues muchas gracias. Creo que así lo haré —y tras decir esto, caminó por delante de él con su paso lento de reina sensual, pensó Gage—. ¿Te importa si me preparo un té?

Gage se encogió de hombros.

—Sabes dónde está todo.

—Así es —tomó la tetera del fogón y se dirigió al fregadero para llenarla de agua.

Gage no se sintió particularmente molesto de que Cybil hubiera ido a verlo. La verdad era que no le parecía tan difícil tener que soportar a una mujer bella preparando té en la cocina. Y ésa era la parte complicada, tuvo que admitirlo. No cualquier mujer bella, además, sino Cybil. Y no cualquier cocina, porque en esos precisos momentos y a efectos prácticos, se trataba de su cocina.

Habían compartido algo intenso la noche anterior, cuando ella le había dado un beso y había derramado lágrimas por él. No había sido nada sexual, no, por lo menos, en esencia, admitió Gage. Podía trabajar y lidiar con los impulsos sexuales, pero cualquier cosa que fuera lo que estaba sucediendo entre ellos era muchísimo más peligroso que el sexo.

Cuando Cybil se volvió para mirarlo sobre el hombro, Gage reconoció la inequívoca e instantánea punzada de atracción física. Entonces se sintió más seguro de sí mismo.

—¿En qué estás trabajando? —le preguntó Cybil.

—En la tarea que nos asignaste ayer.

Cybil se acercó a donde estaba sentado Gage y asintió al ver el mapa que él había dibujado.

—Bien hecho.

—¿Me vas a poner un sobresaliente?

Cybil lo miró a los ojos.

—Aprecio los malos humores, puesto que yo misma los sufro con frecuencia. De modo que mejor me salto el té, voy directamente al grano y después te dejo que disfrutes a tus anchas.

—Termina de preparar tu té, mujer, no me molesta que lo hagas. Más bien mientras lo preparas puedes servirme otra taza de café. ¿De qué se trata?

Gage pensó que era fascinante observar el rostro de Cybil mientras ésta se debatía entre enfadarse y marcharse o ser superior y hacer lo que había ido a hacer.

Cybil se dio la vuelta y sacó una taza y un plato y Gage se dio cuenta de que hizo caso omiso de la petición que le había hecho de servirle otro café. Se apoyó al otro lado de la encimera mientras esperaba a que hirviera el agua para su té.

—Layla está considerando la posibilidad de abrir su tienda en otra parte.

Gage esperó el resto, pero como Cybil no dijo nada más, levantó una mano con impaciencia:

—¿Y esto ha de discutirse conmigo porque...?

—Está considerando otra ubicación porque le preocupan tus sentimientos.

—Mis sentimientos con respecto a una tienda de ropa de mujer son inexistentes. ¿Por qué habría de importarle...?

Cybil asintió al tiempo que se volvía para retirar la tetera, que había empezado a silbar, y apagar el fuego.

—Veo que al parecer tus conexiones neuronales no son particularmente ágiles cuando estás de mal humor. A Layla le preocupa que al abrir su tienda en esa casa en particular tú te vayas a sentir herido. Como sus cartas indicaron, la compasión y la empatía son dos de sus fortalezas. Tú eres el hermano de Fox, en todo el sentido de la palabra, por tanto ella te quiere y está dispuesta a ajustar sus planes, si así lo requieres.

—No hace falta. Layla no tiene que... No es... —Gage no pudo articular una oración coherente. No encontró las palabras.

—Se lo haré saber.

—No, déjame hablar con ella... Dios santo... Es sólo un lugar donde algo malo pasó, eso es todo. Si tuviéramos que cerrar todos los lugares de Hawkins Hollow donde han sucedido cosas terribles, no habría pueblo. Lo que me importaría un soberano bledo, pero a la gente que es importante para mí sí le importaría.

Y la lealtad, pensó Cybil, era una de las fortalezas de Gage.

—Layla va a hacer que el lugar resplandezca. Yo creo que eso es parte de su destino. La vi allí, en dos realidades posibles: en la primera, la casa estaba casi reducida a cenizas, las ventanas estaban rotas, las paredes estaban chamuscadas. Ella estaba de pie dentro de esa cáscara de casa, sola. Entraba luz a través del escaparate roto y por alguna razón esa luz hacía que las cosas fueran peores, por la manera en que brillaba y quemaba las ruinas de sus esperanzas —Cybil se dio la vuelta y se sirvió té en la taza que había sacado—. En la otra, la luz brillaba y quemaba a través de un escaparate resplandeciente y un suelo perfectamente encerado y pulido. Layla no estaba sola, había gente dentro con ella, clientes que miraban la ropa y las otras cosas expuestas. Todo se veía colorido y había mucho movimiento. No sé cuál de las dos visiones se hará realidad, o si alguna de las dos será posible, pero lo que sí sé es que ella necesita tratar de alcanzar la segunda versión. Y va a ser capaz de intentarlo, si le dices que te parece bien.

—Muy bien.

—Pues dado que ya he cumplido mi misión, creo que mejor me voy y te dejo en paz.

—Termínate el maldito té.

Cybil puso su taza de té en la encimera y se apoyó en ella de tal manera que quedaron frente a frente. Un ligero destello de compasión le tiñó esos enormes ojos café qué tenía.

—El amor es un gran peso, ¿no es cierto? Pobre de ti, debes cargar con el que te dedican Cal y Fox, la familia Hawkins y la familia Barry-O'Dell. Encima ahora Layla añade otra gran piedra al montón. Y Quinn, también, pues es de las que vuelven a poner la piedra en el montón aunque la tires lejos una y otra vez. Con razón estás de un humor tan amargo hoy.

—Ése es tu punto de vista. Para mí, estar así es lo normal.

—En ese caso… —rodeó la encimera y miró la pantalla del ordenador por encima del hombro de Gage—. Vaya, pero sí es cierto que has estado haciendo la tarea —Gage pensó que ella olía a bosque, a bosque en otoño. Nada que ver con fragilidad y primavera, sino rico y vívido, con un ligerísimo toque ahumado—. Qué cantidad de lugares —comentó ella—. Creo que entiendo la idea básica de tu manera de agrupar, pero ¿me explicarías tu…?

Gage no pensó el movimiento, sólo lo hizo. Por lo general sería un error, lo sabía, pero no sintió que lo fuera. Y tampoco supo como tal. Sencillamente, hundió su boca en la de ella y enredó las manos en sus rizos antes de que ninguno de los dos se diera cuenta de lo que se venía.

Gage la hizo perder el equilibrio, y esperaba que en más de un sentido, entonces ella pasó los brazos sobre los hombros de él. La respuesta de Cybil no fue tímida ni reacia, sino que se hundió en el beso. No como rendición, sino como una mujer que había escogido disfrutar del momento.

—Sin seducción —le dijo Gage con la boca apenas a unos milímetros de la de ella—. No estoy rompiendo ningún acuerdo, porque estoy siendo directo y claro. Podemos seguir bailando alrededor de este asunto, o podemos subir a mi habitación.

—Tienes razón. Definitivamente no es seducción.

—Tú estableciste los términos —le recordó Gage—. Si quieres cambiarlos...

—No, no. Un trato es un trato —esta vez fue ella quien lo besó, con labios igual de ansiosos, de afiebrados que los de él—. Y a pesar de que me gusta bailar, es... —se interrumpió cuando alguien llamó a la puerta—. Creo que es preferible que vaya yo a abrir la puerta. Probablemente necesitas un momento para... calmarte.

Mientras salía de la cocina, Cybil pensó que a ella también le vendría bien ese momento para reflexionar. Si bien no veía inconvenientes a lanzarse a la parte más profunda de la piscina, teniendo en cuenta que era una nadadora experimentada y sensata, consideró que no le haría daño respirar profundamente un par de veces para aclararse las ideas y así decidir si en realidad quería saltar a esa piscina en particular en ese momento en particular.

Respiró profundamente antes de abrir la puerta. Tardó un momento en reconocer al hombre que estaba de pie al otro lado y al que había visto unas pocas veces en la bolera. De nuevo, no pudo evitar pensar que Gage era igual que su madre y que no podía identificar ni un solo rasgo que hubiera heredado de su padre.

—Buenos días, señor Turner. Soy Cybil Kinski —Cybil pensó que él parecía sentirse avergonzado y un poco atemorizado. Tenía el pelo fino y canoso, era de la misma estatura que Gage, pero de complexión esquelética, y, supuso ella, probablemente habían sido todos esos años dedicados a la bebida los que le habían marcado el rostro con profundos surcos y telarañas de capilares rotos. Tenía los ojos de un azul desteñido y en ese momento parecían luchar por sostenerle la mirada.

—Lo siento. Pensé que, si Gage estaba en casa, podríamos...

—Sí, sí está. Está en la cocina. ¿Por qué no pasa y se sienta un momento mientras voy a...?

—No se va a quedar —la voz de Gage sonó brutalmente fría detrás de ella—. Vas a tener que marcharte.

—Sólo será un momento.

—Estoy ocupado. Además, no eres bienvenido aquí.

—Le pedí al señor Turner que entrara, Gage —las palabras de Cybil sonaron como dos piedras lanzadas al profundo pozo de silencio que se había hecho—. Me disculpo con ambos. Y ahora les dejo solos para que hablen de lo que tengan que hablar. Con permiso.

Gage a duras penas le lanzó una mirada de reojo a Cybil mientras ella se dirigía a la cocina.

—Vas a tener que marcharte —repitió cuando ella se hubo retirado.

—Hay un par de cosas que quiero decirte.

—No es problema mío. No quiero escuchar nada de lo que tengas que decir. Tengo que vivir aquí por ahora, pero mientras sea así y yo esté aquí, más te vale guardar las distancias. No tienes nada que venir a hacer por estos lados.

Bill apretó los dientes y tensionó los labios.

—He estado posponiendo esto desde que llegaste al pueblo. No puedo seguir posponiéndolo más. Dame cinco minutos, por Dios santo. Cinco minutos es todo lo que te pido y después te dejo en paz. Sé que vas a la bolera sólo cuando sabes que yo no estoy. Si me escuchas ahora, cada vez que vuelvas a la bolera o que quieras ir a ver a Cal, procuraré desaparecer. No me vas a ver por allí. Te doy mi palabra.

—¿Porque tu palabra siempre ha valido tanto?

Bill se sonrojó y empalideció de nuevo al cabo de unos segundos.

—Es todo lo que tengo. Cinco minutos es todo lo que te pido y puedes deshacerte de mí.

—Ya me he deshecho de ti —pero Gage se encogió de hombros—. Te doy cinco minutos y ni un segundo más.

—Muy bien —Bill se aclaró la garganta—. Soy un alcohólico. He estado sobrio cinco años, seis meses y doce días. Permití que la bebida tomara el control de mi vida y la usé como pretexto para hacerte daño. Debería haberte cuidado, debería haber estado pendiente de ti. No tenías a nadie más, yo era tu familia, pero me encargué de no estar allí para ti —tragó saliva con dificultad y continuó—: Usé los puños y el cinturón para hacerte daño, y lo habría seguido haciendo si no hubieras crecido lo suficiente como para detenerme. Te hice promesas que nunca cumplí. Una y otra vez incumplí mi palabra. No fui un buen padre para ti. Y tampoco fui un buen hombre —la voz le tembló, y ante el silencio sepulcral de Gage, Bill desvió la mirada y respiró profundamente unas pocas veces antes de volver a mirar a su hijo y continuar con lo que había ido a decir—. No puedo retroceder en el tiempo y cambiar lo que hice. Podría disculparme contigo una y mil veces desde hoy hasta el día de mi muerte, decirte que lo siento tanto, pero sé que no compensaría el daño que te hice, no cambiaría nada. No te voy a prometer que no voy a volver a beber, pero no voy a beber hoy. Cuando me levante mañana, no voy a beber. Eso es lo que pienso hacer, cada día, sólo por hoy. Y cada día que estoy sobrio tengo conciencia de lo que te hice y de cómo perdí completamente la vergüenza, como hombre y como padre. Siempre pienso todo lo que tu madre debió de haber llorado cada vez que miró hacia abajo y vio lo que te estaba haciendo. La decepcioné, te decepcioné. Y lo voy a lamentar el resto de mi vida —Bill respiró profundamente de nuevo—. Supongo que eso es todo lo que quería decirte. Además de que me siento orgulloso de que hayas sido capaz de salir adelante solo, te convertiste en alguien con tu propio esfuerzo.

Si ésa era la última vez que iban a estar frente a frente, Gage pensó que tenía que hacerle a su padre la pregunta que lo había obsesionado la mayor parte de su vida. Entonces la hizo:

—¿Por qué? ¿Por qué me diste esa vida? La bebida es una disculpa, puede ser cierto, pero ¿por qué?

—No podía darle correazos a Dios. —Las lágrimas le aguaron los ojos a Bill y la voz se le quebró, pero continuó—: No podía golpear a Dios con mis puños, pero tú estabas a mano. Tenía que culpar a alguien, tenía que castigar a alguien —bajó la mirada hacia sus manos—. Yo no era nada especial. Podía arreglar cosas con las manos y no me importaba el trabajo duro, pero no era nada especial. Pero entonces tu madre me vio. Ella me hizo un hombre mejor. Me amaba. Cada noche que me iba a la cama con ella y cada mañana que despertaba a su lado no podía dejar de sorprenderme de que ella siguiera allí y de que me amara. Tu madre... Todavía tengo un par de minutos más de los cinco que me diste, ¿no es cierto?

—Termina, entonces.

—Tienes que saber que... ella estaba feliz cuando se quedó embarazada de ti. Ambos estábamos felices. Probablemente no recuerdas cómo eran las cosas... antes, pero éramos felices. Cathy... tu madre tuvo algunos problemas durante el embarazo y después en el parto todo sucedió muy deprisa.

Ni siquiera alcanzamos a llegar al hospital, tú naciste en la ambulancia —Bill desvió la mirada de nuevo, pero esta vez, quisiera verlo Gage o no, fue dolor lo que se reflejó en esos ojos azules desteñidos—. Y hubo otros problemas, entonces el médico dijo que no debíamos tener más hijos. A mí me pareció bien, no importaba no tener más bebés: te teníamos a ti, que, por Dios, eras igualito a ella. Sé que no lo recuerdas, pero yo os amaba a vosotros dos por encima de todas las cosas.

—No —comentó Gage cuando Bill hizo una pausa—. No lo recuerdo.

—Por supuesto, no tendrías que recordarlo. Después de un tiempo, Cathy empezó a insistir en tener otro bebé. Deseaba intensamente tener otro. Me decía: «Mira, Bill, mira a nuestro Gage. Mira qué cosita más bonita hicimos. ¿No te parece una preciosidad? Pero necesita un hermanito o una hermanita». Entonces empezamos a tratar de que se quedara embarazada de nuevo. Tomó todas las precauciones, se cuidó todo lo que pudo e hizo todo lo que le dijeron los médicos y no se quejó por nada. Pero salió mal. Vinieron a buscarme al trabajo y... —sacó un pañuelo del bolsillo y se secó las lágrimas que le rodaban por las mejillas sin ningún asomo de vergüenza—. Perdí a mi Cathy y a la pequeña que llevaba dentro. Jim, Frannie, Brian y Jo ayudaron todo lo que pudieron, hicieron más de lo que la mayoría de la gente habría hecho. Yo empecé a beber: apenas un par de copas de vez en cuando al principio para ayudarme con la pena, pero no era suficiente, entonces empecé a beber más y después, más todavía —con los ojos secos de nuevo, devolvió el pañuelo al bolsillo—. Entonces comencé a culparme por la muerte de tu madre, empecé a pensar que debía haberme operado sin decirle nada y eso habría sido todo. Ella aún estaría viva, si me hubiera operado. Pero al cabo de un tiempo ese pensamiento me empezó a doler tanto, que era casi insoportable, entonces empecé a beber más y más. Y entonces pasé a pensar que ella estaría viva si no te hubiéramos tenido a ti. Si no te hubiera tenido, nada dentro de ella se habría echado a perder, entonces todavía estaría a mi lado cuando me despertara por las mañanas. Culparte a ti no me hacía tanto daño como culparme a mí mismo. Así, me convencí a mí mismo, como si fuera la palabra de Dios de que tú tenías la culpa y no pude ver que no era cierto. Entonces todo empezó a ser culpa tuya. Perdí mi trabajo porque estaba ebrio, pero en lugar de aceptarlo, me dije que había perdido mi trabajo a causa tuya, porque tenía que cuidar de ti yo solo. Te culpaba por cualquier cosa que saliera mal, así podía darte una paliza para desquitarme y no tener que afrontar la verdad. La realidad es que no fue culpa de nadie, Gage —Bill dejó escapar un largo suspiro—. La muerte de Cathy no fue culpa de nadie, sencillamente las cosas salieron mal y ella murió. Pero desde el momento en que ella murió yo dejé de ser un hombre y dejé de ser tu padre. Lo que quedó de mí no fue nada y ella no se habría vuelto ni para mirarme. Así que ésa es la razón. Ése es el largo rodeo alrededor del porqué. No te estoy pidiendo que me perdones, tampoco te estoy pidiendo que olvides lo que sucedió. Sólo quiero que me creas cuando te digo que sé lo que hice y que lo lamento en el alma.

—Te creo cuando me dices que sabes lo que hiciste y creo que lo sientes. Ya te has pasado de sobra de tus cinco minutos.

Bill asintió con la cabeza y bajó la mirada, entonces se dio la vuelta y abrió la puerta.

—No me voy a cruzar en tu camino —le dijo Bill a Gage, pero dándole la espalda—. Si quieres ir a ver a Cal o pasar a comer o a tomarte una cerveza en la bolera, no te preocupes que no me voy a cruzar en tu camino.

Cuando Bill salió y cerró la puerta detrás de sí, Gage se quedó clavado donde estaba. ¿Cómo se suponía que debía sentirse? ¿Se suponía que las palabras de su padre debían marcar alguna diferencia? Todas las disculpas del mundo no borrarían ni un minuto de los años que había tenido que vivir asustado ni toda la amargura que había tenido que experimentar. Ninguna disculpa compensaría ni la vergüenza ni el dolor.

Así que el viejo había podido sacarse ese peso de encima, pensó Gage mientras caminaba de vuelta a la cocina. Bien por él. Y eso marcaba el fin definitivo entre ellos.

Vio a Cybil a través de la ventana. Estaba sentada en la terraza tomándose su té. Entonces caminó hacia allá y abrió la puerta de par en par.

—¿Por qué diablos lo dejaste entrar? ¿En eso consiste tu buena educación?

—Supongo. Ya me disculpé por eso.

—Hoy es el día de las malditas disculpas —la rabia que no se había permitido sentir por su padre, que a sus ojos no se merecía ni eso, entró en ebullición ahora—. Estás sentada aquí fuera pensando que debería perdonarlo y olvidar. El pobre viejo está sobrio ahora y sólo está tratando de hacer las paces con su único hijo, el hijo al que solía zurrar con frecuencia. Pero era a causa de la bebida y la bebida fue la única respuesta que encontró al dolor y la culpa. Además, el alcoholismo es una enfermedad y a él se lo llevó como un cáncer. Ahora se ha recuperado temporalmente, al menos, está aplicando su maldito «sólo por hoy» y así las cosas todo debería estar perdonado. Yo debería olvidar y perdonar, como si nada hubiera pasado. ¿Alguna vez tu padre te dio un puñetazo en la cara antes de volarse los sesos?

Gage escuchó la respiración entrecortada de Cybil, pero su voz sonó tan firme como una roca cuando respondió:

—No, nunca me pegó.

—Así las cosas, yo diría que no tienes la experiencia suficiente como para estar aquí fuera sentada pensando que yo debería dejar el pasado atrás y tener con mi padre un momento a lo Oprah.

—Tienes razón, absolutamente toda la razón. Pero hay algo más: estás poniendo pensamientos en mi cabeza que ni siquiera se me han ocurrido y palabras en mi boca que no tengo la intención de pronunciar. Y no me gusta lo más mínimo. Supongo que haber hablado con tu padre te ha dejado sintiéndote irritado e incómodo, así que tal vez es mejor que te dé tu espacio. De hecho, te voy a dar todo el espacio y me voy a marchar para permitirte que tengas tu pataleta en privado —Cybil caminó hasta la puerta, pero repentinamente se dio la vuelta y caminó de regreso—. ¿Sabes? Pues no. Que me parta un rayo si me marcho antes de decirte lo que pienso. ¿Quieres saberlo? ¿Estás interesado aunque sea remotamente en saber cuál es mi opinión en realidad y no la que has decidido proyectar en mí?

Gage hizo un gesto con la mano como tratando de espantar una mosca molesta.

—Adelante.

—Creo que no tienes ninguna obligación en absoluto de perdonar nada ni de olvidar nada. Nadie te está pidiendo que hagas caso omiso de todos esos años de abuso sólo porque el abusador ha decidido ahora estar sobrio y al estar sobrio lamente sus acciones anteriores. Y mientras es posible que sea mezquino e imperdonable de *mi* parte, creo que las personas que perdonan al chasquido de los dedos y se olvidan de todo como si nada son mentirosas o necesitan terapia con suma urgencia. Supongo que le escuchaste, así que según mi humilde opinión ya has pagado completamente cualquier deuda que tuvieras con él por haberte dado la existencia. Puede ser que esté de moda creer que los actos terribles son en realidad terribles, pero que las personas que los cometieron no son responsables porque hicieron lo que hicieron debido a la influencia del alcohol, de las drogas, del ADN o de los malditos dolores premenstruales. Tu padre claro que fue completamente responsable de lo que te hizo, y si decides aborrecerlo por el resto de tu vida, no te culparía. ¿Qué te ha parecido?

—Inesperado —respondió Gage después de un momento.

—Creo firmemente en que el fuerte tiene la obligación de proteger al débil. Ésa es la razón por la cual es fuerte. Creo que los padres tienen la obligación de proteger a sus hijos. Para eso son padres. En cuanto a mi padre...

—Lo siento —el día de las disculpas, pensó Gage de nuevo. Y ésta bien podía considerarse la más sincera de su vida entera—. Cybil, siento mucho haber metido a tu padre en todo esto. No debí haberlo mencionado.

—A pesar de que nunca me levantó la mano, si mi padre pudiera estar sentado ahí donde tú estás y disculparse por haberse pegado un tiro, no estoy segura de que lo pudiera perdonar. Con ese acto egoísta, mezquino y de autocompasión me partió la vida en dos, así que se necesitaría más que una simple disculpa. Lo que sería inútil, en todo caso, dado que seguiría muerto. Tu padre está vivo y ha dado un paso hacia la reconciliación. Bien por él, pero yo considero que no puede haber perdón donde no hay confianza. Y él no se ha ganado tu confianza; puede ser que nunca se la gane, de hecho. Y no depende de ti. Fueron sus acciones, está afrontando las consecuencias. Fin de la historia.

Cybil lo había dicho todo, pensó él. Era posible que lo hubiera hecho al calor del resentimiento y el mal humor, pero todo lo que había dicho resultaba reconfortante.

—¿Puedo empezar de nuevo?

—¿Con qué?

—Quiero darte las gracias por haberte hecho a un lado y haberme dado la oportunidad de manejar las cosas a mi manera.

—De nada.

—Y también quiero darte las gracias por no haberte marchado.

—No hay problema.

—Y por último: quiero darte las gracias por haberme pateado el culo.

Cybil exhaló un suspiro y sonrió.

—Esa parte fue un placer.

—Apuesto a que sí —Gage se levantó, caminó hacia ella y le ofreció una mano—. Ven a mi habitación.

Cybil bajó la mirada y la fijó en la mano que el hombre le ofrecía, después la levantó y la clavó en los ojos de él.

—Bueno —respondió ella y tomó la mano que le ofrecía.

CAPÍTULO 10

Me sorprendes.

Cybil ladeó la cabeza y le lanzó una larga mirada oblicua mientras atravesaban la casa.

—Detesto ser predecible. ¿Cuál es la sorpresa del día?

—Supuse, especialmente después del estallido de hace un rato, que dirías «no, gracias».

—Haber dicho que no habría sido una decisión miope y autodestructiva. Me gusta el sexo y estoy casi segura de que me va a gustar el sexo contigo —se encogió de hombros despreocupadamente mientras sonreía ligeramente—. ¿Por qué habría de privarme de algo que me gusta?

—No se me ocurre ni una sola buena razón.

—A mí tampoco. Así que... —en lo alto de las escaleras, Cybil lo empujó contra la pared y pegó sus labios a los de él. Y la espontánea y esperada corriente de excitación lo estremeció con fuerza y lo recorrió de arriba abajo. Cybil le mordió ligeramente el labio inferior una vez y después habló en un susurró apenas a milímetros de distancia—. Así que tengamos los dos algo que nos gusta —dio un paso atrás y señaló hacia la puerta de una habitación—. Ésa es la tuya, ¿no? —con una mirada rápida por encima del hombro, Cybil tomó la delantera, caminó hacia la puerta y entró en la habitación mientras Gage procuraba reponerse de la mirada que le había hecho latir el corazón a mayor velocidad.

«Esto», pensó Gage mientras se separaba de la pared y se disponía a seguirla, «va a ser muy interesante».

Cuando entró, la encontró inclinada estirando las sábanas revueltas de la cama.

—No tenía previsto usar la cama de nuevo antes de esta noche.

Cybil le miró por encima del hombro con una expresión traviesa.

—¿No son maravillosos los cambios de planes? A mí me encanta hacer la cama. Me gusta la sensación de suavidad cuando me meto entre las sábanas por la noche. O... en cualquier momento —concluyó dándose la vuelta y dándole una palmadita a la cama perfectamente hecha.

—A mí no me importan unas pocas arrugas —le dijo Gage caminando hacia ella. Cuando la tuvo lo suficientemente cerca, la tomó de la cadera y la levantó hasta que quedó de puntillas.

—Qué bien, porque habrá más que unas pocas arrugas en la cama cuando hayamos terminado con esto. Y no voy a hacerte la cama de nuevo —provocadoramente, le pasó los brazos por el cuello y le dio un largo y lentísimo beso que lo hizo arder.

Con un movimiento perezoso, Gage subió las manos por los costados debajo de la camisa de ella, y antes de quitarle la camisa por la cabeza, apenas le acarició los senos con un paso rápido de los pulgares.

—Buen movimiento —comentó ella cuando la camisa cayó al suelo.

—Tengo más.

—Yo también —sonriendo, le desabrochó el botón de los vaqueros y a duras penas bajó el cierre unos milímetros. Sin quitarle los ojos del rostro, le pasó las uñas por el abdomen hasta llegar al pecho—. Buena forma... para un jugador —comentó antes de quitarle la camiseta por encima de la cabeza.

Cybil era matadora, pensó Gage.

—Gracias.

Gage se dio cuenta de que Cybil, al igual que él mismo, conocía los pasos del baile y se notaba que había practicado sus variaciones y sus ritmos diferentes. Pero para este baile en particular, el primero entre ellos, tenía la intención de llevar la batuta.

La besó en los labios de nuevo, un juguetón encuentro de labios y lenguas, mientras le desabrochaba el botón de los pantalones. Entonces la levantó del suelo en una desprevenida demostración de fuerza que la hizo ahogar un grito quedamente mientras los pantalones se le deslizaban piernas abajo. «Te tengo», pensó Gage. Entonces la bajó sólo lo suficiente para que sus labios volvieran a encontrarse. Y cuando su jadeo de placer le calentó los labios, cuando las manos que lo sujetaban por los hombros se tensaron, Gage la soltó apenas con la fuerza necesaria para hacerla caer de espaldas sobre la cama. Cybil yació con el pelo oscuro revuelto alrededor de la cara y su piel clara resaltó debajo del satén negro de su ropa interior.

—No creo que hayas logrado desarrollar esos músculos barajando cartas.

—Te sorprenderías —le dijo mientras se ponía sobre ella y apoyaba las manos a los lados de la cabeza de ella—. ¿Rápido o despacio?

—Probemos un poco de ambos —metió las manos entre el pelo de él y lo atrajo hacia sí para besarlo. El beso fue fuego puro, el deseo hizo erupción y con los primeros mordiscos ansiosos echó llamas. Cybil le acarició la espalda y bajó las manos hasta meterlas por debajo de los vaqueros a medio abrir para encontrarse con unos músculos firmes. Entonces, en un movimiento rápido, cruzó las piernas por detrás de la espalda de él y se arqueó para presionar urgentemente su centro contra el de él, lo que hizo que Gage sintiera que iba a perder el control.

Sí, Cybil era matadora, pensó de nuevo y se sació de su cuello.

Gage tenía una boca fantástica, pensó Cybil, sensacional, de hecho. Dejó caer la cabeza hacia atrás para darle la oportunidad de que saboreara lo que quisiera y donde quisiera. Su piel vibró bajo el contacto de esa boca ardiente. Y bajo la piel, la sangre empezó a correrle con más rapidez, a palpitar con violencia. El cuerpo del hombre, ese cuerpo largo, duro, hecho de puro músculo, se apretaba contra el suyo justo de la manera precisa para hacer que la necesidad se le agolpara en el bajo vientre y le reverberara por dentro.

Calor, ansias, prisa.

Cybil le bajó los vaqueros a Gage, que le rodaron por las piernas, y con un movimiento ágil se dio la vuelta para quedar montada sobre él. Él se enderezó y la besó en la boca mientras le abría el broche del sujetador.

Y mientras el beso transmitía sensación de rapidez, de urgencia, sus manos exploraron y presionaron como una lenta tortura que le prendió fuego a ella en el bajo vientre. Cuando Gage bajó la cabeza para saborear después de tocar, después de haber exacerbado las ansias, Cybil se echó para atrás, ofreciéndole más.

Cybil fluía, fue lo único que atinó a pensar Gage, ágil y dispuesta. Era un banquete exótico, pensó, con esas hermosas líneas y curvas de su cuerpo, esa piel dorada y pálida. Y ella misma tomaba, se aferraba a su propio placer y lo montaba. Nada habría sido más provocador para él que ver a Cybil completamente inmersa en esa ola de pasión.

¿La había deseado tanto? ¿Acaso había tenido ese deseo intenso dentro de él todo el tiempo? Expectante, latente, tan sólo esperando a poder traspasar cualquier precaución y control. Ahora palpitaba dentro de él, venciendo cualquier resto de razón. Lo único que quería ahora era sentirla temblando, hacerla retorcerse de placer y escucharla jadear, gritar de gozo. Le dio la vuelta de nuevo y la presionó bajo el peso de su cuerpo y usó las manos para saquearla, para volver esa lenta subida un torrente caliente y tumultuoso.

Cybil se corrió temblando debajo de Gage. La piel le brilló de la intensidad, bañada como estaba por la luz del sol que entraba por la ventana. Esos ojos oscuros, esos ojos gitanos parecían contener un mundo de secretos cuando se fijaron en los de él.

—Lo quiero todo —le dijo Cybil cerrándole la mano sobre el pene—. Lo quiero todo ya —y lo envolvió entre sus piernas y lo acogió dentro de ella.

Un destello, una chispa en la sangre. Cybil le permitió arder a todo lo largo de su cuerpo y gritó cuando se liberó y gimió cuando la necesidad empezó a crecer dentro de ella de nuevo, salvajemente. Y cedió cuando él le abrió las piernas, para hundirse más profundamente, clavando los dedos en la cadera de él para urgirlo. E incluso cuando el placer, oscuro e intenso, la dejó casi sin aliento, se preparó de nuevo para remontar la siguiente ola húmeda. Entró en erupción debajo de él y lo arrastró con ella hacia el fuego.

Quedaron uno junto al otro sobre la espalda en la cama. Gage sintió como si lo hubieran lanzado por encima de un acantilado y hubiera ido cayendo de roca en roca, atravesando el aire cortante, hasta aterrizar en un río caliente. A duras penas había tenido las fuerzas y la sensatez para echarse a un lado y dejar que ambos se recuperaran después de la faena.

Pensó que lo que había sucedido no había sido sexo. El sexo podía ser cualquier cosa desde un pasatiempo entretenido hasta un buen combate sudoroso. Pero esto había sido una revelación casi de proporciones bíblicas.

—Pues es cierto que las sorpresas no dejan de llegar —logró articular Gage.

—Creo que vi a Dios. Y estaba muy complacida —dijo ella con un sonido que fue entre un gemido y un suspiro.

—Eres como una versión real y femenina de un muñeco de plastilina —le dijo él entre risas y cerrando los ojos.

—Puesto que supongo que eso es un cumplido, gracias —respondió ella después de un momento de silencio.

—Es un placer.

—Y dado que estamos repartiéndonos cumplidos… —se interrumpió y tomó a Gage de la mano—. Gage.

Él abrió los ojos y vio que las paredes estaban sangrando. Como largos ríos, la sangre chorreaba de las paredes y se derramaba por el suelo.

—Si esa sangre es real, Cal se va a enfadar mucho. La sangre mancha terriblemente.

—No le ha gustado lo que ha sucedido aquí —suspiró y tiró de él de nuevo a la cama cuando Gage intentó ponerse en pie. Con los ojos con expresión dura y el rostro pálido, Cybil habló con voz firme—: Los mirones son muy desagradables, pero, en todo caso, podríamos darle a éste algo que comentar. Dime, ¿es cierto eso que dicen mis amigas?

—¿Sobre qué?

—¿Sobre que tus poderes de curación incluyen una recuperación increíblemente rápida?

Gage sonrió:

—¿Estás como para una demostración?

—Más al grano, ¿lo estás tú? —dijo ella y le pasó una pierna por encima y lo montó. Dejó caer la cabeza y exhaló temblorosamente—. Es reconfortante saber que mis amigas no mienten. Ay, Dios. Espera —y apretó las manos entre las de él al sentir la descarga de placer recorrerle el cuerpo.

—Tómate tu tiempo.

—Y tú, prepárate, porque éste va a ser un viaje movido —le advirtió ella.

Más tarde, a pesar de que ni el suelo ni las paredes mostraban ni la más mínima señal de pataleta diabólica, Gage le hizo el amor de nuevo a Cybil en la ducha. Y después, con el pelo húmedo y los ojos adormilados, Cybil se vistió.

—Pues qué día más interesante, la verdad. Pero tengo que ir a recoger a Quinn a la bolera y después volver al trabajo.

—Creo que puedo acompañarte.

—¿En serio?

—Como quieres que aporte algo, pensé que me puedes invitar a comer como retribución.

—Ciertamente podemos llegar a un acuerdo —cuando Cybil se puso en marcha e iba pasando junto a él para salir de la habitación, Gage la tomó del brazo.

—Cybil, no he terminado contigo para nada.

—Cariño —le dijo dándole una palmada en la mejilla—, ningún hombre nunca lo ha hecho.

Cuando ella continuó su marcha, Gage negó con la cabeza. Él mismo se había metido en ésa, tuvo que admitir. Para cuando llegó al salón, Cybil estaba rebuscando dentro de su enorme bolso, entonces sacó un lápiz de labios y se lo pasó certeramente sobre los labios.

—¿Cómo puedes lograr pintarte bien los labios sin mirarte?

—Aunque te parezca muy extraño, mis labios continúan estando en el mismo lugar año tras año. Creo que deberías traer tu ordenador, ¿no te parece?

—Sí —respondió él pensando que nunca antes le había parecido sensual ver a una mujer pintándose los labios. Hasta ahora—. Si me parece demasiado molesto trabajar contigo y la rubia, puedo irme con mi ordenador a trabajar a otra parte.

—Tráelo, pues. El tren está a punto de partir —y mientras él guardaba el ordenador en su mochila y se preparaba para salir, ella sacó del bolso los polvos para la cara, se los aplicó con una brocha y en segundos, además, usando un lápiz de ojos y un espejo minúsculo se contorneó el borde los párpados. Y mientras caminaban hacia la puerta, sacó un tubito plateado y con él se roció el cuello. El aroma que se esparció, ese olor a árboles en otoño, lo envolvió y le hizo un nudo en la garganta.

Entonces la tomó de los brazos y le acarició los labios con los suyos.

—Podríamos tomarnos el día libre —Gage tuvo la satisfacción de sentir el corazón de Cybil dando un brinco contra su pecho.

—Oferta muy tentadora, pero no, gracias. Tendría que llamar a Quinn para explicarle que no la puedo recoger porque he decidido que pasarme el día desnuda en la cama contigo es más importante que tratar de encontrar una manera de destruir un demonio que quiere matarnos a todos. No creo que ella no lo entendiera, pero de todas maneras no me parece muy apropiado.

Cybil abrió la puerta y dio un paso afuera, entonces lo vio: el chico estaba acuclillado sobre el techo de su coche, como una gárgola sonriente. Y cuando mostró los dientes, Gage empujó a Cybil detrás de él.

—Entra en la casa.

—Por supuesto que no.

El chico levantó las manos con un gesto melodramático y después las dejó caer como un director de orquesta loco. Con este movimiento, cayó la oscuridad sobre ellos y el viento rugió.

—Es puro espectáculo —gritó Cybil a través del viento—, igual que hace un rato las paredes sangrantes.

—Es más que eso esta vez —Gage podía sentirlo en la fuerza del viento. ¿Adentro en señal de rendición o aquí fuera como desafío?, se preguntó Gage. Si hubiera estado solo, no habría habido pregunta—. Mi coche es más rápido.

—Muy bien.

Ambos empezaron a caminar lado a lado, luchando contra el viento que los empujaba hacia atrás. Gage no le quitó los ojos de encima al chico, que giraba en círculos dementes sobre la pendiente frente a la casa y hasta la curva del camino. Volaron escombros, trozos del mantillo del jardín, ramas y guijarros, y Gage usó su cuerpo para tratar de proteger a Cybil del impacto todo lo que pudo. Entonces el chico saltó casi frente a ellos.

—Fóllate a la puta mientras puedas —las palabras sonaron peores al ser enunciadas a gritos en esa voz infantil—. Antes de lo que esperas vas a ser testigo de cómo la voy a hacer gritar de placer y de dolor. ¿Quieres una prueba, puta?

Cybil dejó escapar un grito conmocionado y se dobló por la mitad, llevándose los brazos al estómago. Gage decidió rápidamente y dejándola caer de rodillas, sacó un cuchillo. Con una risa estruendosa, el chico dio una voltereta para escapar del alcance de Gage. Entonces él tomó a Cybil del brazo y la ayudó a ponerse en pie. Con un solo vistazo a la expresión de Cybil, Gage sintió todo el horror y la impotencia de ella recorrerle el cuerpo como un corte de su propio cuchillo.

—Métete en el coche. ¡Métete en el maldito coche! —Gage la ayudó a meterse deprisa en el coche tratando de contener una oleada de ira mientras veía al demonio con forma de chico meneando las caderas de manera obscena. La ira era una explosión dentro de su cuerpo que casi no podía frenar, lo instaba a ir tras el chico y descuartizarlo. Pero Cybil estaba hecha un ovillo en el asiento del coche, temblando.

Gage se contuvo, luchó por cerrar la puerta del coche después de subirse. Con rudeza, echó a Cybil hacia atrás y le puso el cinturón de seguridad. El dolor y la conmoción habían dado al rostro de la mujer un tono blanco marmóreo.

—Aguanta, Cybil, aguanta.

—Está dentro de mí —soltó ella en un jadeo mientras su cuerpo se estremecía—. Está dentro de mí.

Gage puso el coche en marcha y metió la marcha atrás, entonces giró el volante y presionó el acelerador. El vehículo corcoveó ante la fuerza del viento mientras Gage continuaba acelerando, finalmente pasaron sobre el puente y tomaron la carretera. Llovió sangre del cielo que manchó el parabrisas e hirvió sobre el techo y el capó del coche como ácido. La cabeza del chico apareció sobre la parte superior del parabrisas; tenía los ojos rasgados como los de las serpientes. Y cuando lamió la sangre del vidrio, Cybil gimió.

Se rió cuando Gage puso los limpiaparabrisas a toda velocidad y echó agua, como si fuera una broma muy divertida. Y chilló, tanto de diversión como de sorpresa, cuando Gage hizo girar el coche trescientos sesenta grados. El parabrisas estalló en llamas.

Gage decidió no acelerar, para evitar un choque y bloqueó cualquier emoción, salvo la necesidad de una mano firme y estable al volante. Lentamente, la oscuridad cedió y el fuego se consumió. Y cuando el sol resplandeció de nuevo en el cielo y sopló otra vez la suave brisa de primavera, Gage aparcó en la cuneta. Cybil se echó hacia atrás y clavó los ojos en el techo, mientras los hombros le temblaban con cada exhalación.

—Cybil.

—Por favor no... No me toques.

—Muy bien —no había nada que pudiera decir, pensó Gage. Y nada que hacer salvo llevarla a casa rápido. Cybil había sido violada justo frente a sus ojos y no había nada que pudiera decir, nada que pudiera hacer.

Cuando llegaron a la casa, Gage no la ayudó a bajarse del coche ni a entrar en la casa. «No me toques», le había dicho, así que él sólo le sostuvo la puerta para que entrara y después la cerró tras de sí.

—Ve a tu habitación, recuéstate. Voy a llamar a Quinn.

—Sí, llama a Quinn —pero Cybil no subió a su habitación, sino que caminó directa a la cocina. Cuando Gage fue a buscarla unos momentos después, la encontró de pie junto a la encimera con una copa de brandy en la mano temblorosa.

—Quinn viene de camino. No sé qué necesitas, Cybil.

—Yo tampoco —le dio un largo sorbo a su copa, después exhaló con fuerza—. Dios, tampoco yo, pero al menos ése es un comienzo.

—No puedo dejarte sola, no puedo darte eso, pero si quieres subir y acostarte, puedo quedarme fuera junto a la puerta.

Cybil negó con la cabeza, y con ese sencillo movimiento, toda ella pareció estremecerse.

—Maldición, ¡maldición! Grita, llora, golpéame, lánzame algo.

Cybil negó con la cabeza de nuevo y se terminó el contenido de la copa de un solo trago.

—No fue real, físicamente no fue real. Pero lo sentí como si lo fuera, en lo físico y en todos los otros niveles que pueda haber. No voy a gritar, porque es posible que nunca pueda callarme de nuevo. Quiero a Quinn, eso es todo. Sí, sólo quiero a Quinn.

Cuando escucharon la puerta principal, Gage pensó que Quinn debía de haber corrido todo lo que podía. Y todavía corría cuando entró en la cocina.

—Cyb, ¿estás bien?

Cybil dejó escapar un sonido, una especie de quejido y gemido que Gage sintió hasta en el fondo de su corazón. Quinn estuvo a su lado en dos zancadas y la tomó en sus brazos antes de guiarla fuera de la cocina.

—Vamos, mi niña, vamos que te llevo a tu habitación.

Quinn le lanzó a Gage una larga y dolida mirada antes de salir. Y él se quedó solo. Tomó la copa de Cybil y la estrelló contra el fregadero. No cambiaba nada, pensó mientras observaba los trozos. Sólo una copa rota que no cambiaba nada, no mejoraba nada, no ayudaba en nada.

Al cabo de unos momentos llegó Cal y lo encontró de pie junto al fregadero, mirando hacia afuera a la tarde soleada.

—¿Qué pasó? Cuando Quinn recibió tu llamada a duras penas me dijo que llamara a Layla y que nos encontráramos aquí y salió corriendo como una loca. ¿Le ha pasado algo a Cybil?

—Sólo Dios lo sabe —Gage se dio cuenta de que la garganta le ardía, le ardía como si se hubiera tragado una llamarada—. El bastardo la violó. El maldito hijo de la gran puta. Y yo no hice nada.

Cal caminó hacia su amigo y le puso una mano sobre el hombro.

—Cuéntame qué pasó.

Gage empezó a hablar fríamente, casi clínicamente. Comenzó a contarle a Cal desde que las paredes empezaron a sangrar y no se detuvo ni pareció notar que Fox había llegado, pero le aceptó la cerveza que le ofreció y se sentaron los tres a la mesa de la cocina.

—A un par de kilómetros de tu casa todo cesó. Desapareció la sangre y el chico y todo volvió a la normalidad. Todo con excepción de Cybil. No sé si una experiencia como ésa puede sencillamente olvidarse alguna vez.

—La sacaste de allí —apuntó Cal—. La trajiste de vuelta a casa.

—Dame una medalla y llámame héroe.

—Sé cómo te sientes —Fox fijó sus ojos sosegados sobre los ardientes y amargos de su hermano—. Le pasó a Layla, así que sé exactamente cómo te sientes. Layla está arriba con Cybil y creo que va a ser de mucha utilidad. Y Cybil va a superar esto porque ésa es su naturaleza. Las tres son fuertes. Y nosotros vamos a salir de ésta porque eso es lo único que podemos hacer. Todos vamos a salir de esto y vamos a superar lo que sea necesario porque vamos a hacer que el maldito pague. Eso es lo que vamos a hacer. —Tras decir esto, extendió la mano hacia sus dos amigos; al cabo de unos segundos, Gage extendió la suya y la puso sobre la de Fox. Cal hizo lo mismo y apoyó su mano sobre las de sus hermanos.

—Vamos a hacer que el maldito pague —repitió Gage—. Eso es lo que vamos a hacer. Lo juro.

—Lo juramos —repitieron Cal y Fox. Después, Cal exhaló un suspiro y se puso en pie.

—Voy a prepararle un té. Eso es lo que le gusta a Cybil.

—Añádele un chorro generoso de whisky —sugirió Fox.

Entre los tres prepararon el té, organizaron una bandeja y, tras discusión y debate, decidieron poner una jarrita con whisky al lado. Gage subió la bandeja y vaciló frente a la puerta cerrada de la habitación. Antes de que pudiera llamar, Layla abrió la puerta y se sobresaltó ligeramente al verlo de pie allí.

—Cal preparó té —empezó Gage.

—Perfecto. En este momento iba justamente a bajar a preparar uno. ¿Esto es whisky?

—Sí. Contribución de Fox.

—Bien —Layla le recibió la bandeja y después observó a Gage con ojos cansados—. Cybil va a estar bien, Gage. Gracias por el té —y a continuación cerró la puerta y lo dejó mirando la madera blanca.

En el baño que unía las dos habitaciones, Cybil yacía en la bañera. Había llorado amargamente lo que había necesitado y ahora estaba exhausta. Como cosa extraña, sentirse cansada la ayudaba. No tanto como sentir a sus amigas cerca, pensó ella, pero ayudaba algo en todo caso. Igual que el agua caliente y las sales aromáticas que Layla le había puesto al agua. Cuando vio a Layla con la bandeja del té, Quinn se levantó del pequeño taburete en el que estaba sentada junto a la bañera.

—Vaya, sí que fuiste rápida. Como si tuvieras superpoderes de rapidez.

—Gage trajo el té. Cal lo preparó, así que con seguridad debe de estar bien. Cariño, también te han traído whisky. ¿Quieres que se lo ponga al té?

—Ay, sí, por favor. Gracias. Dios mío —Cybil se enderezó y apretó los ojos, que le ardían intensamente. Respiró profundamente, sintiendo que iba a empezar a llorar de nuevo—. No, no. Ya ha sido suficiente.

—Tal vez no —Layla mezcló el té con el whisky y se lo ofreció a su amiga—. Yo también lloro de vez en cuando. No pasa nada, se nos permite.

Cybil aceptó el té y asintió con la cabeza.

—No fue tanto el dolor, aunque dolió como nunca me había dolido nada antes. Lo peor de todo fue sentirlo dentro de mí, sentirlo empujando y moviéndose y no ser capaz de evitarlo, de repelerlo. Fue el chico. ¿Por qué es eso peor? Que me hiciera ver al chico mientras me... —Cybil se interrumpió y se obligó a tomarse el té alcohólico.

—Es una especie de tortura, ¿no es cierto? Una especie de tortura física y psicológica diseñada para desmoronarnos —Quinn le pasó una mano sobre el pelo húmedo a Cybil—. Pero no nos vamos a dejar vencer.

—No, no nos vamos a dejar vencer —e imitando el momento que se había llevado a cabo en la cocina, Cybil extendió la mano. Al momento, Quinn puso la suya sobre la de su amiga y, finalmente, Layla puso la suya sobre las de ellas—. No nos vamos a dejar vencer.

Después del baño, Cybil se vistió y la reconfortó arreglarse. No se iba a desmoronar, se dijo nuevamente, ni tampoco se iba a dejar ver como una víctima. Cuando salió de la habitación y escuchó voces ahogadas en la oficina, se dijo que todavía no estaba preparada para enfrentarse a sus amigos. Todavía no. No estaba lista. Entonces pasó silenciosamente por el pasillo y bajó a la cocina. Tal vez estaría preparada después de uno o dos océanos de té.

En la cocina, tomó la tetera y fue al fregadero para llenarla de agua, entonces vio a Gage fuera, solo. Su primera reacción fue la de retroceder y esconderse en un rincón oscuro.

Y la urgencia de hacer exactamente eso la sorprendió tanto como la hizo sentirse avergonzada. Como defensa, hizo lo contrario: salió a enfrentarse a Gage.

Él se dio la vuelta y la miró. En sus ojos, Cybil vio la rabia y la pena.

—Nada de lo que pueda decir va a sonar ni remotamente correcto. Pensé que querrías que me fuera, pero no quise marcharme sin antes saber si estabas... ¿Qué? —exclamó disgustado—. No tengo ni idea qué.

Cybil reflexionó un momento.

—No estás equivocado del todo. Supongo que una parte de mí tenía la esperanza de que te hubieras marchado para no tener que hablar de esto ahora.

—No tienes que hacerlo.

—No me gusta ese aspecto de mí misma —continuó ella—. Así que salgamos de esto. Él vino a mí y me atacó de la manera en que es la peor pesadilla para una mujer. El mayor miedo. Me hizo sentir la violación, la impotencia, el horror y el dolor. Los mismos que llevaron a Hester Deale a enloquecer para luego ahogarse en el estanque en el bosque.

—Debí haber ido tras él.

—¿Y dejarme sola? ¿Habrías podido hacerlo? ¿Dejarme a sabiendas de que yo estaba completamente desprotegida y absolutamente aterrorizada? No pude detenerlo y no es culpa mía. Tú me sacaste de allí y al hacerlo lograste que se detuviera. Me defendiste cuando yo misma no pude hacerlo y te lo agradezco.

—No pretendo que me...

—Sé que no —lo interrumpió—. Probablemente no me sentiría tan agradecida si pensara que lo que pretendías era que te lo agradeciera. Gage, si alguno de los dos se siente culpable por lo que pasó, él gana. ¿Te das cuenta? Es su victoria. Así que no le demos la oportunidad.

—Muy bien.

Pero Gage se seguiría sintiendo culpable, pensó ella. Por lo menos por un tiempo. Un hombre como él se seguiría sintiendo culpable. Tal vez ella podría hacer algo para sosegarlos a los dos.

—¿Te parece que sería complicar nuestra clara y madura relación si te pidiera que me abrazaras un momento?

Gage le puso los brazos alrededor con tanta cautela como si abrazara una valiosísima pieza de cristal. Pero cuando ella suspiró y apoyó la cabeza en su hombro, fue él quien se desmoronó. Entonces la apretó con fuerza.

—Por Dios santo, Cybil. Dios mío.

—Cuando lo destruyamos —Cybil habló claramente, con toda firmeza—, si aparece en alguna forma con pene, yo misma me encargaré de castrarlo.

Gage la abrazó de nuevo y le besó la coronilla. Se dio cuenta de que el término «complicado» no alcanzaba ni a empezar a cubrir lo que fuera que estaba llevándose a cabo en su interior. Pero justo en ese momento le importó un bledo.

***

Para evitar que todos se pasaran el tiempo como caminando sobre cáscaras de huevo a su alrededor, Cybil decidió que lo mejor era ponerse a trabajar. Si bien la pequeña oficina del segundo piso estaba absolutamente abarrotada con los seis trabajando allí, Cybil tuvo que aceptar que se sentía segura allí.

—Al parecer, Gage encontró otro patrón relacionado con los lugares que se desprende del otro que habíamos discutido antes —empezó Cybil—. Podríamos considerarlos puntos peligrosos o zonas seguras. La bolera, por ejemplo. Aunque ése fue el primer lugar en el que sabemos que se presentó el primer caso de infección que llevó a un acto violento, y se han presentado allí otros incidentes, nunca ha sido víctima de daños serios, nunca ha habido un incendio allí, ni un saqueo. ¿No es cierto?

Cal asintió.

—Sí, no ha sucedido nada grave en la bolera. Ha habido algunas peleas, pero, la mayoría de las veces, todo ha sucedido afuera.

—Esta casa es otro ejemplo —continuó Cybil—. Han ocurrido incidentes desde que estamos aquí y es posible que haya habido otros durante los Sietes, pero nunca ha sucedido ninguna muerte aquí ni un incendio. La antigua biblioteca —Cybil hizo una pausa para mirar a Fox—: Sé que perdiste a alguien que era muy importante para ti allí, pero antes de la muerte de Carly tampoco hubo ningún incidente grave allí. Y, de nuevo, la edificación en sí misma no ha sufrido ningún daño ni ha sido atacada. Hay otros lugares, como la granja de la familia de Fox y la casa de los padres de Cal, que también son zonas seguras. Fox, tu oficina parece ser otra. Puede entrar, pero no físicamente; sólo puede crear ilusiones en esos lugares. Nada de lo que ha intentado hacer en esos lugares es real. Y, lo que para mí es más importante: ninguno de esos lugares ha sido atacado por las personas infectadas durante los Sietes.

—Así, las preguntas son por qué y cómo usamos esa respuesta —Fox observó el mapa—. La antigua biblioteca fue el hogar de Ann Hawkins y la granja de mis padres fue el lugar donde se escondió antes de dar a luz y donde finalmente tuvo a sus hijos. Si volvemos a lo de la energía, es posible que suficiente de la de ella haya quedado en esos lugares para protegerlos, como una especie de escudo.

—Bien pensado —Quinn se llevó las manos a la cadera—. Así que ahora tenemos que investigar cuál es la conexión entre las zonas seguras, o las que no se han visto tan afectadas durante los Sietes.

—Puedo deciros ahora que el terreno donde está la bolera era originalmente de la hermana de Ann Hawkins y su marido, ellos construyeron su casa allí —Cal infló las mejillas—. Puedo revisar los libros y preguntarle a mi abuela, pero hasta donde recuerdo, primero fue la casa de la hermana de Ann, después fue un mercado y a lo largo de los años cambió y evolucionó hasta que mi abuelo abrió el Bowl-a-Rama original. Pero la tierra en sí siempre ha pertenecido a los Hawkins.

—Yo creo que ése va a ser nuestro porqué —comentó Layla—. Pero no podemos perder de vista que en el Siete pasado algo se rompió en la protección de la antigua biblioteca y sucedió una muerte allí. Podría sucederle de nuevo a cualquiera de las zonas seguras.

—Ya no había ningún Hawkins en la biblioteca durante el último Siete —Gage continuó examinando el mapa, el patrón—. Essie ya se había jubilado, ¿no es cierto, Cal?

—Sí, así es. Todavía iba casi cada día, pero... ya no era su biblioteca —Cal se acercó al mapa para examinarlo desde más cerca—. Ya habían empezado a construir el edificio para la nueva biblioteca y habían aprobado los planes para convertir la antigua un centro comunitario. Entonces la edificación ya pertenecía al pueblo. Técnicamente le había pertenecido durante años ya, pero...

—Pero emocionalmente, en esencia, le pertenecía a Essie —comentó Cybil—. ¿Por cuánto tiempo ha sido dueña tu familia de esta casa, Cal?

—No lo sé, pero puedo averiguarlo.

—Yo le compré mi casa a tu padre, Cal —le recordó Fox—. Sí, definitivamente hemos encontrado el porqué. Entonces, ¿cómo usamos esa información?

—Son santuarios —comentó Layla.

—Prisiones —corrigió Gage—. La pregunta sería, para empezar, cómo guardamos a unas dos mil personas con ansias de matar e imponer el caos en una granja, una bolera y una oficina de abogado.

—No podemos. Y no estoy hablando de la mierda legal —añadió Cal.

—Oye, si alguien va a hablar de mierda legal, tendría que ser yo —dijo Fox y le dio un sorbo a su cerveza—. Y no es que vaya a negar que no me importa mucho mandar al carajo las libertades civiles durante los Sietes, es sólo que la logística del asunto no parece viable.

—¿A cuántas personas podríamos convencer de que acamparan a las afueras de la granja de tus padres antes de que se vean infectadas? —le preguntó Cybil a Fox mirándolo a los ojos—. Y sí: me doy cuenta del enorme riesgo que esto implicaría. Pero si pudiéramos convencer a unos cuantos cientos de personas de marcharse del pueblo antes del Siete y de que se quedaran cerca a la granja durante toda esa semana, o hasta que matemos al bastardo, tal vez otros se dejen convencer de marcharse a otra parte durante ese tiempo o de quedarse en las zonas seguras que designemos o en las zonas que consideremos lo más seguras posibles.

—Algunas personas se van, de todas maneras —apuntó Cal—, pero la mayoría no recuerda nada y no se da cuenta de lo que se viene, sino cuando ya es demasiado tarde.

—Esta vez está siendo diferente —añadió Quinn—. Se ha dejado ver varias veces y no ha hecho más que alardear. Esta vez será el todo o nada para ambos bandos. Incluso si solamente el diez por ciento de la población se marcha o se guarece en las zonas seguras, sería un hecho positivo, ¿no os parece?

—Todos los pasos que demos hacia lo positivo cuentan —estuvo de acuerdo Cybil.

—Pero no lo matan.

Cybil se volvió hacia Gage.

—No, pero él usa tácticas para tratar de debilitarnos, por tanto, nosotros tenemos que contestar con otras que lo debiliten a él —Cybil señaló la pizarra donde estaban los gráficos con la lectura del tarot que se habían hecho—. Todos tenemos nuestras fortalezas. Saber quiénes y qué somos es un paso positivo. Tenemos un arma: la sanguinaria, lo que también es positivo. Ahora sabemos más, somos más y tenemos más con lo que trabajar de lo que vosotros tres teníais antes.

—Si vamos a intentar convencer a la gente de que se marche del pueblo y acampe cerca de la granja, creo que primero Fox debería hablar con sus padres. Si la idea no te gusta desde el principio, Fox, sencillamente la descartamos.

—Pues quisiera descartarla desde el principio, pero estoy atascado con la antiquísima idea del libre albedrío, toma tus propias decisiones, etcétera, con la que me criaron. Mis padres tendrán que decidir ellos solos si quieren poner un maldito campo de refugiados. Lo que seguramente harán, porque ésa es su naturaleza. Maldición.

—Yo también tendré que hablar con mis padres —Cal dejó escapar un suspiro—. Primero, la gente del pueblo tiende a escuchar a mi padre y confían en lo que dice. Segundo, tendremos que decidir si su casa y la bolera pueden usarse como un campo de refugiados alternativo, o si deberían quedarse más bien en la granja para ayudar a los padres de Fox. Y, tercero, tenemos que buscar por todos los medios y pronto una respuesta a cómo usar la sanguinaria. Tener un arma no nos sirve de nada si no sabemos cómo dispararla.

—Hemos construido sobre el pasado —comenzó Quinn— y tenemos claro el ahora…

—Sí, tenemos que unir nuestro don de nuevo, tratar de ver el futuro —la interrumpió Cybil—. Empezamos a trabajar en eso, pero…

—No vamos a intentarlo esta noche —las palabras de Gage sonaron frías y firmes—, así que no tiene sentido discutirlo ahora. No es algo que se intenta cuando uno ya está agotado —dijo antes de que Cybil pudiera discutir—. Retoma esa mierda de la energía positiva que estabas promocionando hace un rato. Yo diría que esta noche tus reservas de energía positiva están por los suelos.

—Supongo que tienes razón. Brusco, lo que no me sorprende, pero acertado. De hecho, creo que le voy a dedicar un rato a la investigación en solitario esta noche. Voy a investigar más sobre la sanguinaria, porque Cal también tiene razón.

CAPÍTULO 11

No tuvo ningún sueño esa noche, lo que la sorprendió. Cybil había supuesto que las pesadillas la iban a acosar, que iba a tener visiones o presagios, pero, por el contario, durmió tranquilamente toda la noche.

Al menos algo había logrado, pensó, teniendo en cuenta que la investigación de la noche anterior había sido infructuosa. Ojalá le fuera mejor hoy, ya que estaba descansada y más concentrada. Se levantó de la cama y fue a mirarse en el espejo, quería ver si algo había cambiado. Pero no, se veía igual que siempre. Se veía igual y seguía siendo la misma, pensó. Lo que le había sucedido el día anterior no era un punto de inflexión en su vida, no la hacía menos y no se había desmoronado. Si algo había logrado ese ataque, había sido darle más incentivos para querer ganar la batalla, la había hecho sentirse más involucrada y todavía más comprometida con la lucha.

Si bien podía ser cierto que Twisse se alimentaba de los humanos, pensó, todo parecía indicar que, en todo caso, no los comprendía. Lo que podía ser otra arma en el arsenal que estaban construyendo.

Cybil pensó que lo que más quería ahora era una sesión en el gimnasio, para elevar los niveles de energía. Sudar las toxinas podía considerarse un ritual de limpieza, reflexionó. Si tenía suerte, era posible que Quinn quisiera acompañarla. Se puso un top ajustado y unos pantalones cortos de licra y metió en una pequeña mochila lo que iba a necesitar. Al salir de su habitación se dio cuenta de que la puerta de Quinn estaba abierta y su habitación vacía. Así las cosas, pensó, sacaría una botella de agua del frigorífico e iría a buscar a Quinn y a Cal al gimnasio al que solían ir, en el sótano de la antigua biblioteca.

Entró en la cocina y se quedó de una pieza cuando vio a Gage sentado a la mesa con una taza de café y barajando su baraja de cartas.

—Has llegado temprano.

—No me fui —al igual que había hecho ella misma, Gage la observó con atención—. Dormí en el sofá.

—Ah —las palabras de Gage le causaron un ligero temblor en el estómago—. No era necesario.

—¿Qué? —Gage no le quitó los ojos de la cara en ningún momento, lo que le causó otro ligero temblor—. ¿Te refieres a que no era necesario que me quedara o a que durmiera en el sofá?

Cybil abrió el frigorífico y sacó una botella de agua.

—Ninguna de las dos cosas. Pero gracias, en todo caso. Voy al gimnasio, creo que necesito ejercicio cardiovascular. ¿Sabes si Quinn está allí?

—Hicieron ruido. ¿Por qué no practicas más bien para ser la mujer de plastilina?

—No es lo que me apetece ahora. El yoga me relaja, pero lo que necesito es subirme el nivel de energía.

—Maldición.

—¿Qué? —le preguntó cuando él se puso en pie.

—Cal debe de tener la mitad de su ropa aquí. Encontraré algo. Espera —le ordenó y salió.

Si iba a tener que esperar, pensó, quería tomarse un café, entonces tomó la taza de Gage y se terminó el contenido. Gage regresó llevando unos pantalones de chándal grises que habían visto mejores tiempos y una camiseta con el logo de un equipo de béisbol.

—Vamos —ordenó él nuevamente.

—¿Estoy en lo cierto al suponer que vas a venir al gimnasio conmigo?

—Así es. Muévete.

Cybil abrió de nuevo el frigorífico, sacó otra botella de agua y la guardó en su mochila. Y mientras lo hacía, dudó de que Gage hubiera podido hacer o decir algo en ese momento en particular que hubiera significado más para ella.

—No voy a discutir ni te voy a decir que puedo cuidarme sola y llegar bien al gimnasio sin escolta. Primero, porque sería una estupidez después de lo que sucedió ayer. Y segundo, porque quiero ver qué tienes que ofrecer.

—Pero si ya viste lo que tengo que ofrecer.

Cybil se rió y se sintió mejor de lo que pensaba que era posible en ese momento.

—Buen punto.

Cybil hizo una rutina de una hora sin descanso, y tuvo el placer adicional de ver a Gage sudando mientras levantaba pesas. Pero se dio cuenta de que, más que disfrutar de una vista tan atractiva, observarlo allí le dio pistas sobre la persona que era: Gage no tenía particulares ganas de estar en el gimnasio, pero, dado que estaba allí, había decidido usar su tiempo productivamente. Y lo hacía con paciencia, concentrado y concienzudamente. Era más el tipo de paciencia de un gato que espera fuera de la guarida de un ratón y menos la de un tipo altruista, pero en términos prácticos el resultado era el mismo: Gage la había esperado.

Sintiéndose relajada y llena de energía, Cybil caminó de regreso a casa con Gage.

—¿Adónde vas a ir cuando todo esto termine? —le preguntó ella, entonces movió los hombros cuando él sólo la miró en silencio—. Vaya, eso sí que es optimismo, lo que es energía positiva. ¿Tienes algún destino en mente?

—Se me han ocurrido un par. Probablemente me vaya a Europa, a menos que encuentre algo interesante aquí en Estados Unidos. Voy a volver para la boda, en todo caso... Dios, quién iba a pensar que íbamos a tener que ir de boda. ¿Qué hay de ti?

—Yo creo que voy a regresar a Nueva York, por lo menos por una temporada corta. Echo de menos la ciudad, la verdad, así que necesito mi dosis de gentío y ruido y prisas. Además, necesito volver a trabajar en algo que me pague las cuentas. Aunque supongo que voy a pasar mucho tiempo aquí. La parte de las chicas en las bodas es más exigente que la parte que les toca a los chicos. Y ojalá pueda darme un descanso después de que Q. y Cal se casen. He pensando pasar unos pocos días en una isla: palmeras, margaritas y suaves noches tropicales. Eso sería lo que más me apetecería.

—Eso es un plan completo.

—Pero es flexible. Los planes flexibles son mis favoritos —cuando doblaron en la plaza, Cybil señalo hacia el Bowl-a-Rama—. Admiro a la gente como ésa. Cal y su familia, que cavan y construyen y dejan su huella real en un lugar. Doy gracias de que existan personas así, y me alegra porque como ellos cavan y construyen me dan a mí la posibilidad de hacer planes flexibles y de ir de visita a esos lugares donde han construido y dejado su huella.

—¿No sientes deseos ardientes de dejar una huella?

—Me gusta pensar que dejo huella, pero a mi manera. Encuentro cosas que la gente necesita. Tú necesitas información para escribir un libro, para hacer una película, para remodelar una casa, o para construir un centro comercial, entonces yo encuentro lo que necesites para llevar a cabo tu plan. Y puedo encontrar incluso la información que ni siquiera sabías que necesitabas o querías. Es posible que todos esos planes se hubieran podido llevar a cabo sin mí, pero yo puedo prometer que el resultado es mejor conmigo. Me siento satisfecha con ese tipo de huella, para mí es suficiente. ¿Y tú?

—A mí lo que me gusta es ganar, sencillamente. Me conformo con haber jugado, si la mano fue buena, pero ganar siempre es mejor.

—No es sólo «sencillamente» —comentó ella.

—Si dejara una huella, les estaría dando a los otros jugadores demasiada información, demasiadas pistas que podrían usar en mi contra si alguna vez nos volviéramos a enfrentar en alguna mesa de juego. Por eso es preferible dejar un pizarrón en blanco en la medida de lo posible. Si no te conocen, les es más difícil leerte.

—Sí —respondió ella quedamente—, eso es muy cierto. Y se me ocurre que podemos relacionar lo que me dices con nuestra situación actual: tuve una idea similar esta mañana. Twisse no nos entiende y tampoco nos puede llegar a conocer. Puede anticiparse a nosotros en alguna medida, como con lo que me hizo ayer o lo que le hizo a Fox hace años al matar a Carly frente a sus ojos. Es decir, sabe cómo hacer daño, sabe cómo usar armas específicas para herir y para menoscabar. Sin embargo, sigue sin comprenderlo; parece que no entiende que la cara contraria del miedo es la valentía. Cada vez que usa nuestros miedos en nuestra contra lo que logra es que busquemos valentía con mayor ahínco. No nos puede leer, no acertadamente.

—¿Entonces podríamos tirarnos un farol?

—¿Un farol? ¿Qué farol?

—No lo sé todavía, pero creo que vale la pena considerarlo porque me parece que tienes razón. Bueno, y ahora lo que quiero es una ducha y mi propia ropa —añadió Gage en cuanto pusieron un pie en la casa, entonces subió las escaleras sin detenerse.

Cybil se debatió. Escuchó las voces que provenían de la cocina. Quinn y Cal se habían ido del gimnasio unos veinte minutos antes, así que seguramente debían de estar terminando de desayunar con Fox y Layla. Podía ir a la cocina y servirse un café antes de subir o...

Puesto que Gage ya había abierto el grifo del agua, Cybil se desvistió en la habitación antes de entrar en el baño. Con el pelo chorreando agua, Gage la miró con los ojos entrecerrados cuando ella abrió la cortina de la ducha y se metió dentro con él.

—¿Te importa?

Gage la recorrió con la vista de arriba a abajo antes de mirarla intensamente a los ojos.

—Probablemente hay suficiente agua para los dos.

—Eso fue lo que pensé —desprevenidamente, tomó su jabón líquido y se puso una cantidad generosa en la palma de la mano—. Teniendo en cuenta que bañarse de dos en dos es más eficiente —sin dejar de mirarlo, se enjabonó los senos en círculos lentos—. Además, podría compensarte por haber dormido en el sofá y por el tiempo que has pasado conmigo en el gimnasio.

—No veo que traigas dinero encima.

—Estaba pensando en un pago en especie —sensual y coquetamente, Cybil presionó los senos enjabonados contra él—. A menos que prefieras que te dé un pagaré.

Gage hundió las manos en el pelo de ella y atrajo de un tirón su rostro hacia el suyo.

—Pues págame —le exigió para después darle un ardoroso beso en la boca.

Entonces lo sintió, pensó ella sintiéndose increíblemente agradecida. Sintió la descarga de deseo inmediata, las ansias, la respuesta de su cuerpo, la necesidad. Twisse no le había quitado nada. El cuerpo del hombre se movía húmedo y duro contra su cuerpo y ella no sentía absolutamente nada más que puro placer.

—Tócame —le ordenó Cybil usando los dientes, las uñas. No ha quedado nada frágil aquí, nada atrofiado ni que requiera arreglos. «Tócame, hazme tuya, hazme sentir absolutamente mujer», pensó ella en el calor del momento.

Gage había querido darle tiempo y se había preparado para darle su espacio. Y, tal vez, dárselos a él mismo también. Pero las ansias de Cybil, el desafío que le imponía y la crudeza de sus emociones se sumaban a los de él mismo. Entonces la tocó, pasó las manos sobre esa piel lustrosa mientras el vapor los envolvía y el agua les caía encima. Y la hizo suya, empujándola contra las baldosas húmedas mientras la penetraba, sin apartar la mirada de sus ojos. Y lo que vio fue deleite, puro y simple. Entonces la tomó de la cadera y la levantó mientras ambos llegaban al clímax.

Sin aliento, Cybil dejó caer la cabeza sobre el hombro de Gage.

—Dame un momento.

—Sí, lo mismo digo.

—Vaya. Gracias por ponerte en situación tan rápidamente.

—Lo mismo digo.

Cybil se rió y se quedó quieta donde estaba.

—Éste tal vez puede ser un buen momento para decirte que no me caíste particularmente bien cuando te conocí.

Gage cerró los ojos y se dejó envolver por el aroma de ella.

—Voy a tener que repetirme de nuevo: lo mismo digo.

—Por lo general mi primer instinto es bastante acertado, pero esta vez se equivocó. Me caes bien, y no solamente porque tienes mucho talento en la cama... y en la ducha.

Lentamente, disfrutando del momento, Gage recorrió el tatuaje que Cybil tenía en la base de la columna con un dedo.

—Y tú no eres tan plasta como pensé en un primer momento.

—Aquí estamos: mojados, desnudos y sentimentales —ella dejó escapar un suspiro, se soltó de Gage y dio un paso atrás para poder examinarlo a través del vapor—. Confío en ti. Y la confianza es algo muy importante para mí. Puedo trabajar con alguien en quien no confíe completamente, pero es un desafío un poco mayor para mí. Puedo dormir con alguien en quien no confíe completamente, pero ese hecho significa que va a ser un encuentro breve. Pero el trabajo es más productivo y el sexo es más satisfactorio para mí si confío en la otra persona.

—¿Quieres que nos demos un apretón de manos, entonces?

Cybil se rió de nuevo.

—Sería un gesto fútil, teniendo en cuenta las circunstancias —levantó el jabón líquido de nuevo, le puso una cantidad generosa en la palma a Gage y se dio la vuelta—, pero podrías enjabonarme la espalda.

***

Una hora más tarde, Cybil se sirvió su primera taza de café completa del día. Aunque tuvo que admitir que se sentía con bastantes energías a pesar de no haberse tomado una todavía.

Subió a la oficina, donde Quinn y Layla estaban cada una sentada frente a su respectivo ordenador portátil. La violación de la que había sido objeto ya estaba registrada en la tabla.

Se sentía bien, pensó Cybil, al verla allí en la tabla en blanco y negro y saber que había sobrevivido a la experiencia sin tener que sufrir ninguna consecuencia.

—Voy a trabajar en mi habitación esta mañana —les dijo—, pero le pedí a Gage que volviera más tarde. Creo que es hora de que intentemos otra unión. Tengo la esperanza de que alguna de vosotras se pueda quedar y nos sirva de ancla, ¿sería posible?

—Ambas nos podemos quedar —respondió Quinn.

—¿Sabíais que Gage durmió anoche en el sofá del salón?

—Hablamos sobre irnos juntos a dormir a casa de Cal, pero Gage dijo que prefería quedarse. La verdad es que ninguno de nosotros se quería marchar, por si pasabas una mala noche —le dijo Layla dándose la vuelta en la silla para mirarla.

—Tal vez tuve una buena noche justamente porque todos os quedasteis en la casa. Gracias.

—Descubrí algo más que creo que te va a alegrar —Quinn extendió los brazos—. Esta casa, o la tierra en la que está construida, que solía ser un lote mucho más grande, pero este sitio en particular fue propiedad de Patrick Hawkins, hijo de Fletcher Hawkins, es decir, nieto de Ann Hawkins. Fox está investigando sobre su casa, pero yo apostaría a que estamos a punto de confirmar otra de nuestras teorías.

—Si es correcta, e incluso si la idea de Gage de considerar estos lugares prisiones es más acertada que la mía de considerarlos santuarios, nos da la posibilidad real de proteger a más gente —comentó Layla—. O, al menos, a alguna gente.

—Cuantas más personas podamos proteger, o por lo menos darles una oportunidad de pelear, más nos podremos concentrar en el ataque —dijo Cybil—. Estoy de acuerdo.

Y vamos a tener que atacar y va a tener que ser en la Piedra Pagana. Sé que no lo hemos discutido, no en detalle, dado que los hombres son tan reacios, pero cualquier cosa que decidamos hacer para acabar con esto va a tener que ser allí. No podemos sencillamente quedarnos en el pueblo apagando incendios o tratando de que las personas no se maten unas a otras o a ellas mismas. Todos sabemos dónde y cuándo será nuestra oportunidad.

—A medianoche —apuntó Quinn con un suspiro—, en el momento mismo en que el 7 julio empieza, que es cuando este Siete empieza en pleno. Sé que tienes razón, Cyb, y creo que todos los sabemos, pero parece como si estuviéramos desertando el campo de batalla.

—Y yo creo que va a ser más difícil para los chicos —añadió Layla—, teniendo en cuenta que ya lo intentaron una vez y fracasaron.

—No estamos desertando, sólo estamos llevando la batalla a nuestro propio campo. Y no vamos a fracasar esta vez sencillamente porque no podemos fracasar —Cybil le echó un vistazo a la tabla detrás de ella—. Twisse no nos conoce, aunque cree que nos entiende. Parte de esa presuposición le dice que somos débiles, frágiles y vulnerables. Y tiene razones para pensar eso, dado que cada vez que nos ataca parece que gana. Cada vez que nos ataca se hace más fuerte. Cada vez.

—Dent logró apresarlo —le recordó Layla—. Durante siglos.

—Dent rompió las reglas y se sacrificó a sí mismo. Además, él era un guardián —Quinn ladeó la cabeza mientras observaba el rostro de Cybil—. En todo caso, fue transitorio y la carga y parte del poder tenía que pasarse. Diluido, fragmentado. Nos necesitó a nosotros seis para unir ese poder de nuevo, pero todavía no sabemos cómo usarlo, en todo caso. Sin embargo...

—Sí, sin embargo. Pero lo importante es que ya lo tenemos y contamos con los medios para aprender. Sabemos el lugar y el momento —repitió Cybil—. Estamos completos estando juntos, nosotros seis. Yo creo que las imágenes que vi de nosotros, de lo que podría pasarnos, son advertencias. Él va a tratar de separarnos de nuevo, para debilitar lo que hemos logrado. No podemos permitir que eso ocurra. No lo vamos a permitir.

—Voy a hablar con Cal sobre ir a la Piedra Pagana para terminar con esto. Sospecho que parte de él ya sabe que tiene que ser así —dijo Quinn.

—Y yo hablaré con Fox. Creo que él ya lo sabe también —añadió Layla.

—Lo que me deja a Gage —apuntó Cybil y dejó escapar un suspiro.

***

Gage caminó de lado a lado por la oficina de Cal.

—Cybil quiere que tratemos de unirnos de nuevo. Hoy.

—No nos quedan muchos hoys que digamos de aquí a julio, hermano. No le veo sentido a desperdiciar ninguno.

—Tú sabes lo que se siente, Cal, aunque lo intente uno solo. Es un puñetazo infernal, y ella tuvo una mala experiencia ayer. La peor.

—¿Estás preocupado por ella?

Gage se detuvo, desconcertado, molesto.

—No más de lo que me preocuparía por cualquiera. Además, estoy preocupado por mí. Si ella no puede manejarlo...

—Demasiado tarde para eso, ya la pusiste a ella primero. No te esmeres en decir tonterías, Gage. ¿Cómo ibas a no sentir algo por ella?

—La cuestión es el sexo. Y, teniendo en cuenta las circunstancias, siento también que tenemos una mutua dependencia, por supuesto. Estamos juntos en esto, así que nos cuidamos uno al otro. Eso es lo único que estoy haciendo.

—Ajá.

Gage se dio la vuelta y miró a Cal con una expresión pétrea que, sin embargo, no hizo nada para disminuir la sonrisa que éste tenía dibujada en el rostro.

—Mira, esto es diferente que tu caso.

—¿El sexo es diferente para mí?

—Para empezar —sintiéndose frustrado, Gage hundió las manos en los bolsillos—. Además de muchas otras cosas. Tú eres un tipo muy normal, Cal.

—No me vengas con tonterías.

Removiendo las monedas que tenía en el bolsillo, Gage trató de articular lo que quería decir.

—Tú eres un tipo de bolera, Cal, de los de la casita en la pradera, con hijitos y un perro estúpido... sin ofender —añadió bajando la mirada hacia *Lump*, que estaba acostado sobre el lomo con las cuatro patas en el aire mientras roncaba sonoramente.

—No nos hemos ofendido.

—Eres un Hawkins de este pueblo y siempre lo serás. Y ahora te has levantado a la sensual rubia a la que le parece bien asentar su particularmente atractivo culo en estas tierras contigo y tu enorme y estúpido perro, en tu casita en la pradera y tener una camada de críos.

—Parece un plan perfecto.

—En cuanto a Fox, él está tan asentado aquí como tú. El chico *hippie* que ahora es abogado de pueblo con una familia muy particular que está en expansión por el momento. Por no mencionar que se levantó a la guapa morena que tiene una voluntad de acero, tanto como para abrir una tienda en este pueblo sencillamente porque les viene bien. La casita en la pradera y la camada de críos también les sienta bien. Vosotros cuatro probablemente vais a ser felices como locos.

—Ése es el plan.

—Querrás decir si sobrevivimos. Tú sabes, yo sé, todos sabemos que posiblemente no todos vamos a sobrevivir.

—Es posible —coincidió Cal—. La vida es como un juego.

—Para mí el juego es la vida. Si logro salir al otro lado, será para buscar la siguiente partida. Para mí no va a haber casita en la pradera, ni un trabajo de nueve a cinco, ni me apetece para nada eso de «¿qué hay para cenar, cariño?».

—¿Y crees que eso es lo que Cybil está buscando?

—No tengo ni la más mínima idea de qué está buscando. Además, no es de mi incumbencia... *ésa es la cuestión* —sintiéndose incómodo, Gage se pasó las manos por los cabellos oscuros, pero detuvo el movimiento a medio camino, molesto, dado que sabía que ese gesto era uno de los que lo delataban—. Estamos follando —continuó— y tenemos el objetivo común de matar al bastardo y sobrevivir para contarlo. Eso es todo.

—Muy bien —condescendientemente, Cal extendió los brazos—. ¿Entonces por qué estás tan alterado?

—Pues... que me parta un rayo si lo supiera —admitió Gage—. Tal vez no quiero ser responsable, pero unirnos de esa manera me hace responsable aunque no quiera. Las mujeres pueden cacarear todo lo que quieran sobre eso de cargas iguales e igualdad de condiciones y tal, pero tú sabes lo que es, sabes lo que se siente.

—Sí, es cierto.

—Lo que sucedió... Lo que Twisse le hizo a Cybil... ¿Cómo se supone que voy a sacarme eso de la cabeza, Cal? ¿Cómo se supone que debo apartarlo y olvidarlo?

—No puedes y no lo vas a hacer. Pero esto no significa que podamos sencillamente ponernos en estado latente. Todos sabemos eso también.

—Tal vez ella me importa —Gage dejó escapar un suspiro—. Está bien: ella me importa, no «tal vez». Lo que no es de sorprender, supongo, teniendo en cuenta las circunstancias —las ganas de pasarse las manos por el pelo lo corroían, pero las mantuvo firmes a los lados del cuerpo—. Esto es demasiado intenso, intenso de cojones.

—El hecho de que te importe no es sinónimo de casita en la pradera y enorme y estúpido perro, hermano.

—No —Gage finalmente permitió que el cuerpo se le relajara—. No, es cierto. Puedo ponérselo en claro, en todo caso. Diplomáticamente esta vez, por supuesto.

—Claro, eso es lo que tienes que hacer. Yo llevaré una bandeja para que tengas donde poner la cabeza cuando ella te la arranque y te la dé.

—Muy gracioso —murmuró Gage—. Entonces dejemos que las cosas sigan su curso, eso es. Pero cuando hagamos este viaje al futuro, quiero que Fox y tú estéis allí conmigo.

—Entonces allí estaremos.

***

A Gage seguía sin gustarle, pero era lo suficientemente realista como para saber que había un montón de cosas que había que hacer aunque no le gustara. Trató de compensar la sensación decidiendo él mismo el lugar y la hora. Necesitaba que fuera en su terreno, y la casa de Cal era lo más cercano en todo el pueblo a algo que pudiera considerar su terreno, y estableció la hora lo suficientemente tarde como para que sus hermanos pudieran estar a su lado. Si cualquier cosa llegaba a salir mal, tendría refuerzos.

—A pesar del loco de *Rosco,* yo preferiría hacer esto fuera —dijo Cybil mirando a su alrededor para después finalmente clavar la mirada en Gage—. Lo cierto es que es probable que tengamos que hacer esto fuera de nuevo en el futuro cercano, así que es preferible aprender de una vez a defendernos, si es el caso.

—Muy bien. Espera un momento, entonces —le dijo Gage y salió de la sala. A los pocos momentos regresó empuñando su pistola Glock.

—Ni se te ocurra darme esa cosa a mí —le dijo Fox.

—Entonces tráete una herramienta de jardinería, como la última vez —Gage se giró hacia Cal.

—Bien. Mierda —Cal tomó el arma con toda cautela.

—El seguro está puesto.

Cybil abrió su bolso, sacó su revólver calibre veintidós y se lo dio a Quinn. Ésta abrió el tambor y revisó la recámara para después, con toda pericia, cerrarlo de nuevo suavemente y meterse el arma en el bolsillo.

—Todo en orden —dijo Quinn mientras Cal la observaba con perplejidad.

—Pues mira las sorpresas que te puede dar el amor de tu vida. Quinn, tal vez sería mejor que tomaras la pistola de Gage, que es más grande.

—Está bien, cariño, tú puedes con ella.

—Quinn tiene una excelente puntería —comentó Cybil—. Entonces, ¿estamos listos para lo que viene?

Mientras salían a la terraza de atrás, cruzando la cocina, Fox sacó dos cuchillos del soporte que Cal tenía en la encimera.

—Sólo por si acaso —le dijo a Layla ofreciéndole uno.

Gage notó que el cielo se estaba empezando a nublar, pero por el momento había suficiente luz y la brisa era fresca. Siguiendo el ejemplo de Cybil, se sentó en el césped mientras los otros cuatro hacían un círculo a su alrededor.

—¿Y si tratamos de concentrarnos en un lugar en particular? —sugirió Cybil.

—¿Como cuál?

—Aquí, la casa de Cal. Creo que es un buen punto de partida, después podemos tratar de ir más allá desde lo que veamos aquí. Hagámoslo lentamente esta vez, tal vez así logremos reducir los efectos secundarios.

—Muy bien —Gage la tomó de las manos y la miró a los ojos. «Este lugar», pensó, «este césped, este bosque, este vidrio, esta tierra».

Entonces vio en la mente la forma del paisaje, las subidas y bajadas de las colinas, las líneas de la casa. Colores y formas. A medida que Gage le permitió a la imagen tomar forma en su cabeza, los tonos verdes de la primavera y los colores de la floración se fueron desvaneciendo, se marchitaron hasta que todo se tornó pardo. El blanco fue abriéndose paso hasta que la nieve cubrió la tierra y cayó sobre las ramas. Empezó a nevar pertinazmente, copos gordos y rápidos. Gage los sintió, el frío y la humedad contra su piel. En sus manos, sintió las manos de Cybil ponerse heladas.

Salía humo en espirales por la chimenea y un cardenal, una mancha roja brillante, aleteó entre la obstinada nieve para ir a aterrizar en el comedero cerca a la casa.

«Dentro», pensó Gage. «¿Quién está dentro? ¿Quién ha encendido el fuego de la chimenea? ¿Quién ha puesto alimento en el comedero de los pájaros?» Apretando las manos de Cybil, caminó a través de las paredes y hasta la cocina. Un frutero, que Gage reconoció como obra de la madre de Fox, descansaba sobre la encimera lleno de frutas. La música llenaba la casa, algo que sonaba como música clásica, lo que fue la primera señal que lo hizo sentir inquieto. Cal no era de los que escuchan música clásica y tampoco nunca le había oído decir a Quinn que a ella le gustara ese tipo de música.

¿Quién estaba escuchando esa música? ¿Quién había comprado las manzanas y las naranjas que estaban en el frutero? La idea de que hubiera personas extrañas en la casa de Cal le hizo querer ir más adelante con mayor ímpetu y le encendió una chispa de irritación por dentro. Las manos de Cybil apretaron las suyas y lo hicieron retroceder. Entonces Gage sintió las palabras de Cybil, casi las escuchó: «Nada de rabia. Nada de miedo. Espera y ve».

Gage bloqueó cualquier emoción y avanzó de la mano de Cybil.

Las llamas crepitaban en la chimenea. En el mantel había un florero de cristal que contenía hermosos tulipanes que se erguían hacia el techo. En el sofá, Quinn dormía cómodamente, cubierta por una manta de colores. Y mientras Gage observaba, Cal se aproximó a ella, se inclinó y la besó en la mejilla. Y mientras la tensión abandonaba el cuerpo de Gage, Quinn se desperezó y tras abrir los ojos, le ofreció una amplia sonrisa a Cal.

—Hola.

—Hola, rubita.

—Lo siento. Mozart será bueno para el bebé, pero a mí me duerme en el acto.

Y al darse la vuelta, la manta cayó al suelo y dejó al descubierto la enorme barriga de embarazada de Quinn. Ésta se puso las manos sobre la barriga y Cal las puso sobre las de su mujer, mientras Gage observaba.

Entonces todo se desvaneció: los sonidos, las imágenes, los aromas, entonces Gage estuvo de vuelta en el césped mirando a los ojos a Cybil.

—Qué bueno que es ver una posibilidad positiva, para variar —logró articular Cybil.

—¿Dolor de cabeza? —se apresuró a preguntar Quinn—. ¿Náuseas?

—No. Esta vez fue fácil y suave. Y la visión fue tranquila. Creo que ésa también es una diferencia. Esta vez fue una visión feliz. Tú y Cal estabais en la casa, aquí, en esta casa. Era invierno y estabais sentados frente a la chimenea —le dio un apretón en la mano a Gage y le lanzó una mirada de reojo. Él entendió ambas señales como advertencia, entonces pensó que le daba lo mismo. Si Cybil no quería mencionar la barriga, a él le parecía bien.

—Me gusta más esta visión que la última que tuviste de nosotros —dijo Quinn en tono convencido—. ¿Y cómo se me veía? ¿Tenía alguna cicatriz que me desfigurara tras la batalla demoníaca?

—De hecho, se te veía sensacional. Ambos estabais estupendos. Intentémoslo de nuevo, Gage. Esta vez no un lugar, sino personas —Cybil levantó la mirada hacia Fox y Layla—. Es decir, si os parece bien.

—Por supuesto —Layla tomó a Fox de la mano—. Está bien.

—De la misma manera —Cybil miró a Gage directamente a los ojos y estabilizó la respiración—. Lentamente.

Gage pensó en Fox y Layla de la misma manera en que había pensado en la casa de Cal. Pensó en formas, colores, texturas. Se los imaginó como estaban ahora, de pie, de la mano detrás de él. De nuevo, lo que fue se fundió en lo que podría ser.

La tienda, decidió Gage tras unos segundos. Lo que veía era la que sería la tienda de Layla; ya estaban puestos los estantes, las vitrinas y los muebles. Ella estaba sentada tras un elegante escritorio y tecleaba algo en un ordenador portátil. Cuando la puerta se abrió, levantó la mirada y se puso en pie al ver que se trataba de Fox.

—¿Un buen día? —le preguntó él.

—Un buen día. Septiembre pinta estupendamente y esta tarde he recibido más mercancía de la colección de otoño.

—Entonces, felicitaciones y feliz aniversario —Fox sacó un ramo de rosas rosadas de detrás de la espalda.

—¡Son preciosas! Feliz aniversario.

—Un mes desde la gran apertura oficial de la tienda.

Layla se rió y, al extender las manos para recibir las flores, el diamante que llevaba en el dedo índice reflejó la luz y destelló.

—Entonces vamos a casa a celebrarlo. Me puedo tomar mi copa de vino de la semana.

—Vale —le respondió él mientras la abrazaba—. Lo logramos.

—Sí, lo logramos.

Cuando volvieron al presente, Cybil le dio otro apretón en la mano a Gage.

—Cuenta tú esta vez —le sugirió ella.

—La tienda se veía impecable, igual que tú —añadió Gage cuando Layla dejó escapar un suspiro tembloroso—. Ese de allá se veía igual que siempre. Así que, considerando que lo que vemos son sólo posibilidades, todavía estás a tiempo para darle plantón —Gage miró hacia el cielo—. Parece que va a empezar a llover muy pronto.

—Pero todavía tenemos tiempo para otro viaje —insistió Cybil—. Vamos a por el premio gordo: la Piedra Pagana.

Gage había esperado que Cybil propusiera exactamente eso, sabía que probablemente ella querría verse o verlos a ambos. Como había pensado ya antes, ella lo sorprendía.

—Hacemos esto y terminamos por esta noche.

—De acuerdo. Tengo algunas ideas para otros caminos. Pero otra vez será. ¿Listo?

La imagen llegó con increíble rapidez. Lo supo en el mismo momento en el que se abrió a ella, y a Cybil. No hubo sensación de flotar esta vez, sino que se sintió cómo un guijarro en pleno vuelo después de que alguien lo hubiera lanzado con una honda. Y el lanzamiento lo hizo aterrizar justo en medio del holocausto. Estaba lloviendo sangre y fuego, y con cada gota que caía, el suelo calcinado del claro centelleaba y ardía. Y la Piedra Pagana hervía de sangre y de fuego.

Vio a Cybil: tenía el rostro tan pálido como la cera y le estaba sangrando una mano. Igual que a él. Los pulmones le ardían al luchar por respirar ese aire viciado de humo. Escuchó los alaridos a su alrededor, entonces se puso en guardia.

¿Para qué, para qué? ¿Qué sabía él?

El demonio salió de todas partes al mismo tiempo: Gage lo vio salir de la oscuridad, del humo, del suelo, del aire. Pero cuando trató de sacar su arma, se encontró con la mano vacía. Entonces trató de alcanzar a Cybil, pero la bestia la atacó antes y la tumbó en el suelo, donde yació tan quieta como la muerte.

Gage se quedó solo con sus miedos y su furia. La cosa que lo cercó rugió con un sonido de triunfo codicioso. Y algo que no supo qué era le atravesó el pecho con un dolor ardiente. El dolor fue tan intenso que se lo tragó completo y sin misericordia.

Tambaleándose, trató de arrastrar a Cybil lejos de allí. Ella abrió los ojos y los clavó en él.

—Hazlo ahora. Tienes que hacerlo ya. No tienes otra opción.

Entonces Gage saltó hacia la Piedra Pagana y se golpeó dolorosamente contra ella. Tomó la sanguinaria que descansaba sobre la piedra, la tomó con su mano desnuda a pesar de que desprendía llamas y cerró el puño, viendo cómo las llamas se abrían paso entre sus dedos. Y se hundió en la oscuridad con ella, en la más completa oscuridad. Y no vio nada, no había nada, absolutamente nada más que dolor. Después yació sobre la Piedra Pagana mientras el fuego consumía su cuerpo.

Gage se abrió camino de regreso, la cabeza le palpitaba y las náuseas se fueron apoderando de él. Echando sangre por la nariz, clavó la mirada en los ojos vidriosos de Cybil.

—Demasiada intensidad para un viaje lento y fácil.

CAPÍTULO 12

No se necesitó mucho esfuerzo para convencer a Cybil de que volviera a la investigación por unos días. Tendrían que hacer otro viaje, ella y Gage, pero, la verdad, no podía decirse que ella estuviera ansiosa por repetir la experiencia que habían tenido.

¿Había visto la muerte de Gage? ¿Había sentido la suya? Las preguntas se repetían en su cabeza una y otra vez. ¿Había sido la muerte o algún otro tipo de final cuando la oscuridad cayó sobre ella dejándola ciega? ¿Acaso los gritos que había escuchado habían sido suyos?

Ya antes se había visto en la Piedra Pagana y, cada vez que lo había hecho, la muerte había ido a encontrarla allí. No la vida, no como lo que había visto para Quinn y Layla, reflexionó Cybil, nada de celebraciones. Para ella siempre era sangre y oscuridad.

Tendría que volver al claro, lo sabía. Tanto en visiones como en la vida real. No solamente para buscar respuestas, sino para aceptarlas. Y cuando lo hiciera, volvería fortalecida. Pero no hoy, hoy era festivo, un día de celebración con banderas en rojo, blanco y azul ondeando, con bandas marchando y chicas en uniforme de lentejuelas. Hoy se estaba celebrando el desfile en honor a los soldados caídos en la guerra y, en opinión de Cybil, el desfile era como una rebanada de la tarta de Hawkins Hollow y asistir a él era una manera de recordarse por qué era necesario volver. Además, la vista desde las escaleras de la oficina de Fox eran de las mejores de todo el pueblo.

—Me encantan los desfiles —comentó Quinn, que estaba de pie al lado de Cybil.

—Main Street, Estados Unidos de América: difícil de resistir.

—Ay, mira, ahí vienen algunos de los niños de la liga infantil de bolos —Quinn se puso de puntillas para ver a los niños del final que avanzaban lentamente—. Esos de allá son los Blazers, orgullosamente patrocinados por Bowl-a-Rama. El padre de Cal es el entrenador. Han ganado los tres últimos juegos.

—Estás absolutamente fascinada con todo esto, ¿no? Quiero decir que estás completamente metida en tu papel de mujer de pueblo.

—¿Quién lo habría pensado? —riéndose, Quinn le pasó un brazo por la cintura a Cybil—. Estoy pensando en unirme a algún comité. Y voy a dar una charla y hacer una firma de libros en la librería. La madre de Cal se ofreció a enseñarme a preparar tartas, pero voy a declinar. Todo tiene un límite.

—Estás enamorada de este lugar —comentó Cybil—. No sólo de Cal, sino del pueblo.

—Así es. Supongo que escribir este libro me ha cambiado la vida. Me trajo aquí, me ha hecho darme cuenta de que formo parte de la leyenda que estaba investigando, me llevó a Cal... Además, el proceso de escribirlo me ha hecho involucrarme con la comunidad, la gente, las tradiciones del pueblo, me ha hecho entender y compartir el orgullo que sienten al pertenecer a esta tierra. Más allá de la parte fea del asunto, de lo que nos ha tocado y lo que nos va a tocar afrontar. No es tu estilo, ya lo sé. Pero he descubierto que todo esto es exactamente lo que quiero.

—No tengo nada en contra de esto, de hecho, me gusta y mucho.

Cybil observó a la multitud agolpada en las aceras, a los padres con sus hijos en hombros, a las adolescentes de piernas largas moviéndose en coloridos grupos, familias y amigos juntos, sentados en sus asientos plegables sobre el empedrado. El aire olía a perritos calientes y dulces mezclados con los heliotropos que Fox había sembrado a los lados de la escalera de su oficina. Todo parecía claro y resplandeciente: el cielo azul, el sol amarillo, las banderas estadounidenses ondeando sobre las calles, las petunias rojas y blancas que sobresalían de las macetas que colgaban de todas las farolas de Main Street.

En el desfile, unas chicas vestidas de lentejuelas lanzaban al aire sus bastones y hacían medialunas en su camino hacia la plaza. En la distancia, Cybil escuchó el sonido de las trompetas y los tambores de la banda que se acercaba.

La mayoría de los días, Cybil habría preferido el ritmo de Nueva York, el estilo de París o el romanticismo de Florencia, pero en esta soleada tarde de sábado, cuando mayo estaba a punto de cederle el paso a junio, Hawkins Hollow era el lugar perfecto para estar.

Cybil miró por encima del hombro cuando Fox le ofreció un vaso desde atrás.

—Té helado —le dijo—, pero hay cerveza en la cocina, si prefieres.

—El té es perfecto, gracias —dándose la vuelta, observó a Gage y le dio un sorbo al vaso de té—. ¿No te gustan los desfiles?

—Ya he visto suficientes para toda la vida.

—Aquí viene lo mejor de todo —anunció Cal—: la banda de secundaria de Hawkins Hollow.

Las *majorettes* marchaban haciendo piruetas en el aire con sus bastones de plata al tiempo que los guardas de honor marchaban con sus relucientes rifles blancos y un grupo de animadoras avanzaban sacudiendo sus pompones. La banda era la favorita de todos, notó Cybil al ver la respuesta de la multitud, que aplaudía y gritaba al paso de los músicos. Y con dos redobles de tambores, la banda empezó a tocar «Twist and Shout».

—Parece una escena de *Todo en un día,* ¿no? —comentó Cal y Cybil se rió.

—Es perfecto, ¿no es cierto? Absolutamente perfecto.

La dulzura del momento la conmovió profundamente. Todos esos rostros jóvenes, el azul intenso y el blanco inmaculado de los uniformes, los sombreros de copa, los bastones que se elevaban en el aire y bailaban al ritmo de la música, la gente que en las aceras había empezado a cantar y a bailar al unísono con la banda mientras el sol resplandecía alegremente sobre los relucientes instrumentos de viento.

—Ay, Dios —exclamó Cybil con un jadeo ahogado.

El chico descendió súbitamente sobre la calle y empezó a bailar. Cybil sintió deseos de retroceder, de esconderse, cuando él le clavó los horripilantes ojos encima. Pero se quedó de pie donde estaba, tratando de contener el estremecimiento que luchaba por apoderarse de su cuerpo, y se sintió agradecida en cuanto Gage le puso firmemente una mano sobre el hombro.

Sobre sus cabezas, las banderas se prendieron en llamas, pero la banda siguió tocando animada por las hurras de la multitud.

—Mirad —dijo Fox al tiempo que tomaba de la mano a Layla—. Parece que algunos pueden verlo también, o, al menos, sentirlo. Mirad.

Cybil apartó la mirada del demonio y se fijó en la multitud: vio miedo y conmoción reflejados en algunas de las caras, palidez y perplejidad en otras. Aquí y allá los padres cogían a sus hijos y se abrían paso entre el gentío para marcharse mientras otros asistentes sencillamente seguían aplaudiendo y cantando al ritmo de la música.

—¡Chico malo, chico malo! —gritó un niño sobre los hombros de su padre, para después empezar a berrear desconsoladamente. Los bastones de las *majorettes* se prendieron en llamas al elevarse por los aires y la sangre empezó a cubrir la calle. Algunos de los miembros de la banda rompieron filas y se desperdigaron.

Junto a Cybil, Quinn se dedicó a tomar fotos eficientemente.

Cybil volvió a fijar la mirada en el chico y lo vio girando y girando de un modo inverosímil la cabeza sobre el cuello hasta que sus ojos se encontraron de nuevo con los de ella. Le dedicó una sonrisa demente, mostrándole unos brillantes dientes afilados.

—Te voy a dejar para el final, te voy a dejar de mascota y voy a plantar mi semilla en ti. Cuando la semilla madure, cuando florezca, te voy a rajar el vientre para dejarla salir y que beba de tu sangre como si fuera leche materna.

Al terminar de hablar, la bestia con forma de chico saltó y se elevó alto, muy alto en el aire sobre un disco de fuego. Remontó el cielo y tras una pirueta, se dirigió directo hacia Cybil. Ella habría podido correr o habría podido quedarse justo donde estaba, nunca lo sabría, porque Gage tiró de ella hacia atrás con tal fuerza que la hizo caer. Cuando logró ponerse de nuevo en pie, él ya estaba de pie frente a ella. Vieron a la cosa explotar en una oscura masa sanguinolenta y entonces se desvaneció, dejando atrás sólo el horrible eco de las carcajadas del chico.

Los oídos le pitaron, tanto por el eco de la risa demoníaca como por el clamor de los tambores y las trompetas de la banda que continuaba su marcha por Main Street. Al apartar a Gage para poder ver, las banderas blancas, rojas y azules ondeaban al viento sobre la calle y el sol se reflejaba alegremente sobre los instrumentos.

Cybil dio un paso atrás:

—Creo que he tenido suficientes desfiles por un día.

***

En la oficina de Fox, Quinn usó el ordenador de éste para descargar las fotos que había tomado.

—No quedó retratado lo que vimos —comentó ella dándole un par de golpecitos a la pantalla con el dedo.

—Porque no fue real. No completamente real —le respondió Layla.

—Sólo borrones y manchas —apuntó Quinn—. Y esta área nebulosa en cada foto que parece corresponder al lugar donde estaba el chico. Aquí, pero no allí.

—Existen escuelas de pensamiento contrarias en fotografía paranormal —más tranquila ahora que tenía algo concreto en lo que concentrarse, Cybil se echó el pelo hacia atrás al inclinarse sobre la pantalla para ver más de cerca las fotografías—. Algunos expertos sostienen que las cámaras digitales tienen la ventaja de ser capaces de registrar espectros de luz que no son visibles a simple vista para el ojo humano. Sin embargo, otros les restan utilidad, dado que pueden también registrar reflejos, refracciones, motas de polvo y otras partículas que pueden enturbiar la imagen que se está fotografiando. Así, recomiendan una buena cámara de treinta y cinco milímetros, pero...

—No es luz, sino oscuridad —terminó Quinn la frase de Cybil, siguiéndole la idea—. Una lente de infrarrojos podría ser lo más adecuado. Debí haber sacado mi grabadora del bolso —añadió mientras pasaba lentamente las fotos en la pantalla—. Todo sucedió tan rápido y yo no pensé sino en imágenes, no se me ocurrió registrar los sonidos, no hasta que...

—Escuchamos lo que dijo —la interrumpió Cybil.

—Exacto —Quinn puso la mano sobre la de Cybil—. Me habría gustado escuchar cómo queda registrada su voz... si es que hubiera quedado registrada.

—¿No os parece que es más importante el hecho de que no fuimos los únicos que pudimos ver lo que estaba pasando?

Quinn miró a Gage.

—Tienes razón, tienes razón. ¿Significa eso acaso que ya es lo suficientemente fuerte como para ampliar los límites de la realidad de aquellos que lo vieron? ¿O significa que quienes lo vieron, o lo sintieron, son más sensibles o están conectados de alguna manera con todo el asunto?

—Yo voto por parte de ambas opciones —dijo Fox mientras le acariciaba la espalda a Layla, que estaba viendo las fotos—. Estoy de acuerdo con Layla en que no fue completamente real, así lo sentí, pero esto quiere decir que no fue completamente *no* real tampoco. No vi a todas las personas que reaccionaron, pero las que alcancé a ver, todas pertenecen a familias que han vivido en el pueblo por varias, o muchas, generaciones.

—Así es —confirmó Cal—. Yo noté eso mismo.

—Si somos capaces de sacar a gente del pueblo, ése sería un punto de inicio —dijo Fox.

—Mi padre ha estado hablando con algunas personas y ha tenido la sensación de que varias quieren irse —Cal asintió—. Vamos a hacer que esto funcione —le echó un vistazo a su reloj—. Ya casi tendríamos que ponernos en camino a casa de mis padres, pero si alguien no está de ánimo para la barbacoa en el jardín, puedo explicárselo a mi madre.

—Todos debemos ir —enderezándose, Cybil apartó los ojos de las fotos—. Todos tenemos que ir. Vamos a tomarnos una cerveza y a comer hamburguesa con ensalada de patata. Ya lo hemos dicho varias veces antes: vivir, tener actividades normales, especialmente después de algo como lo de hoy, es una manera de decirle que se vaya al cuerno.

—Estoy de acuerdo con Cybil. Sólo tengo que pasar un momento por casa y descargar las fotos en mi ordenador y después Cal y yo nos pondremos en camino.

—Y nosotros cerramos aquí y nos vamos juntos —Fox miró a Gage—. ¿Te parece bien?

—Bien. Os seguimos.

—Más bien, ¿por qué no os adelantáis vosotros? —sugirió Cybil—. Nosotros podemos cerrar.

—Bien.

Gage esperó hasta que él y Cybil estuvieran a solas.

—¿Qué necesitas decirme que no quieres que ellos escuchen?

—Saber leer así de bien a la gente debe de ser muy útil, profesionalmente hablando. A pesar de las posibilidades optimistas que vimos, ya hemos visto otras veces la otra cara de la moneda. Son dos cosas, de hecho, de lo que quiero hablarte. Sé que la última vez que intentasteis destruir a Twisse en la Piedra Pagana no funcionó y murió gente, pero...

—Pero tenemos que terminar con esto en la Piedra Pagana —la interrumpió Gage—. Ya lo sé. No hay otra opción. Lo hemos visto suficientes veces ya, tú y yo, para entenderlo. Cal y Fox lo saben también. Es más difícil para ellos dos, en todo caso, dado que éste es su hogar y la gente que vive aquí es su comunidad.

—También es tu comunidad, Gage, en la base lo es y éste fue tu hogar —añadió ella antes de que él pudiera contradecirla—. De aquí es de donde provienes. Sin importar que aquí sea donde vayas a terminar, de todas maneras es donde empezaste. En ese sentido, el pueblo y su gente son tuyos al igual que son de Cal y Fox.

—Puede ser. ¿Cuál es la segunda cosa de la que quieres hablarme?

—Necesito pedirte un favor.

Gage levantó una ceja inquisitivamente.

—¿Qué favor?

Cybil sonrió ligeramente.

—Sabía que no eres de los que responden sólo «dime» en el acto. En todo caso: si las cosas no salen de la manera en que esperamos y si estás seguro de que no vamos a poder hacer nada al respecto para mejorarlas, y otro «si» más, y si no soy capaz de hacerlo yo misma, lo que sería mi primera opción...

—¿Vas a pedirme que te mate, así, tan tranquilamente?

—Sí que sabes leer bien a la gente. En otras visiones y en otros sueños te he visto hacerlo, en la otra cara de la moneda. Sí, te voy a pedir, Gage, así, tan tranquilamente, con la mente en claro y toda la sangre fría, que me mates, porque prefiero morir antes que pasar por lo que Twisse me ha prometido que me va a hacer. Necesito que sepas, que sepas y que entiendas, que te estoy pidiendo que no le permitas tenerme, sin importar lo que tengas que hacer para evitarlo.

—No le voy a permitir que te tenga. Eso es lo único que puedo prometerte, Cybil —añadió él cuando ella empezó a hablar—. No le voy a permitir que te tenga.

Cybil lo miró directamente a los ojos, esos ojos verdes, claros y francos, hasta que vio lo que necesitaba ver.

—Muy bien. Vamos a comer ensalada de patata.

***

Dado que sentía que necesitaba una distracción, Gage encontró una partida de póquer en las afueras de Washington. Las ganancias no habían sido tan buenas como le habría gustado, pero el juego en sí mismo había cumplido su cometido. Además, había sido útil tomar distancia un tiempo, tanto de Cybil como del pueblo. No podía escapar del pueblo, pensó mientras conducía de regreso a Hawkins Hollow una cálida mañana de junio, pero se había permitido involucrarse demasiado con ella.

Era hora de replegarse.

Cuando una mujer le pide a un hombre que la mate para salvarla de algo peor, había pasado la hora de dar un paso atrás. Demasiada responsabilidad, pensó, mientras recorría los caminos que tan bien conocía, demasiada intensidad, demasiado real. ¿Y por qué diablos le había prometido que la iba a cuidar? Porque exactamente eso era lo que le había prometido. Probablemente por algo en la manera en que lo había mirado. Calmada, tranquila, así le había pedido que pusiera fin a su vida. Y había sido sincera en cada una de sus palabras, era eso lo que quería. Sin lugar a dudas. Y, aún más, había confiado en que él sabía que sus palabras eran verdaderas.

Decidió que era el momento de tener una pequeña charla. Era el momento de asegurarse de que ambos entendían claramente lo que significaban, y lo que no, las cartas que estaban sobre la mesa. No quería que nadie dependiera de él.

Gage podía preguntarse por qué no se había quedado después de que la partida terminara, por qué no había usado la habitación de hotel que había reservado. Y por qué no había actuado de acuerdo con las señales que le había mandado la preciosa pelirroja que había sido tan dura contrincante en la mesa de juego. De haberlo hecho, estaría ahora disfrutando de un desayuno en la habitación después de haber hecho el amor con ella. Por el contrario, estaba, una vez más, dirigiéndose a Hawkins Hollow. Así las cosas, no se iba a preguntar por qué. No tenía sentido preguntarse nada cuando la respuesta no iba a gustarle.

Al escuchar las sirenas, miró por el espejo retrovisor y después echó una mirada hacia abajo, al cuentakilómetros. Se dio cuenta de que solamente iba cinco kilómetros por encima del límite de velocidad, dado que no llevaba prisa. Frenó y se detuvo en la cuneta. No se sorprendió cuando vio en el retrovisor que Derrick Napper era el oficial que se apeaba del coche de policía que había aparcado detrás de él.

Era el maldito Napper, que siempre los había odiado a él, a Fox y a Cal desde la infancia. Y quien al parecer había asumido como misión en la vida causarles problemas, particularmente a Fox, reflexionó Gage. Pero ninguno de los tres era inmune.

«A los imbéciles les gusta pavonearse», pensó Gage al ver a Napper hacer justamente eso mientras recorría la distancia entre su coche y el Ferrari de Gage. ¿Cómo diablos se le había ocurrido a alguien permitirle a ese cabrón llevar un arma y una placa?, se preguntó Gage.

Sacando la cadera, Napper se agachó frente a la ventanilla de Gage y le ofreció al hombre una amplia sonrisa.

—Algunas personas piensan que tener un coche de lujo les da derecho a violar la ley.

—Es posible que algunos lo piensen, sí.

—Estabas conduciendo con exceso de velocidad, muchacho.

—Tal vez —sin que Napper se lo hubiera pedido, Gage le ofreció su carné de conducir y el registro del coche.

—¿No son las multas disuasivas?

—Sólo ponme la multa, Napper, y acabemos con esto.

Napper entrecerró los ojos hasta que le quedaron como unas ranuras.

—Estabas zigzagueando.

—No —respondió Gage con la misma absoluta calma—. No estaba zigzagueando.

—Ibas conduciendo erráticamente y con exceso de velocidad. ¿Has estado bebiendo?

—Café —dijo Gage dándole unos golpecitos al vaso desechable que llevaba en el portavasos del coche.

—Me parece que percibo olor a alcohol en tu aliento. Por aquí nos tomamos muy en serio el delito de conducir bajo los efectos del alcohol, cabrón —Napper sonrió al pronunciar la palabra—. Necesito que te apees del coche para hacerte una prueba.

—No.

Napper se llevó la mano a la culata del arma que llevaba a la cintura.

—Te he dicho que te apees del coche, cabrón.

Napper estaba lanzando el anzuelo, pensó Gage. Y ésa era la clase de cosas que con demasiada frecuencia funcionaba con Fox. Entonces decidió que iba a permitirle al oficial gilipollas que jugara su juego. Lentamente, Gage sacó las llaves del contacto y abrió la puerta. Se apeó y puso el seguro, todo el tiempo sin quitarle la vista de los ojos a Napper.

—No voy a hacer la prueba de alcoholemia y estoy en mi derecho de no hacerlo.

—Digo que apestas a alcohol —Napper le clavó un dedo en el pecho a Gage—. Digo que eres un borracho inútil, igual que tu viejo.

—Di lo que quieras, Napper. La opinión de los imbéciles me tiene sin cuidado.

Napper empujó a Gage contra el coche. Y aunque no pudo evitar cerrar los puños, los mantuvo a los lados del cuerpo.

—Digo que estás borracho —y para enfatizar sus palabras, Napper le dio un manotazo en el pecho a Gage—. Digo que te has resistido al arresto. Digo que has asaltado a un oficial. Ya veremos lo que te tiene sin cuidado todo eso cuando estés detrás de las rejas —empujó a Gage de nuevo y sonrió—. Eres un mal nacido —y con violencia le dio la vuelta a Gage—. Abre las piernas.

Tranquilamente, Gage puso las manos sobre el techo del coche y abrió las piernas, como Napper le pedía.

—¿Te complace todo esto? ¿Es parte de los beneficios de ser policía? —Gage murmuró por lo bajo pero se quedó quieto donde estaba cuando Napper le dio un golpe en la nuca.

—Cierra el pico, cabrón —y diciendo esto, le tiró de los brazos y lo esposó—. Tal vez demos un paseo, solos tú y yo, antes de que te lleve a comisaría.

—Va a ser muy interesante escuchar cómo vas a explicar el paseo y todo lo demás cuando vayamos a juicio y yo llame a declarar a los seis testigos que han pasado por aquí mientras me has estado empujando y amenazando. Cuando me has puesto las manos encima mientras las mías no se han levantado. Tengo en la cabeza los números de las matrículas. ¿Sabes? Soy bueno para los números —Gage no se mosqueó cuando Napper lo empujó con violencia contra el coche una vez más—. Y, mira, allí viene otro.

El coche que se acercaba redujo la velocidad y Gage reconoció que era el pequeño híbrido de Joanne Barry. Ésta detuvo el coche, bajó la ventanilla y exclamó:

—Oh, oh.

—Continúe la marcha, señora Barry, éste es un asunto policial.

La mirada asqueada que Joanne le dirigió a Napper fue muy reveladora.

—Eso veo. ¿Necesitas un abogado, Gage?

—Eso parece. Por favor dile a Fox que me vea en la comisaría de policía.

—¡Le dije que continuara la marcha, *señora!* —una vez más, Napper se llevó la mano a la culata del arma—. ¿O prefiere que la arreste por interferir con la autoridad?

—Siempre has sido muy desagradable, incluso desde que eras un crío. Ya llamo a Fox, Gage —Joanne fue a aparcar en la cuneta y, sin quitarle los ojos de encima a Napper, sacó el móvil y marcó.

Maldiciendo por lo bajo, Napper arrastró a Gage hasta su coche y lo metió en el asiento trasero. Gage lo vio mirar por el espejo retrovisor en cuanto se puso detrás del volante. Y vio la furia en sus ojos cuando el coche de Joanne los siguió de muy cerca todo el camino hasta la comisaría de policía.

La primera punzada de miedo que sintió Gage lo asaltó cuando tanto Napper como Joanne se apearon de sus respectivos coches en la comisaría pero él quedó esposado y encerrado en el de Napper. «No, no», pensó. «Testigos, por favor, testigos». Napper no le pondría una mano encima a ella... pero si lo hacía...

Pero Gage sólo vio un breve intercambio de palabras antes de que Napper le abriera la puerta del coche y lo sacara de un tirón. Joanne entró resueltamente en la comisaría, pasó el mostrador a la entrada, saludó a la mujer sentada allí con un «hola, Carla» y siguió hasta la oficina del jefe de policía, Wayne Hawbaker.

—Necesito poner una queja de uno de tus oficiales, Wayne. Y tú necesitas venir aquí afuera ya mismo.

Sólo bastaba con echarle un vistazo a la mujer, pensó Gage, para darse cuenta de lo maravillosa que era.

Hawbaker salió de su oficina y pasó la mirada de Joanne a Gage y de Gage a Napper.

—¿Cuál es el problema?

—Arresté a este *individuo* por exceso de velocidad y por conducir erráticamente. Sospeché que había estado bebiendo, pero se negó a hacerse una prueba de alcoholemia, después se resistió al arresto e intentó golpearme.

—Tonterías.

—Joanne, por favor —dijo Hawbaker quedamente—. ¿Gage?

—Admito que iba con exceso de velocidad, unos cinco kilómetros por encima del límite permitido. Joanne explicó el resto: tonterías.

La mirada intensa de Hawbaker no reveló nada:

—¿Has estado bebiendo?

—Me tomé una cerveza alrededor de las diez de la noche de ayer. Eso es ¿qué? ¿Hace casi doce horas?

—Estaba conduciendo erráticamente y llevaba un vaso en el portavasos del coche.

—No iba conduciendo erráticamente y el vaso era un maldito café para llevar. Tu oficial me empujó, me dio un golpe en la nuca, me maltrató, me esposó y después sugirió que nos diéramos un paseo él y yo solos antes de traerme a la comisaría.

Napper se puso rojo carmesí de la furia.

—Está mintiendo vilmente.

—Mi coche quedó aparcado en el arcén de la carretera —continuó Gage en el mismo tono de voz tranquilo—, justo antes de Blue Mountain Lane, frente a una casa de ladrillo rojo de dos pisos, con contraventanas blancas y un bonito jardín delantero. Había un Toyota blanco de cinco puertas con matrícula de Maryland aparcado frente al garaje. Una morena atractiva estaba trabajando en el jardín y vio todo lo que pasó. Deberías corroborar lo que te estoy diciendo, Wayne —le echó una mirada a Napper y sonrió espontáneamente—. No eres muy observador que digamos para ser policía, ¿no, Napper?

—La mujer debe de ser Jenny Mullendore —Hawbaker observó el rostro de Napper, y viera lo que viera, hizo que se le tensionara la mandíbula. Antes de que pudiera hablar, Fox entró como una tromba en la comisaría.

—Silencio —le dijo a Gage señalándolo con el dedo—. ¿Por qué está esposado mi cliente? —requirió.

—Derrick, quítale las esposas.

—Lo voy a procesar por los cargos que mencioné antes y…

—Te dije que le quitaras las esposas. Nos vamos a sentar y vamos a discutir este asunto.

Napper se giró hacia su jefe.

—¿No me vas a apoyar en esto?

—Quiero hablar con mi cliente, en privado —interrumpió Fox.

—Fox, dame un segundo, por favor —Hawbaker se pasó las manos por sus hirsutos cabellos canos—. Derrick, ¿golpeaste a Gage?

—Por supuesto que no. Tuve que controlarlo después de que se resistiera al arresto.

—¿Eso mismo es lo que me va a decir Jenny Mullendore cuando hable con ella?

Napper cerró los ojos hasta que le quedaron como enfurecidas rendijas.

—No tengo ni idea de qué te dirá esa mujer. En cuanto a lo que a mí respecta, se está follando a Gage y va a decir cualquier maldita cosa.

—Sí que eres un amante fogoso, Gage —comentó Joanne con una sonrisa—. Según el oficial Napper, yo también me estoy acostando contigo.

Fox caminó hacia Napper y dado que Gage estaba esposado, sólo pudo darle un golpe con el hombro para tratar de detenerlo.

—¿Qué diablos le dijiste a mi madre?

—No te preocupes —conociendo a su hijo, Joanne caminó hacia él y lo tomó del brazo—. Voy a poner la queja. Me dijo que me fuera a freír espárragos, aunque con palabras de mayor calibre, cuando lo seguí hasta aquí. Y lo seguí justamente porque lo vi empujando a Gage, a pesar de que estaba esposado. También sugirió que, además de estar follándome a Gage, me estoy follando a la mitad de los hombres del pueblo.

—Por Dios santo, Derrick.

—¡Es una mentirosa!

—Según tú, todo el mundo es un mentiroso salvo tú mismo —Gage negó con la cabeza—. Sí que debe de ser difícil. Si no me quitáis las esposas en los siguientes cinco segundos, voy a autorizar a mi abogado para que demande tanto al oficial Napper como al departamento de policía de Hawkins Hollow.

—¡Quítale las esposas ya a Gage, oficial! Carla —Hawbaker se giró y se dirigió a la mujer tras el mostrador, que tenía en ese momento los ojos como platos—, por favor llama a Jenny Mullendore.

—Eh... de hecho, jefe, Jenny está en la línea en este momento. Ha llamado para informar de un incidente que ocurrió frente a su casa.

Fox sonrió ampliamente.

—¿No es maravilloso cuando los habitantes del pueblo cumplen con su obligación ciudadana? ¿Van a presentar cargos contra mi cliente, jefe?

Esta vez, Hawbaker se frotó la cara con las manos.

—Te agradecería que me dieras unos momentos, Fox. Voy a responder esta llamada en mi oficina. Derrick, ven conmigo. Por favor, tomad asiento mientras esperáis.

Fox se sentó y estiró las piernas.

—No puedes mantenerte lejos de los problemas, ¿eh? —le dijo a Gage.

—Eso parece.

—Y tú tampoco —le dijo a su madre.

—Mi novio y yo somos chicos malos.

—Se pasó de la raya con esto —comentó Fox en voz baja—. Hawbaker es un buen policía, es un buen jefe, además. No creo que vaya a permitir que las cosas queden como si nada, no va a permitir que Napper se salga con la suya. Si Jenny corrobora tu historia, es verdad que tienes argumentos para una demanda civil, Gage, y Hawbaker lo sabe. Es más, él sabe que tiene una rueda suelta en Napper.

—Si mi novia no hubiera pasado por ahí, Napper habría hecho más. Se estaba preparando para ello —Gage se inclinó y besó en la mejilla a Joanne—. Gracias, cariño.

—Parad ya o se lo voy a contar a mi padre —Fox se acercó un poco más a Gage y le habló en voz baja—. ¿Fue el habitual imbécil de Napper o se trató de algo más?

—No podría decirlo con certeza, pero todos sabemos que Napper no necesita ayuda demoníaca para ser un bastardo violento. Creo que se trató de él solito. Pareció preocuparse cuando le dije que había memorizado la placa de seis coches que pasaron mientras me estaba agrediendo.

Gage se dio la vuelta para mirar hacia la oficina cuando se escuchó vociferar a Napper al otro lado de la puerta cerrada.

—Vete a la mierda, entonces. ¡Renuncio! —y momentos después salió de la oficina como una tromba, echando chispas por los ojos. Gage notó que ya no llevaba su arma—. No siempre va a haber una puta para que os escondáis detrás de ella, malnacidos —dijo Napper dirigiéndose a Fox y Gage y después salió de la comisaría golpeando la puerta.

—Cuando dijo una puta, ¿se refería a mí o a Jenny Mullendore? —se preguntó Joanne en voz alta—. Porque no veo cómo la pobre Jenny va a tener tiempo para la prostitución, con esos dos chiquillos que le ocupan toda la vida. Yo, por mi parte, sí que tengo tiempo disponible.

—Basta, mamá —Fox le dio una palmadita a Joanne en el brazo y se puso en pie cuando Hawbaker salió de la oficina.

—Quiero disculparme contigo, Joanne, por el comportamiento inaceptable de uno de mis oficiales. Te agradecería que pusieras esa queja que mencionaste. Y también quiero disculparme contigo, Gage, en nombre del departamento de policía por el acoso del que fuiste objeto. La declaración de Jenny Mullendore coincide con lo que me dijiste. Sé que estás en todo tu derecho de poner una demanda. En todo caso, teniendo en cuenta las circunstancias, os puedo informar de que suspendí al oficial Napper con la intención de llevar a cabo una exhaustiva investigación al respecto. Él, por su parte, ha optado por renunciar.

—Es suficiente para mí —dijo Gage poniéndose en pie.

—Extraoficialmente, quiero deciros, a todos vosotros, y por favor pasadle el mensaje a Cal, porque al parecer Derrick os ve a vosotros tres como si fuerais uno solo, que tengáis cuidado. Vigilad y cubríos las espaldas. Derrick es... volátil. Puedo hacer que te traigan el coche, Gage, si quieres.

—No te preocupes, ya tengo esa parte resuelta —le dijo Fox a Hawbaker—. Y también cuídate tú las espaldas. Napper es de los que se guardan el resentimiento.

***

Gage había planeado irse directamente a casa de Cal, darse un baño, comer algo y tal vez echarse una siesta. Pero un impulso lo llevó a la casa de las mujeres en el pueblo. Cybil estaba fuera, con pantalones cortos y un top que dejaban al descubierto unas piernas y unos brazos largos y tonificados. Estaba regando las macetas de flores que tenía dispersas por la entrada.

Cybil bajó la enorme lata galvanizada y caminó hasta el coche que había aparcado frente a la casa mientras Gage se apeaba.

—He oído que tuviste una mañana muy agitada.

—No se pueden guardar secretos en este pueblo.

—A veces, diría yo. ¿Todo bien ya?

—Pues no estoy entre rejas y Napper ya no trabaja para el departamento de policía.

—Buenas noticias ambas —Cybil ladeó la cabeza—. ¿Cómo estás de enfadado? Es difícil de determinar.

—Ya sólo un poco a estas alturas. ¿Mientras todo se llevaba a cabo? Tuve ganas de sacarlo a empujones a la calle y saltarle sobre la cara. Es muy difícil resistir la tentación de esa clase de placer, pero...

—Un hombre que sabe controlarse tiene más probabilidades de ganar.

—Algo por el estilo.

—Pues ganaste ésta. ¿Quieres entrar o sólo pasabas por aquí?

«Da un paso atrás, vete a casa», se dijo Gage.

—¿Habría alguna posibilidad de que me alimentarais por aquí?

—Podría ser. Supongo que te lo mereces.

Cuando ella se dio la vuelta, Gage la tomó del brazo.

—No pensaba pasar por aquí hoy. No sé por qué lo hice.

—¿Para que te diera de comer?

Gage la atrajo hacia sí y la besó con un hambre que nada tenía que ver con la comida.

—No. No sé qué es esto, esto entre tú y yo. Tampoco sé si me gusta.

—Al menos estamos en el mismo barco, porque yo tampoco.

—Si estamos vivos para mediados de julio, me voy a marchar.

—Yo también.

—Muy bien, entonces.

—Muy bien. Nada de ataduras para ti, nada de ataduras para mí. Nada de promesas —pero le enredó las manos en el pelo y lo besó cálidamente de nuevo—. Gage, hay cosas mucho más importantes por las cuales preocuparnos en este momento que lo que puede ser esto entre tú y yo.

—No miento a las mujeres y tampoco me gusta enviarles mensajes equívocos que puedan llevarles en la dirección equivocada. Eso es todo.

—Tomo nota. No me gusta que me mientan, pero tengo la costumbre de tomar la dirección que me apetezca. Bueno, dime, ¿quieres entrar y que te prepare algo de comer?

—Sí, sí, eso sería genial.

CAPÍTULO 13

Gage puso flores sobre la tumba de su madre, entonces ella levantó la mano y las recibió. Una mano delgada que salió de entre la tierra y la hierba. Y mientras esperaba de pie bajo los rayos del sol en el silencioso cementerio con sus lápidas sombrías, el corazón le empezó a latir apresuradamente hasta que lo sintió en la garganta. Entonces la mujer se levantó de la tumba: llevaba un vestido blanco inmaculado, a pesar de haber emergido de la tierra. Estaba muy guapa y pálida, y con el ramo de flores en la mano parecía una novia con su ramo de rosas el día de su boda.

¿La habrían enterrado de blanco?, se preguntó Gage, pero no sabía la respuesta.

—La próxima vez tienes que traerme flores de diente de león y ranúnculos silvestres y violetas, como las que crecían en verano sobre la pequeña colina cerca de nuestra casa, ¿recuerdas?

—Sí, lo recuerdo —la garganta le dolía de tanto luchar por contener su corazón desbocado.

—¿En serio? —La mujer olió las rosas, que parecían tan rojas como la sangre en su vestido blanco—. Es difícil saber cuánto recuerdan los niños cuando son pequeños, cuánto recuerdan y cuánto olvidan. Solíamos dar paseos por el bosque y por la pradera, ¿lo recuerdas?

—Sí.

—Ahora han construido casas en la pradera por la cual solíamos caminar, pero podríamos caminar por aquí, aunque sea un rato —la falda de su vestido se hinchó cuando se dio la vuelta y con las flores acunadas en el codo doblado, empezó a caminar—. Queda tan poco tiempo... Temía que no fueras a volver —le dijo, mirándolo a los ojos—, no después de lo que pasó la última vez que estuviste aquí. No pude evitarlo. Él es muy fuerte ahora, y se está haciendo incluso más fuerte.

—Sí, ya lo sé.

—Me siento muy orgullosa de ti por haberte quedado, por ser tan valiente. Pase lo que pase, quiero que sepas que me siento orgullosa de ti. Si… si fracasas, te voy a estar esperando. No quiero que tengas miedo.

—Él se alimenta del miedo.

La mujer lo miró directamente a los ojos de nuevo. Un lustroso avispón salió volando de entre los delicados pétalos de las rosas, pero ella no desvió la mirada de los ojos de Gage.

—Se alimenta de muchas cosas. Tuvo una eternidad para desarrollar sus apetitos. Si pudieras detenerlo…

—Lo vamos a detener, ésa es una certeza.

—¿Cómo? Sólo quedan unas pocas semanas… es muy poco tiempo. ¿Qué podéis hacer en estas semanas que no hayáis hecho ya? Aparte de ser valientes. ¿Qué estáis planeando hacer?

—Lo que sea necesario.

—Todavía estáis buscando respuestas, pero se os está acabando el tiempo —la sonrisa de la mujer fue suave mientras asentía, suave como el segundo avispón que emergió de entre las rosas, al cabo de unos segundos, un tercero zumbó por fuera de los pétalos, negro sobre rojo—. Siempre fuiste un chiquillo valiente, valiente y obstinado. Todos esos años tu padre tuvo que castigarte.

—¿Tuvo que castigarme?

—¿Qué otra opción tenía? ¿Acaso no te acuerdas de lo que hiciste?

—¿Qué hice?

—Me mataste. A mí y a tu hermana conmigo. ¿No lo recuerdas? Estábamos caminando por el campo, justo como ahora, y entonces saliste corriendo, a pesar de que te dije que no lo hicieras. Corriste y corriste y te caíste. Lloraste tanto, pobre niño —la mujer sonrió ampliamente, una sonrisa que era de alguna manera luminosa, mientras las rosas vomitaban avispones. Y los avispones empezaron a zumbar—. Se te pelaron las rodillas, te sangraron, entonces tuve que llevarte en brazos. Y tu peso, el esfuerzo tan grande que tuve que hacer para llevarte, fue demasiado para mí. ¿Ya lo entiendes? —la mujer extendió los brazos y el vestido blanco se manchó de sangre, entonces los avispones se agolparon sobre la viscosidad del líquido, zumbando en una nube negra hasta que incluso las rosas sangraron—. Sólo unos pocos días después sobrevinieron la sangre y el dolor. Por culpa tuya, Gage.

—Es mentira —Cybil fue quien habló esta vez, que repentinamente había aparecido junto a Gage—. Tú eres una mentira. Gage, no es tu madre.

—Ya lo sé.

—Ya no es tan guapa —dijo la cosa con forma de mujer—. ¿Queréis verla? —el vestido blanco se deshizo hasta quedar convertido en jirones sucios sobre carne podrida. Y se rió y se rió mientras unos gusanos enormes emergían de la piel y la carne iba dejando al descubierto los huesos—. ¿Qué hay de ti? —le preguntó a Cybil—. ¿Quieres ver a tu padre?

Los huesos se reacomodaron para dar forma a un hombre con ojos ciegos y una sonrisa encantadora.

—¡Aquí está mi princesa! Ven a darle un beso a papá.

—Más mentiras.

—¡Ay, no puedo ver! ¡No veo, no puedo ver nada, no puedo ver la mierda que soy! —entonces se rió a carcajadas estruendosas—. Preferí escoger la muerte antes que a ti —los avispones se posaron en las comisuras de sus labios y se agolparon allí—. La muerte era preferible a tu *necesidad* constante, tu implacable amor patológico. No tuve que pensarlo dos veces antes de... —hizo con los dedos el gesto de dispararse en la sien, y entonces el costado de la cabeza le explotó en mil fragmentos sanguinolentos de carne, hueso y cerebro—. Ésa es la verdad, ¿no es cierto? ¿Lo recuerdas, puta? —su único ojo ciego giró dentro de su cuenca, tras lo cual la imagen ardió en llamas—. Te estoy esperando. Os estoy esperando a ambos. Vais a arder. Todos vais a arder en llamas.

Gage se despertó con la mano apretando una de las de Cybil y los ojos de la mujer fijos en él.

—¿Estás bien?

Cybil asintió, pero se quedó en la misma posición en la que estaba cuando él se sentó en la cama, mientras respiraba entrecortadamente. El amanecer derramaba una luz lechosa por la habitación.

—No eran ellos —logró articular Cybil—. No solamente no eran ellos, sino que lo que dijo él no es verdad.

—No —Gage la tomó de la mano, dado que pensó que ambos lo necesitaban—. ¿Cómo lo hiciste? ¿Cómo pudiste meterte en mi sueño?

—No lo sé. Al principio podía verte y escucharte, pero como a lo lejos, no formaba parte del sueño. Sentí como si estuviera viendo una película o una obra de teatro, pero al otro lado de una cortina o gasa... o de una malla. Pero, al cabo de un momento, estuve dentro. Me esforcé —sintiéndose insatisfecha con su respuesta, negó con la cabeza—. No, no fue así del todo. No fue exactamente voluntario, fue más bien una respuesta visceral y automática, como si hubiera corrido las cortinas de un tirón impaciente. Me enfadé mucho, porque pensé que te estabas creyendo lo que te decía el demonio.

—No, no le creí. Desde el principio supe lo que estaba sucediendo. Ya me había engañado una vez antes —murmuró Gage.

—Estabas sólo siguiéndole el juego —Cybil cerró los ojos un momento—. Eres bueno.

—Está buscando saber cuál es nuestra carta oculta: quiere saber qué tenemos. Pero nos dijo más de lo que nosotros le dijimos a él.

—Que todavía tenemos tiempo —Cybil se sentó junto a Gage en la cama—. Sin importar lo fuerte que se esté volviendo, sin importar lo fuerte que pueda llegar a ser, tiene que esperar de todas maneras hasta el siete de julio para hacer su aparición formal.

—Exactamente. Es la hora de tirarnos nuestro farol, ya es hora de hacerle creer al bastardo que tenemos más de lo que realmente tenemos.

—¿Y vamos a hacerlo por medio de...?

Gage se puso en pie, caminó hasta la cómoda y abrió un cajón.

—Vamos a ponerle un anzuelo.

Cybil observó la sanguinaria que él le enseñó.

—Se supone que debería estar en un sitio seguro, no rodando por ahí como si... Espera un momento... Déjame ver esa sanguinaria.

Gage la lanzó al aire casualmente, la recogió y se la lanzó a Cybil.

—Ésta no es nuestra sanguinaria.

—No. La compré hace unos días en una tienda donde venden diferentes tipos de piedras y gemas. Te engañé por un momento, ¿no?

—Tiene el mismo tamaño, aunque no exactamente la misma forma. Es posible que también tenga poder, Gage. Según la investigación que he llevado a cabo, como ya sabes, las sanguinarias, todas, forman parte de la piedra de la vida.

—Puede ser, pero ésta no es la nuestra, no es la que le preocupa. Tal vez valga la pena descubrir lo preocupado que está y lo que está dispuesto a hacer con tal de ponerle las manos encima a la sanguinaria que cree que es la de Dent.

—Y cuánto se enfadará cuando se dé cuenta de que ésta no es la sanguinaria en cuestión, si es que se da cuenta.

—No se puede exagerar. Ha usado nuestro dolor y nuestras tragedias en contra nuestra, así que vamos a devolverle el favor. La sanguinaria ayudó a Dent a mantener el demonio bajo tierra tres siglos, lo detuvo hace bastante tiempo justo donde estaba y fijó las condiciones de lo que estamos haciendo ahora, así que tiene que ser una de las grandes pérdidas.

—Muy bien. ¿Cómo engañamos a un demonio?

—Tengo algunas ideas.

Cybil tenía algunas también, pero estaban al final de los caminos por los cuales la había llevado su investigación, caminos que no quería recorrer. Así pues, guardó silencio y escuchó las ideas de Gage.

***

Un par de horas más tarde, Cybil salió como una tromba, y echando chispas, por la puerta trasera de la casa de Cal. Giró sobre los talones cuando Gage salió en dos zancadas detrás de ella a la terraza.

—No tienes derecho, *ningún* derecho, a hacer esos planes ni tomar ese tipo de decisiones tú solo.

—Por todos los demonios, sí tengo todo el derecho: es mi vida.

—¡Son nuestras vidas, querrás decir! —le espetó ella—. Se supone que debemos trabajar como un equipo. Estamos destinados a trabajar en equipo.

—¿Destinados? Estoy hasta los cojones de todo ese cuento del destino que tanto te gusta. Yo tomo mis propias decisiones y afronto las consecuencias. No le voy a permitir a un guardián milenario que las tome por mí.

—Ay, Dios mío —todo en Cybil, sus ojos, su voz, sus manos, denotaba frustración enfurecida—. Todos tenemos opciones. ¿Acaso no es por eso por lo que estamos luchando, por lo que estamos arriesgando nuestra vida? ¿Porque Twisse arrebata las opciones? Pero eso no significa que ninguno de nosotros pueda olvidar por qué nos han unido de esta manera y sencillamente andar como ruedas sueltas.

—Soy y siempre he sido una rueda suelta y he hecho lo que me ha parecido.

—¡Al diablo con eso! ¿Tú estás harto del cuento del destino? *Bien*. Pues yo estoy hasta los cojones también de ese cuento tuyo de que «soy un solitario y no pertenezco a ninguna parte». Es muy aburrido. Estamos unidos por la sangre. Los seis lo estamos.

—¿Es eso lo que crees? —en contraste con el apasionamiento de Cybil, el tono de Gage fue frío y seco—. ¿Crees que estoy unido a ti por alguna cosa? ¿Acaso no dejamos las cosas claras hace poco? Estamos follando, ése es el principio y ése es el final. Si estás buscando algo más…

—Eres un asno arrogante. Estoy hablando de vida y muerte, ¿y tú estás preocupado de que yo quiera echarte un lazo al cuello? Créeme cuando te digo que fuera de la habitación, no te aceptaría ni aunque te ganara en una apuesta.

Algo resplandeció en los ojos de Gage: tal vez se había sentido ofendido o herido o incluso desafiado.

—Pues acepto la apuesta, hermana. Conozco a las de tu calaña.

—Tú no conoces...

—Quieres todo a tu manera. Crees que eres tan inteligente que puedes llevar la batuta en todas las situaciones y dirigir a todo el mundo. Pues bien: te informo de que nadie me dirige a mí. Y cuando todo esto termine, crees que vas a poder quedarte conmigo o echarme a un lado según lo que te venga en gana. Tienes el aspecto, la inteligencia y el estilo, entonces ¿qué hombre podría resistirse a tus encantos? Pues estás viendo a uno.

—¿Llamas resistirte a lo que estabas haciendo conmigo anoche en la cama? ¿Ése es tu concepto de resistencia? —preguntó Cybil con tono gélido.

—No, ése es mi concepto de follarme a una mujer dispuesta y conveniente.

Cybil se puso del color del papel, entonces inclinó la cabeza en un gesto pomposo.

—En ese caso, puedes considerarme indispuesta e inconveniente de aquí en adelante, por tanto, bien puedes irte a follar a otra parte.

—Ésa es parte de la cuestión. Me largo de aquí porque ya he tenido suficiente. Estoy hastiado de este pueblo, de la batalla, de ti. De todo.

Cybil cerró los puños, pero no levantó los brazos.

—Me importa un bledo lo egoísta o estúpido que puedas ser, después de que esto acabe. Pero antes de que terminemos, no vas a poner en peligro todo el trabajo que hemos hecho y todos los progresos que hemos logrado.

—Qué progresos ni qué ocho cuartos. Desde que llegaste aquí junto con tus amiguitas, lo único que hemos hecho es dibujar gráficos y trazar tablas y explorar nuestro umbral emocional, entre otras mierdas.

—Antes de que llegáramos aquí, tú y los imbéciles de tus hermanos no habíais hecho más que dar tumbos en círculos durante veinte años.

Gage la hizo retroceder contra la baranda.

—No has vivido un Siete. No tienes ni la más mínima idea de lo que es. A lo que os habéis tenido que enfrentar hasta ahora no es nada, ni el pálido reflejo de lo que se vive durante los Sietes. Espera a ver a un tipo destriparse a sí mismo o a tener que detener a una chica que, después de haberse bañado en gasolina, a ella misma y a su hermano pequeño, quiere encender una cerilla. Después de que hayas sido testigo de algo así, entonces puedes venir a decirme lo que puedo o lo que no puedo hacer. ¿Crees que haber visto a tu viejo meterse una bala en la sien te hace una experta? Eso fue rápido y limpio; además, saliste de ello fácilmente.

—Eres un hijo de puta.

—Asimílalo —las palabras de Gage fueron como una bofetada, rápida y descuidada—. Si no se detiene a Twisse antes del próximo Siete, vas a tener que lidiar con algo mucho peor que un padre que prefiere matarse antes que quedarse con su familia.

Cybil levantó la mano y le dio un bofetón con tal fuerza que lo hizo retroceder. Con los oídos zumbándole por el golpe, Gage la agarró de las muñecas para evitar un segundo bofetón.

—¿Quieres que hablemos de padres, Gage? ¿En realidad quieres tocar el tema, teniendo en cuenta la calaña del tuyo?

Antes de que Gage pudiera responder, Quinn salió a la terraza.

—¿Qué os está pasando? ¡Deteneos! ¡Basta, basta!

—Vuelve adentro —le ordenó Cybil—. Esto no es de tu incumbencia.

—Que me parta un rayo si no. ¿Qué diablos anda mal con vosotros dos?

—Un paso atrás, Gage —Cal salió con Layla y Fox pisándole los talones—. Venid, vamos adentro para que podamos hablar de lo que os está sucediendo.

—Piérdete.

—Bien, bien, ésta no es manera de ganar amigos e influir sobre las personas —Fox se acercó a Gage y le puso una mano sobre el brazo—. Respiremos profundamente y...

Gage retiró el brazo con hostilidad y le dio un empujón a Fox que lo hizo tambalearse un paso atrás.

—El piérdete va dirigido a ti también, paz y amor.

—¿Quieres pelear conmigo? —lo desafió Fox.

—Por Dios santo —dijo Layla con las manos en la cabeza—. ¡Basta! Sólo porque Gage se esté comportando como un imbécil no significa que tú tengas que hacer lo mismo.

—¿Ahora soy un imbécil? —le espetó Fox a Layla—. ¿Gage es el que sacude a Cybil, me dice que me pierda y *yo* soy el imbécil?

—Nunca dije que fueras un imbécil. Dije que no tendrías que comportarte como si lo fueras. Pero, al parecer, me equivoqué en eso.

—No empieces conmigo. Yo no fui quien echó a rodar esta estúpida bola.

—No me importa quién la haya echado a rodar —dijo Cal levantando las manos—, pero se detiene aquí.

—¿Quién te dio la placa y te nombró *sheriff*? —le espetó Gage—. No vas a venir a decirme qué puedo hacer y qué no. Para empezar, no estaríamos metidos en este embrollo de no haber sido por ti y tu ridículo ritual para hacernos hermanos de sangre con tu marica cuchillo de niño explorador.

Entonces la tensión hizo erupción y emergieron los resentimientos y los gritos, y las recriminaciones fueron subiendo de volumen y tono y se atacaron unos a otros hasta que todo quedó reducido a una intrincada madeja de ira, resentimiento y dolor. Las palabras atacaron como puños y ninguno de los seis prestó atención ni al cielo que se fue encapotando ni a la serie de truenos que se sucedieron uno tras otro estrepitosamente.

—¡Basta, basta ya, por Dios santo! ¡Callaos todos! —Cybil se esmeró por alzar la voz sobre todo el caos a su alrededor, hasta que logró convertirlo en un silencio vibrante y tenso—. ¿Acaso no os dais cuenta de que a él le importa un soberano bledo lo que penséis o sintáis? Lo único que le importa es él mismo, tal vez siempre ha sido así. Si quiere tomar su propio camino, así será. Yo, por mi parte, ya estoy harta y hasta aquí llego —miró a Gage directamente a los ojos—. Hasta aquí llego —sin mirar atrás, Cybil entró de nuevo en la casa.

—Cyb, mierda —Quinn les echó a los hombres una larga mirada llena de reproches—. Buen trabajo, chicos. Vamos, Layla.

Cuando Quinn y Layla entraron en la casa detrás de Cybil, Cal maldijo de nuevo.

—¿Quién diablos te crees que eres para venir a echarme la culpa de todo esto? No eres la persona que yo pensaba, eso seguro. Tal vez Cybil está en lo cierto y ya es hora de que todos lleguemos hasta aquí contigo.

—Lo mejor es que te tranquilices —logró articular Fox después de que Cal entrara en la casa—. En serio, deberías tomarte el tiempo de tranquilizarte, a menos que sea completamente cierto que quieres quedarte solo.

Y solo, Gage le dio rienda suelta a su mente para que se colmara de resentimiento, permitió que sus pensamientos recorrieran el pedregoso camino de la culpa y el dolor. Le estaban dando la espalda, todos ellos, porque él había sido el único que había tenido los cojones de dar un paso adelante, porque había decidido no seguir sentado rascándose el culo mientras estudiaba un gráfico tras otro. Al diablo con ellos. Con todos ellos.

Se sacó la sanguinaria del bolsillo y la observó con detenimiento. No significaba nada. Pensó que todo lo que había hecho no significaba nada tampoco: ni los riesgos, ni los esfuerzos, ni el trabajo, ni todos los años invertidos en el asunto. Había regresado al pueblo, una y otra vez, y había derramado su sangre cada vez. ¿Y para qué?

Puso la sanguinaria sobre la baranda del porche, miró con amargura hacia el bosque, hacia el jardín florecido de Cal. ¿Para qué?, se preguntó de nuevo. ¿Por quién? ¿Qué le había dado el pueblo a él? Una madre muerta, un padre alcohólico. Miradas de lástima y suspicacia por parte de la gente *buena* del pueblo. Ah, sí, y recientemente le había brindado una detención y malos tratos por parte de un gilipollas que al pueblo le parecía que era digno de llevar una placa.

¿Ella se plantaba?, pensó Gage sintiendo desprecio por Cybil. No, era él quien se plantaba, quien no quería saber nada más de nada. Que el pueblo y sus habitantes se fueran a la mierda.

Se dio la vuelta y entró bruscamente en la casa. Iba a recoger sus cosas, ya mismo.

La cosa irradió del bosque, una emanación oscura y pestilente. Dentro de la casa, se escucharon gritos airados de nuevo y la cosa pareció estremecerse de placer. Empezó a tomar forma a medida que empezó a flotar sobre el césped y las flores. Extremidades, torso y cabeza salieron de la mancha oscura. Dedos, pies y ojos que brillaron terroríficamente con un resplandor verde se fueron terminando de formar al acercarse cada vez más a la bonita casa de enorme terraza y coloridas flores rebosando de macetas aquí y allá.

Orejas y barbilla y una boca que dejaba al descubierto los dientes. La emoción que sentía la cosa era indecible. Y a cada paso que daba iba dejando un reguero de sangre sobre el césped y las flores, sencillamente porque podía hacerlo.

Pronto todo ardería, todo, y él bailaría sobre las cenizas ensangrentadas. El chico bailó ahora, con placer anhelante, para después saltar a la baranda y agazaparse cerca de la sanguinaria. Una cosa tan pequeña, pensó él. Una cosa tan pequeña que había sido la causa de tantos problemas, que había permitido que pasara tanto tiempo. Ladeó la cabeza. ¿Qué secretos guardaría?, se preguntó. ¿Qué poderes? ¿Y por qué esos secretos y ese poder estarían bloqueados para que él no pudiera ver nada en ninguna forma? Estaban bloqueados para ellos también, pensó. Sí, sí, el guardián les había dado la llave, pero no la cerradura.

Sintió deseos de tocar el verde intenso y el rojo oscuro de la piedra, de robar cualquier cosa que yaciera dentro de ella. Estiró la mano hacia la sanguinaria, pero la retiró de nuevo. No, lo mejor era destruir. Siempre era mejor destruir. Entonces extendió las manos sobre la piedra.

—¡Oye! —gritó Gage desde la entrada de la casa y cuando el chico se giró a mirarlo, le disparó certeramente en medio de la frente.

El chico aulló y lo que le salió de la herida fue un líquido viscoso, negro y espeso que hedió como la muerte. Saltó de la baranda hacia el techo mientras Gage continuaba disparándole y los otros salían deprisa de la casa tras él. Y desde el techo les gruñó como un perro demente.

Viento y lluvia se levantaron en un horrendo tornado. Gage bajó al jardín y, tras recargar el arma, se dispuso a disparar de nuevo.

—Por favor, trata de no darle a la casa —le dijo Cal.

La cosa saltó en el aire y, al golpear los puños, la sanguinaria explotó en mil pedazos hasta quedar convertida en nubes de polvo. El chico gritó en tono triunfante esta vez, a pesar de que le escurría sangre de las heridas. Entonces giró sobre sí mismo y se lanzó en picado hacia Gage tan rápido como una culebra y le clavó los dientes en el hombro. Y mientras Gage caía de rodillas casi sin sentido, el chico se desvaneció.

Escuchó voces a los lejos, pero las ahogó el terrible dolor que lo embargó en cuestión de segundos. Vio el cielo, vio que se estaba despejando de nuevo, pero los rostros que se inclinaron sobre él se veían borrosos y no lograba distinguirlos.

¿Lo había matado? Si era así, Gage pidió a todos los santos que la muerte lo acogiera pronto para poder dejar atrás la agonía del dolor. Ardía, se sentía arder, la sangre le hervía, los huesos lo escaldaban y dentro de su cabeza gritó, aulló de dolor. Pero no tenía aliento para emitir ningún sonido, no tenía fuerzas ni para retorcerse debido al tormento que lo exprimía, que lo arañaba como garras de fuego.

Entonces cerró los ojos.

«Suficiente», pensó. «Ya es suficiente. Es hora de dejarme ir». Entonces, rindiéndose, empezó a flotar lejos del dolor.

El primer bofetón lo irritó, el segundo lo enfureció. ¿Acaso no podía ni siquiera morirse en paz?

—Vuelve, hijo de la gran puta. ¿Me escuchas? ¡Te digo que vuelvas! Lucha, maldito cobarde. ¡Lucha! *No* vas a morir y permitir que el bastardo gane. ¡Vuelve, te digo!

El dolor, el puto dolor, lo invadió de nuevo. Cuando abrió los ojos como mecanismo de defensa, el rostro de Cybil le llenó todo el borroso campo de visión y la voz de ésta no dejaba de martillearle en los oídos, de fastidiarlo. Los oscuros ojos de la mujer estaban ahogados en lágrimas y colmados de furia.

Gage dejó escapar una exhalación agónica.

—Cómo quisiera que cerraras el pico —dijo casi jadeando.

—¡Cal, Fox!

—Lo tenemos. Vuelve, Gage. —La voz de Cal sonó extrañamente lejos, como a muchos kilómetros de distancia y ahogada por barro—. Concéntrate. Hombro derecho, ¿entiendes? Te hirió en el hombro derecho. Estamos contigo. Concentra la atención en el dolor, Gage.

—¿Cómo coño crees que voy a poder hacer algo diferente a eso?

—Creo que está tratando de hablar —el rostro de Fox llenó el campo de visión de Gage—. ¿Lo has oído, Cal? Creo que está tratando de decirnos algo.

—Por supuesto que os estoy diciendo algo, imbécil.

—Tiene el pulso muy débil... y se está haciendo más débil todavía.

¿Quién había hablado?, se preguntó Gage. ¿Acaso Layla? Vio las palabras como pálidas luces azules flotando por el rabillo de los ojos.

—La hemorragia se ha detenido. Mirad, se ha detenido completamente... y los huecos de la herida no parecen tan profundos como hace un rato. Tiene que ser algo más, como alguna especie de veneno o algo por el estilo.

El turno de Quinn, pensó Gage. Toda la pandilla reunida. «Dejadme ir. Por Dios santo, sólo dejadme ir», rogó Gage.

—No. No podemos —Cybil se inclinó hacia él, pero esta vez, en lugar de posar la mano sobre las mejillas de Gage, posó los labios. Labios refrescantemente fríos—. Por favor, Gage, tienes que quedarte con nosotros, tienes que volver. No podemos perderte —rodaron lágrimas por sus mejillas y cayeron suavemente sobre la herida. Lavaron la sangre, entraron por la herida y aliviaron el ardor—. Sé que duele —le acarició el pelo, las mejillas y el hombro que le dolía hasta morir y lloró—. Sé que te duele, pero tienes que hacer un esfuerzo, Gage. Tienes que quedarte.

—Se ha movido, mirad. Ha movido la mano —los dedos de Fox se tensionaron entre los de Gage, que empezaban a doblarse—. ¿Cal?

—Sí, sí. Hombro derecho, Gage. Empieza ahí. Te tenemos.

Gage cerró los ojos de nuevo, pero no para rendirse esta vez. Concentrándose todo lo que pudo, se centró en la fuente de dolor y siguió su irradiación desde el hombro, brazo abajo y a través del pecho. Sintió que los pulmones se le abrían de nuevo, como si las manos que habían estado presionándoselos hasta entonces se hubieran desvanecido.

—¡El pulso está más fuerte! —exclamó Layla.

—Le está volviendo el color, también. Está volviendo, Cyb —dijo Quinn.

Cybil, que estaba sentada en el césped con la cabeza de Gage sobre el regazo, se inclinó hacia él de nuevo y lo miró a los ojos.

—Ya casi termina —le murmuró con voz ronca—. Ya casi, sólo un último esfuerzo.

—Muy bien. Muy bien —ahora sí pudo verla claramente, sintió el césped debajo de su cuerpo y las manos de sus amigos que apretaban las suyas—. Ya he entendido. ¿Me has llamado «maldito cobarde», Cybil?

Ella dejó escapar una carcajada acuosa y temblorosa.

—Pero funcionó.

—Bienvenido de vuelta, hermano —le dijo Fox—. La herida se está cerrando ya. Ven, vamos a llevarte adentro.

—Yo puedo —dijo Gage, pero no pudo nada más que levantar la cabeza—. Bueno, es posible que no.

—Dadle un momento más —sugirió Quinn—. La herida se ha cerrado, pero, mirad, le ha quedado la cicatriz.

—Vamos adentro —Cybil les dirigió una mirada a Quinn y a Layla que fue más elocuente que sus palabras—. Podemos preparar té para Gage y arreglarle la cama.

—No quiero té. No quiero acostarme tampoco.

—Pues te van a tocar ambas cosas —Cybil le puso la cabeza sobre el césped, le dio una palmadita en la mejilla y se puso en pie. Si entendía algo a los hombres, y a Gage en particular, estaba segura de que él preferiría no tener a las mujeres cerca cuando sus amigos tuvieran que ayudarlo a entrar en la casa.

—Quiero tomarme un café —dijo Gage, pero las tres mujeres ya estaban de camino a la casa.

—Apuesto a que sí. Quinn tiene razón en cuanto a la cicatriz —añadió Fox mirándole el hombro a Gage—. Nada nos había dejado cicatriz desde el ritual que nos hizo hermanos de sangre.

—Pero nunca antes un demonio había querido sacarnos un bocado del cuerpo —apuntó Cal—. Nunca había sido capaz de hacer algo así, ni siquiera durante los Sietes.

—Al parecer los tiempos cambian. Dadme una mano, ¿vale? Empecemos con ayudarme a sentarme —con Fox y Cal a cada lado, Gage logró sentarse, aunque la cabeza le daba vueltas a tres mil revoluciones—. Jesús —metió la cabeza entre las rodillas—. Nunca había sentido tal dolor, con tanta intensidad, y, como sabéis, he tenido que sufrir bastante dolor antes. ¿Grité?

—No. Te pusiste pálido y caíste al suelo como un tronco —Cal se secó el sudor de la frente.

—Por dentro estaba gritando como una niña. ¿Dónde está mi camisa? —reclamó al darse cuenta de que estaba desnudo de cintura para arriba.

—Tuvimos que romperla para llegar a la herida —respondió Fox—. No te moviste ni un milímetro, Gage, nada, ni un músculo. A duras penas respirabas. Te juro que pensé que te habíamos perdido.

—Casi —despacio, Gage movió la cabeza para mirarse la cicatriz del hombro, entonces le pasó un dedo por encima—. Ya no me duele, pero me siento muy débil y tembloroso. Pero no, ya no me duele nada.

—Necesitas dormir. Sabes cómo es el proceso de curación —le dijo Cal—. Te drena completamente, especialmente una curación tan intensa como ésta.

—Sí, tal vez. Ayudadme a ponerme en pie, por favor.

Gage pasó cada brazo sobre los hombros de sus amigos y tuvo que hacer un esfuerzo por ponerse en pie. Tenía las piernas temblorosas e inestables. Y cuando unos pocos pasos hacia la casa lo dejaron como si hubiera corrido una maratón, tuvo que aceptar que sí necesitaba acostarse después de todo. Pero no pudo evitar sentirse satisfecho cuando levantó la mirada y vio que la sanguinaria ya no estaba sobre la baranda de la terraza.

—El bastardo hizo volar la piedra en mil pedazos.

—Sí, sí. ¿Puedes subir los escalones?

—Puedo. —Pero, al entrar en la casa, Gage estaba sonriendo apretando los dientes mientras Fox y Cal lo arrastraban dentro.

Debido a que se sentía demasiado exhausto como para resistirse a tres mujeres, Gage se bebió el té que Cybil le sirvió y se dejó meter en la cama de sábanas recién cambiadas y almohadas mullidas.

—¿Por qué no te metes en la cama conmigo, cariño?

—Qué oferta más dulce, pequeño.

—Tú no, Fox —respondió Gage señalando hacia Cybil—, sino la de esos enormes ojos marrones de allá. De hecho, tal vez voy a necesitar que todas las mujeres hermosas que están aquí se metan en la cama conmigo. Aquí cabemos todos.

—¿Qué diablos le pusiste a ese té? —le preguntó Cal a Cybil.

—El ingrediente secreto. Podéis iros, yo me quedo hasta que se duerma —les dijo Cybil sentándose en el borde de la cama.

—Ven aquí y repite eso —balbuceó Gage.

Sonriendo, Cybil les hizo un gesto a los demás para que se fueran, después ladeó la cabeza y examinó el rostro de Gage.

—Hola, preciosa —murmuró él pastosamente.

—Hola, bonito. Has tenido una mañana muy agitada, así que mejor trata de dormir un poco.

—Te hice enfadar.

—Y yo a ti. Ése era el plan.

—Un plan buenísimo.

—Plan arriesgado y potencialmente estúpido.

—Pero funcionó —respondió Gage con una sonrisita.

—Tienes razón.

—No quise decir esa mierda que te dije de tu padre.

—Ya lo sé. Shh, anda, duérmete —le susurró y tras inclinarse hacia él le besó la mejilla.

—Tal vez sí quise decir parte de las otras cosas... No recuerdo. ¿Y tú?

—Podemos hablar de eso más tarde.

—Ella dijo... Ann Hawkins, quiero decir, dijo que ibas a llorar por mí y que tus lágrimas iban a importar. Y lloraste por mí y fue importante, Cybil. Tú me trajiste de vuelta.

—Sólo te di el empujón inicial, tú hiciste el resto, Gage —Cybil se estremeció una vez, entonces se inclinó y pegó su mejilla contra la de él—. Pensé que ibas a morir. Nunca antes algo me había asustado tanto, nunca algo me había dolido tanto, como creer que ibas a morir y que te íbamos a perder. Que yo te iba a perder... Estabas agonizando entre mis brazos y sólo en ese momento pude darme cuenta de que... —levantó la cara y se interrumpió cuando vio que Gage se había quedado dormido—. Muy bien —murmuró y dejó escapar dos largos suspiros—. Qué momento más perfecto para que te quedes dormido, para los dos, supongo. No habría tenido sentido humillarme o ponerte en una situación incómoda justo en un momento de debilidad para los dos al haberte dicho que he sido lo suficientemente estúpida como para enamorarme de ti.

Cybil se quedó sentada junto a Gage con su mano entre las de ella un rato más mientras él dormía. Y empezó a preguntarse si sería capaz de encontrar una manera eficiente de desenamorarse de él.

—¿De veras piensas que deberías hacerlo?

Lentamente, Cybil desvió la mirada del rostro de Gage y levantó los ojos para encontrarse con Ann Hawkins, que estaba de pie frente a ella.

—Vaya, finalmente —no le sorprendió estar tan tranquila, dado que llevaba tiempo esperando esta visita y para entonces, además, ya había visto cosas mucho más impactantes que un fantasma en una habitación una mañana de junio.

—¿De veras piensas que deberías hacerlo? —preguntó Ann de nuevo.

—¿Que debería hacer qué?

—Cerrar tu corazón a lo que sientes por él. Negarte la alegría y el dolor que eso implica.

—No soy aficionada al dolor.

—Pero es la vida. Sólo los muertos no sienten nada.

—¿Qué hay de ti?

Ann frunció los labios.

—«No es la muerte», me dijo mi amor. Hay mucho más que la luz y la oscuridad: hay miles de matices en medio. Yo siento, sin embargo, dado que todavía no ha terminado. Cuando el momento del final llegue, algo terminará y algo empezará. Eres joven y es posible que te queden muchos años en esta vida, en este cuerpo, en este tiempo. ¿Por qué habrías de vivir con el corazón cerrado?

—Es fácil para ti decirlo: tu amor era correspondido. Yo sé lo que significa amar a alguien que no quiere o no puede corresponder a ese amor que le tienen. O que no puede corresponder lo suficiente.

—La desesperación consumió a tu padre. Al perder la vista no pudo ver más el amor.

«¿Cuál es la diferencia?», pensó Cybil, pero negó con la cabeza.

—Ésta sería una conversación fascinante si la pudiéramos tener mientras nos tomamos un cóctel, una conversación entre chicas. Pero estos días todos estamos con el ánimo más pendiente de cuestiones de vida o muerte. Es posible que te hayas dado cuenta ya.

—Estás enfadada.

—Por supuesto que estoy enfadada. Gage casi se muere hoy, casi muere en mis brazos por intentar encontrar una manera de acabar con algo que le impusieron, que nos impusieron a los seis: nadie nos dejó escoger. Y todavía cabe la posibilidad de que pierda la vida. Es posible que algunos o todos nosotros perdamos la vida. He visto muchas veces cómo podría ser.

—No les has dicho todo lo que has descubierto, ni todo lo que has visto.

Cybil bajó la mirada hacia Gage de nuevo.

—No, no se lo he dicho.

—Vas a ver más antes de que todo acabe. Hija...

—No soy tu hija.

—No, pero tampoco eres hija del oscuro. Vida o muerte, dices, y así es. O la luz o la oscuridad va a llegar a su fin con el Siete y mi amor será o liberado o condenado.

—¿Y el mío? —reclamó Cybil.

—Él hará su elección, al igual que todos vosotros. No tengo a nadie más salvo vosotros seis: mi esperanza, mi fe, mi valentía. Justo hoy, usasteis las tres. Y él duerme —murmuró Ann mirando a Gage—. Vivo. Más que vivo, ha traído de la sombra de la muerte una respuesta más. Otra arma.

Cybil se puso en pie.

—¿Qué respuesta, qué arma?

—Eres una mujer educada e inteligente y eres fuerte y analítica. Encuentra las respuestas a las preguntas que me haces. Y úsalas. Todo está en sus manos. En las tuyas, en las de él y en las de los otros cuatro. El oscuro os teme. Su sangre y la de Gage —añadió mientras empezaba a desvanecerse—. Nuestra sangre, su sangre, la sangre de ellos.

Cybil se puso en pie, sola, y miró al hombre que dormía profundamente.

—La sangre de Gage —murmuró antes de salir deprisa de la habitación.

CAPÍTULO 14

Cuando Gage se despertó, no sólo le apetecía café, sino que le apetecía desesperadamente tomarlo. Primero se sentó en la cama, probando cómo se sentía, y como la cama no se le movió, se puso en pie. No se sentía débil ni tenía náuseas ni mareo. Lo que era una buena noticia. Tampoco sentía esa extraña euforia, pensó recordando la sensación de antes de dormirse. ¿Qué diablos le había echado Cybil a ese té?

Y a pesar de las ansias que sentía de tomarse un café, le apetecía más darse una ducha, así que fue al baño y se desnudó. En el espejo se examinó el hombro y se pasó los dedos sobre la fruncida cicatriz en forma de medialuna. Le parecía extraño tener una cicatriz después de tantos años, ese recuerdo palpable que le había quedado de los dientes feroces y afilados que le habían desgarrado la piel. Le habían roto huesos, lo habían apuñalado, le habían disparado, lo habían quemado, pero nunca le había quedado ninguna marca que probara lo que le había tocado. Pero Twisse, en la forma de ese pequeño bastardo, le daba un rápido mordisco y eso era suficiente para tener que lucir semejante cicatriz el resto de su vida.

Fuera lo larga que fuera.

Se bañó, se vistió y salió en busca de café. Se detuvo en la oficina que Cal tenía en la casa y se encontró con Quinn y Layla allí, ambas sentadas ante sus respectivos ordenadores. Las dos mujeres se giraron para mirarlo y ambas le dedicaron una mirada de arriba a abajo.

—¿Cómo te sientes? —le preguntó Layla.

—Quiero un café.

—Ya estás bien, entonces —Quinn le sonrió ampliamente—. Debe de quedar en la cocina. Cybil está allí. Y es muy probable que logres convencerla de que te prepare algo de comer, si tienes hambre.

—¿Dónde están Cal y Fox?

—Han ido al pueblo. Tenían varias cosas que hacer —Quinn se volvió para mirar el reloj de la esquina inferior en la pantalla de su ordenador—, pero yo creo que deben de estar al llegar. Tal vez voy a llamar a Cal para que traiga algo de comer. Ahora que lo pienso, tal vez no sea tan fácil convencer a Cybil de que cocine, teniendo en cuenta que anda encerrada.

—Quiero un café —repitió Gage y salió de la habitación.

Cybil no parecía estar encerrada, pensó Gage cuando la vio sentada frente a la encimera de la cocina, tecleando en el ordenador y con su libreta de notas a un lado y una botella de agua al otro. Escribiera lo que escribiera, dejó de hacerlo en cuanto lo vio.

—Tienes mejor aspecto.

—Me siento mejor. No habría podido sentirme peor —se sirvió la última taza de café y deseó que alguien más hiciera una cafetera. Pensando en esto, se volvió hacia Cybil y la observó—. ¿Y si me preparas una cafetera de café recién hecho dado que casi me muero?

—Hacer cosas cotidianas y rutinarias como preparar café probablemente te van a ayudar a apreciar más la vida.

Y puesto que había una bolsa de patatas sobre la encimera, Gage metió la mano.

—¿Qué le pusiste al té?

Cybil sólo sonrió.

—Al parecer, cuatro horas de sueño. Alguien vino a verte mientras dormías.

—¿Quién?

—Ann Hawkins.

Gage reflexionó mientras le daba un sorbo a su taza de café.

—¿En serio? Qué pena que me la perdí.

—Tuvimos una charla muy agradable mientras tú contabas ovejas.

—Qué primor. ¿Sobre qué charlasteis?

—La vida, el amor, la búsqueda de la felicidad —le dio un sorbo a su botella de agua—. Muerte, demonios. Ya sabes, lo habitual.

—Más primoroso aun. Tu día de suerte, parece ser —aunque Cybil se empeñaba en disimularlo, Gage percibió que estaba nerviosa.

—Estoy trabajando en algo que se me ocurrió cuando hablé con Ann. Podemos discutirlo cuando le haya dado más forma a la idea. ¿Sabes? Ann te quiere.

—¿Perdón?

—Ann te quiere. Pude percibirlo en la manera como te miró mientras dormías. Y por la expresión de tu rostro ahora, puedo ver que esta conversación es incómoda para un hombretón como tú, pero eso fue lo que vi en el rostro de la mujer y lo que escuché en su voz. Para lo que importa... Ahora, ve a buscar algo que hacer en alguna otra parte. Estoy trabajando.

Pero en lugar de hacerle caso, Gage caminó hacia ella, metió la mano entre los rizos de ella y tras echarle la cabeza hacia atrás, la besó apasionadamente. El gesto tomó por sorpresa a Cybil, que sintió que el suelo se tambaleaba. Gage sintió otro tipo de mareo, otro tipo de euforia, antes de soltarla.

Cybil abrió los ojos lentamente, soñadoramente.

—¿Qué ha sido eso?

—Sólo otra cosa cotidiana y rutinaria para ayudarme a apreciar más la vida.

Cybil se rió.

—Tú también eres primoroso. Ah, qué diablos —exclamó y atrajo al hombre hacia ella para abrazarlo con fuerza, para apoyar la cabeza sobre el hombro que ahora llevaba la marca del demonio—. Me asustaste. Me asustaste mucho, mucho.

—Yo también estaba asustado. Me estaba yendo. Y a persar de todo, no parecía tan malo —le echó la cabeza hacia atrás de nuevo. «Este rostro», pensó, «estos ojos. Me llenaron el campo visual, la mente. Me trajeron de vuelta»—. Entonces te escuché dándome la lata. Y me diste un puñetazo, además.

—No, solamente te abofeteé las mejillas. Puñetazos fueron los otros, tal vez, cuando ofrecimos esa actuación digna de un Oscar en la terraza.

—Sí. A propósito de eso, no recuerdo que hubiéramos dicho nada sobre golpearme.

—Qué puedo decirte. Soy fantástica improvisando. Además, te hizo enfadar de verdad, que era lo que necesitábamos: mucha ira para atraer la atención del bastardo. Fue tu plan, ¿recuerdas? Tú mismo dijiste que teníamos que ser rudos y fingir lo mejor posible que todo era en serio para que funcionara.

—Sí —le levantó la mano a Cybil y la examinó—. Tienes un gancho de derechas bastante decente.

—Es posible, pero creo que me dolió más la mano de lo que a ti te dolió la cara.

Gage le cerró la mano en un puño relajado para después llevársela a los labios. Sobre los nudillos, Gage pudo ver la expresión de pura sorpresa de ella.

—¿Qué? ¿Acaso no tengo permitido tener un gesto romántico?

—No. Sí, sí —repitió ella—. Es sólo que fue completamente inesperado.

—Tengo otros gestos inesperados, pero hicimos un trato desde el principio —sintiéndose intrigado por la reacción de ella, le acarició con el pulgar los nudillos que acababa de besar—. No íbamos a jugar juegos de seducción. Tal vez quieras cancelar el trato, considerarlo cerrado y cosa del pasado.

—Ah... Tal vez.

—Entonces, ¿por qué no...? —se interrumpió cuando escuchó que la puerta principal se abría y después se cerraba—. ¿Terminamos esto más tarde?

—¿Por qué no?

Fox entró primero a la cocina, con unas cuantas bolsas entre los brazos.

—Mirad quién ha regresado de entre los muertos. Hemos traído comida, cosas, cerveza. En el coche quedan dos cajas de cervezas. ¿Le ayudas a Cal a bajar el resto?

—¿Habéis traído café? —reclamó Gage.

—Un kilo en grano.

—Muele y prepara —le ordenó Gage y salió a ayudar a Cal.

Cybil observó a Fox, que ya estaba sacando una lata de Coca-Cola del frigorífico.

—¿Te podría pedir que cogieras eso, te marcharas y te llevaras a los de tu género por una hora o así?

—No puedo. Víveres perecederos —le dijo sacando una botella de leche de una de las bolsas—. Además, me estoy muriendo del hambre.

—Ay, bueno —exclamó Cybil poniéndose en pie—. Déjame que te ayude a guardar eso. Supongo, entonces, que comeremos y hablaremos, porque para qué queremos más.

***

En esta ocasión no le tocó cocinar a Cybil, quien tenía la sensación de que con demasiada frecuencia la empujaban a hacerlo. Aparentemente, Cal y Fox habían decidido que era hora de hacer una barbacoa en la terraza. En cualquier caso, había peores maneras de pasar una tarde de junio que tener que observar a tres hombres guapos de pie frente a una parrilla humeante.

Y sólo había que verlos, pensó ella mientras junto con las otras dos mujeres disponían en la mesa cuencos con ensalada de patata y de repollo, pepinillos en vinagre y aperitivos. Tan unidos sobre las hamburguesas como lo estaban con respecto a la guerra. Sólo había que verlos a los seis, de hecho, y se detuvo un momento para hacer justamente eso. Estaban a punto de disfrutar de una barbacoa en el mismo lugar en que horas antes uno de ellos había sangrado y había sufrido. Y casi había perdido la vida. Ahora, la música proveniente de los altavoces exteriores de Cal inundaba la tarde, las hamburguesas chisporroteaban en la parrilla y la cerveza se enfriaba en la nevera.

Twisse pensaba que podía vencerlos, pero, ¿vencer *esto*? No. No, ni en un siglo de Sietes. Nunca podría vencer lo que no podía entender y que continuamente subestimaba.

—¿Estás bien? —le preguntó Quinn frotándole la espalda.

—Sí —Cybil sintió que se quitaba un enorme peso de encima. Tendría que recogerlo de nuevo, pero, por ahora, era un hermoso día de verano—. Sí, estoy bien.

—Qué vista, ¿no? —añadió Quinn señalando hacia los hombres junto a la parrilla.

—Digna de una cámara.

—Excelente idea. Ya vuelvo.

—¿Adónde va? —preguntó Layla.

—No tengo ni idea. Igual que no tengo ni idea de por qué aparentemente se requiere de tres hombres adultos para asar unas cuantas hamburguesas.

—Uno asa, el otro supervisa y el otro les da la lata a los otros dos.

—Ah, otro misterio resuelto —comentó Cybil levantando una ceja cuando Quinn salió con la cámara en la mano.

—¿Aún no están listas esas hamburguesas y salchichas? —preguntó Quinn alzando la voz mientras ponía la cámara sobre la baranda de la terraza, miraba por el visor y ajustaba el ángulo—. ¡Deprisa! Éste es un evento digno de ser fotografiado.

—Si ibas a tomar fotos, al menos debiste advertírnoslo para que nos arregláramos un poco —se quejó Cybil.

—Estás estupenda, señorita quejica. Poneos allí. ¡Cal! ¡Venid todos!

—Controla tus píxeles, rubita.

—Fox, Cal no te necesita. Ven, ponte allí, entre Layla y Cyb.

—¿Puedo quedarme con ambas? —preguntó Fox poniéndose entre las dos mujeres antes de pasarles un brazo alrededor de la cintura a cada una.

Durante los siguientes cinco minutos, Quinn dirigió, dio órdenes y los ajustó hasta que los cinco estuvieron dispuestos satisfactoriamente.

—¡Perfecto! Listo. Voy a tomar otro par con el control remoto —y tras preparar la cámara, corrió hacia el grupo y se puso en medio de Cal y Gage.

—La comida se va a enfriar —se quejó Cal.

—¡Sonreíd! —dijo Quinn y presionó el botón del control—. ¡Que nadie se mueva! Todos quietos, que quiero otra foto por seguridad.

—Me estoy muriendo del hambre —rezongó Fox y después se rió cuando Layla le clavó los dedos en las costillas—. ¡Mamá, Layla me está molestando!

—No me hagáis ir hasta allí —advirtió Quinn—. A la de tres: uno, dos, tres. Ahora, quedaos *quietos,* que quiero comprobar que las fotos han quedado bien. —Los murmullos y las quejas no inmutaron lo más mínimo a Quinn mientras subía a la terraza y se inclinaba frente a la cámara antes de pedir que se hicieran un par de fotos más—. ¡Han quedado perfectas! ¡Muy bien, equipo humano!

—¡A comer! —invitó Cal.

Mientras se sentaban, mientras se servían, destaparon botellas de cerveza y la conversación siguió su curso, Cybil terminó de convencerse de una cosa: se llamaban a sí mismos un equipo, y lo eran, pero más que cualquier otra cosa eran una familia. Y era una familia la que iba a aniquilar a la bestia.

Así pues, comieron mientras la tarde de junio lentamente fue dando paso a la noche de junio, con la explosión de flores a su alrededor y el perro perezoso con la panza llena roncando sobre el verdor del césped. En el límite de ese suave césped verde se alzaban los árboles silenciosos y sosegados. Cybil sólo se tomó una cerveza a lo largo de la velada. Cuando terminaran, quería tener la cabeza clara para la discusión que iban a tener a continuación.

—Tenemos pastel —anunció Fox.

—¿Qué? ¿Pastel? ¿Y eso? —Quinn bajó la botella de su cerveza—. No puedo comer pastel después de haber comido hamburguesa con ensalada de patata. Va en contra de mi cambio de estilo de vida. No es… Diablos. ¿Qué clase de pastel?

—De los que venden en la pastelería, con glaseado y florecitas.

—Maldito —Quinn descansó la barbilla sobre el puño y miró lastimeramente a Fox—. ¿Por qué habéis traído pastel?

—Es para Gage.

—¿Me has traído un pastel?

—Sí —Cal le dirigió a Gage un gesto serio—: te hemos traído un pastel de qué-bien-que-no-te-has-muerto. Betty, la de la pastelería, nos hizo el favor de escribir ese mensaje encima. No entendió nada, pero de todos modos lo escribió. Yo habría preferido tarta de cereza, pero O'Dell dijo que tenía que ser pastel.

—Habríamos podido comprar ambas cosas —apuntó Fox.

—Si a alguien se le ocurre traer un pastel *y* una tarta a esta casa, morirá a mis manos —advirtió gravemente Quinn.

—Previendo justamente eso, compramos solamente un pastel —dijo Cal.

Gage reflexionó un momento.

—Vosotros dos sí que sois un par de idiotas —comentó Gage—. Si queríais traerme algo, lo apropiado para la ocasión habría sido una prostituta y una botella de whisky.

—No logramos conseguir una prostituta —respondió Fox—. Nos dieron poco tiempo.

—Podríais darle un vale —sugirió Layla.

Gage le sonrió.

—Acepto encantado cualquier tipo de vale.

—Mientras tanto, creo que deberíamos levantarnos y lavar los platos y tomarnos un poco de tiempo antes de darnos el placer de celebrar con pastel… del cual voy a poder probar un trozo minúsculo —dijo Quinn.

Cybil fue la primera en ponerse en pie.

—He estado trabajando en algo y necesito explicároslo. Después de que organicemos la cocina y limpiemos todo, ¿queréis que os lo explique aquí fuera o dentro? Teniendo en cuenta que probablemente vamos a tener una discusión posterior.

Se hizo un momento de silencio hasta que finalmente Gage habló.

—Es una noche tan agradable...

—Entonces aquí fuera. Bueno, y puesto que los hombres cazaron, despellejaron y cocinaron, creo que la limpieza nos toca a nosotras.

Mientras las mujeres se encargaban de organizarlo, Gage y sus amigos caminaron hasta el límite del bosque y observaron a *Lump* olisquear y levantar la pata, olisquear y levantar la pata.

—Este perro no sabe lo que es el control de esfínteres —comentó Fox.

—Por supuesto que sabe. Y también tiene buen instinto: sabe que ya no puede adentrarse en el bosque más que esto, no sin mí. Me pregunto dónde estará el maldito bastardo en estos momentos —respondió Cal.

—¿Después de los balazos que recibió hoy? —Fox sonrió fieramente—. Apostaría a que probablemente necesita tiempo a solas. Por Dios, Gage, por un momento pensé que lo habías aniquilado. Le diste justo entre los ojos y después lo llenaste de agujeros. Pensé: fantástico, vamos a acabar con él aquí y ahora. Si no hubiera sido tan engreído, es posible que no nos hubiera alcanzado y no te hubiera mordido.

—Pero no me he muerto, Fox. El pastel lo dice claramente. No es culpa tuya. Ni tuya —dijo Gage dirigiéndose a Cal—. Ni mía, ni de ellas tampoco. Traspasó nuestra defensa y me alcanzó. Momentáneamente. Pero nos mostró algo que no conocíamos. Ya no se trata sólo de ilusiones o de infectar a la gente: puede tomar forma corpórea, o puede volverse lo suficientemente concreto como para hacer daño él mismo. Ha evolucionado. Pero según lo que ha pasado hoy, yo creo que quedamos empatados en el daño que nos hicimos mutuamente. Pero en cuanto a la estrategia, sí que le hemos ganado de sobra.

—Y fue divertido, además. Gritarnos y todo eso —comentó Fox metiéndose las manos en los bolsillos—. Fue como una terapia. Aunque por un momento me preocupó que Layla quisiera imitar a Cybil y me diera un golpe. Hermano, te dio una tremenda bofetada.

—Pega como una niña.

Fox rezongó.

—No desde donde yo lo vi. Por unos segundos te salieron estrellitas en los ojos después del golpe.

—Tonterías.

—Y unos pajarillos te dieron vueltas sobre la cabeza —añadió Cal—. Me sentí avergonzado de ti y de todo el género masculino.

—¿Quieres ver tú algunos pajarillos?

Cal sonrió un momento y después se puso serio de nuevo.

—Cybil estuvo muy silenciosa durante la tarde —miró hacia la casa por encima del hombro—. Creo que mejor vamos a que nos cuente qué se trae entre manos.

Cybil decidió tomar té helado y se dio cuenta de que Gage volvía a su habitual café solo. A pesar de que lamentaba ser quien aguara la fiesta, apagó la música ella misma. Era hora de que el equipo humano, como les había llamado Quinn, reanudara sus labores.

—Supongo que no está de más hacer un rápido recuento de los hechos del día —empezó Cybil—. La idea de Gage de usar una sanguinaria falsa y atraer la atención de Twisse con nuestra propia energía negativa y agresiva tuvo éxito.

—Un punto para nosotros —apuntó Quinn.

—Un punto para nosotros. E incluso más puntos, diría yo, porque habría que suponer que le hicimos creer que destruyó la mejor arma que teníamos para usar contra él. Sin embargo, nuestra emboscada arroja resultados mixtos: le hicimos daño. Nada emite ese tipo de gritos a menos que esté en un terrible dolor. Nos hizo daño. Fue capaz de volverse sólido, al menos temporalmente, pero lo suficiente como para clavarle los dientes a Gage. Todos vimos la herida, que a pesar de tener una apariencia espantosa, no parecía grave. Sin embargo, casi muere a causa de ese mordisco. Es posible que haya sido veneno. Gage, ¿tienes alguna idea de qué fue lo que te pasó?

—Ardía —respondió él—. Ya me han quemado antes, a los tres nos ha sucedido, pero nunca antes nada me había ardido como ese mordisco. Sentí como si todos mis malditos huesos se estuvieran asando. Pude sentir cómo el ardor se me esparcía por el cuerpo, como cercándome. Podía pensar, podía sentir, pero no podía hablar ni moverme. Así las cosas, creo que estoy de acuerdo: probablemente se trató de algún tipo de veneno, de los que paralizan.

Asintiendo con aire ausente, Cybil garabateó algo en su libreta.

—Tanto en la naturaleza como en las leyendas existen criaturas que envenenan y paralizan a su presa. En la naturaleza, se me ocurren peces, ciertas especies de animales marinos, ciertos arácnidos y reptiles. En el ámbito de las leyendas, el *din*, que es un animal mágico con forma de felino, tiene una garra adicional que contiene veneno paralizante. El vampiro es otro ejemplo, pero hay muchos otros.

—Siempre hemos sabido que tiene la capacidad de infectar la mente —apuntó Cal—. Ahora sabemos que también puede envenenar el cuerpo.

—Y es posible que haya matado a humanos y guardianes de esa manera —coincidió Cybil—. Toda nuestra investigación, todo lo que hemos descubierto, apunta a que este demonio dejó al último guardián a su suerte, pensando que iba a morir pronto, pero el guardián logró vivir lo suficiente como para pasarle el poder y la carga a un chico humano. Parece muy posible que el guardián fuera envenenado, aunque seguramente sus heridas fueron peores que las de Gage y el veneno que recibió, más fuerte o concentrado que el de hoy. Nos ha dicho que nos va a devorar, que nos va a consumir y que nos va a comer. Es posible que sus palabras no sean meros eufemismos.

Quinn frunció el ceño.

—Sólo puedo decir: ¡horror!

—Yo le voy a hacer eco a ese «¡horror!» y voy a añadir: «¡Dios santo!» —añadió Layla.

—He estado pensando en los desaparecidos —continuó Cybil—. Según las pruebas que hemos recogido y las historias que hemos registrado, siempre hay personas que desaparecen después de que el demonio haga de las suyas. Todo el tiempo hemos supuesto que han enloquecido o han muerto o se han matado unas a otras... lo que creo que es muy probable en el caso de algunas de ellas, tal vez en el de la mayoría; sin embargo, creo que es posible que algunas de esas personas desaparecidas hayan terminado como...

—Aperitivo —terminó la frase Fox.

—Creo que esta conversación no me está ayudando a sentirme positivo y optimista.

—Lo siento —Cybil le ofreció una sonrisa a Cal—. Espero poder cambiar eso en un momento. Como ya os conté, Ann Hawkins decidió venir a visitarme mientras Gage dormía. Pero, aunque os he contado las líneas generales de nuestra conversación, no quise mencionar los puntos clave, porque quería verificar antes un par de cosas. Ann dijo que Gage estaba vivo, más que vivo, y que había traído algo de vuelta. Otra arma.

—Yo estaba ligeramente fuera de combate, pero estoy seguro de que regresé con las manos vacías.

—No trajiste el arma en las manos —le dijo Cybil—. La sangre del demonio, nuestra sangre, la sangre de ellos. Y ahora, tu sangre, Gage.

—¿Qué pasa con mi sangre?

—¡Ay, ay! *¡Mierda!* —exclamó Quinn con una sonrisa resplandeciente.

—No en vano hemos sido amigas por tanto tiempo, ¿no, Q.? —Cybil asintió hacia Quinn—. Has sobrevivido, Gage. Tu cuerpo repelió el veneno, la infección. ¿Ves? Anticuerpos, inmunoglobulina.

Layla levantó una mano.

—Lo siento, pero las ciencias nunca fueron mi fuerte. ¿De qué estás hablando?

—El sistema inmunológico produce anticuerpos como respuesta a los antígenos, ya sean bacterias, toxinas o virus. En palabras sencillas: la sangre del cuerpo cuenta con cientos de miles de glóbulos que tienen la capacidad de producir un solo tipo de anticuerpo cuya labor es unirse con el antígeno invasor. Al unirse anticuerpos y antígenos se genera una señal para el cuerpo, entonces éste empieza a producir más anticuerpos para neutralizar el efecto de los antígenos.

—La sangre de Gage venció al veneno —concluyó Fox—, lo que quiere decir que tiene una ventaja más. Así como la que ya tenemos de curarnos solos.

—Es probable que el poder de curar que tenéis vosotros tres le haya ayudado a sobrevivir. Y puesto que sobrevivió, su sangre produjo los anticuerpos que destruyeron las toxinas, lo que quiere decir que ahora ésta es inmune. Ya te había mordido antes —le recordó Cybil a Gage—: en el cementerio.

—Pero esa vez no tuve una reacción como la que tuve hoy.

—Aquella vez a duras penas te hizo un rasguño, ¿no? Y fue en la mano. ¿Te quemó también?

—Sí, algo. No, de hecho, fue mucho, pero...

—¿Te provocó mareo, náuseas?

Gage iba a empezar a decir que no, pero se contuvo y lo pensó mejor.

—Sí, tal vez un poco. Me parece que tardó más tiempo en curarse que el que necesito habitualmente.

—Has sobrevivido a dos mordiscos: uno ligero y otro grave, cerca del corazón. Sólo estoy especulando —apuntó—, no estoy segura al cien por cien. Pero sé que los anticuerpos pueden reconocer y neutralizar las toxinas. Es un acto de fe, en realidad, tomar lo que sabemos de las ciencias y lo que me dijo Ann y concluir lo que estoy sugiriendo ahora. El problema es que no tenemos ni el tiempo, ni los medios, ni la forma de analizar la sangre de Gage. Además, no tenemos una muestra del veneno.

—No creo que nadie se vaya a ofrecer voluntario para ir a conseguir una —comentó Fox.

—Es posible que seas inmune de la misma manera que ciertas personas lo son a determinados venenos después de que los haya mordido algún animal, o de que se hayan recuperado de alguna enfermedad. Es posible que tu sangre sea ahora una especie de contraveneno.

—No estarás sugiriendo que me saque sangre y la mande a algún laboratorio para que fabriquen un antídoto.

—No, porque ése es un proceso complejo y, de nuevo, no tenemos ni el tiempo, ni los medios, ni el conocimiento.

Pero todo esto no se trata sólo de cosas científicas: se trata también de paraciencia, de magia —Cybil puso la mano sobre su libreta de anotaciones en el momento en que la luna empezaba su lento ascenso entre los árboles—. Cal, Fox y tú mezclasteis vuestra sangre hace veintiún años y así le abristeis la puerta a Twisse, tal y como lo tenía planeado Dent, según suponemos. Después, los seis hicimos otro rito en el que mezclamos nuestra sangre y así unimos las tres partes de la sanguinaria que os fue dada.

—Estás sugiriendo que otro ritual de sangre, uno en el que mezclemos mi sangre inmune, si es que estás en lo cierto, con la vuestra os transmitiría dicha inmunidad.

—Sí, sí. Exactamente.

—Entonces hagámoslo.

Exactamente así, pensó ella, aliviada. Exactamente así.

—Me gustaría investigar un poco más sobre el ritual, para decidir dónde, cómo y cuándo debemos hacerlo.

—No le des vueltas a algo que no tiene pérdida, cariño. Sucedió aquí, así que hay que hacerlo aquí. Sucedió hoy, así que hay que hacerlo hoy.

Layla habló antes de que Cybil pudiera hacerlo.

—Estoy de acuerdo con Gage, y no sólo por el «¡horror!» y el «¡Dios santo!», aunque pueden ser un factor. Pero lo que pienso es que Twisse está herido hoy, pero se va a recuperar y no sabemos cuánto tiempo tenemos antes de que regrese. Si crees que es una manera de defendernos, entonces cuanto antes lo hagamos, mejor.

—Cyb, la otra vez, antes de nuestro último viaje a la Piedra Pagana, ya investigaste todo lo que había que investigar sobre los rituales de sangre. Sabes que podemos hacerlo —Quinn miró alrededor de la mesa—. Todos sabemos que podemos.

—Necesitamos las palabras y...

—Yo puedo encargarme de esa parte —dijo Quinn poniéndose en pie—. Escribir bajo presión es una de mis fortalezas. Organiza las cosas y dame cinco minutos —concluyó antes de entrar en la casa.

—Pues bien —dijo Cybil dejando escapar un suspiro—, todo parece indicar que es aquí y ahora.

Cybil bajó al jardín de Cal y se dedicó a buscar flores y plantas específicas, y no se detuvo en su labor de buscar y cortar cuando Gage cruzó el jardín hacia ella. Se quedaron unos momentos bajo la luz de luna.

—¿Piensas hacer un ramo?

—Velas, plantas, flores, palabras, movimientos —Cybil se encogió de hombros—. Tal vez no sean nada más que accesorios, es posible que sólo estén cargados de un enorme simbolismo. Pero yo creo en los símbolos. Creo que, como mínimo, son señal de respeto. Cada vez que derramas sangre, cada vez que le pides a un poder superior alguna bendición, debes hacer las cosas con respeto.

—Eres una mujer muy lista, Cybil.

—Lo soy.

Gage la tomó del brazo y no la soltó hasta que ella se dio la vuelta para mirarlo de frente.

—Si esto funciona, va a ser gracias a que tú fuiste lo suficientemente inteligente como para deducir lo que había que hacer y lo organizaste todo.

—¿Y si no funciona?

—No va a ser por falta de capacidad intelectual.

—¿Estás tratando de seducirme por medio de halagos a mi inteligencia?

—No —sonriendo, le pasó un dedo por la mejilla—. Te seduciría nublándote el entendimiento. Lo que estoy tratando de decirte es que esto va a funcionar.

—¿Optimismo? ¿Por tu parte?

—No eres la única que ha investigado rituales y ritos. Gran parte del tiempo que no he estado aquí lo he invertido profundizando en esa área. Sé que parte de un ritual es pura parafernalia, pero otra parte es fe y respeto, y es verdad. Te digo que esto va a funcionar porque entre los seis cubrimos esos aspectos. Y va a funcionar no sólo porque es mi sangre, no se trata sólo de anticuerpos y ciencia. Va a funcionar porque ahora llevo tus lágrimas dentro de mí. Pude sentirlas. Así que cualquier cosa que haya podido traer de vuelta es en parte tuya. Anda, trae tus símbolos y vamos a hacer esto.

Cybil se quedó donde estaba cuando él se marchó. Se quedó bajo la luz de la luna con las flores en las manos y cerró los ojos. ¿Cerrar su corazón?, pensó. ¿Dejar de amarlo? No, no era posible ni aunque viviera doce vidas.

Era la vida, le había dicho Ann Hawkins. La alegría y el dolor. Era hora de aceptar que tendría que experimentar ambas emociones.

Encendieron las velas y dispersaron las flores y las plantas por el lugar donde Gage había caído. Sobre ellas, en el centro del círculo que habían formado, Quinn puso una de las fotos de los seis que había tomado. Los seis unidos, ya fuera por las manos o los brazos, con el enorme perro recostado amorosamente contra la pierna de Cal.

—Bonita adición —comentó Cybil, a lo que Quinn sonrió.

—Eso pensé. Escribí algo sencillo. Que circule —sugirió al darles el papel.

Cybil tomó el papel primero y leyó.

—Siempre haces muy buen trabajo —comentó y le pasó la hoja a Gage, así, las palabras pasaron de mano en mano—. ¿Todos os habéis aprendido el texto?

Gage tomó el cuchillo de niño explorador de Cal y se pasó la hoja sobre la palma de la mano. Cal tomó el cuchillo a continuación e hizo el mismo movimiento. Igual que con la hoja de papel, el cuchillo pasó de mano en mano. Y al unísono repitieron las palabras mientras se tomaban de las manos y la sangre se mezclaba.

—De hermano a hermano, de hermano a hermana, de hermana a hermana, de amante a amante. Vida a la vida, en el antes, en el ahora, en el porvenir. Por medio de la fe, por medio de la esperanza, en la verdad. Con sangre y lágrimas para proteger la luz de la oscuridad. De hermano a hermano, de hermano a hermana, de hermana a hermana, de amante a amante.

A pesar de que no había viento, la llama de las velas se meció y creció. Entonces Cal se puso de cuclillas junto a *Lump*.

—De amigo a amigo —y tras tomar una de las patas delanteras del perro, le hizo un corte superficial. *Lump* sólo observó a Cal en total rendición y confianza mientras él cerraba su mano sobre el corte de su mascota—. Lo siento, amigo —y tras ponerse en pie se encogió de hombros—. No pude dejarlo fuera.

—*Lump* es parte del equipo —Quinn se agachó y recogió la fotografía—. No me siento diferente, pero creo que ha funcionado.

—Yo también —Layla se agachó para recoger las flores y las plantas—. Voy a ponerlas en agua. Simplemente... siento que es lo que debemos hacer.

—Ha sido un buen día —Fox tomó la mano de Layla y le acarició la palma con los labios—. Sólo me queda una cosa por decir: ¿quién quiere pastel?

CAPÍTULO 15

Cal, Fox y Gage decidieron reunirse en la oficina de Cal en la bolera, aprovechando que era un sitio en el cual tendrían privacidad y silencio. El reloj hacía tictac, y Gage, al igual que los demás, no podía evitar sentir que los días volaban. Ninguno de los seis había vuelto a ver a Twisse desde el día en que Gage le había disparado, pero las señales no cesaban.

Señales tales como el incremento de ataques por parte de animales y del número de cadáveres de animales hinchados a los costados de las carreteras. También se habían presentado apagones repentinos y sin motivo aparente, y fuegos causados por fallos eléctricos. Al parecer, los ánimos estaban exaltados y la gente se peleaba por tonterías. Y los accidentes aumentaban con el paso de los días.

Además, las pesadillas los atormentaban por las noches.

—Mi abuela y mi prima van a mudarse a la casa de mis padres hoy —les contó Cal a sus amigos—. Ayer alguien lanzó una piedra contra la ventana del vecino. Ahora estoy tratando de convencer a los cuatro para que se muden a la granja, Fox. Si son más, estarán más seguros. Aunque todo parece indicar que tenemos que llevar cuanto antes a la granja a la gente que esté dispuesta a hacerlo. Ya sé que es más pronto de lo que pensábamos, y sé que son un montón, pero...

—Mis padres ya están listos, así como mi hermano y su familia, y mi hermana y su chico —Fox se rascó la nuca—. Anoche tuve una pelea con Sage por teléfono —añadió, hablando de su hermana mayor—. Me empezó a decir que estaba haciendo planes para venir y ayudar. Ahora está en Seattle. Está enfadada conmigo, pero se va a quedar allí. Creo que la convencí con el argumento de que Paula está embarazada.

—Muy bien. Ya hay suficientes miembros de tu familia involucrados en esto. Mis dos hermanas también se van a quedar donde están. Todos los días se ve gente que se está yendo del pueblo: un par de personas por aquí, un par de personas por allá y así.

—Ayer pasé por la floristería —empezó Fox—. Amy me dijo que va a cerrar al final de la semana. Se va a tomar un par de semanas de vacaciones en Maine. Y tres clientes me cancelaron la cita que teníamos la semana que viene, lo que me hizo pensar que tal vez debería cerrar la oficina hasta que todo esto haya acabado.

—Tal vez sea una buena idea. Por favor, averigua si hay algo que tu familia necesite en la granja y que no me hayan dicho: tiendas, provisiones, lo que sea.

—Justamente dentro de un rato voy para la granja, para ayudarles con lo que necesiten.

—¿Necesitas que te ayude? —le preguntó Gage.

—No, creo que tenemos todo cubierto. Pero es probable que se me haga tarde para llegar a casa de Cal, si es allí donde vamos a pasar la noche. Por favor, ¿alguno de vosotros podría asegurarse de que Layla no se quede sola y llegue bien a la casa?

—No hay problema. ¿Alguno de vosotros puede dormir? —preguntó Cal, a lo que Gage sólo respondió con una risa—. Sí, yo tampoco —Cal tocó la sanguinaria que tenía sobre el escritorio—. La saqué esta mañana de la caja de seguridad donde la tengo guardada. Pensé que tal vez, si me sentaba aquí y la observaba con suficiente atención, pasaría algo.

—Están sucediendo muchas cosas —Fox se puso en pie y empezó a caminar de un lado a otro—. Puedo sentirlo. ¿Podéis vosotros? Estamos justo al borde, pero no hemos podido pasar al otro lado. Parece como si estuviera todo ahí, todas las piezas, excepto ésa —dijo levantando la sanguinaria—. La tenemos, pero no sabemos cómo diablos usarla.

—Tal vez lo que necesitamos sea un tanque de guerra en lugar de una piedra.

Sonriendo a medias, Fox se volvió hacia Gage:

—Estoy en el punto en que un tanque de guerra no suena tan mal. Pero sabemos que esta piedra será la que le ponga punto final al bastardo. Las chicas están invirtiendo cada hora de vigilia, que son casi todas estos días, en tratar de encontrar la respuesta sobre esta piedra, pero...

—No podemos ver más allá del borde —terminó Cal.

—Cybil y yo hemos tratado de conectarnos de nuevo, pero lo que logramos ver más que nada son imágenes de mala calidad o sencillamente nada. Probablemente es la interferencia, esa especie de electricidad estática que el bastardo es capaz de crear. Es como si estuviera trabajando horas extraordinarias para bloquearnos.

—Es cierto. Y Quinn está haciendo horas extra para encontrar una manera de evadir ese bloqueo —Cal se encogió de hombros—. Esas cosas paranormales son su tema. Pero hasta que lo logre no podemos hacer más que lo que hemos venido haciendo hasta ahora para proteger el pueblo y protegernos nosotros. Y para descifrar cómo podemos usar el arma que tenemos.

—Si no podemos detenerlo... —comenzó Gage.

—Ay, ya va a empezar el señor optimismo —lo interrumpió Fox entornando los ojos.

—Si no podemos detenerlo —repitió Gage—, si tenemos la certeza de que no vamos a poder con él, ¿habría alguna manera de sacar a las chicas del pueblo? Estoy seguro de que a ambos se os ha ocurrido la misma pregunta.

Fox se dejó caer pesadamente en su silla.

—Sí, lo he pensado.

—Yo también me lo he preguntado —admitió Cal—. Aunque fuéramos capaces de convencerlas de que se fueran, lo que me parece altamente improbable, no veo muy bien cómo podríamos sacarlas; no, teniendo en cuenta que al parecer nos toca estar en la Piedra Pagana al inicio del Siete.

—No me gusta —Fox tensionó la quijada—, pero es ahí donde tenemos que estar, es ahí donde tiene que ser. En mitad del bosque, en la oscuridad. Quisiera no saber desde las entrañas que así tiene que ser y que ellas tienen que ir con nosotros. Pero lo sé a ciencia cierta. Así que lo único que podemos hacer es no dejarlo ganar. Eso es todo.

***

Había sido más fácil, admitió Gage, cuando sólo se había tratado de ellos tres. Quería profundamente a sus amigos y una parte de él moriría si alguno de ellos moría. Pero habían estado juntos, solos ellos tres, en esto desde el primer día. Desde el primer minuto, se corrigió, mientras bajaba las escaleras.

Había sido más fácil también al principio mismo de que las mujeres se hubieran involucrado en todo el asunto, antes de que ninguna de ellas le importara. Más fácil antes de que hubiera visto cómo Quinn encajaba con Cal o cómo Fox se iluminaba cada vez que Layla entraba en la habitación. Mucho más fácil antes de que se hubiera permitido sentir algo por Cybil, porque, maldición, la verdad era que sentía algo por ella. Sus sentimientos hacia ella eran complicados, irritantes e imposibles. Y esos sentimientos lo incitaban a tener pensamientos, pensamientos complicados, irritantes e imposibles.

No quería tener una relación seria. Estaba absoluta y completamente seguro de que no quería una relación seria a largo plazo. Y por Dios mismo que no quería una relación seria a largo plazo que implicara planes y promesas. Quería ir y venir como le viniera en gana, y eso exactamente era lo que hacía. Exceptuando un mes, cada siete años. Y hasta ahora, todo bien.

Era mejor no cambiar lo que ya funcionaba bien.

Así las cosas, los sentimientos y los pensamientos tendrían que ir a buscar a otro imbécil al cual... infectar.

—Gage.

Gage se detuvo en seco al ver a su padre al pie de las escaleras. «Perfecto», pensó él. «Sólo una cosa más para hacer de éste el día perfecto».

—Ya sé que te dije que no te importunaría cuando vinieras a ver a Cal, y no lo voy a hacer.

—Estás importunándome ahora.

Bill se apartó para dejar pasar a Gage y se frotó nerviosamente las manos en sus pantalones de trabajo.

—Sólo quería preguntarte... No quiero importunarte... Es sólo que quería preguntarte...

—¿Qué?

—Jim Hawkins me dijo que algunos de los habitantes del pueblo van a pasar un tiempo en la granja de los O'Dell y me he estado preguntando si yo podría ser de alguna ayuda allí. Llevando gente o víveres o cosas así, haciendo viajes cuando se necesite.

Por lo que recordaba Gage, su padre había estado ebrio todos y cada uno de los Sietes, metido en el piso donde vivía.

—Tendrías que preguntarles a Brian y a Joanne, depende de ellos decidir si necesitan ayuda o no.

—Bien, bien.

—¿Por qué? —le exigió Gage mientras Bill le daba la espalda y empezaba la marcha—. ¿Por qué sencillamente no te largas?

—Éste también es mi pueblo. Nunca antes he hecho nada para ayudar, nunca presté mayor atención a lo que estaba sucediendo o a lo que vosotros tres estabais haciendo para mejorar las cosas. Pero yo lo sabía. Nadie podría emborracharse lo suficiente como para no darse cuenta.

Gage reflexionó unos segundos.

—Los O'Dell apreciarán tu ayuda. Hay cosas que puedes hacer en la granja.

—Muy bien, entonces, Gage —Bill frunció el ceño y se frotó la cara con las manos—. Creo que debería decirte que he estado teniendo sueños durante las últimas noches. Cuando sueño es como si estuviera despierto, pero estoy dormido. ¿Me entiendes? Pero es como si estuviera despierto, porque escucho a tu madre en la cocina. Ella está allí, pero no es real. Está frente a la estufa, preparando la cena. Está haciendo chuletas de cerdo, puré de patatas y esos guisantes chiquititos que tanto me gustaban como los preparaba. Entonces ella...

—Continúa.

—Entonces ella me habla, me sonríe. Esa sonrisa tan bonita que tenía mi Cathy. Me dice: «Hola, Bill. La cena está casi lista». Entonces me acerco, como siempre hacía, y la abrazo por detrás mientras ella tiene las manos ocupadas en lo que está haciendo y empiezo a besarle el cuello hasta que se ríe y se aparta de mí diciendo, como siempre me decía, que deje de hacer eso si no quiero una cena quemada. En el sueño puedo olerla y puedo saborear... —Bill sacó un pañuelo del bolsillo y se secó las lágrimas de los ojos—. Después me dice: «¿Por qué no te tomas una copa, Bill? Anda, tómate una antes de la cena». Y hay una botella de whisky sobre la encimera, entonces ella me sirve el licor en un vaso y me lo ofrece. Pero ella nunca hizo eso. Tu madre nunca en su vida me ofreció una copa. Ni tampoco nunca me miró de la manera en que lo hace en esos sueños. Me mira con ojos duros y malévolos. Espera, necesito sentarme un momento —Bill se sentó en uno de los escalones y se secó el sudor que le perlaba la frente—. Cuando me despierto, estoy bañado en sudor y puedo oler el whisky que ella me ha ofrecido. No a Cathy, a ella no puedo olerla más, pero sí el whisky. Anoche, después de despertarme del sueño, fui a la cocina a tomar algo frío, porque tenía la garganta seca, y allí encontré una botella, allí, sobre la encimera. Te juro por Dios santísimo que estaba allí, pero yo no la compré —las manos empezaron a temblarle y el sudor se le acumuló sobre el labio superior—. Iba a coger la botella para derramar el contenido en el fregadero, le rezo a Dios que eso fue lo que iba a hacer, pero entonces ya no había nada allí. Creo que me estoy volviendo loco. Sé que enloquecería si tomara una botella para hacer cualquier otra cosa que no fuera derramarla en el fregadero.

—No estás enloqueciendo —otro tipo de tortura, pensó Gage. El bastardo no dejaba de probar ningún truco—. ¿Alguna vez antes habías tenido sueños como éstos?

—Tal vez algunas pocas veces a lo largo de los años. Es difícil de decir, dado que entonces no cogía las botellas para vaciarlas en el fregadero —Bill dejó escapar un suspiro—. Pero tal vez unas cuantas veces por esta misma época del año. Por esta misma época que Jim dice que vosotros tres llamáis el Siete.

—Él juega con nosotros y eso mismo es lo que está haciendo contigo. Vete a la granja, allá puedes ayudarles en lo que haga falta.

—Eso mismo haré —Bill se puso en pie—. Quienquiera que sea, no tiene derecho a usar a tu madre de esa manera.

—No, es cierto.

Cuando Bill empezó a alejarse, Gage maldijo por lo bajo:

—¡Espera! No puedo olvidar y no sé si alguna vez podré perdonarte, pero sé que la amabas, sé que ésa es la verdad. Así que siento mucho que la perdieras.

Algo se reflejó en los ojos de Bill, algo que Gage, renuente, reconoció como gratitud.

—Tú también la perdiste, pero nunca pensé eso, no durante todos esos años. Tú también la perdiste, y a mí con ella. Voy a cargar con eso el resto de mi vida. Pero hoy no voy a beber.

Gage se fue directamente a la casa de las mujeres. Entró sin llamar y subió las escaleras sin detenerse. Cuando estaba llegando al último escalón, Quinn salió de su habitación envuelta en una toalla.

—Ay. Hola, Gage.

—Hola. ¿Dónde está Cybil?

Quinn se subió la toalla un poco más arriba.

—Probablemente en la ducha o vistiéndose. Nos fuimos al gimnasio y yo estaba a punto de... No importa, en realidad.

Gage examinó el rostro de Quinn. Parecía tener las mejillas un poco más sonrosadas de lo habitual; los ojos, un poco más brillantes.

—¿Algo va mal?

—¿Mal? No, todo está bien. Genial, de hecho. De lo mejor. Eh... creo que mejor me voy a vestir.

—De paso puedes recoger.

—¿Qué?

—Recoge lo que necesites —le dijo mientras ella chorreaba agua y fruncía el ceño—. Teniendo en cuenta que vosotras sois tres mujeres, seguramente nos va a costar más de un viaje llevar vuestras cosas, así que Cal y Fox pueden venir por el resto en algún momento. No tiene sentido que vosotras os quedéis aquí solas. A propósito, ¿a alguna se os ha ocurrido que sería mejor cerrar la puerta con seguro? El pueblo se está volviendo peligroso. Los seis nos podemos quedar en casa de Cal hasta que todo esto haya terminado.

—¿Tú solo estás tomando la decisión por el resto de nosotros? —preguntó Cybil desde detrás de Gage.

—Sí —respondió él dándose la vuelta para mirarla. Cybil estaba ya vestida y lo miraba apoyada en el marco de la puerta.

—Me parece muy presuntuoso, y me quedo corta. Pero resulta que estoy de acuerdo contigo —Cybil se volvió hacia Quinn—. Ya no me parece práctico tener tres bases: aquí, la casa de Cal y la de Fox. Nos iría mejor si estuviéramos concentrados en un solo lugar. Aunque sea cierto que esta casa es zona segura, estamos demasiado dispersos unos de otros.

—¿Quién lo discute? —Quinn se ajustó la toalla de nuevo—. Layla está en la tienda con el padre de Fox, pero Cyb y yo podemos recoger sus cosas.

Cybil continuó mirando a Quinn.

—Sería útil que fueras a la tienda ahora, Gage, para que le cuentes los planes. En todo caso vamos a tardar algo de tiempo en recoger todas las cosas más todo los elementos de la investigación. Podrías pedirle prestada la camioneta a Cal para llevar la primera parte de la carga.

Gage sabía cuándo se querían deshacer de él. Cybil quería que se marchara, por ahora.

—Recogedlo todo, entonces. Y en cuanto estemos en casa de Cal, tú y yo tenemos que tratar de nuevo de tener otro viaje juntos.

—Sí, así es.

—Moveos, entonces. Regreso dentro de veinte minutos.

Cybil hizo caso omiso de él, se quedó en su puerta mirando a Quinn, que se había quedado en la de ella. Se miraron la una a la otra hasta que escucharon que la puerta principal se cerraba.

—¿Qué pasa, Q.?

—Estoy embarazada. Mierda, Cyb. Estoy embarazada. —Los ojos se le llenaron de lágrimas, incluso cuando empezó a menear la cadera y a mover los pies en lo que habría podido llamarse un baile feliz—. Estoy embarazada, estoy encinta, estoy preñada. Santa Madre de Dios.

Cybil cruzó el pasillo y extendió los brazos hacia su amiga. Se quedaron abrazándose un momento, en silencio.

—No esperaba quedarme embarazada. Es decir, no estábamos tratando de tener un hijo. Con todo lo que está sucediendo, más los planes de la boda. Ambos pensamos que podíamos empezar a intentarlo después de habernos casado.

—¿De cuánto estás?

—Ésa es la cuestión —echándose hacia atrás, Quinn se quitó la toalla y la usó para secarse la cara. Desnuda, se dirigió hasta el armario para sacar la ropa que iba a ponerse—. Ni siquiera tengo un retraso, pero en los últimos días me he estado sintiendo como... diferente. Y tenía esta sensación. Pensé que no, que no era posible, pero no me podía quitar la sensación de encima. Entonces compré una... no, en realidad me compré cinco pruebas de embarazo, porque enloquecí tratando de decidir cuál comprar. Fui a la farmacia del pueblo de al lado —añadió entre risas—. Ya sabes, pueblo pequeño...

—Sí, sí, ya sé.

—Sólo me hice tres. Bajé el grado de loca a solamente obsesiva. Sólo me las hice, una detrás de otra. Las tres dieron positivo. Probablemente sólo esté de unas pocas semanas, si acaso, pero... —se interrumpió y se miró la barriga—. Caramba, tengo a alguien ahí dentro.

—No se lo has contado a Cal.

—No quería decir nada hasta que estuviera segura. Sé que se va a alegrar, pero también se va a preocupar —sacó finalmente unos pantalones pesqueros y se los puso—. Se va a preocupar por lo que se avecina, por lo que nos toca hacer, aunque esté a punto de empezar una familia.

—¿Y cómo te sientes con respecto a eso?

—Asustada, protectora. Y sé que nunca nada va a estar bien para nosotros, para ninguno de nosotros ni para este bebé, si no le ponemos fin a Twisse. Si no seguimos con lo que tenemos planeado, y yo soy parte de esos planes. Supongo que tengo que creer que este embarazo —Quinn se puso una mano sobre la barriga— es una señal de esperanza.

—Te quiero, Q.

—Ay, Dios mío, Cyb —una vez más, Quinn se abrazó a Cybil—. Me alegra tanto que estés aquí... Sé que debería habérselo contado primero a Cal, pero...

—Él lo entenderá. Cal tiene hermanos, así que lo entenderá. —Con suavidad, Cybil le echó el pelo húmedo hacia atrás a Quinn—. Vamos a salir de ésta, Q. Y tú y Cal vais a ser unos padres estupendos.

—Así es: vamos a ser unos padres estupendos, ambos —Quinn dejó escapar un suspiro—. Caramba. Estaba pensando que tal vez si se me enloquecen las hormonas con el bastardo, eso lo deje frito.

Cybil se rió:

—Sí, tal vez eso es lo que necesitamos para aniquilarlo.

Cuando Gage regresó, los tres metieron la primera tanda del equipaje en la camioneta de Cal.

—Necesito ir a ver a Cal primero, así que prefiero llevar mi coche. Podemos meter otras cosas en él y, cuando termine, paso a recoger a Layla para irnos juntas —Quinn le dirigió una mirada a Cybil—. Es posible que tarde un rato.

—Tómate tu tiempo. Nosotros podemos sacar esta tanda y organizarla. Bien... Nos vemos más tarde.

Quinn le dio un fuerte apretón a Cybil y después dejó desconcertado a Gage al hacer lo mismo con él.

—Hasta luego.

Gage se sentó en el puesto del conductor y arrancó. Después, empezó a tamborilear con los dedos sobre el volante, pensando.

—¿Qué le pasa a Quinn?

—Nada, está perfectamente.

—Parece un poco nerviosa.

—Todos estamos un poco nerviosos, y ésa justamente es la razón por la cual coincidí contigo en que todos nos quedemos en casa de Cal hasta que esto acabe.

—No es ese tipo de nervios —Gage se dio la vuelta en el asiento y miró a Cybil directamente a los ojos—. ¿Quinn está embarazada?

—¡Qué perceptivo eres! Sí, está embarazada. Y sólo te lo estoy confirmando porque en este mismo momento Quinn está yendo a contárselo a Cal.

Gage miró al frente y se frotó la cara con las manos.

—Por Dios santo.

—Puedes ver esto como si el vaso estuviera medio vacío, como es obvio que estás haciendo, o como si estuviera a medio llenar. Yo, personalmente, veo el vaso absolutamente rebosando. Éstas son buenas noticias, Gage, noticias positivas y fuertes.

—Tal vez para gente normal en circunstancias normales. Pero ponte en el lugar de Cal por un momento: ¿querrías que la mujer a la que amas, que está embarazada de tu hijo, arriesgara su vida y la vida del bebé? ¿O preferirías que ella estuviera a miles de kilómetros de distancia?

—Quisiera que estuviera a miles de kilómetros de distancia. ¿Crees que no puedo entender lo que Cal va a sentir? Yo quiero a Quinn profundamente, pero sé que no puede estar a miles de kilómetros de distancia. Así que voy a adoptar la perspectiva de que este embarazo es una señal de esperanza, que es lo que Quinn está pensando. Sabíamos que esto iba a suceder, Gage, o que existía la posibilidad, al menos. Lo vimos. Vimos a Quinn y a Cal juntos, vivos y juntos, y ella estaba embarazada. Y he decidido creer que ése es el futuro. Necesito creerlo.

—También la vimos cuando la estaban matando.

—Por favor, no empieces —Cybil cerró los ojos cuando el estómago se le encogió—. Sé que tenemos que prepararnos para lo peor, pero, por favor, no. Al menos hoy no.

Gage arrancó y le concedió varios minutos de silencio.

—Fox va a cerrar la oficina dentro de un par de días y hasta que esto acabe. Si Layla quiere seguir con la remodelación de la tienda...

—Probablemente sea así. Es otra cosa positiva.

—Él puede ir y volver con ella y trabajar con su padre en lo que haga falta. Por medio de ellos, de Cal y de su padre, estaremos al tanto de lo que sucede en el pueblo. Así, no hay razón para que Quinn, o tú, regreséis hasta que todo haya terminado.

—Tal vez no. —Un término medio razonable, pensó Cybil. Vaya sorpresa.

—Mi viejo ha estado teniendo sueños —empezó Gage, y se lo contó.

—Se alimenta de miedos, dolores, debilidades —Cybil puso una mano sobre la de él por un momento—. Qué bien que te lo contó. Ésa es otra cosa positiva, Gage, sin importar cómo te sientas con respecto a él. Puedes sentirlo en el pueblo, ¿no es cierto? Es como nervios al límite que pueden percibirse en el aire.

—Va a ponerse peor. Las personas que tienen que venir al pueblo por negocios o lo que sea cambian de opinión y otras que tendrían que atravesar el pueblo en su camino a cualquier otra parte deciden mejor tomar una vía alternativa. Algunos de los habitantes de Hawkins Hollow van a hacer las maletas y se tomarán un par de semanas de vacaciones. Y de los que deciden quedarse, muchos se atrincherarán en su casa, como preparándose para un huracán —Gage inspeccionó los alrededores mientras conducía en busca de cualquier señal, como un chico o un perro negro—. Pero los que decidan que quieren irse después del siete de julio no podrán encontrar una manera de salir. Conducirán en círculos, sintiéndose asustados, confundidos. Y si tratan de llamar a alguien para pedir ayuda, lo más probable es que las llamadas no den señal —tomó la curva que conducía al sendero de la casa de Cal—. Se siente el aire arder incluso antes de que los incendios empiecen. Y una vez que prenden, nadie está a salvo.

—Esta vez lo estarán. Algunos estarán a salvo en la granja de los O'Dell. Y cuando hayamos terminado, el aire no va a arder, Gage. Y los incendios se extinguirán.

Gage detuvo la camioneta y abrió la puerta para apearse. Una vez abajo, se volvió hacia Cybil.

—Metamos todas estas cosas en la casa, después... —la tomó de la mano y tiró de ella de nuevo hacia dentro de la camioneta cuando ella trató de apearse por su lado—. Quédate adentro.

—¿Qué? ¿Qué pasa? Ay, Dios.

Cybil miró en la dirección en que Gage lo estaba haciendo y vio las serpientes que reptaban sinuosamente sobre la terraza de la casa.

—Son víboras cobrizas —le dijo Gage—. Parecen ser doce, creo.

—Son venenosas. ¿Tantas? Sí, la camioneta es el mejor lugar para quedarse —sacó de su bolso su revólver calibre veintidós, pero negó con la cabeza—. No creo que podamos dispararles desde aquí, y menos con esto.

Gage metió la mano debajo de su asiento y sacó su Glock.

—Con ésta vamos a poder, pero no desde aquí. Aunque, mierda, Cal me mataría si llegara a abrirle un agujero de bala en su casa. Tengo una idea mejor. Quédate en la camioneta. Si me muerden, me voy a enfadar. Pero si te muerden a ti, te van a sacar de circulación. Así que quédate aquí.

—Ahí tienes razón. ¿Cuál es la mejor idea?

—Primero, hagamos un trueque —Gage le ofreció su Glock y le cogió su calibre veintidós—. Cualquier otra sorpresa que sobrevenga, úsala.

Cybil sopesó el arma mientras Gage se apeaba nuevamente. Y puesto que no tenía otra opción más que confiar en él, observó las serpientes y trató de recordar lo que sabía sobre esta especie en particular.

Venenosas, sí, pero la mordedura rara vez era mortal. Sin embargo, unas cuantas decenas de mordeduras bien podían ser completamente letales. Las víboras cobrizas preferían los terrenos irregulares y rocosos y no eran particularmente agresivas. Aunque, por supuesto, por lo general no se había sabido que un demonio las enloqueciera. Estas serpientes estaban dispuestas a atacar. A Cybil no le cabía ninguna duda.

A la defensiva, varias levantaron la cabeza cuando Gage empezó a acercárseles por un costado de la casa con una pala en la mano.

¿Una pala?, pensó Cybil. Gage tenía un arma pero decidía usar una pala contra un nido de víboras enardecidas. Empezó a bajar la ventanilla para gritarle su opinión sobre su estrategia a Gage, pero él no le dio tiempo: ya estaba subiendo los escalones de dos en dos y directo hacia el nido reptante.

Fue extremadamente desagradable. Cybil siempre había considerado que tenía un estómago fuerte, pero ahora se le revolvió al ver a Gage golpeando, aplastando y cortando. Perdió la cuenta de las mordeduras que recibió él y supo que, a pesar del poder curador que tenía, de todas maneras le dolía cada vez que unos colmillos le desgarraban la piel.

Cuando todo terminó, tragó saliva con fuerza y se apeó de la camioneta. Gage se giró con el rostro empapado en sudor.

—Tarea terminada. Sólo me falta limpiar y enterrar los cadáveres.

—Te puedo ayudar.

—Yo puedo hacerlo solo. Pareces un poco verde.

Cybil le pasó la mano por la frente.

—Pues, aunque me avergüenza admitirlo, he de confesar que efectivamente me siento un poco verde. Eso fue muy... ¿Estás bien?

—Me mordieron varias veces, pero no fue nada.

—Gracias a Dios llegamos antes que Layla. Puedo ayudarte, Gage. Voy a por otra pala.

—Cybil, no te imaginas lo bien que me vendría un café en este momento.

Cybil se debatió por unos momentos, pero finalmente decidió aceptar la oportunidad que Gage le estaba ofreciendo de zafarse de la próxima tarea.

—Está bien.

Supuso que no tenía por qué avergonzarse por haber desviado la mirada del terrible desastre que había quedado en la terraza mientras entraba en la casa. ¿Por qué mirar si no tenía que hacerlo? En la cocina, se tomó un vaso de agua fría y se echó un poco en la cara hasta que sintió que su sistema se normalizaba. Cuando el café estuvo listo, le llevó una taza a Gage, que ya estaba cavando un hoyo apenas unos cuantos metros dentro del bosque.

—Este lugar se está convirtiendo en una especie de retorcido cementerio de animales —comentó ella—. Primero el loco de *Rosco* y ahora un ejército de serpientes. Tómate un descanso. Yo puedo cavar. En serio.

Gage le cambió la pala por la taza de café.

—Más bien una broma.

—¿Qué?

—Todo esto. No es un gran espectáculo, sino más bien un codazo en las costillas.

—Todavía me estoy riendo. Pero sí, entiendo lo que quieres decir y supongo que tienes razón: no fue más que un jueguecito para ponernos nerviosos.

—Salen muchas serpientes durante el Siete. La gente puede encontrárselas en su casa, como en el sótano o en los armarios. A veces incluso en los coches, si son lo suficientemente estúpidos como para no dejar todas las ventanas cerradas cuando aparcan. Abundan las ratas también durante esos días.

—Encantador. Sí, lo tengo en las notas —el calor del verano y el esfuerzo le perlaron la piel con sudor—. ¿Así es suficientemente profundo?

—Sí, así está bien. Vuelve a la casa.

Cybil se volvió a mirar los dos cubos y pensó en lo que Gage había tenido que poner ahí dentro.

—Voy a tener que ver cosas peores que ésta, ¿no? Así que nada de condescendencias con la delicada mujer.

—Es tu elección.

Y mientras Gage vaciaba el contenido de los cubos en el hueco y a ella se le revolvía el estómago, sólo deseó que no le tocara ver cosas mucho peores.

—Déjame, yo lavo los cubos —le dijo a Gage recogiendo los cubos vacíos— y puedo limpiar la terraza también, mientras tú terminas aquí.

—Cybil —le dijo Gage mientras ella emprendía la marcha—, no te veo como una mujer delicada.

«Fuerte», pensó Gage al echar la primera palada de tierra sobre los animales muertos. «Firme». El tipo de mujer en la que un hombre podría confiar que se quedaría en las buenas y en las malas.

Cuando terminó, caminó hacia la casa, donde se sorprendió al encontrarse con Cybil agachada fregando el suelo de la terraza.

—Pues ésta sí que es otra manera de verte en la que no había pensado.

Cybil se sopló un mechón de pelo fuera del ojo y se giró.

—¿Es decir...?

—Como una mujer con un cepillo de fregar en la mano.

—Pues aunque prefiero pagarle a alguien para que lo haga, he fregado suelos antes. Aunque sí es la primera vez que puedo decir que he fregado un suelo manchado de entrañas de serpiente. Y he de decir que no es una labor doméstica placentera.

Gage subió las escaleras y, apoyándose en la baranda, procuró mantenerse lejos del agua y el jabón.

—¿Y cuál sería una labor doméstica placentera?

—Preparar una cena deliciosa cuando me apeteciera, hacer floreros, poner la mesa de manera bonita. Se me están acabando las opciones... Creo que ésa sería mi corta lista —sintiendo que el sudor le bajaba por la espalda, se sentó sobre las pantorrillas—. Ah, y hacer reservas.

—¿Para cenar?

—Para cualquier cosa. —Cybil se puso en pie y empezó a levantar el cubo, pero él le puso una mano sobre la suya—. Tengo que tirar esto y después enjuagar con la manguera.

—Yo puedo encargarme del resto.

Con una sonrisa, Cybil levantó la cabeza.

—¿No es una labor demasiado desagradable para un hombre?

—Podría decirse que sí.

—Entonces, adelante, todo tuyo. Voy a limpiar y después podemos empezar a sacar las cosas de la camioneta.

Trabajaron rápida y conjuntamente. Ésa era otra cosa, pensó Gage, que le gustaba de Cybil. No podía recordar a ninguna otra mujer con la que hubiera podido trabajar en equipo antes. Y no pudo pensar tampoco en ninguna razón lógica que pudiera explicar por qué limpiar con ella después de semejante desastre de serpientes muertas le despertaba esos sentimientos y pensamientos complicados.

—¿Qué quieres hacer después de que esto se haya terminado? —le preguntó Gage a Cybil mientras se lavaba las manos en el fregadero.

—¿Qué quiero hacer cuando esto se haya terminado? —repitió ella pensativamente mientras le servía otra taza de café—. Quisiera dormir unas doce horas en una cama tamaño extragrande, con sábanas de algodón egipcio de cuatrocientos cincuenta hilos y, al despertarme, que me trajeran unas cuantas mimosas y el desayuno a la cama.

—Muy buenas opciones, pero me refiero a qué quieres.

—Ah, te refieres al querer más filosófico y general —se sirvió un zumo de pomelo y *ginger ale* en un vaso lleno de hielo, lo removió y le dio un largo sorbo—. Ya hemos hablado un poco de eso, ¿no? Y no he cambiado de parecer, el plan flexible sigue siendo básicamente el mismo. En primer lugar, quiero darme un descanso: del trabajo, del estrés, de este pueblo, aunque no es que tenga nada contra él. Es sólo que querría un descanso de celebración, digamos. Después, planeo volver, como ya te había dicho, para ayudar a Quinn y a Layla con sus respectivas bodas. Y ahora, además, para ayudar a Q. a planear todo para el nacimiento del bebé. Quiero ver Hawkins Hollow de nuevo, quiero sentir la satisfacción de visitarlo sabiendo que ninguna amenaza pende sobre él y que, en parte, es gracias a mi contribución. Después, quiero regresar a Nueva York y al trabajo, y ver adónde me lleva la siguiente. Y también quisiera verte de nuevo... ¿Te sorprende?

Gage se dio cuenta de que todo lo referente a ella lo sorprendía.

—Estaba pensando que tal vez podamos compartir el plan de las doce horas de sueño y el desayuno en la cama. Juntos, en alguna parte que no sea aquí.

—¿Es ésa una oferta?

—Parece que lo es.

—La acepto, entonces.

—¿Así nada más?

—La vida es larga o es corta, Gage, quién diablos puede saberlo. Así que sí, así nada más.

Gage extendió la mano y le acarició la mejilla.

—¿Adónde quieres ir?

—Sorpréndeme —le respondió ella poniendo su mano sobre la de él.

—Y si te dijera... —Gage se interrumpió cuando escuchó la puerta principal abriéndose—. Nos pasa esto con tanta frecuencia... Pero sí, déjame sorprenderte.

CAPÍTULO 16

Layla entró en el comedor, que estaba en proceso de convertirse en el centro de investigaciones. Sobre la mesa había varios ordenadores portátiles, pilas de carpetas, gráficos, mapas. La pizarra descansaba en una esquina y Cal estaba acuclillado en otra conectando una impresora.

—Fox me dijo que va a cenar en la granja, así que probablemente lo mejor es que empecemos sin él… es decir, Gage y Cybil deberían empezar sin él, porque yo creo que va a tardar todavía. No le he contado las buenas nuevas —le dijo a Quinn con una sonrisa—. Tuve que morderme la lengua un par de veces, a decir verdad, porque pensé que Cal y tú querríais contarle lo del bebé vosotros mismos.

—Pues creo que yo necesito que alguien me lo cuente de nuevo, unas pocas veces más —comentó Cal.

—¿Y si tan sólo empiezo a llamarte «papi»? —le preguntó Quinn.

Cal dejó escapar una risa ahogada, como la de un hombre atrapado entre la emoción y el terror.

—Dios mío —exclamó Cal y, tras dirigirse hacia donde Quinn estaba organizando unas carpetas, la tomó de las manos—. Dios mío —exclamó una vez más y Quinn y él se quedaron así, con las manos entrelazadas, sólo mirándose el uno al otro. Entonces Layla decidió que lo más prudente era dejarlos solos y salió del comedor.

—Se están regodeando —les dijo Layla a Gage y a Cybil en la cocina.

—Tienen derecho —Cybil cerró la puerta del armario y se llevó las manos a la cadera antes de echar un vistazo alrededor—. Creo que eso es todo. Todos los alimentos perecederos que teníamos en la casa están ya guardados y de aquí en adelante tendremos que vivir a partir de la abundancia de alimentos no perecederos que tenemos.

—Mañana pienso sacar de casa de Fox lo que me parezca que puede sernos útil —comentó Layla—. ¿Hay algo más que pueda hacer?

—Tenemos que echar a suertes la habitación de invitados —dijo Gage sacando una moneda del bolsillo—. El que pierda se queda con el sofá cama que está en la oficina.

—Ay —Layla frunció el ceño ante la moneda—. Quisiera ser cortés y deciros que ya que estás allí, te quedes allí, pero ya he dormido en ese sofá cama y no es que sea lo más cómodo. Cara... No... Cruz.

—Escoge, bonita.

Layla cerró los puños a los lados de la cabeza y meneó la cadera mientras apretaba los ojos con fuerza. Gage estaba acostumbrado a ver a la gente hacer rituales extraños para atraer a la buena suerte.

—Cruz.

Gage lanzó la moneda, la recogió y la giró sobre el dorso de una mano.

—Debiste haber hecho caso a tu primer instinto.

Layla suspiró al ver la moneda.

—Ay, bueno. Fox todavía tardará, así que mejor...

—Trataremos de hacer la conexión en cuanto el comedor esté organizado —dijo Cybil mirando por la ventana—. Creo que lo mejor es que lo hagamos dentro. Mirad, está empezando a llover.

—Por no mencionar las serpientes. Y creo que ya basta de regodeos para Cal y Quinn —concluyó Layla antes de regresar al comedor para ayudar a terminar de organizar.

—Estáis recibiendo a un montón de gente —le dijo Fox a su padre, mientras contemplaba la pertinaz lluvia desde el porche trasero de la casa.

—Estuve en Woodstock, hijo mío. Vamos a estar bien.

En la distancia se adivinaban unas cuantas tiendas que se alzaban entre la lluvia. Fox, junto con su padre, su hermano Ridge y Bill Turner habían construido una plataforma de madera y le habían colgado un toldo encima sostenido con pértigas para que hiciera las veces de cocina.

Fox pensó que no le parecía tan rara la cocina improvisada, pero la brillante fila de baños portátiles al otro lado del terreno sí le parecía una vista muy extraña. Sin embargo, sabía que sus padres se iban a tomar las cosas con calma, porque eso era lo que siempre hacían.

—Mañana Bill va a preparar una zona de duchas —continuó Brian, ajustándose la gorra, enfundado en unos Levi's centenarios y sus viejas botas de trabajo—. Es un tipo muy hábil.

—Sí.

—Serán duchas muy básicas, pero van a servir durante una o dos semanas, y la idea es que sean un complemento al horario que tu madre y Sparrow piensan organizar para el uso del baño de la casa.

—Pero no permitáis que cualquier persona entre en la casa —Fox miró directamente a los sosegados ojos de su padre—. Ay, papá, como si no os conociera. No todo el mundo es honesto y digno de confianza.

—¿Quieres decir que hay gente deshonesta en el mundo que no trabaja en política? —Brian miró a su hijo levantando una ceja—. ¿Acaso lo siguiente que me vas a decir es que no existe Papá Noel?

—Simplemente, cerrad la puerta con seguro estos días para variar. Sólo por ahora.

Brian hizo un sonido para no tener que decirle una mentira a su hijo.

—Jim me dijo que creía que en los próximos días van a empezar a llegar algunas personas aquí.

Fox decidió rendirse: sus padres iban a hacer lo que iban a hacer, no había caso.

—¿Te dio alguna idea de cuántas personas pueden venir?

—Más o menos unas doscientas. La gente escucha a Jim. Probablemente vendrán más, si Jim logra convencerlos.

—Yo pienso ayudar en lo que sea posible.

—No te preocupes por nada. Nosotros podemos hacernos cargo de todo aquí. Tú haz lo que tengas que hacer y, maldición, tienes que cuidarte. Eres el único hijo mayor que tengo.

—Eso es cierto —Fox se dio la vuelta y abrazó a su padre—. Te veo luego.

Fox corrió hasta su camioneta en medio de la lluvia de verano. Ducha caliente, ropa seca, cerveza, pensó. En ese orden. Mejor todavía si lograba convencer a Layla de que se metiera en la ducha con él. Arrancó y puso marcha atrás para rodear la camioneta de su hermano y después salir a la carretera.

Deseó que Gage y Cybil hubieran tenido suerte, o la estuvieran teniendo, si estaban en el proceso de ver el futuro en ese momento. Las cosas habían empezado a... palpitar, decidió. Podía sentirlo. Se notaban sombras en el pueblo, sombras que nada tenían que ver con la lluvia de verano o con noches húmedas y sombrías. Sólo necesitaban un par de respuestas adicionales, pensó. Sólo un par de piezas más para armar el rompecabezas. Eso era lo único que les hacía falta.

Vio las luces del coche bien detrás de él por el espejo retrovisor antes de doblar en la siguiente curva. Los limpiaparabrisas trabajaban sin cesar mientras los Stone Sour se derramaban por los altavoces. Tamborileando sobre el volante mientras pensaba en esa ducha caliente, Fox condujo unos cuantos kilómetros más hasta que el motor de la camioneta empezó a toser y a toser.

—Ay, no me hagas esto. ¿Acaso no te acabo de hacer una revisión? —pero mientras hablaba, la camioneta sencillamente se estremeció y empezó a reducir la velocidad. Molesto, Fox la guió hasta el arcén, donde el motor se murió sin ningún miramiento, como un perro enfermo—. La lluvia le da el toque definitivo a toda la situación. Sencillamente perfecto —abrió la puerta para apearse, pero se detuvo un momento, pensando. Fijó sus ojos color miel en el espejo retrovisor antes de sacar el móvil del bolsillo, pero no pudo menos que maldecir cuando vio que no tenía cobertura—. Sí, definitivamente perfecto.

La carretera por detrás y por delante de él parecía un gran hoyo negro brumoso debido a la neblina y a la lluvia. Entonces puso de nuevo la mano en la manilla de la puerta y se dispuso a apearse.

***

En el salón, Cybil y Gage se sentaron en el suelo, frente a frente, y se tomaron de las manos.

—Creo que deberíamos concentrarnos en vosotros tres —le dijo Cybil a Gage—. Y en la sanguinaria. Ella fue a vosotros tres, así que pienso que deberíamos empezar ahí. Vosotros tres, después la sanguinaria.

—Vale la pena hacer el intento. ¿Lista?

Cybil asintió y empezó a relajar la respiración para igualar el ritmo de Gage. Él apareció primero en su mente. El hombre, la posibilidad. Cybil se concentró en lo que veía en él así como en su rostro, sus manos, sus ojos. Después pasó a Cal y lo situó hombro con hombro con el Gage que tenía en la cabeza. Vio al Cal físico y al que ella consideraba el Cal espiritual antes de traer a Fox a su mente.

«Hermanos», pensó ella. «Hermanos de sangre». Hombres que se apoyaban uno al otro, que creían en los otros y que se querían profundamente.

El sonido de la lluvia se intensificó casi hasta rugir en sus oídos. Una carretera oscura, la lluvia pertinaz. El reflejo de las luces de un coche que convirtieron el pavimento mojado en vidrio negro. Dos hombres de pie sobre el vidrio negro del pavimento, debajo de la lluvia. En cuestión de un segundo, Cybil vio claramente el rostro de Fox, así como por un segundo vio el resplandor de la pistola que le apuntaba.

A continuación se sintió caer y no opuso resistencia. Una caída libre que la hizo jadear y por un momento se sintió dando tumbos, tratando de alcanzar a Gage para que la ayudara, pero las manos de Gage se alejaron de ella y su voz sonó lejana.

—Fox está en problemas. ¡Vamos!

Sintiéndose mareada, Cybil se puso de rodillas mientras Layla corría hacia Gage y se aferraba a su brazo.

—¿Dónde? ¿Qué está pasando? ¡Voy contigo!

—No, te quedas aquí. ¡Cal, vamos, deprisa!

—Gage tiene razón, déjalos ir —le dijo Cybil y tomó a Layla de la mano—. No sé cuánto tiempo queda.

—Pero si yo puedo saber dónde está, yo puedo encontrarlo —apretando la mano de Cybil y la de Quinn, Layla hizo un máximo esfuerzo para conectarse con Fox. Los ojos se le oscurecieron, se le pusieron de un verde vidrioso—. Está cerca, a unos pocos kilómetros de distancia… Está tratando de conectarse con nosotros… Está en… la primera curva… más allá de la primera curva en White Rock Road, viniendo de la granja hacia aquí. ¡Deprisa, deprisa! Está con Napper. Y tiene un arma.

***

Fox se encogió de hombros tratando de protegerse de la lluvia y se apeó de la camioneta para abrir el capó. Sabía cómo construir cosas. Si le pedían que hiciera una silla o que levantara una pared, no había problema. Pero en lo que a motores se refería, sus habilidades no eran tantas. Sabía lo básico, por supuesto, como cambiar el aceite o arrancar la batería o hasta podía pasarse de temerario y cambiar la correa del ventilador. Pero no mucho más que eso.

Mientras se mojaba inclinado sobre el motor, sus conocimientos básicos de mecánica y su propio don fueron todo lo que necesitó para evaluar la situación. Pero al ver las luces que se aproximaban pensó que tal vez salir ileso de la situación no iba a ser tan sencillo.

Podía correr, supuso. Pero ésa no era su naturaleza. Entonces decidió darse la vuelta y miró de frente a Derrick Napper, que se acercaba a él en medio de la lluvia.

—Tienes problemas, ¿no, O'Dell?

—Eso parece —Fox no vio el arma que Napper llevaba en la mano porque él no la levantó, pero en todo caso pudo sentirla claramente—. ¿Cuánto azúcar le pusiste?

—No eres tan estúpido como pareces —le contestó Napper levantando el arma esta vez—. Vamos a dar un paseo por el bosque, O'Dell. Y vamos a tener una conversación sobre el hecho de que hayas hecho que me despidan de mi trabajo.

Fox no miró el arma, sino que mantuvo la mirada al mismo nivel de la de Napper.

—¿Fue culpa mía que te despidieran? Pensaba que eso lo habías logrado tú solito.

—Ahora no tienes a la puta de tu madre ni a los maricones de tus amigos para que te protejan. ¿Qué vas a hacer, pobrecito O'Dell? Pero es hora de que te enteres de lo que le pasa a la gente que se mete conmigo, como lo has hecho toda mi vida.

—¿En serio ves las cosas de esa manera? —Fox conservó un tono de conversación, pero cambió ligeramente la postura, plantando ambos pies firmemente en el suelo—. ¿Yo me metía contigo cada vez que me golpeabas en el patio de la escuela cuando éramos unos niños? ¿Cuando me tendías emboscadas en el aparcamiento del banco? Graciosa la manera en que esto parece funcionar. Aunque supongo que sí se podría decir que yo me estaba metiendo contigo cada vez que trataste de darme una paliza pero fracasaste en el intento.

—Vas a desear que sólo te hubiera dado una paliza cuando termine contigo.

—Baja el arma y vete, Napper. Te diría que no quiero hacerte daño, ¿pero qué sentido tendría mentirte? Baja el arma y vete, mientras puedas.

—¿*Mientras pueda*? —Napper caminó hacia Fox y le clavó el cañón del arma en el pecho con tal fuerza que lo hizo retroceder un paso—. Ahora veo que tal vez sí eres tan estúpido como pareces. ¿Tú vas a herirme a mí? ¿Eso es lo que crees? —Napper alzó la voz hasta que empezó a gritar—: ¿Quién tiene el arma, cabrón?

Mirando a Napper a los ojos, Fox sacó el bate de béisbol que había estado sosteniendo detrás de la espalda. Lo sintió crujir contra Napper al tiempo que sintió el intenso dolor que le produjo una bala al atravesarle el brazo. Después escuchó el sonido sordo que produjo el arma al caer y deslizarse sobre el pavimento mojado para ir a perderse en la oscuridad.

—Ahora nadie, cabrón —sólo para asegurarse, Fox volvió a hacer girar el bate y esta vez lo hizo aterrizar en el estómago de Napper para después sostenerlo como un bateador que se prepara para batear de nuevo. Sin bajar la guardia, bajó la mirada hacia el hombre que estaba derrumbado a sus pies—. Estoy completamente seguro de que te he roto el brazo. Apuesto a que debe de dolerte —Fox miró hacia la carretera cuando notó otro par de luces que se acercaban en medio de la lluvia—. Te dije que te fueras —Fox se puso de cuclillas frente a Napper y cogiéndolo del pelo, le echó la cabeza hacia atrás y lo miró a la palidísima cara—. ¿Ha valido la pena? —le espetó—. Por Dios santo, ¿alguna vez ha valido la pena?

Entonces lo soltó y se enderezó para esperar a sus amigos, que salieron del veloz coche de Gage como balas, pensó Fox, puesto que eran balas lo que tenía en la cabeza.

—Gracias por venir. Alguno de vosotros va a tener que llamar a Hawbaker. A mí no me ha funcionado el móvil.

Cal observó la situación, dejó escapar un suspiro de alivio.

—Yo me encargo —y sacando el móvil del bolsillo, se alejó unos cuantos metros por la carretera.

—Estás sangrando —comentó Gage.

—Sí. El arma se disparó cuando le partí el brazo. La bala me atravesó el brazo y me duele horrores —bajó la mirada hacia Napper, que respiraba con dificultad mientras hacía un esfuerzo por sentarse sobre el pavimento mojado—. Pero a Napper el brazo le va a doler mucho más tiempo que a mí. No toques eso —le advirtió Fox a Gage cuando éste se agachó a recoger la pistola—. No echemos a perder la prueba, lo que sucedería si dejas tus huellas en el arma —se sacó un pañuelo del bolsillo y se lo ofreció a su amigo—. Envuélvela en esto, mejor. Y, por Dios, ten cuidado.

—Vete a caminar con Cal.

El tono gélido e inexpresivo de Gage hizo que Fox levantara la cabeza y mirara directamente a los ojos a su amigo, entonces negó con la cabeza.

—No. No hay motivo, Gage.

—Te disparó y sabes bastante bien que su intención era matarte.

—Sí, eso era lo que quería, ésa era su clara intención, pero, ¿sabes? Desde que Cybil y tú me visteis muerto en el arcén, he llevado este bate en la camioneta. Soy un tipo con suerte —se tocó la herida del brazo e hizo una mueca al verse los dedos manchados de sangre—. La mayor parte del tiempo. Vamos a hacer esto de acuerdo con la ley, Gage, como debe ser.

—A él le importa una mierda la ley.

—Pero nosotros no somos como él.

Cal caminó hacia sus amigos.

—Hawbaker viene de camino. También llamé a casa, para avisar a Layla de que estás bien.

—Gracias —Fox se acunó el brazo herido—. Entonces, ¿alguno de vosotros ha visto cómo quedó el partido? ¿El de los Orioles en Nueva York?

Y así, los tres amigos esperaron a que llegara la policía: bajo la lluvia mientras hablaban de béisbol.

***

Layla salió corriendo de la casa y se abalanzó a los brazos de Fox en cuanto éste se apeó del coche de Gage, en el que los tres se habían apretado para ir a casa. Cybil y Quinn se quedaron de pie en el porche, observándolos.

—Está bien —les dijo Gage al pasar a su lado.

—¿Qué pasó? ¿Qué...? Estás empapado —Quinn suspiró—. Vamos adentro, para que los tres podáis poneros ropa seca. Podemos aguantar hasta que los tres os hayáis cambiado.

—Bien, pero sólo adelántanos una cosa —interrumpió Cybil—: ¿Dónde está? ¿Dónde está ese hijo de puta?

—Bajo custodia policial —con el brazo alrededor de Layla, Fox subió las escaleras hasta la terraza—. Necesita que le enyesen el brazo mientras levantan una larga lista de cargos contra él. Ay, cómo me apetece una cerveza.

Poco tiempo después, llevando ropa seca y con una cerveza en la mano, Fox les contó lo que había sucedido.

—Al principio sólo estaba molesto, me bajé en medio de la lluvia y fui a abrir el capó. Después recordé lo que Gage y Cybil habían visto. Por esa misma razón, desde entonces llevo mi fiable Louisville Slugger debajo del asiento.

—Gracias a Dios —exclamó Layla y se giró hacia Fox para besarle el brazo, que ya se había curado completamente.

—Tenía el depósito casi lleno y hace apenas un par de semanas llevé la camioneta al taller para una revisión de rutina. Así que decidí concentrarme en el motor.

—Pero si no sabes nada de nada de motores —comentó Gage.

Fox le hizo un corte de mangas.

—Tenía azúcar en el depósito de gasolina. Con azúcar, el motor anda unos cuantos kilómetros, después tose y se muere, que fue exactamente lo que me pasó. Ahora mi pobre camioneta ha pasado a mejor vida.

—Ése es un mito urbano —señaló Cal con su botella de cerveza—. Suena más bien como si el azúcar hubiera pasado hasta el filtro del combustible y lo hubiera taponado. O taponado los inyectores. Una de dos. Sólo tienes que decirle a tu mecánico que cambie los filtros unas cuantas veces y que después limpie el depósito. Como mucho te costará unos doscientos, eso es todo.

—¿En serio? ¿Eso es todo? Yo pensé que...

—¿Estás cuestionando a MacGyver? —le preguntó Gage.

—Tienes razón, me dejé llevar por la situación. Bueno, en todo caso, me di cuenta de que era un sabotaje y no me costó mucho adivinar quién había sido. Y cuando Napper apareció, sólo tuve que esconder el bate en la espalda mientras sopesaba la situación.

—Cuando Napper apareció con un arma —repitió Layla.

—Las balas me rebotan. Casi —dándole un apretón en la mano a Layla, Fox continuó—. Creo que tenemos que ver el asunto así: Napper va a estar entre rejas un tiempo, así que no nos vamos a tener que preocupar más de él. Estuve preparado gracias a Gage y Cybil, así que en lugar de yacer en el arcén de la carretera, estoy sentado aquí. Todo salió bien.

—Todo positivo —añadió Cybil—. Es un resultado positivo y es otra marca en nuestra columna de ventajas, lo que es importante, aunque más importante todavía, sobre todo lo demás, es que nuestro Fox está sentado aquí con nosotros y que fue capaz de cambiar un resultado potencialmente negativo por uno positivo. Parece ser que el destino tiene más que un solo camino.

—Me alegra un montón estar lejos de la carretera por ahora. Y en cuanto a otras noticias... —y Fox les contó los avances en la granja. Cuando Quinn bostezó, Fox le sonrió—: ¿Te estoy aburriendo?

—No. Perdona. Supongo que debe de ser por el bebé.

—¿Qué bebé?

—Ay, Dios. No te lo hemos contado. Con todas las historias de las balas rebotándote y de los baños portátiles se nos olvidó. Estoy embarazada.

—¿Qué? ¿En serio? Me paso le tiempo ocupado en dejarme disparar y en cavar letrinas y lo siguiente de lo que me entero es de que vamos a tener un bebé —Fox se puso en pie y fue a darle un beso en la mejilla a Quinn; después, le dio un golpe a Cal en el hombro—. Llévala a la cama, hombre. Obviamente sabes cómo.

—Sabe, pero puedo llegar a la cama yo solita, gracias. Y de hecho creo que eso es lo que voy a hacer —tras ponerse en pie, Quinn le puso las manos en las mejillas a Fox—. Bienvenido a casa.

—Ya subo —le dijo Cal a Quinn—. Creo que un descanso nos viene bien a todos. Y puesto que nos interrumpieron tan groseramente y no pudimos llegar muy lejos, ¿qué tal si intentamos de nuevo otra conexión entre vosotros dos mañana?

—Mañana —estuvo de acuerdo Gage.

—Creo que yo también me voy a acostar —dijo Cybil poniéndose en pie y después fue a darle un beso en la mejilla a Fox—. Buen trabajo, guapo.

Cybil escuchó la risa de Quinn cuando pasó frente a la puerta cerrada de la habitación de Cal, entonces sonrió. Hablando de energía positiva, pensó. Q. siempre la había tenido en cantidades alarmantes. Y ahora era probable que la fuera a irradiar como si tuviera luz propia. Y luz era exactamente lo que necesitaban.

Cybil tuvo que admitir que se sentía un poco cansada ella también. Supuso que todos lo estaban, debido al bombardeo de sueños y a las noches intranquilas. Tal vez haría un poco de yoga o se daría un baño caliente, cualquier cosa que la ayudara a relajarse.

Gage fue detrás de ella y en cuanto empezó a darse la vuelta para mirarlo, él la tomó de la cadera y le dio la vuelta, haciéndola retroceder contra la puerta para cerrarla, después la arrinconó allí.

—Vaya, hola.

Gage pasó las manos de la cadera de ella hacia sus muñecas y le subió los brazos por encima de la cabeza. El cuerpo de Cybil, que ella había querido sosegar, pasó a alerta roja, preparándose, anticipándose a la exigencia que se adivinaba en los ojos de él. Pero no pudo menos que suspirar cuando él posó los labios sobre los suyos y la besó. Después, no pudo evitar estremecerse cuando él le ofreció ternura en lugar de exigencia.

Suave y quedo, el beso parecía querer sosegar tanto como excitar. Y mientras con la mano Gage le apresaba las manos, lo que le hacía latir con más fuerza el corazón, con los labios se tomaba su tiempo en explorarle la boca y saborearla. Y ella no pudo menos que dejarse ahogar en el placer y de la garganta le emergió un ronroneo cuando él empezó a recorrerle el cuerpo con la mano que tenía libre, sin soltarle las muñecas.

La suave y casi delicada caricia le intensificó la sensación de deseo que le invadía el vientre y le debilitó las rodillas. Y todo el tiempo los labios de él se deslizaron y le acariciaron los suyos. Le desabrochó el botón de la cinturilla y con los dedos le acarició la piel del vientre mientras le daba un mordisco suave, muy suave, sobre la mandíbula. Cybil supuso que se estaba derramando sobre las manos de Gage como si fuera de crema. Entonces él metió la mano entre el cuello de la camisa de ella y la rasgó hacia abajo de un tirón.

Gage vio la conmoción en los ojos de ella, sintió el jadeo ahogado, pero no les prestó atención y más bien sus dedos se dedicaron a juguetear sobre su piel.

—La seducción no debería ser predecible. Crees que lo sabes —de nuevo, posó los labios sobre los de ella y le dio un beso largo y seductor—, pero no es así. No puedes saberlo.

Las manos de Gage apretaron las muñecas de ella, como una especie de advertencia mientras sus besos parecían de seda. Gage la sintió derritiéndose en la sensación, paso a paso, ese hermoso cuerpo de mujer cediendo a él, esos hermosos miembros perdiendo la fuerza. Entonces le metió la mano entre las piernas y la llevó a una cima rápida y casi brutal y ahogó sus gemidos con su boca.

—Te deseo de maneras que no puedes ni imaginarte.

Cybil jadeó y le clavó los ojos en los suyos.

—Sí, puedo imaginármelas.

Entonces Gage sonrió.

—Veamos si es cierto.

Gage le dio la vuelta de tal manera que Cybil se vio obligada a apoyar las manos contra la puerta y no pudo menos que cerrar los puños mientras él le hacía cosas a su cuerpo, a su mente, cosas que la hicieron pasar de la desesperación a la rendición, para después volver a empezar. Entonces él bajó el ritmo y, una vez más, la sosegó para después levantarla entre sus brazos. En la cama ella habría podido acurrucarse contra él, abrazándolo en absoluto gozo, pero él se dejó caer sobre ella y la cubrió con su cuerpo.

—Creo que todavía no he terminado.

—Ay, Dios —Cybil se estremeció cuando Gage descendió sobre su cuerpo y le pasó la lengua por un pezón—. ¿Tenemos un carro de paradas?

—Yo puedo reanimarte después —le dijo Gage sonriendo contra el seno antes de tomarla ansiosamente dentro de su boca.

Cybil se estremeció debajo de él y se entregó. Cedió y se rindió. Su cuerpo se levantó, se mantuvo temblando y cayó de nuevo. Y siempre, siempre, Gage supo que ella estaba con él, unida a él, necesidad mezclada con necesidad. Cybil era fortaleza y belleza, más allá de las que nunca se imaginó Gage que podría poseer. Y ella estaba con él.

Cuando Gage estuvo dentro de ella de nuevo, dureza contra blandura, supo que la sangre de ella latía tanto como la de él. Cuando ella pronunció su nombre, supo que ambos estaban perdidos. Juntos. Perdidos.

Cybil flotó. ¿Qué más podía hacer salvo flotar en el cálido lago del placer? Nada de estrés, nada de cansancio, nada de temores por el mañana. El agotamiento era una bendición, era la felicidad plena, pensó. Flotando sobre la sensación, abrió los ojos, y se encontró con que Gage la estaba observando.

Cybil tenía todavía suficiente energía como para sonreír.

—Si estás considerando empezar otra faena, creo que sufriste daño cerebral en la última que acabamos de tener.

—Fue un exitazo. —¿Cómo podía Gage explicar lo que había sucedido dentro de él cuando se habían corrido juntos? No le alcanzaban las palabras, entonces, en lugar de tratar de explicar, bajó la cabeza y apenas le acarició los labios con los suyos—. Pensé que estabas dormida.

—Mejor que dormida, es decir, en el encantador y delicioso duermevela.

Gage la tomó de la mano y Cybil vio reflejadas sus intenciones en sus profundos ojos verdes.

—Ay, pero...

—¿Cuándo puede ser un momento mejor? —le preguntó él—. ¿Qué es más relajante que el sexo? ¿Qué libera más energía positiva, si se hace como se debe? Y nosotros, señorita, lo hemos hecho mejor que como se debe. Pero ambos tenemos que quererlo para poder intentarlo.

Cybil se permitió respirar. Gage tenía razón. Conectarse ahora, en un momento en el que no podían estar más unidos, más cerca uno del otro en cuerpo y mente, podría ser la ocasión oportuna para poder traspasar el bloqueo que los había hecho sentirse tan frustrados las últimas veces que lo habían intentado.

—Muy bien —le dijo y se puso de medio lado, para que quedaran uno frente al otro sobre la cama, con la cara y el corazón alineados—. Intentémoslo igual que lo estábamos haciendo hoy, concentrándonos en ti, en Cal y en Fox.

Gage pudo verse reflejado en los ojos de Cybil. Se sintió en ellos, dentro de ellos, entonces se permitió hundirse en ellos para después emerger de nuevo hasta que se vio de pie en el claro, frente a la Piedra Pagana. Solo.

Pensó que el aire olía a Cybil, olía a secretos y seducción. La luz del sol brillaba dorada y el verdor de los árboles era espeso y reluciente. Cal caminó hasta su lado, completamente formado, con sus sosegados ojos grises, quedos, serios. Y con un hacha entre las manos. Fox caminó hasta su otro costado, con expresión fiera y sosteniendo en la mano una guadaña que destellaba al sol. Por unos momentos sólo fueron los tres, de pie frente a la Piedra, después, sobre la Piedra.

Entonces el infierno se desató.

La oscuridad, el viento, la lluvia de sangre que los empapó y los castigó como colmillos. El fuego aulló mientras formaba paredes alrededor de la Piedra, cubriéndola como una funda, como una piel ardiente. Gage supo, en ese mismo momento, que la guerra que habían creído pelear durante veintiún años no había sido nada más que una refriega tras otra, una finta, una retirada.

Esto era la guerra.

Empapadas en sudor y sangre, las mujeres luchaban a su lado. Cuchillas, puños y balas cortaban el mar de gritos. El aire gélido viciado de humo los ahogaba y si se caían, se levantaban y peleaban de nuevo. Algo le cortó el pecho a Gage, como unas garras que le desgarraron la piel, lo que hizo que se derramara más sangre. Su sangre manchó el suelo e hirvió.

Medianoche. Gage se escuchó pensarlo. Era casi medianoche. Tras pasarse la mano por la herida y manchársela de sangre, la extendió hacia Cybil, quien, con lágrimas en los ojos, la tomó y extendió la otra para aferrarse a Cal.

Uno a uno buscaron la mano del otro, hasta que los seis se unieron en un círculo, uniendo también su sangre, su mente, su voluntad. Hasta que los seis fueron uno solo. La tierra se abrió, el fuego empezó a arder más cerca de ellos y la masa oscura tomó forma. Una vez más, Gage miró directamente a los ojos a Cybil y tomó lo que encontró allí antes de romper la cadena.

Metió la mano en el fuego, cogió la piedra ardiente con su mano desnuda y la cerró dentro de su puño antes de saltar, solo, dentro de la oscuridad. Dentro de la panza de la bestia.

—¡Detente, detente, detente! —Cybil se arrodilló a su lado sobre la cama y empezó a darle golpes en el pecho—. Regresa, regresa. Ay, Dios, ¡regresa, Gage!

Pero ¿acaso podía volver? ¿Acaso alguien podía regresar de eso? ¿De ese frío, de ese ardor, de ese dolor, de ese horror? Cuando finalmente abrió los ojos, todas esas sensaciones le recorrieron el cuerpo, todo ese horror lo invadió como un enjambre de avispas zumbándole en la cabeza.

—Te está sangrando la nariz —logró articular Gage.

Cybil dejó escapar un sonido, algo entre un resoplido y una maldición antes de levantarse de la cama y dirigirse tambaleándose hacia el baño. Regresó con una toalla presionada contra su rostro, tan pálido como el papel, y con otra para él.

—¿Dónde... dónde están esos puntos? —le preguntó él mientras se apresuraba a presionarle los puntos de la mano y la nuca.

—No tiene importancia.

—Sí que la tiene, si sientes la cabeza como yo la mía. Creo que voy a vomitar —volvió a acostarse, cerró los ojos—. Detesto vomitar. Tomémonos un momento, ¿sí?

Estremeciéndose, sin poder contenerse, Cybil se acostó a su lado, pegada a él, y lo abrazó.

—Pensé... No te sentí respirar. ¿Qué viste?

—Que va a ser mucho peor que cualquier cosa a la que nos hayamos enfrentado hasta ahora, que cualquier cosa que nos hayamos siquiera imaginado. Tú también lo has visto. Te sentí a mi lado todo el tiempo.

—Te vi morir. ¿Viste eso también?

La amargura del tono de Cybil lo sorprendió tanto como para arriesgarse a sentarse.

—No. Me vi cogiendo la sanguinaria, pero eso es algo que ya he visto antes. La sangre, el fuego, la piedra. La cogí y me metí dentro del bastardo, después... —Gage no estaba seguro de cómo describir lo que había visto ni lo que había sentido. Tampoco quería hacerlo—. Eso es todo. Lo siguiente que supe fue que me estabas golpeando y diciéndome que regresara.

—Te vi morir —repitió ella—. Te adentraste en la cosa y nunca volviste. Todo enloqueció. Es decir, todo era una locura ya, pero se puso peor. Y la cosa empezó a cambiar de forma, una y otra vez, y otra, retorciéndose, gritando, ardiendo. No sé por cuánto tiempo. Después, la luz se volvió cegadora, no podía ver nada. Y todo fue luz y calor y sonidos. Y, después, silencio. Y la cosa se desvaneció y sólo quedaste tú, tirado en el suelo, cubierto de sangre... muerto.

—¿Cómo que se desvaneció?

—¿Has *escuchado* lo que acabo de decir? Estabas muerto, Gage. *Muerto*. No agonizando ni inconsciente ni flotando en algún maldito limbo. Cuando llegamos a donde estabas, te encontramos sin vida.

—¿Cuando llegasteis a donde yo estaba? ¿Todos vosotros? ¿Los cinco?

—Sí, sí, que sí —Cybil se cubrió la cara con las manos.

—Le ganamos —Gage le quitó las manos de la cara—. Dime: ¿lo matamos?

Los ojos llorosos de Cybil se clavaron en los de él.

—Te matamos a ti.

—Tonterías. ¿Lo destruimos, Cybil? ¿Llevar la sanguinaria a su interior fue lo que lo aniquiló?

—No puedo estar segura... —pero cuando Gage la tomó de los hombros, ella cerró los ojos y tuvo que hacer acopio de toda su fortaleza—. Sí. No quedó nada de él. Tú lo hiciste regresar al infierno.

La luz que reflejó el rostro de él ardió como los fuegos que los estarían esperando en el bosque.

—Ahora sabemos qué tenemos que hacer. Por fin.

—No puedes estar hablando en serio, Gage. La cosa *te mató*.

—Vimos a Fox muerto en el arcén de la carretera, pero en este momento está durmiendo como un bebé en el incómodo sofá cama de la oficina o follándose a Layla. Lo que vemos son posibilidades, ¿recuerdas? Es una de tus frases favoritas.

—Ninguno de nosotros va a permitirte hacer eso.

—Ninguno de vosotros toma decisiones por mí.

—¿Por qué tienes que ser tú?

—Es un juego —le respondió él encogiéndose de hombros— y así es como me gano la vida. Relájate, cariño —le acarició el brazo con aire ausente—. Ya hemos llegado tan lejos y nos falta todavía discutir todo esto con cuidado, considerar todas las perspectivas y las opciones... Vamos a dormir.

—Gage.

—Vamos a dormir. Mañana podemos hablar de nuevo sobre esto.

Pero mientras yacía acostado en la oscuridad, sabiendo que la mujer a su lado también estaba completamente despierta, Gage ya había tomado una decisión.

CAPÍTULO 17

Por la mañana, Gage se lo contó a los demás. Y se lo contó sin ningún miramiento. Después se dedicó a tomarse su café mientras se montaba una discusión a su alrededor y unos y otras proponían alternativas. Si hubiera sido alguno de los demás el que hubiera propuesto saltar a la boca del infierno sin paracaídas, supuso, él también estaría proponiendo opciones y contribuyendo a la discusión. Pero no se trataba de ninguno de los otros, y había una buena razón para que fuera de esa manera.

—Usemos pajitas —propuso Fox frunciendo el ceño y hundiendo las manos en los bolsillos—. Nosotros tres: usemos pajitas y el que saque la más corta, a ése le toca.

—¿Perdón? —exclamó Quinn señalándolo con el dedo—. Si somos *seis*. Si vamos a jugar a las pajitas, lo vamos a hacer los seis.

—Somos seis y una fracción —dijo Cal negando con la cabeza—. Estás embarazada, así que no vas a jugar a ninguna pajita.

—Si el padre de este bebé puede jugar a la pajita, también puede la madre.

—El padre no es el que está embarazado —le respondió Cal secamente.

—Antes de empezar a discutir por las estúpidas pajitas, necesitamos *pensar* —Cybil se dio la vuelta y se alejó del puesto que había estado ocupando sólo mirando por la ventana de la cocina—. No podemos sentarnos a la mesa a discutir cuál de nosotros va a morir. Por Dios, ¿quién debería ser? Ninguno de nosotros está dispuesto a sacrificar a uno por el resto, ¿o sí?

—Estoy de acuerdo con Cybil. Tenemos que encontrar otra manera —apuntó Layla mientras le acariciaba el brazo a Fox para ayudarlo a tranquilizarse—. La sanguinaria es un arma. De hecho, parece ser el arma definitiva, y ahora sabemos que tenemos que llevarla al interior de Twisse. ¿Cómo podemos lograr ese cometido?

—¿Y si la lanzamos como si fuera un proyectil? —consideró Cal—. Podríamos construir algo.

—¿Como qué? ¿Una honda, una catapulta? —preguntó Gage—. ¿Un maldito cañón? Yo tengo que llevar la sanguinaria, así son las cosas. No se trata sólo de meterla dentro de Twisse, sino de llevarla allí. Se trata de saltar dentro de la garganta del bastardo. Es cuestión de sangre... de nuestra sangre.

—Si así son las cosas, aunque con lo que tenemos de información no se puede concluir que así lo sea, volvemos a la opción de las pajillas —Cal apartó su taza de café y se inclinó hacia Gage—. Los tres hemos estado juntos desde el primer día. No puedes decidir tú solo.

—Yo no he decidido nada. Así es como debe ser, sencillamente.

—Entonces, dime, ¿por qué tú?

—Es mi turno. Tan sencillo como eso. Tú le clavaste un cuchillo cuando nos enfrentamos a él el invierno pasado, lo que nos demostró que podíamos hacerle daño. Un par de meses después, Fox nos demostró que podíamos patearle el culo y sobrevivir a tal atrevimiento. No estaríamos sentados hoy aquí, tan cerca de aniquilarlo, si vosotros dos no hubierais hecho lo que hicisteis. Y si estas tres mujeres no hubieran venido, si no se hubieran quedado y si no hubieran arriesgado todo lo que han arriesgado. Así las cosas, ahora me toca a mí.

—¿Y después qué? ¿Vas a pedir un tiempo muerto? —le espetó Cybil.

Gage se volvió hacia ella tranquilamente.

—Ambos sabemos lo que vimos y lo que sentimos. Y si consideramos las cosas en retrospectiva, paso a paso, todos podemos darnos cuenta de que esto se veía venir. No es gratuito que me hubieran dado el don del futuro.

—¿Para que no tuvieras uno?

—Pues, ya tenga un futuro o no, la cuestión es que vosotros sí lo tenéis —Gage pasó la mirada de Cybil a Cal—. El pueblo tiene un futuro. Y cualquiera que sea el lugar adonde Twisse haya planeado ir después de acabar con Hawkins Hollow también tiene un futuro. Juego con las cartas que me han tocado en suerte, así que no pienso retirarme.

Cal se frotó la nuca.

—No estoy diciendo que esté de acuerdo con esto, pero supongamos que lo estoy, que lo estamos, todavía tenemos algo de tiempo para pensar cómo podrías hacerlo sin morirte.

—Me parece bien.

—Podríamos sacarte —sugirió Fox—. Tal vez haya alguna manera de que podamos sacarte de allí. Podríamos atarte con una cuerda alrededor de la cintura, ¿o ponerte un arnés o algo del estilo? —se volvió hacia Cal—. A ver, tú que eres MacGyver: ¿no crees que podríamos tirar de él con algo para sacarlo?

—Sí, podemos pensar en una opción como ésa.

—Si lográramos que Twisse adoptara una forma concreta, como el chico, el perro o un hombre... —empezó Layla.

—¿Y lograr que mantenga la forma el tiempo suficiente para que yo pueda meterle la sanguinaria por el culo?

—Antes dijiste que por la garganta.

Gage sonrió a Layla por encima de su taza de café.

—Estaba hablando metafóricamente. Voy a discutirlo con mi amigo el demonólogo, en todo caso. Tal vez al profesor Linz se le ocurra algo. Creedme cuando os digo que no me voy a enfrentar a esto sin estar preparado de antemano. En lo posible, quisiera salir de ésta con vida —se volvió hacia Cybil—: tengo algunos planes para después.

—Entonces tenemos que seguir pensando y trabajando, a ver qué se nos ocurre. Y bueno, tengo que ir a la oficina —dijo Fox—, aunque, como ya os había comentado, voy a cancelar todas las citas hasta que todo haya acabado. Espero poder cambiar de fecha las audiencias en el juzgado.

—Bien. Entonces te llevo.

—¿Por qué? Ay, mierda, por un momento lo olvidé: Napper, camioneta, etcétera. Lo que significa que tengo que pasar por la comisaría de policía antes para hablar con Hawbaker y después tengo que ir al taller a hablar con el mecánico.

—Yo quiero acompañarte a la comisaría de policía —le dijo Gage—. Y después puedo llevarte también a donde el mecánico, si quieres.

Cal se puso en pie y se dirigió al grupo en pleno:

—Vamos a encontrar una manera. —Fox y Gage también se pusieron en pie y salieron los tres juntos.

Una vez que los hombres se hubieron marchado, las tres mujeres se sentaron a la mesa de la cocina.

—Esto es absolutamente estúpido —comentó Quinn frotándose el borde de la mano contra la mesa—. ¿Jugar a las pajitas? ¡Por Dios santo! Como si pudiéramos decir: «Por supuesto, uno de nosotros cae sobre una maldita granada, mientras los demás nos quedamos de brazos cruzados mirando».

—No estábamos de brazos cruzados, Q. —le dijo Cybil quedamente—. Créeme: fue horrible. Horrible, de hecho, no es la palabra. Lo peor que he visto y sentido nunca. El ruido, el humo, la *pestilencia*. Y el frío, el terrible frío. Y él lo era todo, esa cosa colmaba todo el espacio. Era gigantesco, lo llenaba todo. No tenía nada que ver con el chico malvado que hemos visto tantas veces, ni tampoco con el perro grande y malo.

—Pero luchamos contra él y le hicimos daño —Layla puso una mano sobre el brazo de Cybil—. Si le hacemos suficiente daño, lograremos debilitarlo. Y si lo debilitamos lo suficiente, no va a poder matar a Gage.

—No estoy tan segura —pensó por un momento en lo que había visto y en lo que sabía gracias a lo que había investigado—. Quisiera poder estarlo.

—Son posibilidades, Cyb. No te olvides de eso. Lo que ves puede ser modificado. Y, de hecho, una visión ya ha sido modificada, gracias a que has visto lo que podía pasar. Piensa en Fox anoche.

—A veces, es cierto. Vamos arriba. Ah, Q., necesitamos una de esas pruebas de embarazo que te sobraron.

—Pero si ya me he hecho tres —ansiosamente, Quinn se llevó una mano al vientre—. Incluso esta mañana empecé a sentir algo de náuseas y...

—No es para ti, es para Layla.

—¿Para mí? ¿Por qué? No estoy embarazada. El período no me tiene que llegar hasta...

—Sé cuándo te tiene que llegar —la interrumpió Cybil—. Somos tres mujeres que hemos estado viviendo juntas en la misma casa durante meses. A estas alturas ya tenemos el mismo ciclo menstrual.

—Practico sexo seguro.

—Igual que yo —apuntó Quinn pensativamente—. Lo que no explica por qué crees que Layla está embarazada.

—Ve a orinar sobre el palito. Es fácil —le dijo Cybil a Layla poniéndose en pie para después hacerle una señal con la cabeza para que la siguiera.

—Está bien, está bien. Si eso te hace sentir mejor, está bien. Pero no estoy embarazada. Si lo estuviera, lo sabría. Seguro que lo habría sentido, ¿no te parece?

—Es difícil vernos a nosotras mismas —Cybil las guió hasta el segundo piso, entró en la habitación que Quinn compartía con Cal y se sentó en la cama mientras Quinn abría un cajón.

—Escoge —le dijo Quinn a Layla ofreciéndole dos cajas.

—No importa cuál porque no importa —Layla cogió una al azar.

—Ve a orinar —le dijo Cybil—. Aquí te esperamos.

Cuando Layla se fue al baño, Quinn se giró hacia Cybil:

—¿Quieres por favor explicarme por qué Layla está en el baño haciéndose una prueba de embarazo?

—Esperemos a que salga.

Unos momentos después, Layla regresó con la prueba en la mano.

—Mirad: no lo estoy. No estoy embarazada. Ninguna marca de nada.

—Han pasado treinta segundos desde que tiraste de la cadena, Layla —apuntó Quinn.

—Treinta segundos o treinta minutos, no importa, porque no puedo estar embarazada. Me voy a casar en febrero y ni siquiera tengo el anillo todavía. Después de febrero, y si podemos comprar la casa que hemos estado pensando y yo la decoro, y si puedo abrir la tienda sin contratiempos y logro posicionarla en el mercado, entonces, *después* de todo esto sí voy a poder estar embarazada. No antes. Además, el febrero siguiente, cuando celebremos nuestro primer aniversario, sería el momento perfecto para concebir. Todo debe estar en orden para febrero.

—Realmente tienes un alma anal y ordenada —comentó Cybil.

—Completamente. Y conozco bien mi propio cuerpo, mis propios ciclos, mi propio... —Layla se interrumpió cuando bajó la mirada hacia la prueba—. ¡Ay!

—Déjame ver eso —Quinn le arrancó la prueba de la mano—. Ése es un gran y clarísimo positivo, señorita no-puedo-estar-embarazada.

—Ay, ay... Dios mío.

—Yo repetí «mierda, mierda» un montón de veces —le dijo Quinn pasándole la prueba a Cybil—. Date un momento, a ver cómo te sientes cuando la conmoción haya cedido.

—Eso me va a llevar más que un momento. Tenía... Tenía esta especie de programa flexible pero organizado de cuándo quería que las cosas sucedieran. Ambos queremos tener hijos y hemos hablado al respecto, pero había pensado... Déjame ver eso de nuevo —Layla le quitó la prueba a Cybil y la observó unos momentos en silencio—. Mierda.

—¿Mierda buena o mierda mala? —le preguntó Quinn.

—Necesito otro momento, pero, esta vez, sentada —dijo Layla mientras se dejaba caer sobre la cama, tras lo cual sólo respiró profundamente unas pocas veces antes de reírse—. Buena, muy buena, de hecho, sólo que un año y medio antes de lo esperado. Pero puedo adaptarme. ¡Fox va a ponerse tan contento! Estoy embarazada. Pero ¿cómo lo supiste, Cybil? —se giró hacia su amiga—. ¿Cómo lo supiste?

—Te vi. —Sintiéndose conmovida por la sonrisa radiante de Layla, Cybil le acarició la cabeza—. Os vi a las dos, a Quinn y a ti, así que me lo veía venir. Gage y yo te vimos, Quinn. En invierno... es decir, el próximo invierno. Estabas durmiendo la siesta en el sofá de la sala cuando Cal llegó. Y cuando te diste la vuelta, pudimos ver que estabas definitivamente embarazada.

—¿Cómo se me veía?

—Enorme. Y hermosa y absolutamente feliz. Ambas parecíais muy, muy felices. Y cuando te vi a ti, Layla, estabas en tu tienda, que, a propósito, tenía una pinta espectacular, y Fox te llevó flores. Te quería felicitar por tu primer mes en el negocio; debía de ser en algún momento de septiembre.

—Pensé que podríamos abrir a mediados de agosto, si... Voy a abrir a mediados de agosto, es decir —se corrigió ella.

—No se te notaba el embarazo. Nada, de hecho, pero algo que dijiste... No creo que Gage se diera cuenta. Creo que ningún hombre lo habría percibido. Pero estabas muy feliz —pero al recordar lo que había visto la noche anterior, Cybil apretó los labios—. Así es como deben ser las cosas. Aunque ahora estoy convencida de que así es como van a ser.

—Cariño —Quinn se sentó en la cama junto a su amiga y le pasó el brazo sobre los hombros—, crees que Gage tiene que morir para que lo demás suceda para el resto de nosotros.

—Lo he visto suceder. He visto todo, así como él también lo ha visto. ¿Cuánto es destino, cuánto es elección? No lo sé —Cybil tomó la mano de Layla y apoyó la cabeza en el hombro de Quinn—. En la investigación me he encontrado con teorías que dicen que el sacrificio es necesario para que haya equilibrio: para destruir la oscuridad, la luz debe morir de igual manera. También encontré que la luz debe llevar la piedra, que es la fuente de poder, dentro de la oscuridad. No os dije —Cybil levantó las manos y se cubrió la cara con ellas, después las dejó caer de nuevo—. No le dije nada a ninguno de vosotros porque no quería creer que fuera cierto. No quería enfrentarme a la realidad. No sé por qué tuve que enamorarme de él para tener que perderlo. Y de esta manera.

—Vamos a encontrar otra manera —le dijo Quinn abrazándola con fuerza.

—Lo he intentado.

—Pero ahora lo vamos a intentar todos —le recordó Layla—. Vamos a encontrar una alternativa.

—No vamos a rendirnos —insistió Quinn—. Eso es algo que ninguno de nosotros hace.

—Tienes razón. Las dos tenéis razón —Cybil tuvo que recordarse que no había que perder la esperanza—. Además, éste no es momento para ponernos sombrías y tristes. Salgamos. Vamos a alguna parte algunas horas.

—Quisiera contárselo a Fox. Podríamos ir al pueblo y pasarnos por la oficina para contárselo cara a cara. Se va a poner muy contento.

—Perfecto.

***

Cuando en la oficina la vivaz nueva secretaria de Fox les dijo que éste estaba con un cliente, Layla decidió aprovechar el tiempo.

—Voy a subir a sacar algo más de ropa y los alimentos perecederos de la cocina. Si, para cuando termine, él no se ha desocupado, sencillamente tendré que esperar.

—Le haré saber que estáis aquí en cuanto salga de la reunión —le dijo la secretaria, entonces las tres mujeres se dispusieron a subir.

—Yo puedo empezar por la cocina —les dijo Cybil.

—Te ayudo después de ir al baño —Quinn empezó a balancearse de un pie a otro—. Probablemente las ganas de orinar sean psicológicas, sólo porque sé que estoy embarazada. Pero parece ser que mi vejiga está ya completamente sintonizada con el embarazo—. Caramba —exclamó cuando Layla abrió la puerta del piso de Fox—. Este lugar es...

—*Habitable,* creo que sería la palabra apropiada —riéndose, Layla cerró la puerta en cuanto las tres estuvieron dentro—. Es increíble la diferencia que puede haber con la visita regular de una empleada doméstica.

Las mujeres se separaron: Cybil se fue a la cocina; Quinn, al baño; y Layla, en cuanto puso un pie en la habitación, se quedó paralizada cuando un cuchillo le apuntó a la garganta.

—No grites, porque de lo contrario el cuchillo te va a traspasar, limpiamente hasta el otro lado, pero ésa no es la manera en que debe ser.

—No voy a gritar —respondió Layla y desvió la mirada hacia la cama, donde descansaban un rollo de cuerda y otro de cinta americana, después hacia el suelo, donde vio un bidón de gasolina. «La visión de Cybil», pensó. Cybil y Gage la habían visto amordazada y atada en el suelo mientras el fuego se le acercaba—. No quieres hacer esto, en realidad no. No está en ti hacer algo así.

Cerró la puerta.

—Tiene que arder, todo tiene que arder. Para que se purifique.

Layla observó ese rostro que conocía bien: Kaz, que era el repartidor de *pizza* de Gino's. Tenía tan sólo diecisiete años, pero ahora sus ojos resplandecían con una locura nerviosa tal que le hizo pensar que parecía centenario. Y mientras la empujaba hacia la cama, no hacía más que sonreír salvajemente.

—Quítate la ropa —le ordenó.

En la cocina, Cybil sacó leche, huevos y fruta del frigorífico y puso todo sobre la encimera. Después, se dirigió al armario de las escobas, para buscar una caja o bolsa en la que pudieran llevarse la comida, y entonces vio que la puerta trasera tenía roto uno de los paneles de vidrio. De inmediato sacó su calibre veintidós del bolso y cogió un cuchillo del soporte sobre la encimera: faltaba uno. Alguien había sacado ya un cuchillo. Tratando de no dar rienda suelta al pánico, tomó uno y casi corrió hasta el salón, donde se encontró con Quinn, que estaba saliendo del baño. Cybil se llevó un dedo a los labios y le dio el cuchillo a Quinn antes de señalar hacia la puerta de la habitación.

—Ve a buscar ayuda —susurró Cybil.

—No te voy a dejar sola aquí. Cómo crees que os voy a dejar solas —le respondió Quinn y sacó su móvil.

Mientras tanto, dentro de la habitación, Layla observaba al chico de la pizzería a quien le gustaba charlar con Fox sobre deportes. «Mantén los ojos en sus ojos», se dijo ella mientras sentía que el corazón se le iba a salir del pecho. «Hazle hablar», pensó. Tenía que mantenerlo hablando.

—Kaz, te ha sucedido algo. No es culpa tuya.

—Sangre y fuego —sólo respondió él, sin dejar de sonreír.

Y cuando el muchacho le lanzó una cuchillada y le hizo un corte en el brazo, Layla dio un paso más atrás, mientras rebuscaba y rebuscaba con una mano dentro del bolso que llevaba colgado a la espalda hasta que por fin encontró lo que buscaba. Entonces finalmente gritó, al mismo tiempo que él cuando ella le roció los ojos con aerosol de pimienta.

En cuanto escucharon los gritos, Cybil y Quinn se apresuraron a abrir la puerta de la habitación. Cuando entraron, vieron a Layla corriendo a recoger un cuchillo que estaba caído en el suelo y al muchacho que ambas reconocieron con las manos sobre el rostro mientras continuaba aullando de dolor. Ya fuera una reacción instintiva o pánico o ira, Cybil no pudo contenerse y, tras entrar en la habitación, le dio un rodillazo a Kaz en la entrepierna. Cuando el chico se agachó y sus manos descendieron de sus ojos llorosos hasta sus partes pudendas, Cybil lo metió en el armario de un par de empujones.

—¡Deprisa, deprisa! Ayudadme a poner ese mueble contra la puerta para no dejarlo salir —les ordenó a las otras dos después de cerrar la puerta del armario.

Kaz gritó, lloró y golpeó la puerta.

Con mano temblorosa, Quinn marcó en su móvil y en cuestión de quince minutos, Hawbaker sacó al lloroso muchacho del armario de la habitación de Fox.

—¿Qué está pasando? —preguntó Kaz—. ¡No puedo ver bien! ¡Mis ojos! ¿Dónde estoy? ¿Qué pasa?

—No sabe nada —comentó Cybil apretando la mano de Quinn. Kaz ya no era más que un chico confundido y dolorido—. Twisse ya lo ha dejado ir.

Después de esposar a Kaz, Hawbaker señaló el aerosol en el suelo:

—¿Eso fue lo que le echaste?

—Es aerosol de pimienta —le respondió Layla, que ahora estaba sentada en la cama, agarrada a Fox. Cybil pensó que no estaba segura de si lo agarraba con tal intensidad para evitar que Fox le saltara encima al pobre muchacho o para tranquilizarse a ella misma—. He vivido en Nueva York.

—Voy a llevármelo y haré que le revisen los ojos. Vais a tener que venir a la comisaría, las tres, para tomaros su testimonio.

—Ahora vamos para allá —Fox miró a Kaz a los ojos—. Quiero que lo encierres hasta que vayamos a la comisaría y veamos cómo podemos solucionar esto.

Hawbaker observó la cuerda, los cuchillos, el bidón de gasolina.

—Así se hará.

—Me arden los ojos. No entiendo nada —lloriqueó Kaz mientras Hawbaker lo guiaba fuera del piso—. Fox, por favor, Fox, ¿qué pasa aquí?

—No fue culpa suya, no era él —dijo Layla recostando la cabeza sobre el hombro de Fox—. Es decir, no era completamente él.

—Voy a traerte un vaso con agua —le dijo Cybil a Layla, pero se detuvo cuando Cal y Gage entraron como una tromba en el piso—. Estamos bien. Todos estamos bien.

—No toquéis nada —advirtió Fox—. Vamos, Layla, salgamos de aquí.

—No fue culpa suya —repitió Layla y tomó el rostro de Fox entre sus manos—. Sabes que no fue culpa suya.

—Sí, lo sé, pero saberlo no evita que tenga ganas de darle una paliza en este momento. Pero sí, lo sé.

—¿Alguien puede ponernos al día? —protestó Cal.

—Kaz iba a matar a Layla —respondió Gage en el acto—. Lo que Cybil y yo vimos. La iba a desnudar, la iba a atar y a amordazar para después prenderle fuego a la casa.

—Pero lo detuvimos. Igual que Fox detuvo a Napper. No sucedió lo que visteis. Cero y van dos veces —Layla dejó escapar un suspiro—. Hemos cambiado dos destinos.

—Tres —Cybil señaló la puerta de entrada—. Ésa es la puerta, ¿verdad, Gage? —le preguntó a éste volviéndose para mirarlo—. Ésa es la puerta que vimos que Quinn trataba de abrir cuando el cuchillo le cortó el cuello. Era el cuchillo que Kaz tenía, el que sacó del soporte de la cocina. Nada de lo que vimos sucedió porque estábamos preparados. Cambiamos las posibilidades.

—Lo que pone más peso en nuestro lado de la balanza —comentó Cal atrayendo a Quinn hacia sí.

—Tenemos que ir a la comisaría de policía y terminar con esto. Levantar cargos contra Kaz.

—Fox...

—A menos —continuó Fox a pesar de la inquietud de Layla—, a menos que se vaya del pueblo, o que se vaya a la granja. Mejor dicho, que se vaya a alguna parte hasta después de que el Siete haya terminado. Podemos hablar con él y con sus padres. No se puede quedar en el pueblo, eso es lo único que sé. No podemos arriesgarnos, Layla.

Layla suspiró de nuevo.

—¿Podríais adelantaros hacia la comisaría? Necesito hablar con Fox a solas unos momentos.

***

Más tarde, porque parecía ser lo apropiado, Cybil arrastró a Gage hasta la casa de Fox para sacar la comida que no había podido recoger antes.

—¿Cuál es la puta necesidad de sacar una caja de leche y seis huevos de aquí?

—Es más que eso. Pero no me parece ético desperdiciar la comida, en todo caso. Además, evitamos que Layla tenga que pensar en volver aquí a por estas cosas, por lo menos hasta que esté más tranquila. ¿Y por qué estás tan irritable?

—Pues no sé. Humm... ¿Tal vez tendrá que ver con el hecho de que una mujer a la que aprecio fue víctima del repartidor de *pizzas* diabólico y por poco termina achicharrada?

—Siempre puedes tachar esa parte y alegrarte de que Layla llevara un aerosol de pimienta en el bolso. Por no mencionar que gracias a sus rápidos reflejos y a que Quinn y yo estuviéramos aquí, entre las tres controlamos al tipo y salimos ilesas. —Cybil continuó guardando la comida en una bolsa mientras le empezaba un terrible dolor de cabeza y se le tensionaban los hombros—. Y el repartidor de *pizzas,* que sencillamente fue utilizado, va camino de Virginia, donde él y su familia van a pasar una temporada con los abuelos. Lo que significa que son cinco personas menos en riesgo de salir heridas.

—Sí, podría ver las cosas de esa manera, es cierto.

El tono de Gage la hizo sonreír.

—Pero prefieres estar irritable.

—Es posible. Porque además ahora hay que sumar dos mujeres embarazadas en lugar de una a la ecuación. Dos mujeres embarazadas por las cuales habrá que preocuparse.

—Dos mujeres embarazadas que han demostrado que son completamente capaces de cuidarse solas. Particularmente hoy, Layla embarazada logró conservar la cabeza en su sitio, buscar en su estiloso bolso y sacar de él un bote de aerosol de pimienta para echárselo en los ojos a su agresor. Así, se salvó a sí misma y posiblemente nos salvó a Quinn y a mí también. Ciertamente salvó a ese chico, porque yo le habría disparado. —Cybil suspiró mientras seguía guardando la comida; se dio cuenta de que la tensión que le crecía se debía no sólo a lo que había sucedido, sino a lo que habría podido suceder—. Sí, le habría disparado sin ninguna vacilación. Lo sé bien, Gage. Layla me salvó de tener que vivir con eso.

—Con ese juguete que llevas sólo habrías logrado enfadarlo.

Y puesto que la había hecho sonreír de nuevo, Cybil se giró hacia él.

—Si ése es un intento para hacerme sentir mejor, no está mal. Ay, pero creo que me vendría mejor un par de aspirinas.

Cuando Gage salió de la cocina, Cybil se quedó terminando de guardar las cosas y organizar. Al momento, él volvió con un frasco de aspirinas, le sirvió un vaso de agua y le ofreció ambas cosas.

—El botiquín está en el baño —le dijo.

Cybil se tomó las dos aspirinas.

—Gracias. Volviendo a nuestra aventura más reciente: tanto Quinn como Layla salieron prácticamente ilesas, al contrario de la posibilidad que vimos. Creo que es algo muy bueno.

—No te lo discuto —le respondió Gage y, tras ponerse detrás de ella, empezó a masajearle los nudos de tensión de los hombros.

—Ay, Dios. Gracias de nuevo —Cybil cerró los ojos, aliviada.

—Entonces, no todo lo que vemos va a suceder, así como no vemos todo lo que va a suceder. Por ejemplo, no vimos el embarazo de Layla.

—Sí, sí lo vimos. —Cybil pensó que las manos de Gage eran más eficientes a la hora de aliviarle el dolor de cabeza que las aspirinas que se había tomado—. No te diste cuenta. Yo tampoco, al principio. Pero sí, estaba embarazada cuando la vimos con Fox en la tienda, el próximo septiembre.

—¿Cómo pudiste...? Olvídalo, no importa. Supongo que es cosa femenina. Pero ¿por qué no lo mencionaste en su momento?

—No lo sé en realidad. Pero lo que concluyo de todo esto es que hay cosas que son predestinación mientras que hay otras que pueden cambiarse —se giró para mirarlo de frente—. No tienes que morir, Gage.

—Preferiría no morir, pero tampoco voy a huir.

—Te entiendo, pero lo que vimos ayudó a nuestros amigos a mantenerse con vida. Así que creo que es probable que en tu caso será igual: lo que hemos visto te va a ayudar a no morir. No quiero perderte —temiendo que pudiera derrumbarse, rápidamente le puso a Gage una de las dos bolsas con comida en los brazos—. Eres muy útil.

—Como mula de carga.

—Entre otras cosas —le respondió ella poniéndole la segunda bolsa en los brazos. Y aprovechando que tenía los brazos ocupados, se le acercó y le dio un suave beso en los labios—. Vámonos ya, que quiero pasar por la pastelería.

—¿Para?

—Para comprar otro pastel de qué-bien-que-no-te-has-muerto. Me ha parecido una tradición bonita —Cybil abrió la puerta y lo dejó pasar primero—. ¿Sabes? Para tu cumpleaños, cuando todavía estés vivo, te voy a preparar un pastel.

—¿Vas a prepararme un pastel si sobrevivo?

—Un pastel espectacular —le respondió cerrando la puerta con firmeza, entonces miró por un momento la tabla contrachapada que Gage había puesto para tapar el hueco del panel roto—. De seis capas: una por cada uno de nosotros —cuando inexplicablemente los ojos empezaron a arderle y la visión empezó a ponérsele borrosa, sacó rápidamente sus gafas de sol del bolso y se las puso.

—De siete —la corrigió Gage—. Siete es el número mágico, ¿no es cierto? Así que el pastel debe tener siete capas, no seis.

—Siete de julio, un pastel de siete capas —Cybil esperó a que Gage metiera las bolsas de comida en el coche—. Tenemos un trato, entonces.

—¿Cuándo es tu cumpleaños?

—En noviembre —le respondió y se sentó en el asiento del acompañante—. El dos de noviembre.

—Te diré qué: si vivo para comerme una porción de tu famoso pastel de siete capas, para tu cumpleaños te llevaré a cualquier parte que quieras ir.

A pesar del dolor que sentía en el estómago, Cybil le dedicó una sonrisa resplandeciente.

—Ten cuidado con esas ofertas, Gage. Hay un montón de lugares a los que quiero ir.

—Qué bien, porque yo también.

***

Gage pensó que ésa era otra de las cosas que le gustaban de Cybil y que lo mantenían pensativo. Había un montón de lugares a los que querían ir. ¿Cuándo habían dejado de ser él y ella por separado en su mente y se habían convertido en «nosotros»? No podía decirlo a ciencia cierta, pero sabía que quería ir a todos esos lugares con ella.

Tenía ganas de enseñarle todos sus lugares favoritos y que ella le enseñara los suyos. Y también quería que fueran a lugares donde ninguno de los dos hubiera estado nunca antes, para poder descubrirlos y experimentarlos juntos por primera vez.

Por un momento pensó que ya no quería solamente seguir jugando e ir solo a cualquier parte en cualquier momento. Ahora le apetecía ir a sitios particulares, le apetecía ver y hacer. Y por supuesto que quería jugar, era lo que más quería, pero la idea de hacerlo solo ya no lo atraía tanto como antes.

Ella le había dicho que estaba irritable, y tal vez en parte era debido a eso. En su opinión, era una razón bastante buena para estar irritable. Era ridículo, de hecho, decidió mientras caminaba de lado a lado de su habitación en lugar de revisar su correo electrónico, que era lo que había pensado hacer. Era una completa locura empezar a pensar justo en ese momento en cosas a largo plazo, en compromisos, en formar parte de una pareja en lugar de seguir por la vida en solitario.

Pero lo peor de todo era que no podía evitar considerarlo, a pesar del momento. Y podía incluso imaginarse la situación, podía ver cómo sería, cómo podría ser estar con Cybil. Podía imaginarse cómo explorarían juntos el mundo sin tener ya el peso del demonio sobre los hombros. Podía, incluso, imaginarse teniendo una base compartida con ella en alguna parte: Nueva York, Las Vegas, París... En cualquier parte.

Un hogar con ella, un lugar adonde volver siempre.

Pensó que al único lugar al que siempre había tenido que volver era Hawkins Hollow. Pero no por elección propia, nunca por elección propia.

Pero éste podía serlo, si decidía aceptar la apuesta.

Podría ser muy divertido tratar de convencerla.

Todavía había tiempo, pensó. Todavía le quedaba suficiente tiempo para pensar en un plan de acción. Pero tenía que ser cauteloso, reflexionó mientras se sentaba frente a su ordenador portátil. Tenía que encontrar la manera apropiada de enredarla en esos lazos que ambos habían acordado que no querían. Una vez que hubiera logrado enredarla, sólo tenía que hacer un nudo por aquí, un nudo por allá. Cybil era lista, pero él también lo era. Apostaba a que iba a ser capaz de envolverla completamente antes de que ella se diera cuenta de que él le había cambiado el juego... y las reglas.

Complacido con la idea abrió un mensaje que le había enviado el profesor Linz. Pero mientras lo leía, se le tensionaron los músculos del estómago y se le heló la expresión de los ojos.

«Vaya», pensó con fatalismo. Tanto esfuerzo para planear el futuro cuando el suyo estaba ya decidido y no le quedaban más que un par de semanas por delante.

CAPÍTULO 18

Una vez más, Gage convocó una reunión en la oficina de Cal. Sólo él y sus hermanos. Se había asegurado de levantarse e irse de la casa antes de que Cybil siquiera se hubiera podido desperezar. Necesitaba tiempo para pensar, tiempo a solas, así como también ahora necesitaba tiempo con sus dos mejores amigos.

Y en la oficina de Cal, les explicó a ambos lo que Linz había dicho sin omitir nada y de manera tranquila y completamente desapasionada.

—A la mierda —fue la opinión de Fox—. A la mierda, Gage.

—Así es como podremos acabar con él, ésa es la manera.

—¿Porque lo dice un académico al que *no conocemos*? Pero si nunca ha estado aquí, nunca ha tenido que enfrentarse a lo mismo que nosotros, entonces, ¿cómo puede saber?

—Así es como podremos acabar con él —repitió Gage—. Todo lo que hemos aprendido a lo largo de estos años, todo lo que hemos encontrado, todo lo que hemos tenido que afrontar, todo, absolutamente todo, conduce a esa misma conclusión.

—Voy a tener que adoptar la terminología técnica del abogado aquí presente —dijo Cal después de un momento de silencio—: a la mierda, Gage.

Los ojos de Gage estaban de un verde clarísimo, ya había hecho las paces con lo que tenía que ser.

—Aprecio el sentimiento, pero todos sabemos que es así. Ninguno de nosotros debía haber sobrevivido hasta ahora, pero lo hicimos, y la única razón de que lo hayamos hecho es porque Dent rompió las reglas y nos dio habilidades y nos dio una fuente de poder. Es tiempo de pagar. Y no me vengáis con el «¿por qué tú?» otra vez —Gage señaló a Fox con el dedo en señal de advertencia—. Te están saliendo letreros, Fox, pero ya pasamos por esa parte y no quiero hacerlo otra vez. Es mi turno y es mi maldito destino. Ésta va a ser la última vez. Éste es el momento y lo que os estoy diciendo es el cómo. Viéndolo por el lado positivo, no voy a tener que venir hasta aquí otra vez cada siete años a salvaros el culo a vosotros dos.

—A la mierda eso también, Gage —dijo Fox, pero esta vez desapasionadamente mientras se ponía en pie—. Tiene que haber otra manera. Estás considerando todo esto en línea recta, no estás teniendo en cuenta los recovecos.

—Hermano, los recovecos son mi fuerte. O lo destruimos o va a *ser*. Si no acabamos con él, va a adoptar una forma corporal, va a tener un cuerpo concreto y va a recobrar todo el poder que solía tener. Todos hemos visto que el proceso ha empezado —con aire ausente, Gage se frotó el hombro donde le había quedado la cicatriz—. Me quedó el recuerdo. Para destruirlo, para borrarlo completamente de la faz de la tierra, tenemos que dar una vida de nuestro lado. Necesitamos hacer un sacrificio de sangre para pagar, para equilibrar la balanza. Una luz por una oscuridad y el resto de blablablá. Voy a hacer esto de una u otra manera, pero sería muchísimo más fácil si tuviera vuestro apoyo.

—No puedes pretender que sencillamente nos sentemos de brazos cruzados a ver cómo das tu vida por el equipo, Gage —le dijo Cal—. Vamos a seguir buscando otra alternativa.

—¿Y si no la encontramos? No digamos tonterías, Cal —añadió Gage—. Hemos pasado juntos por demasiadas cosas como para andarnos con tonterías.

—Si no encontramos ninguna otra vía, ¿puedo quedarme con tu coche?

Gage se giró para mirar a Fox y sintió que el peso que había estado cargando se le desvanecía de los hombros. Cada uno haría lo que tuviera que hacer y sus hermanos lo apoyarían hasta el final, como siempre había sido.

—¿Con la manera que tienes de conducir? Por supuesto que no. El coche será para Cybil. Esa mujer sí que sabe cómo tratar a un coche. Pero te necesito para todas esas cuestiones legales. Así me puedo quitar ese tipo de cosas de la cabeza.

—Bien, no hay problema —Fox se encogió de hombros cuando Cal maldijo—. Pero mi tarifa es una apuesta: te apuesto mil pavos a que no sólo acabamos con el maldito bastardo sino que sales del bosque con todos nosotros después de que hayamos acabado con él.

—Yo también apuesto —dijo Cal.

—Tenemos una apuesta, entonces.

Cal negó con la cabeza mientras acariciaba con aire ausente a *Lump*, que dormía debajo del escritorio.

—Sólo un hijo de puta que no está en sus cabales apostaría a que va a morir.

Gage sonrió:

—Vivo o muerto, me gusta ganar.

—Necesitamos discutir esto con las mujeres —apuntó Fox, después miró con los ojos entrecerrados a Gage cuando lo vio gesticular—. ¿Algún problema?

—Depende. Si lo discutimos con las mujeres...

—No hay lugar a «si» en esto: ahora somos seis —lo interrumpió Cal.

—*Cuando* lo discutamos con las mujeres, entonces —corrigió Gage—, necesito que lo hagamos como un frente unido, nosotros tres. No quiero tener que argumentar con ellas *y* con vosotros. Así es el trato: buscamos otra alternativa hasta que se nos acabe el tiempo. Si el tiempo se acaba y no hemos encontrado nada más, lo hacemos a mi manera y nadie me da la lata.

Cal se puso en pie, con la intención de caminar hasta el otro lado del escritorio para chocar las manos y cerrar el trato. En ese momento la puerta de la oficina se abrió de golpe y Cy Hudson, uno de los integrantes de los grupos que solían jugar en la bolera, entró como una tromba, mostrando los dientes y disparando a diestro y siniestro un revólver calibre treinta y ocho. Una de las balas se alojó en el esternón de Cal, que cayó de rodillas al tiempo que Fox y Gage trataban de detener a Cy.

El enorme cuerpo del hombre se mantuvo firme y la fuerza de la locura que lo poseía hizo que repeliera a los dos amigos y los lanzara por el aire como si hubiera espantado un par de moscas. Entonces, apuntó a Cal de nuevo, pero en el último momento cambió de objetivo cuando Gage gritó y *Lump* se dispuso a atacarlo. Gage se preparó para recibir el disparo y vio por el rabillo del ojo a Fox que se levantaba como un corredor empezando la carrera después de escuchar el disparo.

Bill Turner entró en la oficina como un torbellino, saltó sobre la espalda de Cy y empezó a golpearlo con los puños, al tiempo, Fox y *Lump* también le saltaron encima, cada uno por su lado. Los cuatro, en una dolorosa maraña, cayeron al suelo con gran estrépito. Se escuchó otro disparo cuando Gage se puso en pie y tomó una silla para descargarla con toda su fuerza dos veces sobre la cabeza de Cy, que sobresalía de la maraña.

—¿Todo bien? —le preguntó Gage a Fox cuando finalmente Cy se derrumbó.

—Sí, sí. Buen chico —le dijo a *Lump* pasándole el brazo alrededor del cuello al perro—. ¿Y Cal?

Gage se enderezó y fue a arrodillarse junto a Cal, que tenía el rostro pálido como el papel, los ojos vidriosos y respiraba entrecortadamente. Pero cuando Gage le abrió la camisa, vio que el cuerpo de su amigo estaba ya expulsando la bala por la herida. *Lump* se acercó a su amo y empezó a lamerle la cara al tiempo que aullaba.

—Estás bien, estás bien. La bala está saliendo —le dijo Gage a Cal y tras tomarlo de la mano, le dio toda la energía que tenía—. Dime algo.

—Creo que me ha roto una costilla —logró decirle Cal—. Tengo una hemorragia tremenda. —Cal se esforzó por respirar normalmente mientras *Lump* le ponía la nariz sobre el hombro y lo empujaba ligeramente—. No sé exactamente qué otros daños tengo.

—Estás bien. Por Dios, Fox, ven aquí a ayudar.

—Gage.

—¿Qué? No ves que Cal está… —furioso, Gage se giró. Entonces vio a Fox arrodillado junto a Bill y con su propia camisa empapada de sangre presionándola contra el pecho del hombre.

—Llama a una ambulancia tú. No puedo dejar de hacer presión en la herida.

—Dios mío —Cal exhaló con dificultad, después inspiró también trabajosamente, entonces apretó en la mano un enorme mechón de pelo de *Lump*—. Ve a llamar, Gage. Tengo a *Lump*. Anda.

Pero Gage mantuvo la mano de Cal apretada fuertemente entre la suya. Con la otra, se sacó el móvil del bolsillo y marcó, sin quitarle los ojos de encima al pálido rostro de su padre.

***

Cybil se despertó grogui y con dolor de cabeza. El aturdimiento no era sorpresa, teniendo en cuenta que las mañanas no eran sus mejores horas del día, especialmente después de una noche intranquila. Las pesadillas eran algo de todas las noches ahora y, para empeorar las cosas, Gage había estado completamente ensimismado la noche anterior. A duras penas había articulado unas pocas palabras, pensó poniéndose una bata, por si los otros hombres todavía estaban en la casa.

Decidió que los estados de ánimo de Gage no eran responsabilidad suya, ella misma se sentía con ganas de estar ensimismada. Iba a tomarse su café en la terraza de atrás, sola, enfurruñada.

La idea la alegró un poco, o la habría alegrado, más bien, si no se hubiera encontrado con Layla y Quinn murmurando en la cocina.

—¡Vaya! Que nadie me hable hasta que no me haya tomado al menos mis dos tazas de café.

—Lo siento —le dijo Quinn bloqueándole el paso hacia la cafetera—. Vas a tener que esperar un momento.

Señales de advertencia relampaguearon en los ojos de Cybil.

—Nadie me dice que posponga mi café. Así que muévete, Quinn, si no quieres enfrentarte a las consecuencias.

—Nada de cafeína hasta después de lo que tenemos que decirte —Quinn levantó la prueba de embarazo que tenía sobre la encimera de la cocina y la agitó delante del rostro de Cybil—. Es tu turno, Cyb.

—¿Mi turno de qué? ¡*Aparta*!

—De que te hagas la prueba de embarazo.

Las ansias de cafeína que tenía Cybil se convirtieron en conmoción.

—¿Qué? ¿Estás loca? Sólo porque vosotras dos estéis preñadas no significa que...

—¿No te parece gracioso, Cyb, que yo tenga una prueba a mano para ti igual que la tuve para Layla?

—Ja, ja, ja.

—Y es muy interesante eso que mencionaste ayer de que las tres tenemos ahora el mismo ciclo —apuntó Layla.

—No estoy embarazada.

Layla se giró hacia Quinn:

—¿No fue eso mismo lo que yo dije?

Casi al borde de la desesperación por una taza de café, Cybil entornó los ojos.

—Te *vi* embarazada, Layla. A las dos, de hecho. En cambio no me vi a mí misma embarazada.

—Siempre es más difícil vernos a nosotras mismas. —Quinn le recordó sus propias palabras del día anterior—. Me has dicho eso varias veces, ¿no? Hagamos esto más fácil: ¿quieres un café? Entonces ve a hacerte la prueba. Después, te tendremos preparada tu taza doble. Antes, no te vamos a dejar pasar hasta la cafetera.

Echando chispas, Cybil le arrancó la prueba de la mano a Quinn.

—El embarazo os ha vuelto mandonas y con mala leche —les dijo Cybil, y se fue dando zancadas hasta el baño del primer piso.

—Tiene que significar algo —Layla se frotó los brazos, sintiéndose increíblemente nerviosa—. Estemos en lo cierto o no, tiene que significar algo. Sólo quisiera poder saber qué es.

—Tengo algunas ideas, pero... —preocupada, Quinn caminó hasta la puerta de la cocina—. Podemos pensar en eso más tarde. Después. Y sea cual sea el resultado, tenemos que apoyarla. Cualquiera que sea su decisión.

—Pero por supuesto. ¿Por qué no habríamos...? Ah, te refieres a si el resultado es positivo, pero ella no quiere estar embarazada —Layla asintió y fue junto a Quinn—. Por supuesto. Todo lo que ella necesite, sin importar el resultado.

Esperaron unos minutos más, después Quinn se pasó las manos por el pelo.

—Ya basta. No puedo seguir esperando —entonces caminó hasta el baño, llamó a la puerta por pura formalidad y tras unos segundos abrió la puerta—. Cyb, ¿cuánto tiempo más...? Ay, Cyb —Quinn se arrodilló junto a su amiga, que estaba sentada en el suelo, y la ayudó a ponerse en pie.

—¿Qué voy a hacer? —logró articular Cybil—. ¿Qué voy a hacer?

—Como primera medida, levantarte del suelo —le respondió Layla, inclinándose para ayudar a Quinn a levantarla—. Voy a prepararte un té. Vamos a encontrar una manera.

—Soy una estúpida. Una completa *estúpida* —Cybil se presionó las manos sobre los ojos mientras Quinn la guiaba hasta la cocina y la ayudaba a sentarse—. Debí ver venir esto. Las tres debimos. Si es un maldito plan perfecto. Y estaba ahí, justo frente a mis ojos.

—A mí no se me ocurrió la posibilidad antes, sólo anoche, que me desperté en mitad de la noche con la idea en la cabeza. Pero todo va a estar bien, Cyb. Necesites o quieras lo que sea, sin importar lo que decidas, Layla y yo vamos a estar a tu lado para ayudarte. Tienes todo nuestro apoyo.

—No es lo mismo para mí que para vosotras dos. Gage y yo... Nosotros no tenemos planes. No somos... —Cybil logró sonreír débilmente—. No estamos unidos de la manera en que vosotras lo estáis con Cal y Fox.

—Pero estás enamorada de él.

—Sí, lo estoy —Cybil miró a Quinn a los ojos—, pero no significa que estemos juntos. Él no está buscando...

—No importa lo que él esté buscando. —La voz de Layla sonó tan firme, que Cybil se sorprendió—. ¿Qué estás buscando *tú*?

—Pues ciertamente no un embarazo. Estaba buscando terminar con esto que hemos empezado aquí para después tener algo de tiempo con él fuera del pueblo y todo lo demás. Pero no soy tan fría ni tan fuerte como para no haber pensado más allá y no haber tenido la esperanza de que de pronto pudiéramos construir algo juntos. Pero tampoco soy tan optimista como para esperar que fuera así.

—Sabes que no tienes que decidir de inmediato, ¿verdad? —Quinn le acarició el pelo a Cybil—. Esto puede quedar sólo entre nosotras tres hasta cuando quieras.

—Sabes que no podemos guardar silencio, Q. —le contestó Cybil—. Que las tres estemos embarazadas tiene un sentido, no es gratuito. Y el propósito de esta «coincidencia» puede ser la diferencia entre la vida y la muerte.

—Dioses, demonios, el destino —le espetó Layla—. Nadie más que tú misma tiene el derecho de tomar esta decisión.

Cuando Layla le puso la taza de té enfrente, Cybil la tomó de la mano y la apretó con fuerza.

—Gracias. Dios, gracias. Gracias por nosotras tres, gracias por ellos tres. Ann Hawkins tuvo tres hijos que fueron su esperanza, su fe y su valentía. Ahora hay tres más... la posibilidad de tres más, dentro de nosotras. No podemos hacer caso omiso de esa simetría. En muchas culturas, en muchas leyendas, la mujer embarazada está investida de un poder especial. Vamos a usar ese poder —respiró profundamente y le dio un sorbo al té—. Cuando todo esto termine podría escoger ponerle fin a esta posibilidad. Es mi decisión y a la mierda los dioses y los demonios. Es mi decisión y sólo mía. Pero escojo no ponerle fin. No soy una niña y tengo recursos suficientes. Además, amo al padre. Sin importar lo que pase entre Gage y yo, creo con absoluta certeza que esto ha sucedido por una razón —respiró profundamente de nuevo—. Sé que es la decisión apropiada para mí. Y sé que estoy completamente aterrorizada.

—Las tres vamos a estar en lo mismo a la vez —Quinn tomó la mano de Cybil y se la apretó—. Eso va a ser útil para las tres.

—Sí, así es. Por favor, no digáis nada todavía. Tengo que encontrar la mejor manera de darle la noticia a Gage, el mejor momento, el mejor método. Mientras tanto, creo que deberíamos tratar de encontrar la manera de usar esta repentina racha de fertilidad. Puedo contactar...

—Espera —le dijo Quinn cuando sonó el teléfono. Después de ver la pantalla del móvil sonrió antes de contestar—. Hola, mi amor. Estaba... —la sonrisa se le desvaneció del rostro, igual que el color—. Vamos para allá. Yo... —les lanzó miradas ansiosas a Cybil y a Layla—. Muy bien. Sí... Sí, está bien. ¿Cómo de mal? Ajá... Nos vemos allí —colgó—. Han disparado a Bill, el padre de Gage.

***

Se habían llevado a su madre en una ambulancia, pensó Gage. Recordaba la prisa, las sirenas, las luces. Él no había ido con ella, por supuesto, Frannie Hawkins se lo había llevado a casa, le había dado leche y galletas. Lo había mantenido cerca.

Ahora era su padre, la prisa, las sirenas, las luces, y no estaba seguro de por qué iba a toda velocidad detrás de la ambulancia, en la camioneta de Fox y sentado entre sus dos hermanos. Podía oler la sangre de Cal. Y la de su padre. Se había derramado mucha, mucha sangre.

Cal todavía estaba pálido y la curación no se había completado del todo. Gage podía sentirlo estremecerse con rápidos y ligeros temblores, mientras su cuerpo continuaba el difícil y doloroso proceso de curación. Pero no estaba muerto, no estaba tumbado sobre un charco de su propia sangre, como lo había visto en sus visiones. Habían cambiado esa... posibilidad, como siempre las llamaba Cybil.

Otro punto más para el equipo local.

Pero lo que no habían visto había sido la muerte del viejo. Nunca había tenido una visión de su padre, ni vivo ni muerto. Ninguna visión de su padre entrando por la puerta a toda prisa para saltar sobre la espalda de un Cy Hudson enloquecido. No había tenido ningún avance de esa mirada airada y determinada de Bill en ese momento y, por supuesto, nunca había tenido ningún anticipo de su padre tumbado en el suelo sangrando a través de la camisa de Fox.

Parecía roto, pensó Gage. Lo había visto roto, frágil y viejo cuando lo habían subido a la camilla y lo habían llevado hasta la ambulancia. No era lo correcto, pensó, no era la imagen correcta. Esa imagen no encajaba con la que Gage llevaba grabada en la memoria de la misma manera, pensó, que llevaba la foto de su madre en la cartera. Pero, en la foto, su madre había quedado siempre feliz, siempre joven, congelada en el tiempo.

En su mente, Bill Turner era un hombre grande, con una barriga cervecera que le sobresalía por encima del cinturón del pantalón. Tenía ojos duros, manos duras, boca siempre tensa.

Ése era Bill Turner. Un hombre que podía pegarle con la facilidad con que podía girarse para mirarlo.

¿Quién diablos era ese hombre frágil y ensangrentado que iba en la ambulancia delante de ellos? ¿Y por qué diablos iba él siguiéndolo? Todo era borroso en ese momento: la calle, los coches, los edificios, todo lo que veía mientras Fox conducía a toda velocidad detrás de la ambulancia en dirección al hospital. No podía darles una forma sólida a las imágenes, no lograba enfocar. Su cuerpo se movía, se había apeado de la camioneta cuando Fox había aparcado en la acera frente a la zona de urgencias y había entrado en el hospital detrás de la camilla, pero era como si estuviera fuera de sí mismo. Su cerebro registraba detalles extraños, como el cambio de temperatura entre la calidez de la mañana de junio y el frío del aire acondicionado dentro del hospital, los diferentes sonidos, las voces, la prisa de los médicos al recibir al hombre roto y ensangrentado en la camilla. Escuchó el timbre de un teléfono, el irritante sonido metálico y exigente que no cesaba. «Contesten el teléfono», pensó. «Contesten ese maldito teléfono».

Alguien le habló y lo agobió con innumerables preguntas. «Señor Turner, señor Turner...», entonces Gage se preguntó cómo diablos esperaban que el viejo respondiera a esa infinidad de preguntas si ya se lo estaban llevando a alguna parte. Entonces recordó que *él* era el señor Turner.

—¿Qué?

¿Qué tipo de sangre tenía su padre?

¿Es alérgico a algo?

¿Cuántos años tiene?

¿Toma algún medicamento, sufre de alguna dolencia?

—No lo sé —fue todo lo que Gage pudo decir—. No lo sé.

—Yo me encargo —Cal lo tomó del brazo y le dio un ligero meneo—. Ve a por un café y siéntate. Fox.

—Ya estoy en eso.

De repente se vio con un café en la mano. ¿Cómo diablos había llegado allí? Café sorprendentemente bueno, de hecho. Se sentó con Cal y Fox en la sala de espera. Sofá gris y azul, sillas. En la televisión del fondo había algún programa matinal, un hombre y una mujer se reían detrás de una mesa.

Estaba en la sala de espera de un hospital, recordó como saliendo de un sueño. El viejo estaba en el quirófano, había recibido un balazo. Su padre estaba luchando entre la vida y la muerte porque le habían disparado. «Se supone que la bala era para mí», se dijo Gage mientras en la cabeza hacía un recuento de los hechos. Él debía haber recibido esa bala calibre treinta y ocho, no el viejo.

—Necesito salir a caminar. —Cuando Fox se disponía a ponerse en pie para acompañarlo, Gage negó con la cabeza—. No. Sólo necesito aire. Sólo... necesito aclararme la cabeza.

Bajó en el ascensor con una mujer de ojos tristes y raíces canosas y un hombre con una americana de algodón abotonada tirantemente sobre una prominente barriga. Gage se preguntó si habrían dejado a alguien roto y ensangrentado arriba.

En la planta baja pasó de largo frente a la tienda de regalos con su selva de globos de colores («mejórate pronto», «¡es un niño!») y arreglos florales de precios exorbitantes, con estantes repletos de revistas relucientes y novelas de bolsillo. Caminó derecho hacia la puerta principal y salió, sin ningún destino preestablecido o ninguna idea en la cabeza. Sólo necesitaba salir.

Qué lugar más movido, pensó distraídamente: coches, camionetas y vehículos todoterreno llenaban el aparcamiento, mientras otros conducían en círculos buscando un lugar disponible. Probablemente muchas de esas personas se detendrían en la tienda de regalos a comprar una revista o un globo. Un montón de gente enferma alrededor, supuso, y se preguntó cuántas de esas personas tendrían una herida de bala. ¿Habría un mensaje apropiado para poner en un globo dirigido a una persona que hubiera recibido una herida de bala?

Oyó a Cybil llamándolo por su nombre. Pensó que el sonido de su voz sonaba absurdamente fuera de lugar allí. Se dio la vuelta. Ella corrió deprisa por la acera hacia él, sólo una carrera corta, con todos esos rizos oscuros resplandeciendo bajo el sol y ondeando alrededor de esa bonita cara. Gage tuvo el extraño pensamiento de que si un hombre tenía que morir, moriría feliz de saber que alguna vez una mujer como Cybil Kinski había corrido hacia él.

Cybil llegó hasta él, lo tomó de las manos.

—¿Tu padre?

—Está en cirugía. ¿Cómo has llegado aquí?

—Cal nos llamó. Quinn y Layla entraron en el hospital, pero cuando te vi aquí... ¿Puedes decirme qué pasó?

—Cy entró en la oficina de Cal, disparando a diestro y siniestro con un calibre treinta y ocho. Le dio a Cal también.

—Cal...

—Está bien. Ya sabes cómo es esto.

Una ambulancia llegó al aparcamiento aullando, calor, sirenas, luces. Alguien más estaba en problemas, pensó Gage. Otro globo flotando de una cuerda.

—Gage, vamos a algún lugar donde podamos sentarnos.

Gage se trajo a sí mismo hacia ella, regresó a Cybil y a sus ojos gitanos.

—No, estoy... caminando. Todo sucedió tan rápido, en un abrir y cerrar de ojos. Veamos: bang bang, Cal cayó al suelo. Cy le apuntó de nuevo, entonces grité «no»... no exacto del todo —recordó.

—No importa —Cybil le pasó el brazo alrededor de la cintura y, si hubiera podido, le habría cogido el peso que Gage cargaba en ese momento. Pero el peso que lo agobiaba no era físico.

—Sí importa. Todo importa.

—Tienes razón. —Amorosamente, Cybil le dio la vuelta y lo guió lentamente de vuelta hacia el hospital—. Cuéntame qué pasó.

—Primero Fox y yo tratamos de detener a Cy, pero el tipo es como un toro, y si le sumas la infección, no hubo manera de poder contra la fuerza que tenía. Nos hizo volar a los dos. Entonces grité y él se volvió y me apuntó con el revólver —repasó en la cabeza todo, a cámara lenta, cada detalle, cada movimiento—. *Lump* estaba durmiendo, como de costumbre, debajo del escritorio. Se levantó enfurecido. No lo habría creído posible si no lo hubiera visto con mis propios ojos. Fox se disponía a caerle encima a Cy de nuevo, tal vez habría tenido suficiente tiempo, nunca podremos saberlo, porque en ese momento entró el viejo, como una locomotora a toda marcha, saltó encima de Cy y los tres cayeron al suelo, más el perro. El revólver se disparó. Fox estaba bien, entonces fui a arrodillarme junto a Cal. Nunca se me ocurrió pensar en el viejo. Fox estaba bien, Cal estaba sangrando, pero estaba en proceso de curarse, su cuerpo estaba expulsando la bala. Nunca, ni por un segundo, pensé en el viejo —Cybil se detuvo y, sin decir nada, sólo lo miró a la cara, sin soltarle las manos—. Fox me llamó, entonces me di la vuelta. Se había quitado la camisa y estaba usándola para presionar la herida en el pecho del viejo. Herida de bala, pero el viejo no puede expulsar la maldita bala de su cuerpo como nosotros podemos —ella le soltó las manos y lo abrazó, en silencio—. No sé cómo se supone que debo sentirme.

—No tienes que decidirlo ahora.

—Yo pude haber recibido ese balazo. Lo más probable es que no me hubiera matado.

—Cal habría podido recibir un segundo balazo, que hubiera podido ser muy grave, pero trataste de evitarlo. Eso es lo que la gente hace, Gage, trata de evitar que esas cosas pasen.

—No vimos esto, Cybil.

—No, es cierto.

—Yo cambié las circunstancias. Yo convoqué a Fox y a Cal en la bolera, por eso estábamos los tres allí. Así es, estuvimos los tres en lugar de Cal solo cuando Cy entró disparando como un loco.

—Gage, escúchame lo que te voy a decir —Cybil lo tomó de las manos de nuevo, puso sus manos entrelazadas entre los dos y lo miró directamente a los ojos—: Te estás preguntando si haber estado allí te hace culpable de lo que pasó. Pero sabes en tu corazón y en tu cabeza, *sabes* perfectamente, después de veintiún años de luchar contra esto, que no es culpa de nadie más que de Twisse, de él y de nadie más que él.

—Cal está vivo, y sé que ese hecho me importa más…

—Esto no se trata de más o menos.

—Es la primera vez en mi vida, desde que tengo memoria, que el viejo sale a defenderme. Es difícil pensar que tal vez sea también la última.

De pie bajo el sol de junio, rodeada del ruido de las sirenas de otra ambulancia que acababa de llegar, Cybil sintió que el corazón se le partía por él.

—Si crees que sería de utilidad, podríamos tratar de visualizar a tu padre, ahora mismo.

—No —Gage la abrazó y puso la mejilla sobre la cabeza de ella—. Vamos a esperar.

***

Gage pensó que duraría horas: la espera, la incertidumbre y los pensamientos que implicaban. Pero apenas habían llegado a la sala de espera cuando un médico con bata de cirujano salió a hablar con él. En cuanto sus ojos se encontraron, Gage lo supo, vio la muerte en los ojos del médico. Sintió que el estómago se le encogía, como si un puño se lo hubiera apresado inmisericordemente y no quisiera soltarlo, y cuando finalmente lo hizo, le dejó una sensación de entumecimiento.

—Señor Turner...

Gage se puso en pie y les hizo una señal a sus amigos para que no se levantaran. Caminó solo hasta donde el médico para escucharle decirle que su padre había muerto.

***

Gage pensó que podía enterrar al viejo junto a su esposa y a su hija. Y eso haría. De lo que sí estaba seguro era de que no quería un maldito velatorio ni tampoco quería ninguna reunión después del entierro. Corto, sencillo, fuera. Permitió que Cal se encargara de los arreglos del servicio fúnebre junto a la tumba, su única petición fue que fuera breve. Dios sabía que Cal conocía a Bill Turner mejor que él. Ciertamente al Bill Turner que había muerto en la sala de operaciones.

Sacó el único traje bueno que su padre tenía en el armario de su piso y lo mandó a la funeraria. Encargó la lápida y la pagó junto con los otros gastos en efectivo. Supuso que en algún momento tendría que volver al piso y decidir qué hacer con las cosas del viejo; donar todo a la caridad, al Ejército de Salvación, probablemente. O alguna cosa por el estilo. O, lo que parecía más probable, sería Cal el encargado de hacerlo, más hacer los arreglos para su propio funeral. Sí, Gage pensó que podía dejarles esta pequeña tarea adicional a Cal y a Fox.

Le habían mentido a la policía, lo que no le quitaba el sueño, en realidad. Jim Hawkins les había ayudado a demostrar con pruebas la historia que habían contado. Cy no recordaba nada y Gage supuso que, si su padre tenía que morir, había sido por alguna razón. Salió de la funeraria diciéndose que había hecho todo lo que había podido. Y fuera se encontró con Frannie Hawkins de pie, esperándolo junto a su coche.

—Cybil me dijo que estarías aquí, pero no quise molestarte.

—Tú nunca me molestas.

Frannie lo abrazó con fuerza.

—Lo siento. Sé cómo eran las cosas entre Bill y tú, pero de todas maneras lo siento mucho.

—Yo también, pero es sólo que no estoy seguro de cuánto.

—Sin importar cómo hubieran sido las cosas, sin importar cómo fuera él en el pasado, al final hizo todo lo que estuvo a su alcance para protegerte, a ti, a Cal y a Fox. Y al final, tú has hecho exactamente lo correcto por ellos, por el pueblo y por Bill Turner.

—Creo que le estoy echando la culpa de su muerte a él mismo.

—Estás salvando a un buen hombre, a un hombre que es inocente, de un cargo de homicidio y de que vaya a la cárcel —la compasión se reflejó en el rostro de ella—. No fue Cy quien os disparó a Cal y a Bill... Todos lo sabemos. No es Cy quien debería pasar el resto de su vida tras las rejas, dejando a su mujer sola, dejando sin un padre a sus hijos y sin un abuelo a sus nietos.

—No, es cierto. Ya hemos hablado de eso. El viejo no está en posición de opinar, pero...

—Debes saber entonces que Bill consideraba a Cy un gran amigo, y el sentimiento era mutuo. Después de que Bill dejara de beber, Cy fue una de las personas que se sentaban con él a tomar café o coca-cola. Quiero que sepas que creo que estás haciendo lo correcto, que estoy completamente segura de que esto sería lo que Bill querría que hicieras. En cuanto a lo que a todos nos concierne, Bill entró en la oficina de Cal con esa pistola, quién sabe por qué, porque nadie lo sabe, y cuando Cy y vosotros tratasteis de quitársela, hubo un accidente. Sé que Bill no querría que castigaran a Cy por algo que estaba fuera de su control. Y nada puede hacerle daño a Bill ahora. Lo importante, creo yo, es que tú sabes lo que pasó, sabes lo que Bill hizo al final. No importa lo que los demás crean que saben.

A Gage le ayudó escuchar las palabras de Frannie, le sirvió para atenuar el sentimiento de culpa que lo embargaba a ratos.

—No puedo sentir... ira o dolor. No puedo.

—Tal vez vas a sentir ambas cosas, si es lo que necesitas, cuando el momento sea el apropiado. Lo único que necesitas saber ahora mismo es que has hecho todo lo que has podido y lo que debía hacerse. Eso es suficiente.

—¿Harías algo por mí?

—Cualquier cosa que me pidas.

—Cuando no esté en el pueblo, ¿podrías por favor poner, de vez en cuando, unas flores para los tres en su tumba?

—Por supuesto.

Gage se dirigió al coche de ella y le abrió la puerta.

—Ahora voy a preguntarte algo.

—Dime.

—Si supieras que tienes una o dos semanas de vida solamente, ¿qué harías?

Frannie iba a empezar a hablar, pero se interrumpió. Gage entendió que ella estaba conteniendo su respuesta instintiva, por el bien de él. Entonces ella le sonrió ampliamente.

—¿Cómo me estaría sintiendo?

—Bien.

—En ese caso, haría exactamente lo que me apeteciera, especialmente si fuera algo que normalmente me negara a mí misma o dudara en hacer. Cogería todo lo que quisiera o necesitara. Me aseguraría de que la gente que me fastidia supiera exactamente lo que pienso. Y, más importante, me aseguraría de que toda la gente a la que amo supiera todo lo que significa para mí.

—¿Nada de confesar tus pecados o tratar de enmendar tus errores?

—Si no los he confesado a estas alturas ni he corregido nada, pues al diablo, no importa. Yo misma soy lo más importante ahora.

Gage se rió y se inclinó para darle un beso en la mejilla.

—De veras que te quiero.

—Ya lo sé.

***

Como siempre, pensó Gage, Frannie había dado en el clavo con su sensatez. Pero primero lo primero. Sabía bien que la muerte, la de cualquier persona, no aplazaría la llegada del Siete. Era hora de discutir la conversación que había tenido con Cal y Fox en la oficina con el resto del grupo.

—La cuestión es bastante sencilla —empezó Gage. Estaban sentados, los seis, en el salón de casa de Cal, la noche antes del entierro de su padre—. Algunos de los libros y de las fuentes que menciona Linz usan mucha palabrería y un lenguaje intrincado, pero, en conclusión, básicamente lo que dicen es que la sanguinaria, nuestra sanguinaria, es la llave, y es parte de la piedra de la vida, como Cybil ya había teorizado. Es una fuente de poder. Y, lo que me pareció muy particular, en algunos de los textos de Linz, este fragmento es llamado la piedra pagana. No creo que sea coincidencia.

—¿Cuál es su cerradura? —preguntó Quinn.

—El corazón. El corazón oscuro y supurante de nuestro demonio. Hay que meter la llave, darle la vuelta y listo: la cerradura se abre y el bastardo se va directo de regreso al infierno. Tan sencillo como eso.

—No —contradijo Cybil—. No es tan sencillo como eso.

—De hecho sí lo es. Pero hay que pagar el precio antes.

—¿Y estás diciendo que tú eres el precio que tenemos que pagar?

—Me parece que la apuesta es demasiado alta —comentó Layla—. ¿Por qué tenemos que jugar su juego? Podemos buscar un juego que se nos ajuste y usar nuestras propias reglas.

—No es su juego —la corrigió Gage—. Es el único juego que tenemos. Y es un juego que ha estado tratando de aplazarse y acabarse por los siglos de los siglos. La sanguinaria puede destruirlo, y ésa es la razón por la cual nos la dieron en tres fragmentos y por la cual no habíamos podido unirla hasta ahora. Hacía falta que fuéramos mayores y que nos encontráramos los seis. Se necesitaba que lo hiciéramos los seis. El resto que se viene nos necesita a los seis juntos también, pero sólo uno de nosotros tiene la misión de girar la llave. Esa parte me corresponde a mí.

—¿Cómo? —reclamó Cybil—. ¿Entrando en su interior, muriendo y yéndote al infierno con él?

—Así es. Tengo que entrar en la oscuridad. Eso ya lo sabías, lo que me dijo Linz —le dijo Gage mirándola a los ojos—. Ya habías encontrado lo mismo que Linz.

—Algunas fuentes sostienen que la sanguinaria, o piedra pagana, como llaman a este fragmento particular de la piedra de la vida, destruirá al oscuro, al negro, al demonio, o como quiera llamársele, si le perfora el corazón. Puede —añadió de inmediato—. Cabe la posibilidad, si se mezcla con la sangre del elegido, si se hace en el momento exacto que es apropiado. *Si*, *puede*, *cabe la posibilidad*, no hay nada certero.

—¿Y no nos dijiste nada de esto?

—Todavía estoy verificando la información. Todavía estoy revisando las fuentes. Y no —añadió después de un momento de silencio—. No le dije a nadie esto.

—Hay que entrar en la oscuridad —repitió Gage—. Todas las fuentes usan esta frase o variaciones cercanas. La oscuridad, la negrura, el corazón de la bestia. Y sólo en el momento en el que esté en su propia forma. *Bestia.* Y todos los seres vivos que estén a su alrededor y no estén protegidos van a morir junto con él. Su muerte requiere de un sacrificio de igual magnitud. Se requiere un sacrificio de sangre, se requiere una luz para apagar la oscuridad. Y eso también lo has encontrado ya, Cybil.

—He encontrado algunas fuentes que hablan de sacrificio, de equilibrio —iba a empezar a discutir, a hacer aclaraciones, cualquier cosa, pero se interrumpió. Todos tenían derecho a escucharlo—. La mayoría de las fuentes que he consultado sostiene que para poder perforarle el corazón a la bestia, ésta tiene que estar en su forma real, y es el guardián, la luz, el encargado de llevar la piedra dentro. Y el guardián tiene que entrar con la total claridad de que al destruir al demonio, él mismo perecerá. El sacrificio debe ser voluntario.

Gage asintió.

—Eso encaja con lo que me dijo Linz.

—¿No es útil? ¿No es acaso justo el detalle final que necesitábamos?

Por un momento, Gage y Cybil sólo se miraron a los ojos sin musitar palabra. Entonces Quinn carraspeó y levantando la mano, rompió el silencio:

—Perdón, pero tengo una pregunta. Si la sanguinaria y el sacrificio cumplen el cometido, ¿por qué Dent no mató a Twisse él mismo?

Sin quitarle los ojos de encima a Cybil, Gage respondió:

—En primer lugar, en la época de Dent, el demonio tenía forma de Twisse, no su forma real.

—Pero creo que hay algo más —apuntó Cal—. He estado dándole vueltas desde que Gage nos habló de esto. Dent rompió las reglas y estaba dispuesto a romper más. Así que pienso que, por alguna razón, él no podía matarlo, no podía hacerlo con sus propias manos. Así que preparó el camino para nosotros. Lo debilitó y se aseguró de que, como dijo Linz, no se materializara, que no pudiera ser completamente corporal y que no pudiera tener todo su poder. Compró tiempo y les pasó todo lo que pudo a sus descendientes, es decir, a nosotros, para que lo destruyeran.

—Estoy de acuerdo, pero no creo que ésa sea toda la historia —Quinn se giró hacia Cybil con ojos colmados de dolor y disculpa—. Destruir al demonio era, y es, la misión de Dent. Era la razón de su existencia. Su sacrificio, es decir, su vida, no era suficiente. El verdadero sacrificio tiene que ver con la elección. Todos hemos hecho elecciones en esto. Dent no es ya completamente humano. Pero nosotros, cualquiera que sea nuestro linaje, lo somos. Todos nosotros. Ése es el precio: la elección de sacrificar una vida por el todo. Cyb...

Cybil levantó una mano:

—Siempre hay que pagar un precio —habló con firmeza—. Históricamente, los dioses siempre exigen algo a cambio. O, en términos más mundanos, no hay nada gratis. Pero eso no significa que tengamos que aceptar el precio de la muerte. No sin al menos intentar encontrar otra manera de pagar.

—Estoy absolutamente abierto a que busquemos otra alternativa u otro plan de pagos, pero, para poder dejar esto atrás, todos tenemos que estar de acuerdo, aquí y ahora, en que si no podemos, lo vamos a hacer a mi manera. Compartáis o no el método, ésa es la manera en que va a ser. Para mí sería más fácil si todos estuviéramos de acuerdo.

Nadie dijo nada y todos entendieron que le correspondía a Cybil ser la primera.

—Somos un equipo —empezó ella—. Creo que ninguno de nosotros cuestiona que nos hemos convertido en un equipo en todo el sentido de la palabra. Dentro de ese equipo que conformamos, hay varios conjuntos: los tres hombres, las tres mujeres, las tres parejas. Estos conjuntos contribuyen a la dinámica del equipo, pero incluso siendo parte de los conjuntos seguimos siendo individuos. Somos las personas que somos y ésa es la base de lo que nos hace lo que somos como un equipo. Ninguno de nosotros puede tomar decisiones por los demás. Si ésa es tu decisión, Gage, no voy a hacértela más difícil ni voy a contribuir al estrés que te pueda causar. Tampoco te voy a distraer ni voy a distraer a los demás, porque correríamos el riesgo de cometer un error. Así las cosas, estoy de acuerdo, porque creo que vamos a encontrar una manera para que los seis salgamos del bosque sanos y salvos. Pero, más importante aún, estoy de acuerdo porque creo en ti. Creo en ti, Gage. Eso es todo lo que tengo que decir. Estoy cansada, me voy a acostar.

CAPÍTULO 19

Gage le dio tiempo a Cybil. Él mismo necesitaba un poco también. Cuando finalmente subió a la habitación que compartían, Gage pensó que sabía exactamente lo que quería decirle y cómo hacerlo. Sin embargo, cuando abrió la puerta y la vio, todo lo que había planeado se desvaneció.

Cybil estaba de pie frente a la ventana con una corta bata blanca. Llevaba el pelo suelto y los pies descalzos. Había apagado las luces y había encendido velas, y las sombras tenues que producían más su resplandor quedo le venían a la perfección a ella. La imagen de Cybil más lo que sentía por ella eran como un par de flechas que se le habían clavado en el corazón. Gage cerró la puerta silenciosamente después de entrar, ella no se volvió.

—Cometí un error al no informaros sobre lo que encontré en mi investigación.

—Sí, es cierto.

—Podría inventar disculpas, podría decirte que sentí que necesitaba profundizar más, reunir más información, analizarla mejor, verificarla, etcétera, etcétera. No sería una mentira, pero tampoco sería del todo cierto.

—Sabes que ésta es la manera, lo sabes en lo más profundo de tu ser, ¿verdad, Cybil? Al igual que yo. Si no hago esto y no lo hago correctamente, Twisse va a acabar con nosotros y con el pueblo.

Por un momento, Cybil no dijo nada y sólo se quedó en la ventana, a la luz de las velas, observando las colinas a lo lejos.

—Todavía hay un tenue reflejo de luz sobre la cima de esas montañas —dijo finalmente—. Sólo una insinuación de lo que está muriendo. Es tan hermoso... He estado viendo cómo se iba apagando poco a poco mientras pensaba que nosotros somos como esa luz agonizante. Todavía tenemos esa tenue luz y su belleza. Todavía nos quedan unos pocos días con ella. Por tanto, es importante prestarle atención y valorarla.

—Presté atención a lo que dijiste allí abajo. Y valoro tus palabras.

—Entonces vas a tener que escuchar ahora lo que no dije: si terminas siendo un héroe y mueres en el bosque, voy a tardar mucho tiempo en dejar de estar enfadada contigo. Finalmente dejaré de estarlo, pero sí, tardaré un largo tiempo. Y después de que deje de estar enfadada... después de eso —inspiró profundamente—, me va a llevar incluso más tiempo recuperarme de tu muerte.

—¿Te das la vuelta para verme?

Cybil suspiró.

—Ya se ha desvanecido —murmuró cuando el tenue resplandor se ahogó en la oscuridad. Entonces se volvió hacia él. Tenía los ojos tan claros y profundos que Gage pensó que serían capaces de albergar mundos enteros en su interior.

—Hay cosas que necesito decirte —empezó Gage.

—Estoy segura, pero hay algo que necesito decirte primero. Me he estado preguntando si sería mejor para ti que no te lo dijera, pero...

—Puedes decidirlo después de que te haya dicho lo que tengo que decirte. Hoy obtuve una respuesta de alguien cuya opinión respeto, así que... —se metió las manos en los bolsillos de los vaqueros y pensó que, si tenía las agallas para morir, debía tenerlas también para decirle lo que sentía por ella—. No te voy a decir lo que te voy a decir solamente porque es posible que no sobreviva. Ese hecho es sólo una especie de disculpa para decírtelo ahora, pero no es la única razón. Me habría encontrado en esta situación más tarde o más temprano. No hay que darle vueltas.

—¿Darle vueltas a qué?

—Los tratos son sagrados para mí, pero... al diablo. —El enfado le cruzó el rostro y le calentó los ojos hasta ponérselos de un verde ardiente—. Se cierran las apuestas. Me gusta mi vida, funciona bien para mí. ¿Por qué cambiar algo que funciona? Ésa es una cosa.

—Supongo que lo es —comentó ella ladeando la cabeza, intrigada.

—No me interrumpas.

Cybil levantó las cejas.

—Perdón. Pensaba que ésta era una conversación en lugar de un monólogo. ¿Debería sentarme?

—Sólo guarda silencio dos malditos minutos —la frustración sólo lograba empeorar el enfado que lo embargaba—. Me he pasado el tiempo en un tira y afloja con todo este asunto del destino. No tiene sentido negar que me tira hacia el pueblo, porque de lo contrario estaría a muchos kilómetros de distancia en este momento. Pero que me parta un rayo si me tira hacia alguna parte a la que yo no quiera ir.

—Excepto que estás aquí y no en ninguna otra parte. Lo siento —le dijo y ondeó una mano cuando él la miró con ojos entrecerrados de advertencia—. Lo siento.

—Hago lo que me viene en gana y tomo mis propias decisiones, y espero que el resto de la gente haga lo mismo. Eso es lo que estoy diciendo —y entonces se dio cuenta de que sabía exactamente lo que quería decir—. No estoy aquí contigo porque un plan divino así lo dictó siglos antes de que tú y yo hubiéramos nacido. No siento lo que siento por ti porque alguien, o algo, haya decidido que era para un bien mayor que me sintiera así. Lo que está dentro de mí es mío y de nadie más, Cybil, y está ahí por la persona que eres: por cómo suenas, por cómo hueles, por cómo eres y por cómo piensas. No era lo que estaba buscando o lo que quería, pero así es.

Cybil se quedó muy quieta donde estaba mientras la luz de las velas lanzaba destellos dorados sobre el terciopelo oscuro de sus ojos.

—¿Estás tratando de decirme que estás enamorado de mí?

—¿Podrías por favor cerrar el pico un momento para permitirme manejar esto a mi manera?

Cybil caminó hacia él y se detuvo a unos centímetros de distancia.

—Déjame expresarlo en tus propios términos: ¿por qué no pones tus cartas sobre la mesa?

Gage supuso que había tenido peores manos en el pasado y, sin embargo, había terminado ganando.

—Estoy enamorado de ti, pero estoy a medio camino de dejar de sentirme enfadado por eso.

Cybil sonrió esplendorosamente.

—Qué interesante, porque yo estoy enamorada de ti, pero estoy a medio camino de dejar de sentirme sorprendida por eso.

—Qué interesante —Gage tomó el rostro de Cybil entre las manos y dijo su nombre una vez, después le dio un suave beso en los labios, como un susurro, y poco a poco fue profundizando el beso, apasionadamente, mientras ella se fundía entre sus brazos y se abrazaba a él. Gage sintió que una calidez lo embargaba y la completa sensación de que ella era la persona para él, que juntos eran una combinación correcta. «El hogar no siempre es un lugar», pensó, «también puede ser una mujer». Y Cybil era su hogar, sin duda—. Si las cosas fueran diferentes —empezó él, y la apretó con más fuerza cuando ella negó con la cabeza—. Óyeme lo que quiero decirte: si las cosas fueran diferentes, o si tuviera una racha de buena suerte, ¿te quedarías conmigo?

—¿Quedarme contigo? —Cybil echó la cabeza hacia atrás para mirarlo—. Sí que se te están complicando las palabras hoy, ¿no? ¿Me estás preguntando si me quiero casar contigo?

Evidentemente desconcertado, Gage retrocedió un poco:

—No, no era eso lo que quería decir, estaba más bien pensando en algo menos... formal. Me refería a estar juntos, a viajar juntos, puesto que eso es lo que ambos hacemos. Tal vez tener una base. Tú ya tienes una en Nueva York, lo que a mí me podría ir bien, pero también podría ser en otra parte. No creo que necesitemos... —Gage quería estar con ella, no sólo que formara parte de su vida, sino que fuera su compañera de vida. ¿Acaso el matrimonio no era como una apuesta?—. Aunque pensándolo bien, qué diablos —continuó él como pensando en voz alta—: probablemente no va a ser un problema. Si tengo una racha de estupendísima buena suerte, ¿quieres casarte conmigo, Cybil?

—Sí, sí quiero, lo que probablemente me sorprende tanto como a ti. Pero sí, sí quiero. Y quiero viajar contigo también y que tú viajes conmigo a mis sitios. Quiero que tengamos una base, o tal vez dos. Creo que seremos buenos compartiendo una vida. Nos va a ir bien juntos. Muy bien.

—Entonces tenemos un trato.

—Todavía no —cerró los ojos—. Antes tienes que saber algo. Y tienes que saber también que no te voy a obligar a que mantengas tu propuesta de matrimonio hipotética si lo que te voy a decir te hace cambiar de parecer —Cybil dio varios pasos hacia atrás hasta que dejaron de tocarse—. Gage, estoy embarazada —él se quedó en silencio, no musitó palabra—. Algunas veces el destino tira y a veces afloja. Y otras veces te patea el culo. Ya he tenido un par de días para pensar en esto y...

Los pensamientos se agolparon en la cabeza de Gage, como un remolino, y las emociones colmaron su corazón y lo rebosaron.

—Un par de días.

—Lo supe el día que dispararon a tu padre, así que sencillamente no pude decírtelo —dio un paso más atrás—. Decidí no decírtelo en un momento en el que estabas lidiando con tantas cosas a la vez.

—Muy bien —dijo Gage y dejó escapar un suspiro mientras caminaba hacia la ventana donde ella había estado mirando hacia fuera hacía unos momentos—. Has tenido un par de días para pensar en esto. Entonces, ¿qué has pensado?

—Empecemos globalmente, porque de alguna manera es más fácil. Creo que existe una razón por la cual las tres hemos concebido con tan poco tiempo de diferencia, aunque yo creo que debió de ser la misma noche. Cal, Fox y tú nacisteis el mismo día, a la misma hora. Ann Hawkins tuvo trillizos —sin poder evitarlo, el tono de Cybil era vigoroso, y se vio a sí misma como una académica de pie en un estrado, dando competentemente una conferencia. ¿Qué diablos le pasaba?—. Q., Layla y yo compartimos ramas de un mismo árbol genealógico. Así que pienso que esto ha ocurrido por una razón y es posible que nos dé un poder adicional para poder acabar con Twisse —como Gage seguía en silencio, Cybil continuó—: Tu sangre, nuestra sangre. Lo que llevamos en el vientre Q., Layla y yo combina exactamente eso: parte de vosotros tres, parte de nosotras tres. Sí, estoy convencida de que estos tres embarazos no son una coincidencia.

Gage se volvió y la miró inexpresivamente.

—Inteligente, lógico y frío.

—Como tú cuando hablaste de dar tu vida —le replicó ella.

Él se encogió de hombros.

—Ahora, profesora, pasemos de lo global a lo individual. ¿Qué vas a pensar de esto en dos semanas, en un mes? ¿Cuando todo esto haya terminado?

—No estoy esperando...

—No te estoy preguntando qué estás o no esperando, Cybil —Gage se sintió echar chispas y procuró mantener el control—. Te estoy pidiendo que me digas qué quieres. Maldición, mujer, ahórrate todo ese palabrerío y dime qué diablos es lo que quieres.

Cybil no se acobardó ante las palabras y el tono de Gage, al menos no de dientes para afuera. Pero Gage la sintió sobresaltarse internamente, la sintió retroceder y alejarse de él. «Déjala rodar», se dijo. «A ver dónde cae la bola».

—Muy bien, te diré qué diablos es lo que quiero —aunque había retrocedido, la fuerza del golpe fue igual de fuerte—. Pero primero te voy a decir lo que no quería: no quería quedarme embarazada, no quería tener que afrontar algo así de personal y de importante cuando *todo lo demás* es el caos que es. Pero así son las cosas, así que nada —levantó la cabeza para que sus ojos quedaran al mismo nivel que los de él—. Ahora lo que quiero: quiero experimentar este embarazo, quiero tener este bebé y darle la mejor vida que me sea posible. Quiero ser una buena madre, ojalá una que sea interesante y creativa. Quiero mostrarle el mundo y quiero traer de vuelta a mi hijo o hija a Hawkins Hollow, para que conozca a los hijos o hijas de Quinn y Layla, y para que vea este rincón del mundo que hemos ayudado a preservar —sus ojos centellearon, de lágrimas e ira—. Quiero que vivas, idiota, para que formes parte de esto. Pero si eres demasiado estúpido o demasiado egoísta como para no querer formar parte de esto, entonces no sólo espero sino que exijo que sueltes algo de tus ganancias cada mes para que ayudes a mantener al ser que ayudaste a crear. Porque llevo en mí parte de ti y eres tan responsable como yo de esta vida. No solamente quiero tener una familia, sino que la voy a tener. Con o sin ti.

—Vas a tener el bebé viva o muera yo.

—Así es.

—Vas a tenerlo aunque viva pero no quiera asumir el papel de padre, salvo por el cheque mensual.

—Sí.

Gage asintió.

—Has tenido un par de días para pensarlo, pero parece que has tenido un montón de pensamientos para un tiempo tan corto.

—Sé lo que quiero y me conozco bien.

—Ni que lo digas. ¿Quieres ahora escuchar lo que yo pienso?

—Soy toda oídos.

Si las palabras fueran puñetazos, pensó Gage, estaría ahora caído sobre el culo.

—Quisiera enviarte lejos, esta misma noche, en este mismo momento. Quisiera enviarte a ti y a la vida que está empezando en tu vientre lo más lejos de aquí que fuera posible. Nunca había considerado la posibilidad de tener hijos, y creo que tengo muy buenas razones para eso. Y ahora al hijo súmale que no he terminado de estar enfadado conmigo mismo por haberme enamorado de ti y por haberte propuesto hipotéticamente que te casaras conmigo. Estoy frito.

—*Tant pis* —Cybil se encogió de hombros cuando él la miró inexpresivamente—. Qué se le va a hacer.

—Bien. Pero yo también puedo pensar muchas cosas en poco tiempo; es una de mis habilidades. ¿Ahora mismo? Ahora mismo, en este mismo momento, me importa una mierda el pensamiento global, el bien mayor o el destino. Esto se trata de ti y de mí, Cybil, así que escúchame bien.

—Era más fácil hacerlo cuando no hablabas tanto.

—Aparentemente, tengo más cosas que decirte ahora de lo que solía. Ese bebé, o como sea que se llame en esta etapa, es tan mío como tuyo. Si logro sobrevivir más allá de la medianoche del siete de julio, vas a tener que aceptarlo, igual que el bebé. No va a ser más «tú», sino «nosotros», como en que nosotros vamos a mostrarle el mundo, nosotros lo traeremos de vuelta al pueblo. Nosotros le daremos la mejor vida que podamos. Nosotros formaremos una familia. Ésa es la única manera en que va a funcionar.

—¿Así son las cosas? —La voz le tembló ligeramente, pero Cybil mantuvo sus ojos en los de él—. Si así es, entonces vamos a necesitar algo más que una petición hipotética de matrimonio.

—Ya veremos eso después de la medianoche del siete de julio —Gage caminó hacia ella y le acarició la mejilla para después poner delicadamente la mano sobre el vientre de ella—. Esto sí que ha sido algo que no vimos venir.

—Al parecer no buscamos en el lugar apropiado.

Gage presionó la mano con un poco más de fuerza.

—Te amo.

Entendiendo que Gage se refería tanto a ella como a lo que los dos habían empezado juntos, puso una mano sobre la de él.

—Y yo te amo a ti.

Entonces Gage la levantó en brazos y ella dejó escapar una risa acuosa. Y cuando él se sentó en el borde de la cama y la acunó, ella se acurrucó contra él y lo abrazó. Ambos se abrazaron en silencio.

***

Por la mañana, Gage estuvo de pie junto a la tumba de su padre, sorprendido por la cantidad de gente que había ido al entierro. No solamente estaban presentes sus amigos cercanos, sino gente del pueblo, algunos a quienes Gage conocía de cara o de nombre, pero también otros a los que no pudo reconocer. Muchos se acercaron a hablarle, entonces Gage pasó de una persona a otra, repitiendo los movimientos y las palabras, casi en piloto automático. Después de varias personas, Cy Hudson se le acercó y le ofreció la mano. Cuando Gage se la estrechó, Cy se la apretó con firmeza y le dio una palmada en el hombro, como una versión masculina de un abrazo.

—No sé qué decirte —le dijo él, mirándolo con los ojos hinchados—. Hablé con Bill un par de días antes del incidente... No sé qué pasó. No recuerdo nada.

—No importa, Cy.

—El médico dice que tal vez es por el golpe que recibí en la cabeza más la conmoción del momento, y que por eso algo pasó dentro de mi cerebro y no recuerdo nada. Algo así. Tal vez Bill tenía un tumor cerebral o algo por el estilo, quién sabe. Porque, ¿sabes?, a veces la gente hace cosas que no quiere o...

—Lo sé, Cy, no te preocupes.

—En todo caso, Jim me dijo que era mejor que mi familia y yo nos fuéramos unos días a la granja de los O'Dell. Parece una locura, pero al parecer las cosas están un poco locas estos días. Así que supongo que lo haremos. Si... ya sabes, si necesitas algo...

—Te lo agradezco —y de pie junto a la tumba, Gage observó cómo el asesino de su padre se alejaba.

Después, Jim Hawkins se le acercó y le puso un brazo sobre los hombros.

—Sé que lo pasaste mal mucho tiempo. Más que mal a veces y más tiempo del que debió ser. Pero sólo quiero que sepas que creo que has hecho lo correcto con todo esto. Has hecho lo mejor para todos.

—Tú fuiste más padre para mí que él.

—Bill lo sabía.

La gente del pueblo se empezó a marchar, los que conocía de nombre o de cara y los que no lograba identificar. Había negocios que atender, vidas que había que retomar, citas que cumplir. Brian y Joanne se quedaron con Gage un rato más largo.

—Bill estuvo ayudando en la granja el último par de semanas, más o menos —le dijo Brian a Gage—. Allí han quedado algunas de sus cosas y sus herramientas, si las quieres.

—No. Quédatelas tú.

—Bill nos ayudó muchísimo en todo lo que estamos haciendo en la granja —comentó Joanne—. Con lo que vosotros estáis haciendo. Al final hizo todo lo que pudo, yo creo que eso cuenta —le dio un beso a Gage—. Cuídate, pequeño.

Entonces se quedaron sólo ellos seis y *Lump,* que esperaba pacientemente sentado a los pies de Cal.

—No lo conocía —comentó Gage—. Sé un poco de quién solía ser antes de que mi madre muriera. Supe, demasiado bien, quién fue después de que ella muriera. Pero no conocí al hombre que acabo de enterrar. Y no estoy seguro de si habría querido conocerlo, aunque hubiera tenido la oportunidad. Sin embargo, murió por mí, por nosotros. Supongo que es como si quedáramos empatados.

Gage sintió algo, tal vez una sombra de dolor o tal vez era sencillamente aceptación. Pero era suficiente. Se agachó, tomó un puñado de tierra y la dejó caer sobre el ataúd. No va más.

***

Cybil esperó hasta que regresaron a la casa de Cal.

—Hay algo de lo cual quiero hablaros y que necesitamos resolver.

—Vosotras tres vais a tener trillizos —exclamó Fox y se dejó caer en un asiento—. Eso debe de ser suficiente para ponerle punto final.

—No, hasta donde sé. He estado investigando en profundidad sobre lo que quiero mencionaros, pero he dudando si traerlo a colación o no. Pero nos queda poco tiempo como para ponerme con dudas: necesitamos la sangre de Gage.

—La estoy usando en este momento.

—Vas a tener que donar una parte. Tenemos que hacer por la familia de Fox y por la de Cal lo mismo que hicimos por nosotros mismos, en el ritual que llevamos a cabo después del ataque a Gage. Ellos también estarán en la vanguardia, aunque a su manera, así que necesitan tus anticuerpos. Sobreviviste a la mordedura de un demonio, ¿recuerdas? Por tanto, la probabilidad de que seas inmune a su veneno es bastante alta.

—¿Entonces vas a preparar un antídoto contra veneno demoníaco en la cocina?

—Soy buena, pero no tanto. Pero podemos usar el ritual de sangre que hicimos nosotros, algo sencillo, sólo como protección. Tu profesor Linz mencionó la protección —le recordó Cybil a Gage—. Si Twisse logra romper nuestra línea y llega al pueblo, o, incluso peor, a la granja, la protección es lo único que les puede ser de utilidad en ese momento y es lo único que les podemos ofrecer.

—En el pueblo hay mucha otra gente además de nuestra familia —apuntó Cal—. Y la verdad, no veo a muchos queriendo unir palmas ensangrentadas con Gage.

—No, es cierto... pero habría otra manera: por vía oral.

Gage se sentó y se inclinó hacia adelante.

—¿Quieres que la población de Hawkins Hollow se beba mi sangre? Sí, estoy seguro de que el alcalde y el consejo del pueblo accederán de inmediato.

—No tienen que saberlo. La principal razón por la que aplacé esta conversación es justamente ésa —Cybil se sentó en el brazo de la silla—. Escuchadme: el pueblo tiene una reserva de agua y la granja tiene un pozo. La gente bebe agua. La bolera todavía está abierta y vende cerveza de barril. Puede ser que no cubramos a todo el mundo, pero yo creo que es un intento de inmunización bastante extenso. Y creo que vale la pena tratar de hacerlo.

—Nos quedan sólo unos pocos días —consideró Fox—. Cuando nos adentremos en el bosque, estaremos dejando el pueblo y la granja librados a su propia suerte. La última vez que lo hicimos, lo que sucedió fue casi una masacre. Me sentiría mejor si supiera que mi familia tiene algo parecido a una protección. Si ese algo es la sangre de Gage, pues empecemos a sacársela.

—Para ti es fácil decirlo —Gage se frotó la nuca—. Todo el asunto de la inmunidad es pura teoría.

—Pero una teoría que tiene fundamento —le dijo Cybil—. Está basada en ciencia y en magia. He investigado ambas áreas y creo que podría funcionar. Pero, si no funciona, no hacemos ningún daño.

—Excepto a mí —murmuró Gage—. ¿Cuánta sangre necesitaríamos?

Cybil le sonrió:

—Si aplicamos la teoría mágica, deberíamos escoger un número mágico, es decir tres bolsas. Yo creo que es suficiente.

—¡¿Tres?! Ay, ¿y cómo planeas sacármelos?

—Tengo eso cubierto también. Ya vuelvo.

—Mi padre dona sangre unas cuantas veces al año en la Cruz Roja —comentó Fox—. Dice que no es gran cosa. Después de sacarle sangre, le dan una galleta y un zumo de naranja.

—¿Qué tipo de galleta? —preguntó Gage y observó dubitativamente a Cybil cuando ésta regresó con una caja de cartón—. ¿Qué hay ahí dentro?

—Todo lo que necesitamos: agujas esterilizadas, tubos, bolsas con anticoagulante y demás.

—¿Qué? ¿Acaso has consultado algún sitio en Internet dedicado al vampirismo? —La simple idea de lo que contenía la caja hizo que a Gage se le revolviera el estómago.

—Tengo mis fuentes. Toma —le dijo y le dio a Gage una botella de agua que había puesto sobre la caja—. Es mejor para ti si tomas mucha agua antes de que te saquemos la sangre, particularmente si tenemos en cuenta que te vamos a sacar tres veces lo que normalmente le sacan a una persona que dona sangre.

Gage cogió la botella y, tras echarle un vistazo a la caja, frunció el ceño.

—Si voy a tener que abrirme la mano otra vez para el ritual que vamos a hacer, ¿por qué no podemos usar esa sangre?

—Así es más eficiente y más limpio —le sonrió Cybil—. ¿Estás dispuesto a abrirle un hueco a un demonio y morir, pero le temes a una aguja indefensa?

—«Temer» es una palabra muy fuerte. Supongo que nunca le has sacado sangre a nadie, ¿no?

—No, pero me han sacado a mí y he estudiado el procedimiento.

—Ay, no, mejor déjame hacerlo a mí —le dijo Fox.

—Por nada del mundo. Tú tendrás que hacerlo —dijo Gage señalando a Layla, que abrió los ojos de par en par.

—¿Yo? ¿Y por qué yo?

—Porque de todos los aquí presentes tú eres la que más se preocuparía de no hacerme daño —Gage le sonrió a Cybil—. Lo siento, cariño, pero te conozco: te gusta lo brusco.

—Pero... no quiero hacerlo yo.

—Exactamente —Gage asintió con la cabeza—. Yo tampoco quiero, eso nos hace la pareja perfecta.

—Yo te puedo guiar —le dijo Cybil a Layla y le ofreció un par de guantes de látex.

—Está bien. Mierda. Voy a lavarme las manos primero.

Gage se sorprendió de lo fácil que fue todo el procedimiento, aunque Layla, a quien había visto literalmente gatear entre el fuego, no había hecho más que temblar mientras le metía la aguja en el brazo. Después, comió galletas de macadamia y bebió zumo de naranja, aunque él había pedido expresamente una cerveza, mientras Cybil apilaba eficientemente las tres bolsas llenas de sangre.

—Gracias a tus poderes de recuperación, hemos podido sacarte toda la sangre de una vez. Puedes tomarte un momento antes de que salgamos a hacer los rituales.

—Creo que deberíamos ir a la granja primero —dijo Fox—. Y hacer todo allí antes.

—Me parece bien. Quiero dejar a *Lump* en la granja —dijo Cal mirando al enorme perro echado bajo la mesa—. Esta vez no viene al bosque con nosotros.

—Entonces vamos a la granja, dejamos a *Lump*, hacemos el ritual y después vamos a casa de tus padres, Cal —aceptó Fox—. Y de allí pasamos por el pueblo y a los depósitos de agua. —Cuando extendió la mano para coger una de las galletas de Gage, éste le dio una palmada.

—No veo tu sangre en esas bolsas, hermano.

—Gage ya está bien —anunció Fox—. ¿Quién quiere conducir?

***

Podía haber sido una pérdida de tiempo, de esfuerzos y de la sangre de Gage. En los días y noches que siguieron, Cybil rumió estas dudas sin descanso. Todo lo que había parecido lógico, todo lo que había podido documentar, verificar, investigar o especular ahora parecía completamente inútil. Lo que había empezado para ella meses atrás como un proyecto fascinante era ahora la suma total de todo lo que era importante para ella. ¿De qué servía el intelecto cuando el destino retorcía lo que podía ser hasta convertirlo en un imposible?, se preguntó mientras se frotaba sus extenuados ojos.

¿Cómo se les había acabado el tiempo? ¿Cómo había sido posible? Lo que les quedaba eran básicamente horas. Ahora podía contar las horas que les quedaban. Todo lo que había aprendido, todo lo que había visto, le decía que al final de esas horas iba a perder al hombre que amaba, al padre de su hijo por nacer. Iba a perder la vida que habrían podido construir juntos. ¿Dónde estaban las respuestas que siempre había podido encontrar sin mayores dificultades? ¿Por qué parecía que todas las respuestas que encontraba eran las equivocadas?

Cybil levantó la mirada y vio que Gage entraba en el comedor, después volvió a teclear, aunque no tenía ni idea de qué había estado escribiendo antes.

—Son las tres de la mañana —le dijo él.

—Sí, ya lo sé. Tengo un útil relojito en el extremo inferior de la pantalla.

—Necesitas dormir.

—Tengo una idea bastante buena de lo que necesito, gracias —y cuando él se sentó a su lado y estiró las piernas, le lanzó una mirada matadora—. Y definitivamente lo que *no necesito* es tenerte ahí sentado mirándome mientras trato de trabajar.

—Has estado trabajando casi veinticuatro horas al día durante los últimos días. Tenemos lo que tenemos, Cybil. No hay nada más.

—Siempre hay algo más.

—Una de las cosas que más me impresionaron de ti al principio fue tu cerebro, Cybil. Tienes un cerebro increíble. El resto del paquete también es impresionante, pero fue tu inteligencia lo primero que me hizo empezar a enamorarme de ti. Me parece gracioso, porque nunca antes me había importado un bledo si la mujer con la que estaba liado tenía el coeficiente intelectual de María Curie o el de una patata.

—El coeficiente intelectual es una medida considerada controvertida por muchos expertos, puesto que está sesgada hacia la clase media blanca.

—¿Ves? —la señaló con el dedo—. Para muestra, un botón. Hechos y teorías al alcance de la mano. Me mata. Sin importar cuál sea la medida, eres una mujer muy inteligente, Cybil, y sabes que lo que tenemos es lo que tenemos.

—Y también sé que no se ha acabado hasta que se ha acabado. Estoy tratando de reunir más información sobre una tribu indígena sudamericana que al parecer era descendiente de...

—Cybil —Gage se inclinó hacia ella y le puso una mano sobre la mano—. Basta ya, cariño.

—¿Cómo voy a poder detenerme? ¿Cómo puedes pedirme que lo haga? Es cuatro de julio, por Dios santo. Han pasado tres horas y doce minutos del inicio del cuatro de julio. Sólo tenemos el *ahora*. Esta noche, mañana, la noche de mañana hasta que tengamos que volver a ese lugar olvidado de Dios y tú...

—Te amo —cuando ella se cubrió el rostro con la mano que tenía libre y luchó por contener los sollozos, Gage continuó hablando, con voz clara y sosegada—. Esto es una gran cosa para mí, nunca busqué enamorarme y por supuesto nunca esperé que me explotara en plena cara. Pero te amo. El viejo me dijo una vez que mi madre había hecho de él un hombre mejor, y ahora puedo entenderlo porque tú haces de mí un hombre mejor. No voy a volver a la Piedra Pagana por el pueblo y no lo voy a hacer sólo por Cal y Fox o Quinn y Layla. Y tampoco lo voy a hacer sólo por ti. Lo voy a hacer por mí también. Necesito que lo sepas y que lo entiendas.

—Lo sé y lo entiendo, la aceptación es el problema. Puedo entrar en ese claro contigo, pero no sé cómo voy a poder salir de allí sin ti.

—Podría decirte algo cursi como que siempre voy a estar contigo, pero ninguno de los dos se lo va a creer. Sólo nos queda ver qué cartas nos tocan en suerte y jugar la mano como mejor podamos con lo que tenemos. Es lo único que podemos hacer.

—Estaba tan segura de que iba a encontrar otra manera, de que iba a encontrar *algo* —Cybil miró inexpresivamente la pantalla de su ordenador—. Pensé que iba a poder sacarnos del apuro.

—Todo parece indicar que ésa va a ser mi labor. Anda, vamos a la cama, cariño.

Cybil se puso en pie y se volvió hacia Gage.

—Todo está tan silencioso —murmuró—. Es cuatro de julio, pero no se escuchan fuegos artificiales.

—Vamos a hacer arder los nuestros. Después podemos dormir un poco.

***

De madrugada, durmieron y soñaron. En el sueño, la Piedra Pagana ardía como un horno mientras el cielo escupía sangre flameante. En el sueño, la masa negra avanzaba contorsionándose, chamuscando el suelo a su paso y prendiendo fuego a los árboles en su camino. Y en el sueño, Gage moría. A pesar de que Cybil lo había acunado entre sus brazos y había derramado sus lágrimas sobre él, el hombre no había regresado a ella. Y aunque era un sueño, el dolor le quemó el corazón a Cybil hasta reducírselo a cenizas.

***

Cybil no lloró de nuevo, no derramó ni una lágrima más mientras se preparaban durante el día del cinco de julio. Se quedó de pie con los ojos secos mientras escuchaba a Cal informar de que ya se habían empezado a presentar algunos incendios, robos y brotes de violencia en el pueblo y que su padre, el jefe Hawbaker y otro puñado de hombres estaban haciendo lo que podían para mantener el orden.

Todo lo que podía hacerse se había hecho ya. Todo lo que podía decirse se había dicho ya. Así que la mañana del seis de julio, Cybil se equipó con sus armas y se puso la mochila a la espalda, como los demás. Y junto con los otros salió de la bonita casa a la orilla del bosque y juntos se adentraron entre los árboles, en dirección a la Piedra Pagana.

Todo le era conocido ahora, los sonidos, los olores, el camino. Había más sombras de las que había habido semanas atrás, lo que era de esperar, pensó Cybil. Había más flores silvestres y un canto más fuerte de los pájaros, pero básicamente todo estaba igual. No debía de haber sido muy diferente en tiempos de Ann Hawkins. Y cuando Ann tuvo que dejar el bosque, y dejar atrás al hombre al que amaba para que se sacrificara, con seguridad los sentimientos en su interior no habían sido muy diferentes de los que ahora Cybil albergaba tensamente, supuso ella mientras caminaba en silencio hacia su destino. Pero al menos ella iba a poder estar allí con su amado, a su lado, hasta el final.

—Mi cuchillo es más grande que el tuyo —le dijo Quinn poniendo la mano sobre la funda que colgaba de la cintura de Cybil.

—El tuyo no es un cuchillo, Q., es un machete.

—Y qué importa. En todo caso, es más grande. Y más grande que el tuyo también —le dijo a Layla, que caminaba a su lado.

—Yo estoy contenta con mi garlopa, igual que la última vez. Es mi garlopa de la suerte. ¿Cuántas personas podrían decir algo así?

Cybil sabía que sus amigas estaban tratando de hacerle pensar en otra cosa.

—Cybil —su nombre la alcanzó como el susurro de un conspirador, desde la izquierda, de entre las espesas sombras verdes.

Cuando ésta se dio la vuelta, cuando vio de dónde provenía la voz, el corazón se le partió en mil pedazos.

—Papá.

—No es tu padre —Gage caminó hacia ella y la tomó del brazo con firmeza—. Sabes que no es tu padre.

Cuando Gage se dispuso a desenfundar su arma, Cybil le cogió la mano.

—Lo sé. Sé que no es mi padre, pero, por favor, no le dispares.

—¿No quieres venir a darle un abrazo a tu papá? —le dijo abriendo los brazos de par en par—. ¡Ven, princesa! Ven a darle un enorme beso a tu padre —y tras decir esto, el hombre peló sus afilados dientes de tiburón y se rió y se rió y se rió para después desgarrarse el rostro con sus propias garras, y se desgarró el cuerpo también hasta desvanecerse en una catarata de sangre negra.

—Qué entretenido —comentó Fox en voz baja.

—Muy mala actuación y muy pobremente ambientada —sin dedicarle ni un momento más, Cybil cogió de la mano a Gage. Nada, se prometió, nada la iba a inquietar—. Tomaremos la delantera por un rato —les dijo a los demás y, de la mano de Gage, caminaron juntos por delante del grupo.

CAPÍTULO 20

Habían planeado detenerse a descansar en el Estanque de Hester, donde la joven y enloquecida Hester Deale se había ahogado unas semanas después de dar a luz a la hija que había concebido fruto de la violación de Twisse. Pero cambiaron de opinión cuando al llegar al estanque vieron que el agua parecía más bien sangre burbujeante. Y sobre su agitada superficie flotaban cadáveres de pájaros y otros animales pequeños, hinchados y rígidos.

—Creo que no es el lugar apropiado para un picnic —decidió Cal, y tras ponerle una mano en el hombro a Quinn, le dio un ligero beso en la sien—. ¿Puedes caminar otros diez minutos antes de que nos detengamos a comer?

—Oye, pero si soy la chica que corre cinco kilómetros al día.

—Eres la chica embarazada. Bueno, una de ellas.

—Estamos bien —le dijo Layla, y después apretó los dedos en el brazo de Fox sin quitar los ojos del estanque—. ¡Fox!

Algo se levantó de entre las aguas, cabeza, cuello, hombros, las sucias y rojizas aguas semisólidas escurriéndole. Torso, cadera, piernas, hasta que todo el cuerpo se erigió sobre la agitada superficie del estanque como si fuera una plataforma de piedra.

Hester Deale, la portadora de la semilla del demonio, condenada por la locura, muerta siglos atrás por su propia mano, los miró con ojos enloquecidos y estragados.

—Pariréis gritando, pariréis demonios todas. Vosotras estáis malditas y vuestra semilla es fría. Tan fría. Hijas mías —les abrió los brazos—, venid, acompañadme, evitaos el sufrimiento. Os he esperado tanto tiempo. Venid, tomad mi mano.

Y lo que les ofreció fue un hueso frágil y blanco, manchado de rojo.

—Vámonos —Fox le pasó firmemente el brazo alrededor de la cintura a Layla y la alejó de la orilla—. La locura no cesa con la muerte.

—¡No me dejéis aquí! ¡No me dejéis sola! ¡No me abandonéis!

Quinn se giró para mirar sobre el hombro con tristeza.

—¿Era realmente ella o era otro de los disfraces de Twisse?

—Es ella, es Hester —Layla avanzó sin girarse, sencillamente no pudo hacerlo—. No creo que Twisse pueda adoptar su forma, ni la de Hester ni la de Ann. Ambas son todavía una presencia en este mundo, por tanto no las puede copiar. ¿Creéis que cuando todo esto termine, Hester por fin podrá descansar? —preguntó.

—Yo creo que sí —respondió Cybil mirando sobre el hombro a Hester, que lloró hasta que se sumergió de nuevo en las aguas nauseabundas—. Ella es parte de nosotras. Lo que estamos haciendo también es por ella.

No se detuvieron para nada. Ya fuera debido a los nervios, la adrenalina o los chocolates y las galletas que Fox pasó de mano en mano, ninguno sintió la necesidad de detenerse hasta que llegaron al claro. La Piedra Pagana se alzaba silenciosa... esperando.

—No ha tratado de detenernos —apuntó Cal—. Apenas se ha metido con nosotros.

—No quería malgastar energía —opinó Cybil quitándose la mochila de los hombros—, la está guardando. Además, cree que destruyó nuestra mejor arma, así que el bastardo está completamente confiado de que no tiene nada qué temer.

—O está asolando el pueblo, como la última vez que vinimos al bosque la víspera del Siete —Cal sacó su móvil, lo abrió y marcó el número de su padre. Su rostro y sus ojos expresaron desaliento cuando lo cerró de nuevo—. No se oyen más que interferencias.

—Jim Hawkins es capaz de patearle el culo a ese demonio —dijo Quinn y se abrazó a Cal—. De tal palo, tal astilla.

—Fox y yo podríamos tratar de ver —dijo Layla, pero Cal negó con la cabeza.

—No, para qué, si no hay nada que podamos hacer. Ni en el pueblo ni en la granja. Y tal vez es buena idea que nosotros también guardemos nuestra energía. Organicemos el campamento, más bien.

Con presteza, Gage organizó pilas de leña junto a Cybil mientras ésta sacaba las provisiones.

—Parece una labor inútil, teniendo en cuenta que de aquí a unas horas fuego es lo que va a sobrar.

—Pero éste es nuestro fuego. Hay una gran diferencia —Cybil le ofreció un termo—. ¿Quieres café?

—Por primera vez, no, gracias. Prefiero una cerveza —Gage miró a su alrededor mientras abría la lata—. Es gracioso, pero me sentiría mejor si Twisse hubiera venido tras nosotros, como la última vez: lluvia de sangre, vientos huracanados, frío gélido. Esa parte con tu padre...

—Sí, ya lo sé. Fue como la punta del iceberg. Que tengáis un paseo agradable, nos vemos más tarde. La arrogancia es una debilidad, de la que nos vamos a encargar que lamente.

Gage la tomó de la mano.

—Ven un momento aquí conmigo.

—Necesitamos hacer la fogata —se quejó ella mientras él la arrastraba hacia el borde del claro.

—Cal es el niño explorador, él puede hacerlo. No nos queda mucho tiempo —Gage le puso las manos sobre los hombros, las descendió por sus brazos y las subió de nuevo, como una caricia rápida—. Necesito pedirte un favor.

—Es un buen momento para pedir lo que quieras. Pero vas a tener que vivir para asegurarte de que te lo haga.

—Lo sabré. Si es una niña... —Gage pudo ver las lágrimas que le empezaban a aguar los ojos, pero también vio el esfuerzo de ella por contenerlas—. Si es una niña, quisiera que le pusieras Catherine como segundo nombre, por mi madre. Siempre he pensado que el primer nombre le debe pertenecer al chico o la chica, pero el segundo...

—El segundo será Catherine, por tu madre. Ése es un favor muy fácil.

—Si es un niño, no quiero que le pongas Gage. No quiero un *junior* ni ninguna tontería de ésas. Escoge el nombre que mejor te parezca y ponle el nombre de tu padre como su segundo nombre. Eso es todo. Y asegúrate de que él, o ella, lo que sea, aprenda a no ser un imbécil, que lograr hacer una escalera de color es dificilísimo y es preferible no arriesgarse, que no hay que apostar lo que uno no quiere perder y que...

—¿Debería tomar nota?

Gage le dio un corto tirón de pelo.

—Seguro que te vas a acordar. Y dale esto —Gage se sacó una baraja de cartas del bolsillo—. La última mano que jugué con esta baraja me favoreció con cuatro ases, así que es de la buena suerte.

—Las voy a guardar hasta después. Tengo que creer, tienes que dejarme creer, que vas a poder dársela tú mismo.

—Bien —Gage le puso las manos alrededor del rostro, le acarició el pelo y enredó los dedos entre sus rizos al tiempo que la besaba en la boca—. Eres lo mejor que se me ha cruzado por el camino —le besó las manos, la miró directamente a los ojos—. Terminemos con esto.

Paso a paso, se dijo Cybil. El fuego, la piedra, las velas, las palabras, el círculo de sal. Fox había encendido un pequeño reproductor de mp3 que había llevado, así que la música colmaba el ambiente, lo que también era un paso, pensó Cybil. «Silbaremos mientras trabajamos, bastardo».

—Dime qué necesitas de mí —Quinn le habló quedamente mientras le ayudaba a disponer las velas sobre el altar de la piedra.

—Ten fe en que acabaremos con esto. En que Gage va a ser capaz de destruirlo y que va a sobrevivir.

—Tendré fe... Tengo fe. Mírame, Cybil. Nadie, ni siquiera Cal, me conoce como tú. Mírame: tengo fe.

—Yo también —Layla se paró junto a Cybil y le puso una mano sobre su mano—. Tengo fe en que Gage va a sobrevivir después de haberlo destruido.

—Ahí tienes —dijo Quinn y puso su mano sobre las de sus amigas—. Ya veréis: tres mujeres embarazadas no pueden ser... ¡Ay! ¿Qué ha sido eso?

—Se... movió —Layla miró a sus dos amigas—. ¿No es cierto?

—Shh... Esperad —Cybil extendió los dedos debajo de las manos de sus amigas y se esforzó por *sentir*—. Se está poniendo caliente... y está... vibrando. Como si estuviera respirando.

—La primera vez que Cal y yo la tocamos juntos, también se puso caliente —dijo Quinn—. Y al momento nos vimos unos cuantos cientos de años atrás. Si nos concentramos, tal vez haya algo que se supone que debamos ver.

Sin previo aviso, el viento empezó a soplar con fuerza, las golpeó y las hizo caer al suelo.

—Que empiece la función —exclamó Fox mientras negros nubarrones empezaban a cubrir el cielo y a flotar hacia la puesta del sol.

***

En el pueblo, Jim Hawkins estaba ayudando al jefe de policía Hawbaker a meter en la bolera a un hombre que aullaba. Jim tenía la cara manchada de sangre, la camisa desgarrada y había perdido un zapato en el zafarrancho que se había formado en Main Street. Las callejuelas alrededor resonaban con los gritos, los gemidos y las carcajadas de las más de doce personas que ya habían encerrado en la bolera y no tenían manera de salir.

—Se nos va a acabar la cuerda —moviendo con cuidado el dolorido brazo donde el antiguo profesor de historia de Estados Unidos de su hijo le había clavado los dientes, el jefe Hawbaker remató con un nudo la cuerda con la que había atado al hombre, que ahora no cesaba de reírse—. Por Dios santo, Jim.

—Sólo faltan unas pocas horas más —hiperventilando, Jim se dejó caer en un asiento y se secó el sudor del rostro con un pañuelo. Tenían a unas doce personas encerradas en la antigua biblioteca y en la bolera y otras dispersas en los lugares que Cal le había dicho que eran zonas seguras—. Tenemos que aguantar unas horas más.

—Todavía quedan cientos de personas en el pueblo. Y sólo unos pocos que todavía estamos lúcidos y no nos hemos ido a esconder. Hay un incendio en la escuela, otro más en la floristería y dos casas más están ardiendo.

—Pero ya los están apagando.

—Esta vez. —Fuera, algo hizo un tremendo estruendo. Hawbaker se puso en pie y desenfundó su revólver.

Jim sintió dentro del pecho que el corazón, que ya le galopaba, se le iba a salir en cualquier momento. Entonces Hawbaker se giró hacia él y le ofreció el revólver, con el cañón apuntando hacia su propio cuerpo.

—Vas a tener que tomar esto.

—Santo Cristo, pero ¿por qué, Wayne?

—La cabeza me está palpitando y siento como si algo me estuviera martilleando, como tratando de entrar —mientras hablaba, el jefe de policía se secó con un pañuelo el sudor que le perlaba la cara—. Si algo se me mete, prefiero que tú tengas el arma, Jim. Y quiero que te encargues de mí, si hace falta.

Jim se puso en pie con lentitud y, con todo el cuidado del caso, le cogió el revólver.

—¿Sabes qué creo? Que con todo lo que hemos tenido que pasar en las últimas horas, es lo más normal que tengas un tremendísimo dolor de cabeza. Tengo un frasco de paracetamol extrafuerte detrás de la barra.

Hawbaker lo miró y, después de unos segundos, estalló en carcajadas hasta que le dolieron los costados.

—Diablos, por supuesto, Jim, paracetamol es lo que necesito —y continuó riéndose hasta que se le escurrieron las lágrimas, hasta que se sintió humano—. Eso es exactamente lo que necesito —cuando escucharon otro estruendo proveniente de fuera, Hawbaker miró hacia la puerta y suspiró—. Más te vale que me traigas todo el frasco.

***

—Ha traído la noche —gritó Cal entre el aullido del viento que les helaba los huesos. Fuera del círculo de sal, las serpientes seseaban, se retorcían y se devoraban unas a otras hasta arder y quedar reducidas a cenizas.

—Entre otras cosas —respondió Quinn con el machete en alto, dispuesta a cortar cualquier cosa que traspasara el borde del círculo.

—No podemos hacer nada todavía —comentó Gage mientras observaba el enorme perro negro de tres cabezas que caminaba de un lado para otro en el claro, gruñendo y mostrando los colmillos—. Está tratando de engañarnos para que salgamos.

—No está aquí, en todo caso —dijo Fox, al tiempo que trataba de proteger a Layla de lo peor del viento, pero éste parecía venir de todas direcciones—. Éstos no son más que... ecos.

—Pero ecos muy fuertes —opinó Layla sin quitarle la mano de encima a la funda donde llevaba su garlopa.

—Es más fuerte en la oscuridad. Siempre ha sido así —Gage no le quitó los ojos de encima al enorme perro negro, que no cesaba de andar, y se preguntó si valdría la pena meterle una bala—. Y, por supuesto, mucho más fuerte durante el Siete. Ya casi es medianoche.

—Y es más fuerte ahora que nunca. Pero no aceptamos apuestas arriesgadas para la banca —Cybil sonrió apretando los dientes—. Y lo vamos a vencer.

—Si está en el pueblo ahora... si es tan fuerte aquí, entonces el pueblo...

—Van a resistir —Cybil vio a una rata gorda como un gato saltar sobre el lomo erizado del perro—. Además, pronto lo vamos a atraer aquí.

El móvil de Fox sonó.

—No puedo ver la pantalla, está negra —pero antes de que pudiera abrir el aparato, empezaron a emerger voces de él: gritos, lloriqueos, aullidos con su nombre. Todos reconocieron la voz de Brian y de Jo entre otras muchas.

—Es una mentira —gritó Layla—. Fox, no es real, es mentira.

—No puedo estar seguro —Fox la miró con ojos desesperados—. No puedo estar seguro, Layla.

—*No es real* —y antes de que Fox pudiera hacer nada por detenerla, Layla le arrancó el teléfono de las manos y lo lanzó lejos.

Bill Turner apareció entre los árboles silbando apreciativamente.

—¡Que la contraten! Mirad qué buen brazo tiene esta puta. ¡Y tú! Pedazo de mierda inútil, ven, que tengo algo para ti —dijo el hombre dirigiéndose a Gage al tiempo que se quitaba el cinturón del pantalón—. Ven y enfréntate con un hombre.

—Tú, cabrón —le gritó Cybil empujando a Gage a un lado—. Él murió como un hombre, cosa que no va a pasar contigo. Tú vas a morir chillando.

—No le lances pullas al demonio, cariño —le dijo Gage—. Emociones humanas positivas, ¿recuerdas?

—Maldición, tienes razón. Te voy a dar una emoción humana positiva —Se dio la vuelta en el cruento viento y atrajo con fuerza a Gage hacia sí para darle un apasionado y profundo beso.

—Te estoy guardando como postre —la cosa que tenía forma de Bill se retorció y cambió. Entonces Cybil escuchó la voz de su padre fuerte y clara—. Lo que voy a plantar en ti desgarrará y rajará y corroerá al nacer.

Cybil cerró los oídos y la cabeza a la voz y, en cambio, derramó el amor que sentía, tan nuevo, tan fuerte, sobre Gage.

—No sabe —susurró a los labios de éste. El viento se apaciguó, el mundo guardó el más profundo silencio. Cybil pensó: el ojo de la tormenta, y suspiró—. No sabe —repitió y se pasó ligeramente los dedos por el vientre—. Es una de las respuestas que nunca encontramos. Tiene que ser. Es otra manera, si logramos saber cómo usarla.

—Nos queda apenas una hora antes de que sean las once y media... esa hora de luz antes de la medianoche —Cal levantó la mirada hacia ese cielo negrísimo—. Tenemos que empezar.

—Tienes razón. Encendamos las velas mientras podamos —así tendría tiempo de rezar para que pudieran encontrar la respuesta a tiempo.

Una vez más, las velas ardieron, una vez más, el cuchillo que había convertido a tres chicos en hermanos de sangre derramó sangre y, una vez más, esas palmas ensangrentadas se unieron firmemente. Pero esta vez, pensó Cybil, no eran tres, sino seis... con la posibilidad de ser nueve.

En la Piedra Pagana, siete velas ardieron, seis para representar a cada uno de ellos y una séptima para simbolizar su único propósito. Dentro de ese anillo de fuego tres pequeñas velas blancas parpadearon por las luces que habían encendido.

—Ya viene —Gage miró a Cybil a los ojos.

—¿Cómo lo sabes?

—Gage tiene razón —Cal se volvió para mirar a Fox, quien le hizo una señal afirmativa con la cabeza, entonces se inclinó y besó a Quinn—. Sin importar lo que pase, mantente dentro del círculo.

—Me quedaré dentro del círculo sólo si tú haces lo mismo.

—No nos peleemos, chicos —intercedió Fox antes de que Cal pudiera discutir—. No hay tiempo que perder —se inclinó y besó con fuerza a Layla—. Layla, tú eres mi único y gran amor. Cybil y Quinn, vosotras dos formáis parte del exclusivo y reducido club de las mejores mujeres que conozco. ¿Y vosotros dos? No cambiaría ni un minuto de los últimos treinta y un años que hemos compartido. Así que cuando salgamos de ésta, espero que intercambiemos unos apretones de mano muy masculinos, aunque espero besos húmedos por parte de las mujeres y una parte adicional de parte de mi amor.

—¿Ésas son tus palabras de cierre? —le espetó Gage. La piedra guardada en su bolsillo empezó a pesar como plomo—. Yo espero besos húmedos de todo el mundo, aunque voy a necesitar uno por adelantado —y tras decir esto, tomó a Cybil y la besó con fiereza. Si iba a morir en unos pocos minutos, se iba a llevar el sabor de ésta con él dentro de la oscuridad. Sintió la mano de ella cerrándose en un puño sobre su camisa, un apretón posesivo y fuerte, pero al momento aflojó.

—Creo que me vas a quedar debiendo el anticipo —le dijo Cybil cuando finalmente la soltó. Con la cara pálida pero estable, Cybil sacó sus dos armas—. Ya está cerca. Ahora yo también puedo sentirlo.

Desde alguna parte de la profunda oscuridad del bosque, el demonio rugió. Los árboles se estremecieron para después azotarse unos contra otros como enemigos encarnecidos. En los bordes del claro, se prendieron chispas, que se dispersaron antes de prenderse en enormes llamaradas.

—*Bang, bang on the door, baby* —murmuró Quinn, entonces Cal se giró hacia ella con la boca abierta.

—¿«Love Shack»? ¿Te parece momento para cantar?

—No sé por qué me vino a la cabeza... —empezó a explicar ella, pero las carcajadas de Fox la interrumpieron.

—¡Perfecto! ¿Qué puede ser mejor para este momento que los B-52's? *Knock a little louder, sugar* —cantó Fox.

—Ay, Dios. *Bang, bang on the door, baby* —repitió Layla mientras desenfundaba su garlopa.

—¡Vamos, todos! —exclamó Fox—. ¡Ponedle ganas, que parezca que lo sentís! ¡No os escucho!

Así, mientras el viento los azotaba sin clemencia y el hedor de lo que había llegado iba invadiendo el espacio, los seis cantaron. Gage pensó que bien podía ser una tontería, tal vez, pero cantar a todo pulmón era también una especie de gesto desafiante, un gesto absoluta y completamente humano. Podría ser peor, decidió. Su grito de batalla podría haber sido mucho peor.

El cielo escupió sangre a borbotones que cayó pesadamente e hirvió sobre el suelo, despidiendo una columna fétida de humo. Y a través de ese humo lo vieron acercarse, mientras los árboles se estrellaban unos contra otros y el viento aullaba como mil voces torturadas.

Los seis vieron al chico, de pie, en medio del claro.

Gage pensó que la escena debía de haber sido ridícula, debía de haber sido risible. Pero, por el contrario, era terrorífica. Y cuando el risueño chico abrió la boca, el sonido que emergió de su garganta colmó todo el espacio. Sin embargo, los seis siguieron cantando.

Gage le disparó y vio cómo las balas le desgarraban la piel, cómo manaba sangre negra de las heridas mientras sus gritos le abrían surcos a la tierra. Entonces, voló y empezó a girar en círculos borrosos que formaron nubes de humo y tierra a su alrededor. Empezó a cambiar: de chico a perro, de perro a serpiente, de serpiente a hombre, siempre sin dejar de girar, enroscándose, aullando. Pero no su forma real. La sanguinaria era inútil hasta que el demonio tomara su forma real.

—*Bang, bang, bang* —gritó Cal y saltó fuera del círculo para acuchillar una y otra vez a la bestia.

La cosa aulló y a pesar de que el sonido no era humano, se adivinaba dolor e ira en él. Gage asintió, se sacó la sanguinaria del bolsillo y la puso en el centro del círculo que formaban las velas ardientes.

Todos salieron del círculo y se adentraron en el mismísimo infierno.

Sangre y fuego. Uno caía y otro se ponía en pie. El inclemente frío les calaba los huesos como colmillos y el humo pestilente les ardía en la garganta. A sus espaldas, en el centro del círculo, la Piedra Pagana relampagueó antes de que una llamarada la empezara a ahogar.

Gage vio que algo emergía del humo y le atravesaba el pecho a Cal. Y mientras su hermano se tambaleaba, Fox salió en su ayuda y apuñaló a lo que ya no estaba allí. Después, Gage vio a Fox gritar el nombre de Layla y hacerla agacharse justo antes de que unas garras salidas del humo le pasaran a milímetros del rostro.

—Está jugando con nosotros —gritó Gage. Algo le saltó sobre la espalda y le clavó los dientes. Luchó por quitarse la cosa de encima, se echó al suelo y trató de rodar sobre ella, pero al cabo de unos momentos el peso desapareció y al girarse vio a Cybil con su cuchillo en la mano, que goteaba sangre negra.

—Déjalo que juegue —respondió Cybil fríamente—. Me gusta lo brusco, ¿recuerdas?

Gage negó con la cabeza.

—¡Adentro! ¡Todos dentro del círculo de nuevo! —gritó.

Se puso en pie con rapidez y casi arrastró a Cybil detrás de él hasta que estuvieron dentro del círculo de nuevo, donde la Piedra Pagana seguía ardiendo.

—Le estamos haciendo daño —Layla cayó de rodillas, tratando de recuperar el aliento—. Puedo *sentir* su dolor.

—No el suficiente —todos estaban ensangrentados, pensó Gage. Todos y cada uno de ellos estaban manchados de sangre, de la de ellos y de la del demonio. Y el tiempo se estaba acabando—. No podemos destruirlo de esta manera. Sabemos que sólo hay una manera de hacerlo —puso la mano sobre el cuchillo de Cybil hasta que ésta lo bajó—. Cuando tome su forma real.

—¡Te va a matar antes de que tengas la oportunidad de matarlo tú! Al menos cuando estamos luchando contra él, le causamos dolor, lo estamos debilitamos.

—No, no lo estamos debilitando —Fox se frotó los ojos, que le ardían indeciblemente—, sólo lo estamos entreteniendo. O tal vez distrayéndolo un poco, pero nada más. Lo siento, Cybil, pero ésa es la verdad.

—Pero… —Distrayéndolo… Cybil volvió la mirada hacia la Piedra Pagana, que era suya. Tenía que creer que así era. Tenía que creer que les pertenecía. Les había respondido cuando las tres habían puesto la mano sobre ella. Dejó caer el cuchillo, ¿de qué podría servirle ya?, y se dirigió hacia la Piedra. Inspiró profundamente y metió la mano en el fuego para ponerla sobre el altar—. ¡Quinn, Layla, venid!

—¿Qué diablos estás haciendo? —le preguntó Gage.

—Distrayéndolo. Y espero de todo corazón que también lo esté haciendo enfadar —el fuego estaba caliente, pero no la quemaba. Ésta, pensó llena de esperanza, es una de las respuestas—. No sabe que estamos embarazadas —se llevó la otra mano al vientre mientras el fuego le iluminaba el rostro—. Esto es poder, es luz, somos todos nosotros. Q., por favor.

Sin pensárselo dos veces, Quinn metió la mano en el fuego también y la puso sobre la de Cybil.

—¡Se está moviendo! —exclamó Quinn—. ¡Layla!

Ésta tampoco lo dudó y metió la mano en el fuego para ponerla sobre las de sus dos amigas. Entonces la Piedra cantó, pensó Cybil. En su mente escuchó a la Piedra cantar con mil voces puras. La llamarada que se alzó de su centro fue blanca y cegadora. Bajo sus pies, el suelo empezó a estremecerse con repentina y furiosa violencia.

—¡No la soltéis! —exclamó Cybil. ¿Qué había hecho?, pensó con los ojos llenos de lágrimas. Por Dios santo, ¿qué había hecho?

Al otro lado del blanco haz de fuego, sus ojos se encontraron con los de Gage.

—Sí que eres una chica lista —le dijo.

En el claro, a través del humo, en el humo, del humo, la negrura se formó, y su odio por la luz y la furia que sentía por su resplandor se esparcieron por el aire y lo llenaron todo. Brazos, piernas, cabeza, imposibles de reconocer, emergieron. Ojos terroríficamente verdes con un borde rojo se abrieron de repente. Y empezó a crecer, enrollándose e hinchándose, hasta que consumió tierra y cielo; creció hasta que sólo hubo negrura, los muros rojos del fuego y su ira anhelante. Cybil escuchó dentro de su cabeza el grito de furia que dejó escapar, y supo que los otros lo habían escuchado también.

«Voy a arrancártelo del útero y me lo beberé como si fuera vino».

Cybil pensó que ahora sí que lo sabía. Sabía que estaban embarazadas.

—Ya es la hora. No la soltéis —la piedra se estremeció debajo de su mano, pero sus ojos no se separaron de los de Gage—. No la soltéis.

—No pienso hacerlo —le dijo él y metió la mano en el fuego también y cogió la sanguinaria en llamas.

Entonces Gage le dio la espalda y se alejó, pero el rostro de ella se le quedó grabado en la mente. Por un último momento, se quedó conectado con Cal y con Fox. «Hermanos», pensó, «éste es el principio del final».

—Ahora o nunca —dijo en voz alta—. Cuidad de lo que es mío —y con la sanguinaria apretada en el puño, Gage saltó dentro de la oscuridad.

—¡No, no, no! —las lágrimas de Cybil se derramaron entre las llamas y formaron un charco sobre la piedra.

—Aguanta —le dijo Quinn al tiempo que apretaba la mano sobre la de su amiga y le pasaba la mano alrededor de la cintura para ayudarla a sostenerse. Al otro lado, Layla hizo lo mismo.

—¡No puedo verlo! —exclamó Layla—. ¡No puedo verlo! ¡Fox!

Fox y Cal corrieron adonde estaban las mujeres, y sin tener nada más que ofrecer salvo su propio instinto y el dolor que los embargaba, ambos hombres pusieron la mano sobre la piedra también. La masa negra rugió y entornó los ojos con lo que habría podido interpretarse como placer.

—No voy a permitir que se lo lleve, no de esta manera —gritó Cal entre el estruendo—. Voy tras él.

—No puedes —Cybil ahogó un sollozo—. Esto es lo que Gage necesita hacer para aniquilarlo. Ésta es la respuesta. No soltéis la piedra, no debemos soltarnos nosotros, ni soltarlo a él.

Por entre la lluvia un rayo desgarró los cielos. Y la tierra tembló.

***

En el pueblo, Jim Hawkins cayó al suelo mientras el jefe Hawbaker se protegía los ojos de la repentina explosión de luz.

—¿Has oído eso? —preguntó Jim ansiosamente, pero el estruendo se tragó sus palabras—. ¿Lo has oído?

Ambos hombres se arrodillaron en medio de Main Street y se abrazaron como dos borrachos bajo la luz cegadora.

En la granja, Brian tomó a su mujer de la mano y, junto con los cientos de personas allí reunidas, observaron el cielo, estupefactos.

—Por Dios santo, Jo, por Dios santísimo. El bosque se está incendiando. El bosque está en llamas.

—No son llamas, Brian. Al menos no solamente llamas —respondió ella sintiendo que el corazón le palpitaba en la garganta—. Es... algo más.

En la Piedra Pagana la lluvia se convirtió en fuego y el fuego, en luz. Y esas chispas de luz golpearon la masa negra y la hicieron humear. Los ojos le empezaron a girar, no de placer o de ansias, sino de conmoción, de dolor y de furia.

—Lo está logrando —murmuró Cybil—. Lo está matando —y en medio del tremendísimo dolor que la embargaba, sintió un enorme orgullo—. No lo soltéis, no lo abandonéis, podemos traerlo de vuelta.

***

Las sensaciones eran lo único que le quedaba. Dolor, algo mucho peor que la agonía, un dolor tal que no podía describir. Un frío atroz seguido de un calor abrasador. Miles de garras, miles de colmillos le desgarraron la piel y cada herida era una agonía indescriptible. Su propia sangre le ardía bajo la piel herida y la sangre de la bestia lo cubría como petróleo.

A su alrededor la oscuridad se cerró y lo apretó en un terrible abrazo que sólo lo dejó esperando a que sus costillas crujieran. En sus oídos los sonidos parecían hervir: gritos, gemidos, carcajadas, súplicas, aullidos. ¿Se lo habría comido vivo?, se preguntó Gage.

Sin embargo, continuó gateando, avanzando a tumbos a lo largo de la masa temblorosa y húmeda, conteniendo las náuseas que le causaba el hedor y luchando por respirar el poco aire viciado que lo rodeaba. En el calor, los jirones de su camisa echaban humo; en el frío, sentía las manos entumecidas.

Esto, pensó, es el infierno.

Y allá, allá arriba, esa masa negra palpitante con su ardiente ojo rojo era el corazón del infierno.

A punto de perder las fuerzas, cuando lo estaban abandonando como agua a través de un tamiz, Gage luchó por avanzar un centímetro, y otro más. Decenas de imágenes se sucedieron una tras otra en su cabeza. Su madre llevándolo de la mano a través de un veraniego campo reverdecido, Cal, Fox y él jugando con coches de juguete en la arenera que Brian les había hecho en la granja, los tres de nuevo montando en bicicleta por Main Street, los tres uniendo sus muñecas ensangrentadas a la luz de la fogata en el ritual que los hizo hermanos de sangre, Cybil mirándole seductoramente por encima del hombro, Cybil caminando hacia él, Cybil moviéndose debajo de su cuerpo. Cybil llorando por él.

Pensó que faltaba poco para que todo acabara. Su vida le pasaba frente a los ojos, una imagen tras otra. Qué cansancio, qué entumecimiento, ya casi, ya casi. Y la luz, pensó, un poco aturdido. Eso de la luz al final del túnel no era más que un puto cliché.

Ahora las cartas estaban sobre la mesa. Sintió, pensó que había sentido, la sanguinaria vibrándole en la mano. Y cuando saltó al centro, echó llamas entre sus dedos. El resplandor de luz blanca lo cegó. En la mente vio una figura, un hombre, que cerró sus manos sobre las suyas. Con ojos claros y grises lo miró directo a sus ojos verdes.

«No es la muerte. Mi sangre, la sangre de la mujer, nuestra sangre. Su final en el fuego». Y sus manos unidas hundieron la sanguinaria en el corazón de la bestia.

En el claro, la explosión tumbó a los cinco en el suelo. Cybil sintió la oleada de calor cubrirle el cuerpo cuando el gran impacto la lanzó por los aires como una piedra lanzada con una honda. La luz resplandeció como el sol y la cegó antes de que un alivio tenso se apoderara de todo. Por un momento, los árboles, la Piedra, el cielo, todo no fue más que una sola sábana de fuego, y al siguiente, todo se congeló por unos instantes, como el negativo de una fotografía.

En el borde del claro, aparecieron dos figuras trémulas: un hombre y una mujer abrazados con desesperación. Pero en un abrir y cerrar de ojos, desaparecieron y el mundo empezó a moverse de nuevo.

Un último vendaval movió las hojas de los árboles, una última llamada ronca de llamas, los últimos vestigios de humo que se arrastraron por el suelo para luego desvanecerse cuando éste empezó a reverdecer y se lo tragó. Cuando el viento se convirtió en una suave brisa y las últimas chispas se extinguieron, Cybil vio a Gage tumbado inerte sobre esa tierra cicatrizada.

Ella se puso en pie de inmediato, corrió hacia él y se dejó caer de rodillas a su lado antes de tocarle el cuello con dedos temblorosos.

—¡No tiene pulso! —Tanta sangre, pensó. Parecía como si hubieran desgarrado el rostro y el cuerpo de Gage a latigazos sin compasión.

—Vuelve, maldición —Cal se arrodilló a un lado de Gage y lo tomó de la mano al tiempo que Fox hacía lo mismo con la otra mano—. ¡Regresa!

—Resucitación cardiopulmonar —sugirió Layla y Quinn de inmediato se sentó a horcajadas sobre Gage y cruzando las manos sobre el pecho de éste, empezó a presionar una y otra vez.

Cybil le inclinó la cabeza hacia atrás para hacerle la respiración boca a boca cuando vio que la Piedra Pagana seguía cubierta de fuego, un fuego puro y blanco. Allí, pensó. Había visto a Gage justo allí.

—Hay que llevarlo a la Piedra, acostarlo sobre el altar. ¡Rápido, rápido! —Cal y Fox llevaron a su hermano, ensangrentado y sin vida, hasta la Piedra y lo acostaron sobre las sosegadas llamas blancas—. Sangre y fuego —repitió Cybil besándole las manos, después los labios—. Tuve un sueño, pero lo entendí mal, eso es todo. Todos vosotros estabais en la Piedra, como si yo os hubiera matado, y Gage salió de la oscuridad para matarme. Era mi ego, eso es todo. Por favor, Gage, por favor. Era sólo mi ego; no se trataba de mí, no era yo. Todos nosotros *alrededor* de la Piedra y Gage saliendo de la oscuridad después de *matarlo*. Por favor, por favor, mi amor, regresa —presionó sus labios contra los de él de nuevo, urgiéndolo a que respirara, dejando que sus lágrimas le lavaran la sangre de la cara—. La muerte no es la respuesta: la vida es la respuesta —una vez más, puso sus labios sobre los de él y entonces los sintió moverse—. ¡Gage! ¡Está respirando! Está...

—Ya lo tenemos —Cal apretó con fuerza la mano de Gage—. Ya te tenemos, hermano.

Gage abrió los ojos y se encontró con los de Cybil.

—Al parecer... tuve... suerte.

Estremeciéndose, Cybil puso la cabeza sobre el pecho de Gage, escuchó su corazón palpitar.

—Todos la tuvimos.

—Oye, Turner —con una sonrisa de oreja a oreja, Fox se inclinó sobre el rostro de Gage para que su amigo pudiera verle la cara—, me debes mil pavos. Feliz puto cumpleaños, hermano.

EPÍLOGO

Gage se despertó solo en la cama, lo que le pareció una pena, puesto que se sentía casi normal de nuevo. El sol resplandecía al otro lado de la ventana, pero pensó que debía de haber dormido durante horas, lo que no era de extrañar. Morir podía agotarle completamente las fuerzas a un hombre.

No recordaba casi nada del camino de regreso a la casa. Había sido básicamente una odisea a traspiés, aunque gran parte del trayecto lo había recorrido colgando de los hombros de Cal y Fox. Lo único que había querido era salir del bosque de inmediato. Al igual que todos los demás.

Había estado muy débil, era lo único que recordaba con claridad. Tan débil, que al llegar a la casa, Cal y Fox habían tenido que ayudarlo a bañarse, para limpiarle de sangre, de suciedad y sólo Dios sabía de qué mas mierdas que habría traído de regreso del infierno.

Pero ya no le dolía respirar, lo que era una buena señal. Cuando se sentó en la cama, la cabeza no le dio vueltas. Y cuando se puso en pie, el suelo siguió firme y estable y no le dolió nada por dentro. Mientras se tomaba un momento para asegurarse de que podía quedarse erguido, se examinó la cicatriz que le cruzaba la muñeca y después se tocó la cicatriz que le había quedado en el hombro. La luz y la oscuridad. Ahora llevaba ambas consigo.

Se puso unos vaqueros y una camiseta y bajó. La puerta de entrada estaba abierta y dejaba entrar más luz del sol y una agradable brisa de verano. Vio a Cal y a Fox sentados en la terraza delantera, con *Lump* echado entre ambos asientos. Cuando salió a saludarlos, ambos le sonrieron y Fox abrió la nevera que tenía al lado, sacó una botella de cerveza y se la ofreció.

—Me leíste la mente.

—Una de mis habilidades —Fox se puso en pie, seguido de Cal, los tres amigos chocaron las botellas en un brindis y bebieron—. Le pateamos el culo —comentó Fox.

—Eso fue lo que hicimos.

—Qué bien que no te hayas muerto —agregó Cal.

—Eso mismo dijiste unas mil veces en el camino de regreso.

—No estaba seguro de que lo recordaras. Estuviste medio inconsciente la mayor parte del trayecto.

—Ahora estoy consciente. ¿Qué pasó en el pueblo?

—Mi padre, Hawbaker y un puñado más de hombres lograron aguantar durante la peor parte. Se puso feo —agregó Cal mirando hacia su jardín—. Hubo tiroteos, incendios, saqueos...

—Los habituales actos de violencia aleatorios —continuó Fox—. Algunas personas terminaron en el hospital y otros cuantos tendrán que decidir si quieren reconstruir. Pero Jim Hawkins es el héroe del momento.

—Tiene una mano rota, algunos cortes y muchos moratones, pero logró salir airoso. La granja también está bien.

Mientras te echabas la siesta fuimos a ver qué había pasado. Habría podido ser mucho peor. Por Dios, ha sido mucho peor en otras ocasiones. No hubo ninguna muerte, ni una sola. El pueblo está en deuda contigo, hermano.

—Mierda, Cal, pero si está en deuda con todos nosotros —le dijo Gage y le dio un trago a su cerveza—. Pero sí, tienes razón, especialmente conmigo.

—Hablando de deudas —le recordó Fox—, nos debes mil pavos a cada uno.

Gage bajó la botella y sonrió:

—La verdad, es una apuesta que no me importa perder —después se tambaleó hacia atrás cuando Fox le pasó un brazo por la nuca y le plantó un beso en la boca.

—He cambiado de opinión en cuanto a los masculinos apretones de mano. Como dijiste que querías besos húmedos de todo el mundo...

—Jesús, O'Dell —y cuando estaba a punto de limpiarse la boca con el dorso de la mano, Cal se le acercó y le plantó otro beso en la boca. Gage se rió y se puso la mano sobre los labios—. Menos mal que nadie ha visto esto o tendría que daros un puñetazo a ambos.

—Veintiún años es demasiado tiempo para decir eso y que realmente signifique algo —Cal levantó de nuevo su cerveza a modo de brindis—: feliz cumpleaños a nosotros.

—De puta madre —exclamó Fox y levantó la suya.

Y mientras Gage levantaba su botella para unirse al brindis, Quinn y Layla salieron a la terraza.

—Así que ya te has despertado. Prepárate, guapo, que aquí vienen tus besos.

Cuando Quinn lo agarró de la camiseta y le plantó un beso en la boca, Gage asintió.

—De esto es de lo que estoy hablando.

—Mi turno —Layla apartó a Quinn a un lado de un codazo y presionó sus labios contra los de Gage—. ¿Estás de ánimo para una fiesta?

—Podría ser.

—Tenemos a la familia de Fox y a la de Cal pendientes. Sólo tenemos que llamarles, si estás de ánimo.

Una fiesta de cumpleaños, pensó Gage. Sí, había pasado demasiado tiempo desde la última fiesta de cumpleaños que habían tenido.

—Me parece buena idea.

—Mientras tanto, hay alguien en la cocina que querría verte.

Cybil no estaba en la cocina, sino fuera, en la terraza trasera, sola. Cuando Gage salió, ella se dio la vuelta y todo lo que Gage necesitaba lo vio reflejado en su rostro. Entonces se abrazaron, Cybil apretó con fuerza sus brazos alrededor de él mientras él la hacía girar en un círculo.

—Nos fue bien —le dijo Gage.

—Nos fue bien.

Entonces Gage la puso sobre el suelo de nuevo y le dio un beso sobre el moratón que tenía en la sien.

—¿Cómo estás de magullada?

—No mucho, lo que es sólo un pequeño milagro más entre todos los que han sucedido hoy. He vuelto a ser una fanática del destino.

—Fue Dent. Dent fue quien estuvo conmigo allí.

Cybil le pasó las manos por el pelo, le pasó los dedos por la cara, por los hombros.

—Nos contaste algo mientras estabas casi inconsciente. Estabas bastante débil, un poco delirante a veces.

—Iba a hacerlo. A terminarlo, es decir. Lo sentí, lo *supe*. Pero eso iba a ser todo, era todo lo que me quedaba. Pero entonces vi una luz, como un haz de luz, y, Dios santo, hubo una explosión, como de una nova.

—La vimos también.

—Entonces vi a Dent, en mi cabeza. O al menos creo que fue en mi cabeza. Tenía la sanguinaria en la mano y estaba ardiendo, las llamas sobresalían de entre mis dedos y de repente empezó a... Ya sé que va a sonar como una locura, pero...

—Empezó a cantar —Cybil le terminó la frase—. Ambas piedras empezaron a cantar.

—Sí, cantó. Con mil voces. Sentí la mano de Dent cerrarse sobre la mía. La mía sobre la piedra y la de él sobre la mía. Me sentí... conectado con él. Sabes a lo que me refiero.

—Sí, exactamente.

—Me dijo «no es la muerte» justo en el momento en el que hundimos la sanguinaria en el corazón de la bestia. La escuché gritar, Cybil. La escuché gritar y la sentí... colapsar desde el interior, desde el corazón, como si hubiera hecho implosión. Y no recuerdo nada más hasta que estuve fuera. Pero no me sentí como la vez que el maldito me mordió. Esta vez me sentí como en un viaje de una droga alucinógena buenísima.

—La luz lo desgarró —le dijo Cybil—. Aunque tal vez debería decir que lo evaporó, más bien. Es la mejor descripción que se me ocurre. Gage, los vi, a Ann Hawkins y a Giles Dent, por unos pocos segundos. Estaban abrazándose, juntos por fin. Los *sentí* juntos. Y entonces lo entendí.

—¿Qué entendiste?

—Que todo el tiempo tenía que haber sido el sacrificio de Dent. Nos necesitaba a todos nosotros y necesitaba que tú te ofrecieras voluntariamente. Necesitaba que tú llevaras la sanguinaria a su interior sabiendo que ibas a perder la vida en el intento. Él pudo dar su vida a cambio porque hicimos todo lo que hicimos y porque estuviste dispuesto a morir. «No es la muerte», le dijo a Ann y nos lo dijo a nosotros y te lo dijo a ti. Todos estos años él seguía existiendo. Y anoche, por fin, por medio de nosotros, por medio tuyo, pudo ofrecerse como el sacrificio que se necesitaba para acabar con el demonio. Finalmente pudo morir y está con Ann ahora. Y por fin han podido descansar en paz, aunque suene a lugar común. Todos estamos en paz ahora.

—Voy a tardar un tiempo en acostumbrarme a eso. Pero estoy con todas las ganas de intentarlo —Gage la tomó de la mano—. He pensado esto: qué tal si nos quedamos unos pocos días, hasta que todo vuelva a la normalidad. Después, nos vamos un par de semanas a alguna parte. Con la racha de suerte que he tenido, creo que podría ganar lo suficiente como para comprarte un diamante del tamaño de un limón. Si te gusta la idea.

—Me gusta, si es una propuesta real en lugar de una hipotética.

—¿Cómo de real te suena esto? Casémonos en Las Vegas. Podemos convencer a todos los que son importantes para nosotros de que nos acompañen.

—Las Vegas —Cybil ladeó la cabeza, después se rió—. No sé por qué, pero creo que suena absolutamente perfecto. Tenemos un trato, entonces —tomó el rostro de Gage entre las manos y lo besó—. Feliz cumpleaños, mi amor.

—No hago más que escuchar esas palabras.

—Prepárate para escucharlas más. Te he preparado un pastel.

—¿En serio?

—De siete capas, como te prometí. Te amo, Gage —le dijo y se abrazó a él—. Amo todo de ti.

—Yo también te amo. Me he levantado a una mujer que está dispuesta a casarse en Las Vegas, que prepara pasteles y que además es inteligente. Sí que soy un tipo con suerte.

Gage descansó la mejilla sobre la cabeza de Cybil y la abrazó mientras miraba hacia el bosque, donde el camino pedregoso llevaba hacia la Piedra Pagana.

Y al final de ese camino, más allá del Estanque de Hester, donde el agua ahora fluía clara y limpia, había empezado a reverdecer la tierra del claro que había estado chamuscada. Y sobre esa tierra nueva, la Piedra Pagana se alzaba silenciosa, bañada por la luz del sol.

Hawkins Hollow. Una ciudad idílica donde tres muchachos no sólo comparten su fecha de nacimiento, sino también un inocente ritual de amistad que cambiará el curso de sus vidas... Ahora estos chicos se han convertido en adultos que tienen que luchar contra el mal que amenaza a todo aquello que conocen y aman.

En la víspera de su décimo cumpleaños, los tres chicos quedan para acampar en el bosque que rodea Hawkins Hollow. Su destino es la Piedra Pagana, donde hacen un ritual de hermanos de sangre en el que cimentarán su amistad eterna. Cuando sus tres gotas de sangre se unen sobre la Piedra Pagana, un poderoso demonio que había estado escondido durante siglos reaparece. La ciudad se ve envuelta en siete días de caos después de este ritual, pero tras los disturbios los ciudadanos no pueden recordar el horror que los poseyó. Los tres amigos tendrán que aunar sus fuerzas para acabar con el demonio que regresa una y otra vez...

En el pequeño pueblo de Hawkins Hollow, tres amigos que comparten fecha de cumpleaños se adentran sigilosamente en el bosque para dormir fuera de casa. Pero una noche de celebración adolescente se convierte en una pesadilla cuando su juramento de hermandad de sangre libera una maldición de más de trescientos años.

Ventiún años más tarde, Fox O'Dell y sus amigos han visto cómo su ciudad sufría cada siete años una plaga de una semana de duración de inexplicables sucesos malignos. Con el reloj corriendo hacia la siguiente fecha maléfica, alguien más se ha interesado por el folclore de la población. La directora de una boutique de Nueva York, Layla Darnell, es arrastrada a Hawkins Hollow por razones que no es capaz de explicar, pero los recientes ataques contra su vida le dejan claro que está involucrada de alguna forma. Y aunque Fox trata de mantener una distacia profesional, su interés por Layla ya se ha convertido también en algo personal.